チャロン郡

チャロン郡は流血と闇のなかで生まれ[illegible]。文字どおり、そして比喩的にも。

その名前すら不気味な影に包まれて[illegible]よれば、もとはシャーロット郡かチャールズ郡になるはずだったが、町[illegible]ぐずして、新たな開拓地を郡にしようと決めたときには、それらの名[illegible]しまっていた。しかたなく候補名のリストを下へとたどって、チャロ[illegible]う。古びた白なめし革のようにくたびれ、薪割り鎚（まきわりづち）のような手をした[illegible]はが不吉なのを無視して、彼らの新しい郡にチャロンという名を授けた[illegible]、郡を貫いて流れ、チェサピーク湾に流れこむ川がステュクス川のよう[illegible]その名前が気に入ったのかもしれない（ギリシャ神話のカロンはステュクス川[illegible]の渡し守で、死者を船で冥界に運んだ、誰にわかる？　大昔に死んだ者たちの考えなど知りようがない。

わかっているのは、一八〇五年の真夜中、自分たちの〝明白な天命〟（アメリカの領土拡大を正当化する十九世紀の標語）の限界に苛立った白人地主の一団が、涙の形の半島に最後に残った先住民の村に火を放ったということだ。その半島がチャロン郡になる。

炎を逃れた老若男女は、どれほど弱かろうとマスケット銃で撃ち殺された。これを皮切りにチャロン郡では惨劇が連続した。一八五三年冬の人肉食、一九〇一年のマラリア大流行、一九三五年の〈南部連合の娘たち〉（南北戦争時の南部連合を称える女性団体）主催ピクニックでの毒殺、一九五七年のダンフォース家の無理心中、一九六八年の野外伝道集会の洗礼式で起きた溺死……。アメリカ南部のたいていの町や郡と同じように、チャロン郡の土壌には何世代にもわたって涙の種がまかれている。郡の広場では、毎年の創立記念日、暴力と騒乱が開拓者精神の柱であるかのように祝われる。

血と涙。暴力と騒乱。愛と憎しみ。これらの岩盤の上に南部は築かれた。これらの土台の上にチャロン郡は成り立っている。

チャロン郡の住民と話す機会があったら訊いてみるといい。大半の人は、そんなものは過去の遺物だと言うだろう。絶えず未来へと流れつづける時の川に流されてしまったと。遠い時代のものとして忘れるべきだとさえ言うかもしれない。

だが、タイタス・クラウン保安官に訊いたなら、そんなことを信じるやつはまぬけか嘘

すべての罪は血を流す

S・A・コスビー
加賀山卓朗 訳

ALL THE SINNERS BLEED
BY S. A. COSBY
TRANSLATION BY TAKURO KAGAYAMA

ALL THE SINNERS BLEED
BY S. A. COSBY

Published by arrangement with Flatiron Books
through Tuttle-Mori Agency, Inc., Tokyo.

Published by K.K. HarperCollins Japan, 2024

兄のダレル・コスビーに
おれたちが知っていることは、
おれたちだけが知っていることだ。

邪悪に超自然の源があると信じる必要はない。
人間だけでもありとあらゆる邪悪なことができる。

――ジョゼフ・コンラッド

視（み）よ、われ一切（すべて）のものを新（あらた）にするなり。

――ヨハネの黙示録第二十一章第五節

（日本聖書協会『舊新約聖書 文語訳』）

すべての罪は血を流す

おもな登場人物

タイタス・クラウン——保安官。元ＦＢＩ捜査官
アルバート・クラウン——タイタスの父親
マーキス（キー）・クラウン——タイタスの弟
ダーリーン——タイタスの恋人
カーラ・オーティズ——保安官補
デイヴィ・ヒルデブラント——保安官補
トム・サドラー——保安官補
ジェフ・スピアマン——ジェファーソン・デイヴィス・ハイスクールの教師
ラトレル・マクドナルド——ジェファーソン・デイヴィス・ハイスクールの卒業生
ダーネル・ポージー——ラトレルの友人
ケリー・ストナー——ジャーナリスト
スコット・カニンガム——チャロン郡の有力者
ジャマル・アディソン——ニュー・ウェイプ教会の牧師
リッキー・サワーズ——〈南部連合の息子たち〉のリーダー
ロイス・ラザール——スクールバスの運転手
デンヴァー・カーライル——〈カニンガム旗工場〉の運転手
コール・マーシャル——〈カニンガム水産工場〉の運転手
イライアス・ヒリントン——救いの主の聖なる岩教会の牧師

つきか、その両方だと言っただろう。あの長い十月のあとでタイタスと話せたなら、彼はたぶん、チャロンの土台は腐って悪臭を放ち、腐敗に満ちていると言ったはずだ。肉体だけでなく魂まで腐っていると。南部が築かれた岩盤は、モーセが杖で打った岩のように動いて裂けるのかもしれないが、あふれ出るのは水ではなく血と膿だけだと（旧約聖書出エジプト記第十七章で、モーセは岩を杖で打って水をあふれさせ、渇いた民を救った）。

タイタスは思い出したように自分の顔や胸の傷に触れながらあなたを見つめ、いまや彼の話し声となったあのしわがれたささやき声で言うかもしれない――

「南部は変わらない。過去を隠そうとしても、まえより悪くなって戻ってくる。ひどい状態で」

そしてため息をついて目をそらし、こう言うかもしれない――

「南部は変わりっこない……変わるのは名前と日付と人の顔だけだ。それだって変わらないこともある、本当の意味では。目を閉じると、同じ日、同じ顔が待ち構えている。暗闇で待ち構えている……」

1

タイタスは目覚ましが鳴る朝七時の五分前に起き、去年のクリスマスにダーリーンがくれた〈キューリグ〉のコーヒーメーカーでカップにコーヒーを淹れた。あのときには、たった四カ月のつき合いで高価なプレゼントだと思ったものだが、最近では、正直言ってものすごくいいプレゼントをもらったと感謝している。

ダーリーンには壜入りの香水をプレゼントした。

タイタスは思い出して顔をしかめそうになった。恋人を理解する競技があったら、ダーリーンは金メダリストだ。彼自身は銅メダルにも届かない。この十カ月は贈り物部門でなんとか飛躍的に腕を上げようと努力してきた。

コーヒーを飲んだ。

ダーリーンのまえにつき合っていた恋人には、あなたはすてきなボーイフレンドだけど、関係を築くのが下手すぎると言われた。その評価に異論はなかった。

コーヒーをもうひと口飲んだ。

　階段が軋(きし)む音がして、父親が台所におりてきた。大昔の木材が悲しげに鳴るせいで、タイタスと弟のマーキスは金曜の夜遅くに何度も文句を言われたが、それもタイタスが夜更かしをやめ、マーキスが家に帰らなくなるまでだった。

「おい、ボクサーパンツでそこに突っ立ってるなら、その機械でしゃれたコーヒーを一杯淹れてくれ」父親のアルバート・クラウンが言った。足を引きずりながら台所のテーブルに近づくと、ビニールカバーがついた金属製の椅子のひとつにゆっくりと腰をおろした。流行の最先端を行くインテリア・デザイナーが見たら、これぞ新しいレトロだと大喜びしそうな椅子だ。アルバートは人工股関節の置換手術を受けて一年になるが、まだそろそろと慎重に歩く。杖を使うことは断固拒否しながらも、湾から嵐が吹きつけたり、気温が鉛のおもりのように下がりだしたりすると、ひげのない褐色の顔をゴルディアスの結び目のように強張(こわば)らせた。

　アルバート・クラウンは四十年間、湾で働いて生計を立てていた。一日十四時間、週六日、パイニー島の沖合で船に乗ってカニ籠漁をしていたが、船の持ち主は彼をほとんど人間扱いしなかった。保険も年金もなかったが、骨の折れる肉体労働の日々と、タイタスの母親が倹約家だったおかげで、プリーチ・ネック・ロードに寝室が三つある家を建てることができた。黒人白人を問わず、ちゃんとした基礎のある家を建てたのはクラウン家だけだった。トレーラーハウスだらけの土地にそびえる彼らの家は、雑草に囲まれた一輪のバラのようで、一家への嫉妬は肌の色を超えて隣人たちを結束させた。

「引退したら玄関前でおそろいのロッキングチェアに坐(すわ)りましょう。車で通りすぎながらあきれた顔をするパッツィー・ジョーンズに手を振るの」珍しくアルバートが〈ウォータリング・ホール〉や〈グレイシーズ・プレイス〉で飲んだくれていなかった週末の夜、タイタスの母親ヘレンは台所のテーブルで夫にそう言った。

タイタスは〈キューリグ〉にカップを置き、コーヒーのカプセルをセットして、タイマーを合わせた。

しかし、人生の多くのことと同様に、母親のささやかな引退計画は実現しなかった。彼女は〈カニンガム旗工場〉で定年になるずっとまえに死んでしまったのだ。パッツィー・ジョーンズはあいかわらず車で通りすぎてあきれ顔をしているが。

「どのカプセルを入れた？」アルバートが訊きながら、新聞を開いてページに指を走らせはじめた。唇がわずかに動いている。タイタスの母親はなんでも読む読書家だったが、父親は新聞を読み尽くさないと一日を終えられない。

「ヘーゼルナッツ。父さんが好きなのはそれだけだろ」タイタスは言った。

アルバートはくすっと笑った。「あの娘(こ)には言うなよ。徳用パックを贈ってくれたんだから。親切な娘だ」しかし指先をなめてページをめくったとたん、不快そうに歯のあいだから息を吸い、不満げな声をもらした。

「またあの白人至上主義のガキどもか、え？　今度はあの銅像のためにパレードをするんだとさ。〝おまえの祖父（じい）さんは卑怯（ひきょう）な人殺し〟とついに誰かに言われて逆上したんだな」アルバートは吐き捨てるように言った。

「リッキー・サワーズと〈南部連合の息子たち〉はこの二週間、保安官事務所のドアを叩き壊しそうな勢いだ」タイタスは言い、コーヒーをもうひと口飲んだ。

「なんでまた？」

「もしパレード反対派が現れたら、保安官事務所が〝職務を果たして群衆整理をする〟ことを確約させたいんだろ。ほら、白人のリッキーから見たら、おれは〝文化的背景〟のせいで彼らに偏見を抱いてるから」タイタスは連邦捜査局（FBI）で学んだ感情のない平坦（へいたん）な声で言ったが、新聞の上からのぞく父親と目が合った。

アルバートは首を振った。「あのサワーズのやつは、ウォード・ベニングズにはそんなこと言わなかったはずだ。はっ、ウォードなら胸に保安官バッジをつけたまま、やつらとパレードしたかもな。〝文化的背景〟だと、くだらん。おまえが黒人で、サワーズがレイシストってことだろうが。まったく。息子よ、どうしてそんなに落ち着いていられる？」アルバートが言った。

「簡単さ。やつらの人殺しで裏切り者の南軍兵のひい祖父さんどもを、北軍のシャーマン将軍がぶちのめしてるところを想像するんだ。おれ流の〝禅〟だよ」タイタスの声はやはり平坦だったが、アルバートは吹き出した。

「先週の金曜にこういうことがあった。店でリンウッド・ラシターが、トラックに南部連合のステッカーを貼った若者に話しかけたんだ。あいつの銅像を作ったらどうだって……名前はなんだったかな、卵料理みたいな？」アルバートは訊いた。

「ベネディクト・アーノルド（アメリカ独立戦争時の大陸軍将軍で、のちにイギリス軍に寝返り亡命した）？」

「それだ。そいつの銅像を作れ、おまえらは裏切り者が大好きだろうって。そしたらその若者が遺産だの歴史だの言ったんで、リンウッドは、わかった、ならナット・ターナー（一八三一年、奴隷だったターナーはヴァージニア州で黒人奴隷を率いて反乱を起こし、多数の白人を殺した）の銅像はどうだ、と訊いた。若いのはトラックに乗ってタイヤをスピンさせ、おれたちに黒煙をまき散らしていったが、質問には答えなかったよ」

タイタスは目を細めた。「そいつのナンバープレートの番号は？　トラックの特徴はわかる？」

「いや、おれたちは笑うのに忙しかったから。ああいう連中がよく乗ってるトラックさ。空まで車高を上げて、荷台には泥ひとつついてない。魚なんか一匹も釣らないのに、でかい豪華船で湾に来るやつらのトラック版だ。働く人間の道具をおもちゃにしてやがる」アルバートは言った。

タイタスはコーヒーを飲み終えると、カップをゆすいで流しに置いた。

「彼らはベネディクト・アーノルドなんて好きじゃないさ、父さん。自分たちが憎む対象を彼は憎まなかったから。着替えてくる。九時まで仕事だ。日曜のビーフシチューの残りがまだ冷蔵庫に入ってるから、夕食はそれで」タイタスは言った。

「おい、おれは自分で夕食を作れないほど老いぼれてないぞ。おまえ、誰に料理を教わったと思ってる?」アルバートが訊いた。

タイタスは顔に固い笑みが浮かぶのを感じた。「父さんだ」と答えたが、胸の内で、母さんが土に埋められてようやくあんたが生まれ変わってからだ、とつぶやいた。

「そのとおり。まあ、たぶんそのシチューは食うが、おれだってまだ台所で何か作れる」アルバートはウインクした。タイタスはやれやれと首を振り、階段に向かった。

「今週末はたぶん牡蠣が手に入る。あの古いグリルで焼いたらどうだ。ろくでなしの弟を呼んでやれ」アルバートが言ったとき、タイタスは階段の一段目に足をのせていた。一瞬動きを止めて、またのぼりつづけた。マーキスは今週末だろうと、どの週末だろうと家に寄ったりしない。いまでも何かにつけ父親が弟を呼びたがるのには、気が滅入るし腹が立った。マーキスは独学で大工になり、郡の反対側のウィンディ・リバー・トレーラーパークに住んでいるが、ネパールにいるも同然だった。好きな時間に働けるにもかかわらず、数カ月顔を見せないこともざらにある。チャロン郡のような狭い場所では、眉をひそめられてもしかたない行動だった。

タイタスは寝室に入り、クローゼットを開けた。普段着は針金のハンガーで左側に、制服は木製ハンガーで右側に吊(つ)るしてあった。普段着を〝平服〟とは呼ばない。呼べば制服のほうが軍隊めいて嫌なのだ。普段着は色ごとに分けて、アルファベット順に吊るす。最初は黒(ブラック)、次は青(ブルー)、そして赤(レッド)といった具合に。ダーリーンには、これまで会ったなかでいちばん几帳面(きちょうめん)な男だと言われた。靴もまったく同じ方法で並べてある。インディアナ州に住んでいたころつき合ったガールフレンドのケリーは、泊まりに来るたびに彼の服を並べ替えていた。あなたのためよ、と言って。

「もっと力を抜かなきゃ、ヴァージニア。あなたはがんじがらめ。いつかパキンと折れちゃうよ。こうすれば、あなたの心の健康の役立つから」と彼女は言った。

ケリーが服を並べ替えたのは、タイタスが嫌がることを知っていたからだ。それで喧嘩になって、そのあと熱烈に仲直りすることも。

タイタスはため息をついた。

ケリーは過去、ダーリーンは現在だ。過去の影響について作家のフォークナーがなんと言おうと、人生のその部分は終わった。放っておくのがいちばんだ。

普段着を左側に寄せた。制服は全部同じ色だった。濃い茶色のシャツ、焦げ茶のサイドラインが足元まで入った明るい茶色のズボン。右端には防弾チョッキが二着。床には黒い革靴が二足。棚には茶色い三角帽子がのっている。ダーリーンはそれを〝スモーキー・

ザ・ベア〟帽子と呼ぶ（スモーキー・ザ・ベアは山火事防止を啓蒙するマスコットで、三角帽子を着用）。「あなたはわたしの大きな熊さんだから」ある晩、ベッドで彼女はタイタスの胸に寄り添って言った。音階を弾くピアニストのように指先で彼の胸の傷に触れながら。その傷はタイタスがレッド・デクレインにもらったある種の贈り物だった。レッドは白人至上主義者、キリスト教国家主義者、民兵のリーダーで、七分間は殉教者気取りだった。

　あの七分間が彼らの人生をがらりと変えた。タイタス、レッド、レッドの妻と三人の息子の人生を。子供たちはみな手榴弾が収納できるチョッキを着せられていた。末っ子はまだ七歳で、兄から借りたパーカーのようにチョッキが肩からだらりと垂れていた。あの子が手榴弾のピンを抜いたとき、顔はノートの紙面のように真っ白だった。

　そのあと――

「やめろ」タイタスは誰にともなく大声で言い、両手で顔をこすった。爆発した手榴弾の破片は、彼の腹部にクエスチョンマークの形の火傷痕を残した。魂についた傷は目に見えないが、同じくらい恐ろしい。

　慣れた儀式のように制服を着ると、心が落ち着いた。まず防弾チョッキを身につけ、ストラップを調節する。次にシャツを取る。次はクローゼットの扉の内側のフックにかかっている茶色いネクタイ。よく似たネクタイ二本の隣に並んでいる。それからズボンに靴。ナイトスタンドに近づき、抽斗を開けて制式ベルトを取り、しっかり締めた。ナイトスタンドから鍵をつかみ取り、注意深くしゃがんだ。この郡の保安官は、しわの寄ったズボンをはいているところを見られるわけにはいかない。さらに黒人保安官は万一に備えて、替えのズボンを事務所に置いておかなければならなかった。

ベッドの下から金属製の箱を引っ張り出すと、鍵を開け、制式拳銃を取り出した。郡が支給するのはスミス・アンド・ウェッソンの九ミリ口径だけだった。タイタスはもっと阻止能が高い銃が欲しかったので、自腹を切ってシグ・ザウエルＰ３２０を購入していた。ヴァージニア州警察が使っているのと同じ拳銃だ。弾倉と薬室を確認してからホルスターに収めた。ナイトスタンドにはミラーレンズのサングラスが二本置いてある。一本をシャツのポケットにしまった。サングラスの隣に置いてある無線機を取り、本体をベルトに、マイクを襟にとめた。

最後に抽斗からバッジをつかみ取り、シャツの左ポケットの上部につけると、階段をおりていった。

アルバートはまだテーブルについていたが、もう新聞はなく、代わりにタイタスの名前が記された封筒が一通置いてあった。

「それ何？」答えはわかりきっていたが、タイタスは訊いた。

「あれから一年だ。このまえの日曜、いまでも称賛に値する奇跡だとジャクソン牧師が言ってたよ。ウォード・ベニングスが木材運搬トラックに轢（ひ）かれたあと、特別選挙でチャロン郡初の黒人保安官が選ばれるなんて誰にわかった？」アルバートは言った。

　タイタスは封筒を手に取り、親指の爪で破って開けた。悪魔の持ち物のようなピッチフォークを掲げる、おどけたペンギンの絵のグリーティングカード。なかの文章はこうだった。

驚愕の事実。ふたりがいまもいっしょだなんて！　記念日おめでとう！

　タイタスは眉を上げた。

「この郡で初めての黒人保安官になった息子を褒めるカードは〈ウォルマート〉になかったんだ。だが、おれは誇りに思ってるぞ。息子が故郷に戻って世の中を変えてるんだから。その制服を着たおまえを見ることが住民たちにとってどれほど重要か、タイタス。母さんがここにいたら、やっぱりおまえを誇りに思うはずだ」アルバートの声がかすれた。タイタスの母親は二十三年前に他界したが、彼女のことを口にするだけで、いまだに父親の心は痛みに締めつけられ、絞ったタオルに水がにじんだようになる。

　インディアナ州北部のデクレインの拠点で起きたことを知っても、母さんは誇りに思うだろうか。それはない、とタイタスは思った。ぜったいに、まったく誇りに思わないだろう。

「住民全員が誇りに思ってるわけじゃない。でもカードをありがとう、父さん」タイタスは言った。

「ニュー・ウェイブ教会のアディソンのことか？　ふん、あんなやつ誰も気にしないさ。イエスがブルージーンズをはいてると思ってるようなやつだぞ」アルバートは言った。それは毎週日曜にいちばん上等のスーツでペンテコステ派バプテスト教会にかよう父親が、ドレッドヘアのニューエイジの牧師に与えうる最大限の侮辱だった。

「彼はあの教会でいい仕事をしてるよ、父さん」タイタスは言った。

「あんな場所を教会と呼ぶのか？　車でまえを通ると、酒場みたいな音が聞こえてくるじゃないか」

「父さんが教会と呼ばないなら、まあいいさ。いずれにしろ、おれのことを白人に媚びる黒人だと思ってるのは、ジャマル・アディソンだけじゃない」タイタスは悲しそうに笑った。

「ジャクソン牧師はいつも偽の預言者に気をつけろと説教してる」とアルバート。

　タイタスはわが身を振り返って、皮肉だと思ったが、何も言わなかった。

「なあ、たまには礼拝に来てくれるとうれしいんだが。教会じゃ誰もおまえをアンクル・トムとは思わない」アルバートは言った。「みんなおまえのために一生懸命やってくれたぞ、タイタス。いや、いい」エマニュエル・バプテスト教会は、思いがけず保安官に立候補したタイタスの選挙活動を支援してくれた。教会への深い感謝の念を父親は何度も話題にしたがったが、タイタスは避けつづけた。感謝していないわけではない。彼を保安官に押し上げてくれたのは、エマニュエルのような教会の信徒たちだということはよくわかっていた。かつてアメリカンフットボールの英雄だった元ＦＢＩ捜査官への不信感より、ウォード・ベニングズの息子クーターへの憎しみのほうが強い、リベラルな現代版ヒッピーや気さくな白人の男女が大勢いたおかげでもあった。教会とヒッピーの連携など、この先何十年も見られないだろう。だが、いまや誰もが手を引いた。父親の教会も例外ではない。タイタスが顔を出さないという条件つきで信徒たちが選挙を支援したのはわかっていた。そもそも十五歳のときから礼拝には出席していないのだが。父親が教会にかよいはじめたのと同じころにやめたのだ。母親の死の二年後のことだった。

「言っとくけど、父さん。来週は秋祭りだよ。おれが忙しくなるのはわかってるだろ」タイタスは嘘をついた。秋祭りはおもに、チャロン郡の住民が通りで酔っ払って踊り、郡庁舎の芝生広場の暗い隅に入って、恋人からウイスキーまみれのキスをしてもらうための口実にすぎない。自分の恋人か、他人の恋人から。

アルバートがさらにこの話題を続けようとしたとき、タイタスの無線機が鳴った。

「タイタス、来てください！」

無線の声は通信指令係のカム・トローダーだった。カムは日勤で、もうひとりの係のキャシー・ミラーが夜勤をしている。カムは前保安官の時代から残っている数少ない職員のひとりだった。

イラク戦争の退役軍人で、緊急時にも冷静沈着、チャロン郡のあらゆる道路と砂利道につうじ、その知識は百科事典並みというだけでも資格充分だが、カムのもっとも重要な属性は近所にいることだった。保安官事務所から一キロほどのところに住んでいて、雨でも晴れでも欠勤は一日もない。彼の全地形対応型の電動車椅子は、時速三十キロまで出すことができる。ユーチューブの動画とインターネットからダウンロードしたＰＤＦを参考にして、自分で馬力を上げたのだ。その意志の強さは比類ない。

だからこそ、混じりけなしの絶望がにじむカムの声が無線機からあふれ出たとき、タイタスの神経は張りつめた。

「タイタスだ、どうぞ」通話ボタンを押して言った。

「タイタス……ハイスクールで発砲事件が起きてます。タイタス、この一分のあいだに百本の通報が。たぶん……おそらく……タイタス、おれの甥も学校にいる」カムは言った。声がおかしかった。泣いている。

「カム、全員呼び出せ。ハイスクールに急行させろ！」タイタスは無線機のマイクに叫んだ。

「甥っ子があそこに」カムは言った。

「全員呼び出せ！　いますぐだ！」

カムはうめいたが、次にスピーカーから聞こえた彼の声は落ち着き、毅然としていた。

「了解、保安官。全員に告ぐ。ジェファーソン・デイヴィス・ハイスクールで発砲事件が発生。くり返す、ジェファーソン・デイヴィス・ハイスクールで発砲事件が発生」

タイタスはグリーティングカードを落としてドアへと駆け出した。

「いったいどうした？」アルバートは裏口から飛び出していく息子の背中に呼びかけた。

しかし彼が得た答えは、秋風が冷たい手でとらえた戸口に網戸がぶつかる音だけだった。

タイタスはもういなかった。

2

独自の秩序で動いているように見える混沌（こんとん）がある。混沌とした状況が当たりまえになると、その反復のなかからある種のパターンが生じるのだ。

猛スピードでジェファーソン・デイヴィス・ハイスクールの駐車場に車を乗り入れたとき、タイタスはそうした独特の行動パターンを目撃した。まるで折り紙の作品が逆再生で展開していくような。

煉瓦（れんが）造りの大きな校舎のあらゆる出口から生徒と教師があふれていた。正面玄関から脱出し、通用口から抜け出し、窓から飛びおりて。ハーンドン先生の自動車整備の実習室の金属製シャッター扉から出てくる者もいた。生徒と教師の流れは、岩の周囲をまわって流れる川のように、タイタスの車の周囲に沿って通りすぎていった。彼らの顔には、画家フランシス・ベーコンの銅版画を思わせる暗い影が落ちていた。十年後にこのときを思い出し、突然わっと泣きだすのだ。ベビーシャワーで、食料品店のまんなかで、フィットネスバイクのコマーシャルを見たあとで。

　これはこの種の出来事における混沌の第一段階だった。脳の野生の本能が残る奥底から噴き出す、止めようのない原始的なパニック。保健の授業で習う抽象的な〝闘うか逃げるか〟の概念が、現実の生き残りに欠かせない決断事項になる。

　タイタスは銃を抜いてSUVから飛び出した。子供たちの叫び声は、東から西へ移動する不吉な黒雲のようだった。泣き叫びの雷鳴に打たれて逃げ出したくなった。左を見ると、校庭と平行に走る浅い溝を保安官補ふたりがパトカーで越えてくるところだった。一台にはデイヴィ・ヒルデブラント、もう一台にはロジャー・シモンズが乗っている。数秒後にカーラ・オーティズが、小中学校を訪問する薬物濫用防止教育のバンで到着した。ロジャーが暴動鎮圧銃を持ってパトカーから出た。デイヴィは拳銃を抜いていた。カーラもだ。ロジャーがティーンエイジャーの群れめがけて走った。銃床を握り、荒れ狂う波のように近づいてくる群衆に銃口を向けている。

「ロジャー、銃口を上に！　上に向けろ！」タイタスは叫んだ。ロジャーは立ち止まって彼を見た。大きくまばたきし、両手を見おろした。ウイスキーを一杯あおったようにぶるっと震えると、切りつめた銃身を空に向けた。

「デイヴィ！　みんなに道路を渡らせろ！　道路の向こうへ！」タイタスは声を張り上げた。デイヴィは銃をホルスターにしまい、生徒と教師たちに手を振って道路を渡らせ、オークフィールド農場の牧草地へ誘導しはじめた。数頭のアンガス牛が思い思いに草を食んでいる。早朝のピリッとした空気を貫く恐怖の叫びを聞いて、牛たちは途方に暮れているようだった。

「どうしましょう、ボス？」カーラが訊いた。人混みをかき分けて、タイタスのそばまで来ていた。ルーフに緊急灯をつけた赤いピックアップが駐車場に飛びこんでくるのが見えた。トム・サドラーが運転していた。今日は非番だが、無線で呼び出しを聞いたにちがいない。いま現場にいないチャロン郡保安官事務所のメンバーはわずか数人だった。

その数人を呼び出さずにすむことをタイタスは祈った。銃撃犯がＡＲ15やＡＫ47や、種の散布機よろしく大量の死をまき散らす武器を持っていないことを。

「建物に入って安全を確保する」タイタスは言い、マイクをつかんだ。「デイヴィ、トムにみんなを見張らせろ。おまえは戻ってきて現場の安全確保を手伝ってくれ。防弾チョッキは着てるか？」

無線が音を立て、デイヴィが応答した。「もちろんです。トムに知らせます」

「頼んだ、デイヴィ」タイタスはついてくるようカーラに手を振ると、逃げ惑う人々のあいだを通って校舎へ向かった。

「スピアマン先生が撃たれた！」華奢（きゃしゃ）なブロンドの少女が言った。たしかデイジー・マシユーズの娘だ、とタイタスは思った。デイジーと彼は同級生だった。娘の名前は……

「リサ、道路を渡って！」カーラが叫んだ。

「誰がスピアマン先生を撃った？　どんなやつだ、リサ？」タイタスは訊いた。

リサが振り向き、身長百九十センチの男が現れたことにいま気づいたというふうにタイタスをじっと見た。

「あの……わ……わかりません。マスクをかぶってたから。先生の顔を撃ったの。ひどい、スピアマン先生を撃つなんて！」リサの目がトラクターのタイヤほど大きくなった。泣いてはいないが、顔は脈打つように震えて赤かった。涙はあとからやってくることをタイタスは知っていた。夜中に泣くか、叫ぶかだ。

「背は高かったか？　おれより高い？　服は？　彼は何を着てた？」

リサは目を閉じてカーラに倒れかかり、彼女の肩に「知らない！」と叫んだ。

タイタスは大きく息を吸った。怒鳴っていたことに気づいた。野太い声の保安官に目のまえで怒鳴られたら、まともな情報を提供できるわけがない。そんなことはわかっていたし、保安官補たちにも説いていたが、それでもやってしまった。

タイタスはマイクに触れた。

「容疑者はマスクをかぶってる。わかってるのはそれだけだ。なかに入るぞ」彼は言った。

「さあ、道の向こうに行くのよ、いいわね？」カーラはできるだけやさしく言った。リサは答えなかったが、驚き怯(おび)えたガゼルのように牧草地に向かった。

「よし、行こう」タイタスは言った。

これが混沌の残り半分だった。秩序に似たものがある。銃を抜き、男に向かって進む男女。銃撃犯はたいてい男で、自分の銃を抜いている。その銃身はまだ熱を帯びている。教室か劇場か間仕切りだらけのオフィスに、秒速八百メートルで飛ぶ白銅鋼の被甲つきの鉛玉を大量にまき散らしたからだ。

急にタイタスの胃が痙攣さながら締めつけられた。息はゆっくりで規則正しいが、頭がズキズキする。吹いてきた風で、襟元に染みた汗が冷たくなった。窓で反射する日光はサングラスがさえぎっている。まえに進むと、アスファルトを踏む足音がいくつも重なって聞こえた。右隣ではカーラが深く鋭い呼吸をし、左隣のデイヴィは子羊の鳴き声のような音を発している。先頭はロジャーだ。そのたくましい肩の筋肉が、何重にも巻かれた舫い綱のように固く盛り上がっていた。

過去十五年でチャロン郡に記録されている殺人は二件だった。一件目はアリス・ロウニーが夫のウォルターをピッチフォークで刺したと自白して、十五分で解決した。アリスは、隣人でピップのいとこのエズラ・コリンズと夫が寝ているところを目撃したのだ。もう一件は未解決で、ウォード・ベニングズが保管していた記録を信じるなら、果てしない未来まで解決しないままだろう。被害者は白人男性で、推定年齢は二十一歳から四十五歳。フィドラーズ・ビーチに打ち上げられたスーツケースのなかから、きれいに切断された状態で見つかった。二度と発生しない奇妙な潮の流れに乗って、チェサピーク湾から流れこんだのだろうというのが地元民の見解だった。チャロンはひどい事件がたびたび起きる場所ではない、と人々は言いたがる。

みんな忘れっぽい、とタイタスは思う。

たしかに最近のチャロン郡は比較的落ち着いているが、過去に襲ってきた恐怖や脅威は伝説の域に達している。タイタスの父親はときどきジャクソン牧師の硫黄と火（旧約聖書創世記第十九章第二十四節。地獄の責め苦の意）の説教を引用し、チャロンには苦難の時がいつ戻ってきてもおかしくないと言った。タイタスは旧約聖書の士師ギデオンに先見の明があったとは思わないが、栄枯盛衰は信じていた。歴史はくり返す。運命のルーレットはぐるぐるまわり、最後には二十年、三十年、四十年前と同じ数字に止まるのだ。校舎内で何が見つかるにしろ、平和な季節は終わった。タイタスが保安官でいるときに、苦難の時が戻ってきたのだ。

学校の玄関前の階段まであと十五メートルというところで、いきなりドアが開き、狼（おおかみ）の鼻がついた革のマスクを左手に持ち、30-30弾薬のライフルを新生児のように右腕に抱えた男が階段の最上段まで出てきた。くたびれた黒いピーコートのまんなかのボタンをとめ、汚れたブルージーンズをはいている。コーンロウの髪はほつれ、編み直す必要がある。ゆがんだまま固まった口が顔じゅうを乗っ取りそうだった。

しばらく世界はまた静かになった。風が大気から人々の声を奪い去った。そこに存在するのは朝日と、青空と、タイタスたちを見おろすこの男だけになった。

「ラトレル、銃をおろせ！」タイタスは叫んだ。もう心の声の時間ではない。ラトレルはタイタスのほうを向いた。保安官事務所の五人に五挺の銃を向けられても、まったく気にならないようだった。右頬にはゴルフボール大のあざがあるが、ひげのない茶色い顔は不気味なほど穏やかだ。針で刺した穴ほどの瞳孔がまったくの無表情でタイタスを睨めまわした。オキシコンチンかヘロインをやってるな、とタイタスは思った。保安官が取り締まりを最大限強化しても、チャロンにはどちらもたっぷりある。ラトレルはここにいるようでいなかった。両親の監視の目を逃れたはいいが、迷子になってしまったことにまだ気づいていない幼児のようだった。

タイタスはラトレルの両親を知っていた。カルヴィンとドロシー・マクドナルドだ。カルヴィンとは同じ学校にかよった。タイタスとカルヴィン、パトリック・タインズ、ビッグ・ボビー・パッカーの四人は、州のアメフト選手権でチャロン郡を最初で最後の優勝に導いた。カルヴィンはワイドレシーバーで、タイタスはクォーターバックだった。優勝した日の夜、タイタスはカルヴィンのフォード・マスタングの後部座席でナンシー・トリヴァーに童貞を捧げた。首を絞められるのが好きな娘だったが、タイタスは試す気になれなかった。少なくとも当時は。どうすれば十七歳の娘が窒息性愛に目覚めるのかと不思議に思ったものだが、その疑問の答えはどれも知りたくないことに気づいた。

このところカルヴィンは州南東部のニューポート・ニューズの造船所で働いていて、勤続二十五年になろうとしている。ドロシーはプルイット介護施設の看護助手だ。夫妻にはもうひとり、十二歳のラヴォンという息子もいる。長男のラトレルのほうが手がかかった。タイタスは保安官に就任してからラトレルを一度逮捕した。深夜零時をすぎたらビールが買えないことで店員ともめてセブン-イレブンを追い出されたあと、麻薬用品を所持していることがわかったのだ。あの晩のラトレルの様子はいまと似ていた。見るからにだらしないが、ほとんど無害。ちがうのは、あの夜は銃身の長いライフルと革のマスクなど持っていなかったことだ。息子を保釈させたカルヴィンはタイタスに、ラトレルは〝混乱している〟としか言わなかった。

タイタスは旧友がもっと話したがっていると感じた。もっと何かを伝えたがっていると。けれどカルヴィンは何も明かさず、息子を引き取った。タイタスは立ち去る父子（おやこ）を見送りながら、カルヴィンがラトレルの非行に手を焼いていることをはっきりと悟った。もう自分は元チームメイトの悩みを聞いたり、問題を共有したりする相手ではなくなったことも。胸のバッジが扉を閉めてしまった。

何がラトレルに悪事を働かせていたにしろ、それは十倍に増えたようだった。
「ラトレル！　おろせ・その・銃・を」タイタスは言った。舌をめいっぱい使って一つひとつの単語をはっきりと発音した。ラトレルの心にどんな靄（もや）がかかっているのか知らないが、それを突き破りたかった。こちらの話を聞かせ、突きつけられた銃を見させるのだ。

何をしでかしたのであれ、まっすぐ立ってこの場所から去れるということを気づかせる。相手はカルヴィンの息子だ。いや、知らない男の息子だったとしても、そのチャンスは与えられるべきだ。その男といっしょに密造酒を飲んだことや、四年のあいだ一日二回いっしょにランニングしたことがなくても。郡境に掲げられたあのでかい南部連合旗の陰でいっしょに育っていなくても。

「彼は大天使のひとりだ」ラトレルが言った。声は震えているが、大きくはっきりしていた。

「ラトレル、その銃をおろして地面にひざまずくんだ。そうしてもらわなきゃならない」タイタスは言った。

「でも自分は黒天使だと言った。死の天使だって。彼は話をする自分の声を聞くのが好きだってスピアマン先生が言ってた」ラトレルの頰を涙が伝っていた。

「ラトレル、その銃をおろすんだ、いますぐ」タイタスは大声でしっかり伝えたが、威嚇しようという気持ちは後退していた。この件を銃撃戦で終わらせる必要はない。

「彼はみんなに、神を呼べと言った。そのあと自分はマラク・アルモート、破壊天使だと。でもそれも嘘だった。あいつはただのむかつくマザーファッカーだ、スピアマン先生みたいな」ラトレルは言い、マスクを地面に落として、ライフルの銃口を顎の下に当てた。

タイタスは立ち止まった。自分の銃をほんのわずか下げた。ラトレルが引き金を引くことは望まないが、自殺が一瞬で他殺に変わることもある。この若者の口から出ることばなど、正気を失った者のうわ言なのかもしれない。

それでも……

タイタスには、ラトレルのなかで苦痛が渦巻いているのがわかった。苦痛が彼の体をよじり、四肢をねじっていた。ことばにならない罪悪感と羞恥の重さに手足が引っ張られ、引きつっているようだった。ラトレルの両手は必死にライフルを握りしめ、指は太陽を知らない深海生物の触手さながら曲がったり伸びたりしていた。

「ラトレル、聞いてくれ。何が起きたにせよ、いっしょに話そう。きみが何をしたにしろ、こんな決着をつけちゃいけない。銃をおろしてくれ。頼む。銃をおろして話そう。こんなふうに終わる必要はないんだ」タイタスは銃から手を離し、掌を上にしてラトレルのほうに差し出した。広げた指のあいだから、ラトレルが顎の下からゆっくり銃口を離すのが見えた。

「そうだ。さあ、それを地面に置いて、こっちへ歩いてこい」タイタスは言った。指示をその順にしたのは、ラトレルの気が変わったときにライフルに手が届く場所にいてほしくなかったからだ。七月なかばのアスファルトで揺らめく熱波のように、ラトレルから狂気が放たれていた。

「銃をおろせ、びびり野郎！」ロジャーが叫んだ。

「保安官補、下がれ！」タイタスは叫び返した。

ラトレルは目をつぶった。

「いかん……」タイタスはつぶやいた。

「おれが何したか知らないだろ。止めようとしたんだ。そしたらあいつら、おれの弟を殺すって。あの天使はマスクを一度も脱がなかった。でもスピアマン先生は彼らに顔を見せたがった。そうするのが大好きだったから」ラトレルは長い一文を詠唱するように一気にことばを口にした。

「ラトレル、待て」タイタスは言った。

ラトレルは目を開け、「先生の携帯を見てみろ」と言った。タイタスはまたわずかに自分の銃を下げた。

ラトレルが頭上にライフルを持ち上げた。

「おれは死神になった！」わめきながらタイタスと部下たちのほうへ階段を駆けおりてきた。

のちにタイタスは、頭のなかの映画館でエンドレス上映をするようにこの光景を何度も再生し、この場面が来るたびに一時停止する。この瞬間は大げさな一連の動きとなり、不透明な光沢に隠れてしまう。ラトレルはこっちにライフルを向けていたのか？　こっちにライフルを向けるところだったのか？　目を閉じて記憶をたぐり寄せても、それはまるで蜘蛛の巣のように、つかむと同時に消えてしまう。

　タイタスが最初の銃声を聞いたのは、ラトレルが三歩目を踏み出すまえだった。ロジャーのライオットガンから放たれたバックショットが、ラトレルの頭半分を赤い霧に変えた。トム・サドラーは六連発のスミス・アンド・ウェッソン三五七口径で五発撃った。トムは最高の射撃手だ。弾は五発ともラトレルの胸の狭い箇所に命中した。

「撃つな！」タイタスは声をかぎりに叫んだ。デイヴィはまだ発砲していなかったが、手品のようにすばやく銃をホルスターにしまった。カーラは銃を下に向けたが、用心深くタクティカル・グリップで握りつづけていた。デイヴィがつぶやいていることばは、タイタスには聞き取れなかった。まだ耳の奥で銃声が反響していたからだ。

　ラトレルの体は、子供が捨てたぬいぐるみのようにジェファーソン・デイヴィス・ハイスクールの花崗岩の階段九段分を転がり落ちた。ライフルはもう用ずみになったというふうに、彼の手から遠く離れた地面に音を立てて落ちた。ラトレルはタイタスの足元で動きを止めた。彼が落ちてきた跡には血が残っていた。そのまっすぐな線や斜めの線は、バラ色の装飾文字のように階段に染みをつけていた。

3

スピアマン先生は教室の机で発見された。

椅子にもたれて口を大きく開け、ネクタイはゆがみ、襟足だけ長く伸ばしたグレーの髪が襟にかかっていた。過去三十年、チャロン郡で九年生の地理の授業を受けた者はみな、ロールシャッハ・テストふうのコーヒーの染みがついた、このよれよれの青いネクタイに見憶(おぼ)えがあった。ジェファーソン・デイヴィス・ハイスクールで教師の人気投票をしたら、ジェフ・スピアマンは、勤続三十年のうち二十五年は一位になったにちがいない。

頬の十セント硬貨大の傷と後頭部の穴がなかったら、昼寝中だとまちがわれそうな姿だった。

スピアマン先生の真うしろの黒板には、骨の破片と、脳とグレーの髪の塊が飛び散っていた。どれも黒光りする血で黒板に貼りついている。

黒板のあの部分は前衛的な美術工芸作品のようだ、とタイタスは思った。

死体に近づき、首筋に指を二本当てた。ジェフ・スピアマンがこの世の煩(わずら)いを捨て去った（シェイクスピア『ハムレット』第三幕第一場の表現）のはまずまちがいなかったが、タイタスは完璧主義を旨としていた。大学で解剖学の授業を受けたとき、労働災害で脳に六十センチの鉄の棒が刺さったのに病院まで自分で運転していった男の話を読んだことがあった。

「残りの校内に異常がないか確認しろ。部屋を一つひとつ見ていくんだ。さあ行け」タイタスは言った。

誰も動かなかった。

「いったいなんでスピアマン先生を？」デイヴィが訊いた。その声ににじむ苦痛にタイタスはたじろぎ、つい自分にも問いかけた。だが、質問の時間はあとでいい。いまは現場保存だ。

「くそテロリストが。おれたちのほうへ向かってきたとき、あいつがなんてわめいたか聞いたか？　イスラム教のたわ言だったぞ」ロジャーが言った。息が雄牛のように荒々しかった。タイタスは振り向いて、ロジャーのすぐ目のまえまで行った。

「まだ何がどうなったのかわかってないんだ。犯行動機も、そもそもラトレルの犯行かどうかも。共犯者がいるのかもしれない。スピアマン先生が自殺して、ラトレルはあのライフルを拾っただけかもしれない。テロリストの犯行とも考えられるし、心を病んだ人間が、ヘラジカを倒せるようなライフルを持ってはいけないのに持ってしまったのかもしれない。とにかく何もわからないんだから、おれたちは現場保存をする。いいな。さあ行け、みんな。二度と言わないぞ」タイタスは〝みんな〟と言ったが、ロジャーに語りかけていた。ロジャーがうつむいて顔を背けるまで、その目をじっと見つづけた。

ロジャーは教室のドアへ歩いていった。残りの部下たちも続いた。デイヴィもロジャーと一瞬視線を交わしてから、ドアに向かった。

「それと、ラトレルが叫んでたのはアラビア語じゃない。アラム語だ。ここで起きたことについて憶測は禁物だぞ」タイタスは誰もいない部屋に向かって言った。

一時間後、タイタスたちは駐車場にいた。何台もの救急車、消防梯子車、心に傷を負ったわが子を捜す大勢の怯えた保護者たちが集まっていた。何十組もの夫婦が抱き合っている。おそらく職員の多くは、この日かぎりでチャロン郡の学校で働くことをやめる。死が迫ってくる可能性があるなら、いったん選んだ職業も見直さざるをえない。

「ふたりとも監察医行きですか？」大柄で肌の色が薄い男がタイタスに訊いた。葬儀場の男だった。ヴァージニア州はまだ大部分が田舎で、点在する中規模の都市を広大な森林が囲んでいる。そうした森林は、あと少し高ければ山と呼べそうな丘と、ピラミッドが新しかった時代にすでに古かった山々の麓にある。レッド・ヒルやクイーンといった大きな郡にさえ自前の監察医務局はなく、地元の医師が州から監察医として任命される。老人の孤独死を宣告するのは、そうした医療専門家だ。飲みこんだピーナッツが気道に入ってエマおばさんがベッドで死んだとか、秋に向けて桃の缶詰を作っていたジェイン母さんがつい に脳卒中にやられたとか、自然死や予測された死と呼べるものは、なんでも地元の監察医が扱った。

しかし弾痕がある遺体はリッチモンドへ送られ、州監察医務局で解剖がおこなわれる。

「ああ、ふたりともリッチモンドだ。だが、スピアマンは〈メイナード〉が運ぶ」タイタスは言った。肌の色が薄い男はうなずいて屈み、ラトレルの遺体がのったストレッチャーをつかんだ。レバーを握って立ち上がると、ストレッチャーの底部が持ち上がる。遺体の頭側に移動して同じ動作をくり返し、すべてがきちんと固定されていることを確認してから、男はストレッチャーを自分のバンのほうへ押しはじめた。

「そうだ、ちょっと待て」タイタスは言った。葬儀場の職員は立ち止まった。タイタスは遺体袋のファスナーを開けた。

「手袋をくれないか?」タイタスは頼んだ。職員はバンをのぞきこみ、黒いラテックスの手袋を放ってよこした。タイタスは手袋をはめ、ラトレルのコートのまえをはだけた。腸から出た排泄物の吐き気を催す刺激臭と、あふれた血の金属臭には気づかないふりをした。記憶が強烈によみがえって、頭に幻覚が無理やり割りこんでくる気がしたが、ラトレルの遺体に集中して食いとめた。コートのボタンをすっかりはずすと、胸のまんなかが血だらけの蜂の巣になっていた。いつもの手順で念入りにポケットを探ると、ラトレルの携帯電話が見つかった。ラトレルはスピアマンの携帯電話がどうこう言っていた。ふたりは銃撃のまえに連絡をとり合っていたのか？　確かめるひとつの方法は、遺体を携帯電話ごとリッチモンドに送ることだが、証拠は抽斗のなかで四週間眠ることになる。もうひとつの方法は、ラトレルとスピアマンの携帯を保安官事務所に持って帰り、徹底的に調べることだ。

「カーラ、おれのトラックから証拠袋を取ってきてくれ」タイタスは言った。カーラはうなずいて彼のトラックまで小走りした。戻ってきた彼女が差し出した証拠袋に、タイタスはラトレルの携帯を入れた。

「もう運んでいいぞ。それからカーラ、〈メイナード〉にスピアマンも移動させていいと伝えてくれ。だが、そのまえに彼が携帯を持っているか確認しろ」タイタスは〝先生〟をつけずに言った。ラトレルは想像もつかない問題を抱えたどうしようもない男だった。こそ泥で、薬物依存で、郡のどこに現れようと人を苛立たせる厄介者でもあった。常識で考えれば、タイタスはラトレルの言うことなどひとつも信じるべきではない。常識で考えれば、ラトレル・マクドナルドに外は雨だと言われたら、頭を窓から突き出して濡れないかどうか確認すべきだ。

しかし常識は、大天使やジェフ・スピアマンについて語りはじめたラトレルの目つきとは相容れなかった。大天使について叫びながら走ってきたラトレルの目には、闇がブラックホールのように広がっていた。あの闇に嘘はなかった。タイタスはそれを事実として知っていた。骨でそれを感じた。ＦＢＩアカデミーの教官なら、そんな考えをたしなめただろうが。

「直感などくだらない」行動科学のボブ・マクナリー教官はよくそう言った。捜査で価値があるのは経験的証拠だけ。アカデミー時代のタイタスが信奉していたこの哲学は、いざ現場に出てみると、池に張ったばかりの氷のようにもろいのがわかった。

「証拠が有罪判決を導く。直感が事件の核心を突く」ＦＢＩインディアナ支局にもうひとりだけいた黒人捜査官、エゼキエル・ウィギンズはよく言っていた。両者の考え方のまんなかあたりに真実がある、とタイタスは思っていた。証拠は汚染されることがある。直感で道を見失うこともある。技術と直感と真実のバランスが大切なのだ。

いまわかっている真実は、ラトレルがジェフ・スピアマンの教室に入って彼を撃ち、教室から出て、四年前に最上級生だった彼がのぼったのと同じ階段で死んだということだ。証拠は、ライフルと、ジェフ・スピアマンの頭蓋と、おそらくジェフ・スピアマンの携帯電話の中身だ。

「タイタス、ここでいったい何が起きてる？」

スコット・カニンガムに名前を呼ばれ、タイタスは製粉機のように歯をすり合わせたくなった。大きく息を吸い、振り向いてスコットと向き合った。

「銃撃がありました、スコット。立入禁止テープのうしろに下がってください」

スコットは両手を腰に当てて顎を突き出した。タイタスは、郡の監理委員会の会合でこのポーズをとる彼を見たことがあった。思いどおりに物事が進まないときにこうなるのだが、正直なところ、思いどおりになるほうが少ない。

「誰が撃たれた？　ほら、だから私がいつも言ってただろう、教師に武装させろと」スコットは言った。

「スコット、現場の安全確認をし、銃撃犯と被害者を移動させ、彼らの家族に連絡がとれ次第、わかったことをすべて郡全体に報告します。ですが、いまこの瞬間、あなたは事件現場のまんなかで証拠を踏みつけてる。だから下がってください。いますぐ」タイタスは言った。

スコットは足元を見おろした。ラトレル・マクドナルドの血だまりのまんなかに立っていた。

「なんてこった。くそっ」スコットはうんざりした顔で毒づいた。大きく二歩下がり、靴底を階段脇の芝生になすりつけた。

「テープのうしろへ」タイタスは言った。

「詳細な報告をするんだぞ」スコットは言い、ひと呼吸おいてから自分のトラックに戻りはじめた。自分の判断で去るように見せたがっていることがタイタスにはわかった。

「スコット、あなたは監理委員会の委員長であって、おれのボスじゃない。郡の残りの人たちにするのと同じ報告しかしませんよ」

スコットは青ざめ、首を振った。「私は敵ではないぞ、タイタス」

嘘つきめ、とタイタスは思った。

タイタスが保安官への立候補を表明したとき、スコット・カニンガムは多大なる影響力のすべてを使って対抗馬のクーターを支持した。その理由はクーターの法執行哲学とは無関係だった。クーターの哲学をもっともわかりやすく言うと、〝黒と褐色の肌の人間と、民主党に投票した者全員に嫌がらせをする〟だ。

スコットがクーターを応援した理由は、意のままに動く操り人形を保安官事務所に置きたかったということに尽きる。つまり、見て見ぬふりはしないが必要に応じて目をそらしてくれる保安官だ。そういう意味で、前保安官の息子に勝るマリオネットがいるだろうか。クーターは何よりも三つのことで知られていた――川でいちゃいちゃしていたティーンエイジャーを痛めつけ、信号で車を停めた住民から現金やマリファナを巻き上げ、一度ヤギと喧嘩したこともある。クーターをちょっとでも酔わせれば、だまし討ちのように飛び出してきたヤギに頭突きされた話で大いに愉（たの）しませてくれた。一方、勝者の常として、ヤギのほうはその争いについて何も話さなかった。

選挙結果が判明したとき、タイタスはスコットと同じくらい驚いたのだった。ふたりは去年、チャロンのような小さな郡では考えられないほど何度も角を突き合わせた。なかでも最大の出来事は、スコットのいとこで郡の建築検査官のアラン・カニンガムをタイタスが逮捕したことだった。黒人家族による井戸の設置申請をアランが理由なく却下している、というジャマル・アディソンの不服申し立てにもとづいてタイタスが捜査したところ、アラン・カニンガムと地元の不動産開発業者リース・カンターが手を組んで、笑えるほど馬鹿げた陰謀を企てていたことがわかったのだ。ふたりは裏で手を組んで、リースが新しい分譲地にしたいコニャーズ・ビーチの近くの土地に黒人家族が家を建てられないようにし、アランは申請を却下するたびに賄賂をもらっていた。

スコットは気性の荒いカニンガム家の名ばかりの家長だったが、いとこにしてやれることは何もなかった。思い上がりか無知のどちらのせいにしろ、アランは〝方向ちがい（ロング・ウェイ）のコリガン〟でもまちがえないような証拠書類を残していた（一九三八年、ニューヨークからの大西洋横断飛行に成功したダグラス・コリガンは、横断を許可しなかった政府に対し、国内をめざすつもりが行き先をまちがえてしまったと主張した）。

ふだんタイタスは逮捕を愉しいとは思わないが、アラン・カニンガムに手錠をかけた瞬間はその週のハイライトであり、スコットとの関係の谷底だった。

「ええ、おれもあなたの敵じゃありません。あなたの旗工場の生地裁断係でもないし、水産工場のカニ漁師でもない。本件は保安官事務所が対応します。手伝いたければ、今日ここにいた全員がカウンセリングを受けられるように、監理委員会に助成金でも出してもらってください。お互い自分の仕事をしようじゃありませんか」タイタスは言い、スコットに背を向けて、カーラから証拠袋を受け取った。スコット・カニンガムはいつでもタイタスと張り合う気満々だ。ほかの日だったらタイタスも取り合わないが、今日は人が死んでいる。ジェファーソン・デイヴィス・ハイスクールの階段と壁に飛び散った血が冷えても、死体はまだ温かい。スコットのような男たちは、自分たちだけに見えるヒエラルキーの最上段で人々を支配したいというエゴと欲望に取り憑かれている。人の死に直面しても、くだらない野心を脇にやる器量がないのだ。

彼らはありったけの権力と支配力が欲しくてたまらない。堆肥工場で糞をシャベルですくう仕事の責任者にならないかと言われたら、スコットは引き受けるだろう。ほかの誰かにああしろこうしろと命令する立場になれるなら。この小さな町で、スコットの過大な権力欲は自尊心と伝統で半分ずつ満たされていた。カニンガム一族は郡でも指折りの豪家で、郡最大の雇用を生み出す最大の企業をふたつ所有している。ほぼどんな基準で見ても、カニンガム家はチャロン郡を経営していた。

ただひとつの例外を除いて。

彼らは保安官ではなく、タイタスが保安官だ。胸に保安官バッジをつけてしばらくたつが、タイタスは、今日という今日は彼ら特権階級が好き勝手にふるまうのを許さないつもりだった。

「スピアマンが携帯を持ってたら、それも袋に入れて事務所に両方持ち帰ってくれ」彼はカーラに言い、証拠袋を渡した。カーラを雇ったのはデイヴィに次いでふたりめだった。小柄で細身なのに柔術は青帯で、いつかＦＢＩに入ることを夢見ている。デイヴィは気さくで忠実だが、カーラは頭がよくて粘り強い。将来のどこかでデイヴィが保安官になる日が来るかもしれない。そのころカーラは国を半分横切った場所でカルテルのメンバーを逮捕し、メディアのまえに連れ出しているのだろうか。

「わかりました、ボス。そうします」カーラは言った。

そこで立ち止まった。

「まずいですよね。発砲したことですけど。まわりにいた子の大半が動画を撮ってたし。わたし……彼は投降すると思ったんです。そしたら急に……こっちに走ってくるみたいに見えて。あの、実際そうでしたよね？」カーラは言った。

「いまは携帯を取ってくるだけでいい。ほかのことは全部あとで対処する」タイタスが言うと、カーラはうなずき、スピアマンのポケットを調べに行った。タイタスはミラーレンズのサングラスの奥で目をつぶり、口を閉じたまま舌で歯を触って気持ちを落ち着かせた。生徒や職員の誰かが撮った動画が拡散するのにどのくらいかかるだろう。一日？　一時間？

選挙前の最後の討論会で、タイタスとクーターは最後にもう一度、チャロン郡の住民に意見を主張し、締めくくりのことばを述べる機会を与えられた。

タイタスは東チャロン社会奉仕（ルリタン）クラブの広々とした部屋の演説台に上がり、自分の目標を述べたが、それは自分の罪の意識の一部を共有することでもあった。

「イギリスの作家ジョージ・オーウェルは書きました――われわれがベッドで安心して眠れるのは、力自慢の男たちが毎晩待機して、危害をもたらす者を暴力で追い払ってくれるからだ、と。私が望むのは、そうした強者たちが、守るべき人々に決して暴力をふるわない保安官事務所です。私はこの地で生まれ、地元のハイスクールを卒業しました。子供のころはフィドラーズ・ベイで泳ぎ、ルート15で運転を覚え、〈ウォータリング・ホール〉の奥で初めて酒の味を知りました。チャロンは私の心、私の故郷ですが、強者たちがつねに思慮深く暴力を使ってきたわけではありません。少なくとも保安官にできるのは、強者たちが人々のしたがうべきルールを定めたのなら、同じルールで彼らを縛ることです。これまでかならずしもそうではなかったことを、私たちはみな知っているからです」タイタスはそう述べた。最終演説だけはやけに雄弁だったなと自分でも思った。それに対して、クーターの締めくくりのことばはまるで熊のうめき声で、熊が〝法と秩序（ロー・アンド・オーダー）〟だの〝国境警備（ボーダー・コントロール）〟だの言おうとしているように聞こえた。チャロン郡は南の国境から三千キロも離れている。タイタスが席に戻ったとき、拍手したのは数人だったが、全員が彼の演説に聞き入っていた。

今日、タイタスの部下の力自慢がラトレル・マクドナルドに暴力をふるった。ラトレルはジェフ・スピアマンに暴力をふるった。だが、ほかの結末などありえただろうか。

贖罪（しょくざい）についていつも考えていたころなら、ほかの結末もあると思っただろうが、それはナイーブにすぎる。いまのタイタスにはわかった。人は斧（おの）を持てば木を切りに行く。銃を持てば、星のバッジの有無にかかわらず、いずれ人を殺すことになる。

いつだってそうなる可能性はあるが、法執行の仕組みがその可能性をかぎりなく必然に近づける。かといって、自分が生殺与奪（せいさつよだつ）の権を握っているという事実はなかなか受け入れがたいものだが。

ジャマル・アディソンから、保安官選挙に出馬しないかと初めて声をかけられたのは、エメット・トンプソンがクーター・ベニングズに車を停められ、死ぬ一歩手前まで殴られたあとだった。タイタスは墓地に行き、自分の母親と話し合った。母の墓石を見張るかのように立っている悲しげな松の木々の下で、物事を変えようと誓った。自分を変えようと。法執行官の象徴である細いブルー・ラインが隠しているものを見るたびに、気分が悪くなった。行動のきっかけがなんであれ、彼らのすることには、自分がしたことに匹敵するくらい胸が悪くなった。タイタスは亡き人との約束を肩に背負って保安官に立候補したのだった。

そしてついに、彼の保安官補たちがひとりの男を殺した。ヘロインがもたらす熱い白昼夢と密造酒でかろうじて精神の均衡を保っていた男を。苦しんでいる男を。タイタスの助けを必要としていた男を。

タイタスは自分のＳＵＶまで歩き、運転席に乗りこむと、エンジンをかけてすぐにギアを入れた。作成すべき書類、かけるべき電話があった。ラトレルの両親には自分で知らせるつもりだった。ほかの誰かにまかせることはできない。カルヴィンとドロシーがネットでニュースを知るか、もっとひどければ誰かに電話で教えられるまえに連絡がつきますようにと神に祈った。

スピアマンのことは誰に知らせればいいだろう。どう考えても学校は今日一日、いや、おそらく今週いっぱい閉鎖される。壁や階段の血をきれいに洗浄しなければならない。漂白剤と水で悪魔祓(ばら)いをすれば殺戮(さつりく)の跡は洗い流せるが、今朝、学校内を歩いたあらゆる人の心の傷はほとんど消えない。事務所でロジャーとトムから発砲に関する説明を聞く必要があった。当然だ。古いエンジンの錆(さ)びた歯車のような、まわりの何百という可動部品が、またもとの位置に戻りつつあった。その一部か全部がタイタスのもっとも弱いところに咬(か)みつきかねない。だが、彼の頭のなかの優先事項はそれだけではなかった。

ジェフ・スピアマンの携帯電話の中身も確かめたかった。

4

タイタスが保安官事務所に戻ったころには、銃撃のニュースは火薬庫の火事の勢いでチャロン郡に燃え広がっていた。机にいるカムが次から次へと電話に応対する声が聞こえた。通話をひとつ終えるが早いか、別の電話がかかってくる。カムは、多数の死傷者が出る事件に備えてタイタスに教わった一般的な返答をくり返した。

「ええ、ハイスクールで事件がありました。現時点でこれ以上の情報は公開できません。保安官ができるだけ速やかに最新情報を発表します」カムは干からびた生皮のようなしわがれ声で何度も言った。

タイタスは自分の耳を、次にカムを指差した。カムはヘッドセットをはずし、目に入ったくすんだブロンドの前髪を振り払った。

「甥っ子は?」とだけ訊いた。その早口で荒っぽい言い方は、すでに甥のことを過去形で話す覚悟を決めているかのようだった。

「彼は無事だ。犠牲者は銃撃犯のほかにひとりしかいない」タイタスが言うと、カムは車椅子にもたれて目をつぶった。安堵というどこまでも自分本位の感情が顔じゅうに広がった。

「通報システムがパンクしそうです。なんとかまわしてるけど、ギリギリで。911の回線に銃撃についてのメッセージを録音したらどうです？　かかってくる電話が減るかも」カムは言った。

「いいアイデアだ。いますぐやる」タイタスは言った。

「結局……何が、その、起きたんですか？」カムはヘッドセットをつけ直し、水のボトルを開けた。

「カルヴィン・マクドナルドを知ってるか？　彼の息子のラトレルがライフルでジェフ・スピアマンを撃った。そのあとロジャーとトムがラトレルを撃った」タイタスは言った。ラトレルから武器を取り上げようとしたことや、ロジャーとトムが引き金を引くタイミングが〇・五秒早すぎたと感じていることは説明しなかった。

「まさかそんな。スピアマン先生は知ってるなかでいちばんの先生なのに。バスケの練習のあと車でよく家まで送ってくれました。うちには車が一台しかなくて、〈R&J〉で夜勤をしてた親父がそれを使ってたから。くそ、なんてこった。撃たれた理由はわかってるんですか？」カムは訊いた。タイタスが答えるまえに、また緊急通報システムの画面が光りはじめた。

「メッセージを録音してくる」タイタスは言い、自分のオフィスに入ってドアを閉めた。ドアのすりガラスの上部と同じ高さに打った壁の釘(くぎ)に帽子をかけた。椅子にゆっくり坐りながら、大事なことはあっという間に移ろい、姿を変えてしまうと思った。一週間前、彼のレーダーがとらえていた最大の緊急事案は、誰も撤去する気がない銅像を守るためにリッキー・サワーズと〈南部連合の息子たち〉が企てていたパレードだった。〝南部の反逆者(オール・レブル)ジョー〟が台座から落ちて粉々の石の山になってもタイタスは涙一滴流さないが、〈息子たち〉のパレードは不満を抱きがちな人々を刺激する。しかしいまやるべきことは、教え子たちのまえで教師を撃った男が銃殺されたことを人々に知らせる応答メッセージを録音することだ。リッキー・サワーズとネオ南部連合の連中は、チャロン郡の新しい現実の波に押し流された砂の城だった。

　その現実は単純明快で、チャロン郡に永遠の傷を残した。いまやチャロン郡は、その歴史に〝学校銃撃事件の発生地〟と書き加えなければならない最新の話題の地なのだ。

　タイタスはノートパソコンを開こうとして顔をしかめた。

「カム、この部屋に入ったか？」声を張り上げた。

「ペンが必要だったので！」カムが叫び返した。

「この次はパソコンを動かすな！」タイタスも大声で答えた。

「すみません、ボス」カムはそう言って、また電話に出た。

タイタスはノートパソコンをいつもどおり、ペン立てと電話を結ぶ線に直角になるように調整した。手前の左側には彼の署名を彫ったインク用スタンプ、右側には黄色いリーガルパッドが置いてある。タイタスの机は、自宅のクローゼットや自家用トラックと同じように——父親の懸命の抵抗もむなしく、台所の食器棚も——強迫神経症と呼べるほどきっちりと整頓されていた。最初から秩序に取り憑かれていたわけではなく、十三歳で母親を亡くしたあと、人生に構造を与えたいという欲求に支配されたのだ。理由のひとつは、父親がJTSブラウンのボトルに逃げこみ、そのあと二年間出てこなかったから。もうひとつの理由は、新しい種類の宗教がどうしても必要だったから。タイタスに言わせれば、聖なる血と葡萄酒(ぶどうしゅ)の儀式にもとづく宗教は魔法の力を発揮しなかった。〝構造〟が彼の宗教になった。規律という十字架で混沌に抗(あらが)ったのだ。

だが、この世の本質があらわになる今日のような瞬間がある。神聖なる構造物のはかない幕が引きはがされ、エントロピーがずかずかと舞台に上がってくる瞬間が。どれほど抑えようとしても、今日のような日、幼いころから知っている若者の胸が穴だらけになるのを見た日には、混沌こそ物事の本質だと思い知らされた。

デクレイン一家がそれを証明してくれた。

混沌は王だ。

タイタスはため息をついた。人生のピースの一つひとつをまっすぐ置きつづけよう。

自分にはそれしかできない。その行為だけがわずかな安らぎを与えてくれる。

ノートパソコンを開き、ボイスレコーダーのアプリまでスクロールした。咳払いをし、クリックすると、できるかぎり落ち着いた簡潔な口調で、単刀直入なメッセージを録音し、差し迫った脅威はないと住民たちに請け合った。

緊急通報システムの管理画面を呼び出し、録音したファイルを応答メッセージに追加した。それからチャロン郡保安官のソーシャルメディアのページに移って、同じメッセージをキーボードで打ちこみ、ページの上部にピンでとめた。銃を抜かざるをえない事態のあとで、こうした日常業務をこなすのは、いつも妙な気分だった。構えた銃口の先で人の生死を決めた直後に報告書を書くのは、絶望的にくだらないことに思えるが、実地の体験から、報告書を書くのは仕事のなかでもいちばん重要だとわかっていた。みずからの誓いを守ったか、破ったかの記録だからだ。完璧な世界では記録はきわめて神聖で、何よりも重んじなければならない。

だがタイタスは、世界がそれほど完璧でないことを知っていた。

机の電話が鳴った。

「はい？」

「カルヴィン・マクドナルドから外線一番です」カムが言った。

「くそっ」タイタスは言った。「わかった。つないでくれ」親指と人差し指で額をもんだ。

「クラウン保安官です」

「おれの息子は死んだのか、タイタス？」カルヴィンが訊き、深くあえぐように息を吸った。

「カルヴィン、どこにいる？」

「トラックを運転してる。ドロシーが電話をくれた。ラトレルが学校で撃たれたらしいって」

「カルヴィン、家に戻れるか？　家まで行って話したい」タイタスは言った。そう口にしたとたん、カルヴィンが怖れる最悪の事態を認めることになるのはわかっていたが、とにかく言った。ことばが鳥の骨のようにスカスカに感じられた。それでもカルヴィンに電話でラトレルのことを伝えたくなかった。彼にはタイタスと顔を合わせる権利がある。

「あいつは死んだのか、タイタス？」カルヴィンは泣いていた。率直でわかりやすい声だった。あらゆる希望が失われた声だ。

「カルヴィン、家に帰れ。一時間以内におまえとドロシーに会いに行く」

カルヴィンはうめいた。「ああ、くそ。くそったれ、タイタス」

電話が切れた。

タイタスは受話器を架台に戻した。こんなことがもっと待っている。もっとたくさん。受け入れる覚悟だが、やりたいわけではなかった。

報告書のファイルを開き、自分の視点から事件を詳述しはじめた。ロジャーとトムもそれぞれ報告書を書かなければならない。説明責任を徹底するために、タイタスは、保安官補同士が進行中の捜査の詳細を話し合うことを禁じるルールを設けていた。保安官補がかかわった銃撃も例外ではない。不正があるように見せたくないし、口裏を合わせるチャンスを誰にも与えたくなかった。

書き終えると、通信指令エリアに戻った。カムがまだ電話に対応している。タイタスはまた耳を指差した。

「はい、そのメッセージはまちがってません。いまこちらにある情報はそれだけです。では失礼します」カムは言い、ヘッドセットをはずしてため息をついた。

「あのメッセージのおかげで電話がたぶん二本は減りましたよ」

「カルヴィンとドロシーの家に行ってくる。トムの電話番号はわかるか？　なければ、おれの携帯に保存してある」タイタスは言った。

「ええ。六月にトムの家でバーベキューをしたときに教えてもらいました」

「彼に電話して、今日四時までに会う必要があると伝えてくれ。学校で使った銃を持ってこいと」

カムは机を見おろし、目を上げた。「発砲したのは正しかったんでしょう？　だって、犯人はスピアマン先生を殺したんですよね」その発言はふたりのあいだに漂った。まわりにはカムが口に出さない仮説があった。善人を撃った悪人がいて、別の善人がその悪人を殺した。それ以上何か話すことがあるのか？

　それほど単純ならいいんだが、とタイタスは思った。心から。

「トムと話さなきゃならないんだ、カム。本人に伝えてくれ」彼は言った。もう依頼ではなく指令だった。


　タイタスはＳＵＶに乗って保安官事務所の駐車場を出ると、チャロン郡の中心部をくねくねと走る道路に入り、スーパーマーケットの〈セーフウェイ〉とディスカウント店の〈ダラー・ゼネラル〉を越え、〈ハーンドン家具・電機店〉があった場所を通りすぎた。そのまま進んで郡立図書館と〈ギルビーズ南部料理店〉のまえを通り、郡庁舎と、その正面玄関から三メートルも離れていないところに立つ南部連合の戦争記念碑を通りすぎた。ハイスクールを横目で見ると、今朝混雑していた駐車場もいまはゴーストタウンだった。

　チャロン郡で三番目に儲かっている〈ソーピー・サッズ洗車店〉があった。金曜の夜に大勢の若者が車高を上げたトラックを泥だらけにし、土曜の朝に〈ソーピー・サッズ〉の洗車機に車を通し、その夜、田舎道をのんびり走ったりルート15をぶっ飛ばしたりする。そしていよいよ〈ソマーズ薬局〉だ。半年前、タイタスはビリー・ソマーズを処方箋詐欺の容疑で逮捕した。デイヴィとカーラを伴って自宅へ行くと、ビリーは書斎に坐り、両手首を骨の深さまで切っていた。柄が真珠色の折りたたみカミソリを膝にのせ、妻と息子ふたりの写真を両手で握って。カフェオレ色の絨毯は、カラフェに入った赤ワインを誰かがぶちまけたように見えた。タイタスたちは彼に止血帯を巻き、ニューポート・ニューズの病院に搬送して、二週間後に正式に逮捕した。

新しい薬剤師がソマーズの店を引き継ごうとしたが、ビリーの逮捕とその後の有罪判決にいつまでも苛立っていたソマーズの親戚たちが、その薬剤師は学位を持っていないという噂を流しはじめた。ひと月もしないうちに噂は揺るぎない事実に変わり、チャロンの善良な人々の医学的需要に応えようとした若い女性は、もっと豊かな土地を求めて秋までにいなくなった。彼女が黒人女性だったことも郡の白人たちに好かれる材料にはならなかった、とタイタスは思った。ふだんならチャロンの黒人たちは、新事業に乗り出す黒人女性の味方についただろうが、その若い女性はチャロン生まれではない新参者だった。チャロンの人々は新顔と親しくなりたがらない。これについては黒人白人を問わず、住民みなが団結していた。

タイタスは制限速度六十キロの市中から出ると、アクセルを踏んでルート15に入った。この主要幹線道路は、涙の形をした郡の大部分を切開するように貫き、そこから延びる数多くの脇道はアスファルトの縫合跡のようだ。

第一コリント・メソジスト教会を通りすぎた。明るい赤煉瓦でできた広大な教会で、郡のこちら側に住む白人の多くが日曜礼拝にかよっている。そのまま五キロほど進み、第二コリント・メソジスト教会もすぎた。第一コリントから分裂した第二コリントは、規模では本家にかなわないが、敷地の狭さを派手な装飾で補っている。一階から尖塔(せんとう)までステンドグラスの窓が連なり、正面の緑地には、往復して泳げそうな堂々たる噴水がある。教会の看板は石細工で縁取られた巨大広告で、気の利いたことばと簡潔な格言で神の救済を宣伝していた。高さは軽く三メートルはあり、花綱と金色の智天使(ケルビム)で飾られている。

第二コリントの信者たちには〝控えめな者が地を引き継ぐ〟部分が欠けている、とタイタスは思った（新約聖書マタイ傳福音書第五章第五節に〝幸福なるかな、柔和なる者。その人は地を嗣がん〟とある）。

第一、第二コリントとニュー・ウェイブは、チャロン郡に二十三ある教会のうちの三つだ。タイタスが子供のころ、郡には十九の教会があり、母親はエマニュエル・バプテスト教会の信徒だった。日曜学校でも教えていたが、病のせいで引退を余儀なくされ、寝たきりになり、やがてぴくりとも動かなくなった。会話ができなくなるまえは、チャロンのような場所にはあまりたくさんの救済はいらないとよく言っていた。

「神様はお望みになれば同時にあらゆる場所にいることができるけど、教会と名乗るすべての建物にいるわけじゃない。あなたも説教壇に立って牧師を名乗ることはできるし、わたしも泥のなかで転げまわってブタを名乗れるでしょ。でも、あなたの天職は説教じゃないし、わたしもかならずポークチョップになる運命でもない」タイタスは母親が一度ならずそう言うのを聞いた。

そのあと彼女は笑いに笑った。

幼いころには、母さんの笑い声はこの世でいちばん美しい音の集まりだと思っていた。モーツァルトがハープシコードでくり返し弾いたような、高くキラキラした音。これだけ歳月がたっても、その思いはまったく揺るがなかった。

さらに十五分車を走らせて、ソルト・リック・レーンに入り、カルヴィンとドロシーのダブルワイドのトレーラーハウスへ向かった。初めて故郷に帰ってきて、保安官に立候補することを発表するまえ、タイタスは父親のトラックでそこを訪ねた。裏口のポーチにカルヴィンと坐り、メイソンジャーで酒をまわし飲みしながら、共通の知り合いや思い出について語り合った。切なくもセピア色になって少しずつ消えていく、ともにすごした愉しい日々についても。だが、星形バッジをつけたとたん、思い出と同じように、家に招待される機会も消えた。予想どおりと言えなくもなかったが、今回ばかりはその予想がまちがっていることを祈った。

トレーラーハウスの庭に車を入れると、カルヴィンのトラックが妙な角度で駐(と)まっていた。ドロシーの小さなツードアセダンも同じだ。猛スピードで入ってきて急ブレーキをかけ、家に駆けこんだのだろう。息子がどのように死んだのか、彼らは十五通りの話を聞いている。噂とはそういうものだが、どれも正しくなく、どれもおぞましい。

タイタスは玄関前の階段をのぼって、ドアを三回強く叩いた。カルヴィンは数年前にこのダブルワイドを煉瓦で覆い、四方が赤い壁の本物の家に変えていた。あわただしい足音が玄関に近づいてきた。カルヴィンが勢いよくドアを開け、タイタスの目をじっと見た。

「言え。おれの顔を見て言えよ、この野郎ー」彼はかすれ声で言った。

「カルヴィン、入っていいか？」タイタスは訊いた。カルヴィンはタイタスより数センチ背が低いが、横幅は二倍あり、雄牛のように太い首に幅の広い頭がのっている。いまだにジェファーソン・デイヴィス・ハイスクールのパワーリフティング競技の記録保持者だった。顔は濃い褐色で、目のまわりのしわは少し増えたが、基本的にはタイタスが一年生のころから知っている口の悪い無礼なガキのままだった。

「その階段に立って、おれの息子を殺したのはおまえだと言えよ。もう知ってるんだ、タイタス。ただおまえの口から聞きたい。おれの目を見て言え……」カルヴィンの声が小さくなった。半秒間黙った。目のなかの光が暗くなり、彼が別のどこかにいるのがわかった。親友のひとりがわが子を殺していないどこかに。そして猛烈な勢いで戻ってきた。涙が頬を伝った。両手で頭をつかみ、泣きじゃくり、タイタスからあとずさりして壁にぶつかった。両足がぐらついて床にへたりこんだ。

ドロシーが亡霊のように現れ、タイタスを見つめながらカルヴィンのそばに行った。

「何が起きたの、タイタス？」彼女は訊いた。顎が強張っていた。ほっそりした女性だが、カルヴィンに腕をまわして助け起こそうとした。ドロシーとタイタスのあいだに、ある感情が行き交った。電気のように目に見えないが、同じくらい強力な感情だった。ドロシーは人生で毎日、想像しうるなかでもっとも悲惨な出来事に備えてきた人間の表情を浮かべていた。

タイタスはサングラスをはずした。

「誰かがハイスクールで発砲しているという通報を受けた。われわれが現場に着くと、ラトレルが30-30ライフルを持って出てきた。彼は……銃をおろさなかった。ジェフ・スピアマンのことを何か言ったあと、おれたちに突進してきた」喉の奥から酸っぱいものがせり上がってきて口に広がった。タイタスは、カルヴィンとドロシーが苦痛にゆがんだ顔を見合わせたときの気持ちを、猟犬がにおいを嗅ぎ分けるように感じ取った。

「あの30-30はおまえの銃か、カルヴィン?」タイタスは訊いた。

カルヴィンはまたドロシーのほうを見たが、妻は目を閉じていた。彼はまたさっとタイタスのほうを向いた。

「今度はおれを逮捕するのか?」カルヴィンは叫んだ。悲しみが繭（まゆ）の外に出て、怒りになった。

「いや。訊いてるだけだ。わからないことをはっきりさせたい、それだけだ」タイタスは言った。サングラスをかけ直し、階段の二段目まで下がった。弁解したくなる衝動と闘った。どれほどラトレルを説得しようとしたか、話したかった。ラトレルの頭半分が駐車場に飛び散る結末など望んでいなかったことも。

「学生時代、あの子はスピアマン先生が大好きだったわ。先生は地理の授業でラトレルを特別に指導してくれた。よく放課後にふたりで居残りして。なのにどうしてあの子が先生を撃とうとするの、タイタス？」ドロシーは訊いた。

タイタスは喉にできかけた塊を飲みこんだ。

「あいつは先生を撃ってない。息子ははめられたんだ。こいつらのやり口さ！」カルヴィンの唇から唾が飛び、数滴がタイタスの頬にかかった。カルヴィンとドロシーのあいだで、また無言の会話が交わされた。ドロシーの目は、ラトレルについてカルヴィンが受け入れたくない何かを物語っていた。

人の精神を流れる秘密の川を誰よりも知っているのは母親だ。

「カル、おれたちは彼をはめてない。保安官事務所の人間は誰も彼にあの30－30を渡してない」タイタスは非難めいた口調にならないように最大限努力し、事実だけを話した。事実は感情のことなどおかまいなしだと言う人もいるが、そういう人は、あなたの息子が死んだ、死ぬまえに人を殺した、と父親に告げなければならない立場になったことがないのだ。

カルヴィンからあらゆる戦意が消え去ったようだった。彼はなんの前触れもなく背を向けて去った。リビングルームに引っこんで、タイタスの視界から消えた。残されたタイタスとドロシーは、寒気に体の熱を奪われながら戸口に立っていた。

「何週間かまえ、あの子が鉈を持ってここに来たの。それを振りまわして、おれは悪魔だとわめいてた。わたしたちは震え上がった。ラヴォンは泣いちゃって。そしたらラトレルは鉈を落として、わたしの腕に飛びこんできた。すごく傷ついてたけど、どう助ければいいのかわからなかった。自分の息子なのに助け方がわからなかったの。改善してると思ってたのよ、わかる？　水産工場で仕事も決まったし。自分を取り戻しつつあると思ってた」ドロシーは寒くなって自分を抱きしめた。「いつあの子に会える？」

「いまは監察医務局にいる。二日ぐらいかかると思う。葬儀場に連絡しておくよ。〈スペンサー・アンド・サンズ〉を使うよな？」タイタスは尋ねた。

「そこまで考えてなかった。ええ、〈スペンサー〉を使うと思う。あの子……スピアマン先生のほかに誰か傷つけた？」ドロシーは訊いた。

タイタスは首を振った。「いや。ほかには誰も。生徒もほかの先生も、誰も」

「よかった。カルを見てくる。そのあと、兄さんが死んだことをどうやってラヴォンに伝えるか考えないと」ドロシーはドアを閉めた。タイタスはしばらくそこに立ったあと、SUVに戻った。言いたいことはもっとたくさんあった。しかし同時に、カルヴィンとドロシーとラヴォンが今日から死ぬまで抱える傷を癒すために言えることなど何もなかった。

トラックのエンジンをかけていると、無線マイクが甲高い音を立てた。

「保安官、いまどこですか？」カーラが言った。

「ラトレルの件を両親に伝えてた。どうした？」

カーラは答えなかった。

タイタスのポケットで携帯電話が振動した。取り出して画面を見た。カーラだった。通話ボタンを押した。

「開放周波数帯で話せないことでもあるのか？」タイタスは言った。電話の向こうから、一九八〇年代の卑猥（ひわい）ないたずら電話のような荒い息が聞こえた。

「保安官、携帯は回収しましたが中身が見られません。ロックされてます。よくある親指の指紋認証のセキュリティ・アプリです。葬儀場のハロルドに電話したら、まだスピアマンの遺体を置いているそうです。急いで監察医のところへ運ぶつもりだったけど、母親の墓石を注文したいという人たちに捕まってしまったらしくて。電話したのは、葬儀場に行ってミスター・スピアマンの指紋でロック解除すべきか訊こうと思ったからです。でも……」

「でもなんだ、カーラ？」

「保安官、ジャマル・アディソンと教会の信者二十人ほどが駐車場にいます。あなたに会わせろって。なぜ生きたラトレルを身柄確保できなかったのかと訊いています。本当に彼が発砲したのかと。デイヴィが外に出て話し合おうとしましたが……」
「うまくいかなかった」
「まったくだめでした」
「あと十分で着くと彼らに伝えてくれ。まだ葬儀場には行くな。きみとデイヴィが必要になるかもしれない」タイタスは言った。

事態が手に負えなくなる可能性を認めるだけでも嫌だった。ジャマルは行動派の牧師で、魂の救済と同じくらい社会正義に情熱を傾け、信者の熱烈な信仰心をかき立てている。その熱に拍車をかけるのは、タイタスの前任者の時代にチャロン郡保安官事務所が発表したあらゆることを疑う当然の（悲しいことに正当な）気持ちだ。そのうえ、今日の事件のあとでは、郡じゅうの人たちが生々しい感情を持て余している。となれば一触即発になる準備はできたも同然で、ことばはたちまち行動に、行動は例外なく暴力になる。

そんな状況をジャマルと信徒たちが望んでいるとは思えないが、そこが暴力の問題だった。暴力はいつも招待状を待っているわけではない。ときおりダムにほんの小さな亀裂を見つけて谷じゅうに洪水を起こす。タイタスは、今日これ以上誰かが傷つくのを見たくなかった。わめき立てる響きと怒り（シェイクスピア『マクベス』第五幕第五場より）はもうたくさんだった。

九分後、タイタスは自分を待ち受ける人だかりを通りすぎ、保安官事務所の専用駐車スペースに車を入れた。事務所と留置房が入った黄褐色の煉瓦造りの建物の入口近くに、ジャマル・アディソンと信者二十人ほどが立っていた。

タイタスは対戦のまえの緊張をほぐすように左から右へ首をまわした。この対話は別の闘いになるが、無傷で逃れられないのは確実だった。アフリカ系アメリカ人ひとりが白人の保安官補ふたりに射殺されたのだ。保安官が誰であれ、深刻な疑問が投げかけられるのは当然だ。信じられないと言われようが、じつはタイタスもジャマルたちと同じ考えだった。アメリカ、なかでもメイソン＝ディクソン（ペンシルヴェニア州とメリーランド州の境界で、かつては自由州と奴隷州の境界線だった）より南の警察活動の歴史を考えれば、そうした疑問はもっと強調されなければならない。

タイタスの答えにジャマルが反発し、陰謀めいた言い種だと見なすこともわかっていた。タイタスが改革を訴えて出馬した黒人だという事実も関係ない。ジャマルを含む多くの黒人にとって、タイタスはもう黒人ではなく警察官だった。ジャマルがそんなふうに考えるのは、皮肉で気が滅入る。

保安官に立候補する可能性をジャマルと話し合ったときには、あくまで黒人の保安官になるのであって、黒人コミュニティのための保安官になるのではない、と苦労して説明した。本物の改革をおこなうために全力を尽くすが、最終的には法を無視できないし、無視するつもりもない、と。残念ながら、ジャマルにその考えは理解してもらえなかった。あるいはジャマルは、タイタスの当選のために利用されて今回裏切られたと感じているのかもしれなかった。まずまちがいない。いずれにしろ、何かの機会でジャマルに会うたびにタイタスの心は沈み、結局ふたりを隔てる溝は広がるばかりだった。

　チャロン郡の残りの黒人コミュニティの一部からいつまでも敵と見なされるのは、しかたがないと思っていた。それは星のバッジをつける代償だ。タイタスは保安官への立候補を表明した瞬間に、彼を信じる人たちと、その肌の色ゆえに彼を憎む人たち、彼がみずからの人種を裏切ったと考える人たちに囲まれた中立地帯で生きる選択をしたのだ。その未知の国の境界線で踏ん張ろうと精いっぱい努力した。血にまみれても屈服せずに（W・E・ヘンリーの詩、『インビクタス』の一節）。ここ一年はおおむねうまくやれたと思っていたが、今日のような日には、そんな思いが地面に叩き落とされ、足元で粉々になるのを見ているしかない。ジャマルを責めるわけにもいかなかった。あれは獣の性の表れであり、獣は咬みつくものだから。

　タイタスはＳＵＶからおりて、カーラとデイヴィにうなずいた。ふたりは駐車スペースの列を区切るコンクリート部分の向こう側に立っていた。人々はタイタスの側にいる。カーラとデイヴィが動かなかったので、タイタスはもう一度大きくうなずいた。カーラがその意図に気づいて肘でデイヴィを突くと、彼の顔は真っ赤になった。

　ふたりとも正面玄関の奥に消えた。

　ふたりには近くにいてもらいたかったが、外で見張らせるのは得策ではない。思わぬ事態に備えて彼らはすぐ先にいるが、ジャマルと信徒たちには孤立したと感じさせたくなかった。

「クラウン保安官、ちょっと時間をもらえるかな？」ジャマルが言った。ハンサムな若い黒人男性で、声がよく響く。口調と仕種（しぐさ）は昔ながらの牧師でありながら、ミレニアル世代の活動家のビジョンと情熱を持っていた。チャロン郡に住む年配の黒人の多くは、彼の長いブレイズやカジュアルな装いが気に入らず、ジーンズ、〈ティンバーランド〉の茶色いブーツ、フットボールの復刻版（スローバック）のユニフォームという出立（いでた）ちは聖職者にふさわしくないと思っている。けれどタイタスは、ジャマルの服装は歓迎すべき変化だと思っていた。正直なところ、一部の牧師が近ごろ着ている派手な預言者のような衣装より好感が持てた。

「アディソン牧師。どうしました？」

　選出されて半年ほどたったころ、タイタスはジャマルにファーストネームで呼ばれなくなったことに気づき、自分もそうすべきだろうと考えた。もう友だちはやめたと相手が決めたのに、こちらがあくまで友だちでいようとするのは愚かに思えたのだ。

　ジャマルは祈りを捧げるかのように手を合わせ、その間に考えをまとめた。

「保安官、今日ハイスクールで発砲があったと聞いた。カルヴィン・マクドナルドが泣きながら私に電話してきて、保安官事務所の人間に息子を殺されたと言っていた。彼にはスピアマン先生を撃った疑いがかけられ、投降しかけたところを犬のように撃ち殺されたとも聞いている」ジャマルは言った。ゆっくりと一語ずつもったいぶって話すのは、激怒している証拠だ。

「アディソン牧師、銃撃事件はいまも捜査中です。かかわった保安官補ふたりは、内部調査の結果が出るまで管理休暇扱いになる。公式発表は明日。ただ、事態を穏便に解決するためにあらゆる努力がなされたのは確かです」タイタスは自分の口調が嫌でたまらなかった。相手は同じ黒人なのに、別の人種か文化圏の人間との会話のようだった。

　ジャマルは指先を唇に当てた。

「保安官、申しわけないが、率直に言ってそれでは不充分だ。たったいまここで、この銃撃事件の捜査に州警察を呼び入れると約束してくれないか？　悪く取らないでほしいが、鶏小屋（とりごや）でキツネを捕まえたら、ほかのキツネに動機を捜査させたりしないだろう」ジャマルは言った。同意のつぶやきが群衆のなかに広がった。

「現時点では、州警察に内部調査をしてもらう必要はないと思います。本件では完璧な透明性をもって捜査を進めると誓い――」

「おまえの誓いなんぞクソくらえだ、オレオ（白人のようにふるまう黒人に対する蔑称）」ジャマルの横でそう言った若者に、タイタスは見憶えがあった。運転免許証に記された名前はアーヴィン・ジェイムソンだが、みんなにはトップ・キャットと呼ばれている。チャロン郡で嗜好性薬物を売る中心人物のひとりだったが、半年前、自分の売り物を過剰摂取した。一週間の昏睡（こんすい）のあとこの世に戻ってきて、自分は救済されたとのたまった。あの世を垣間（かいま）見た、あちらの世界に行きかけた、と。その宣言からほどなく、トップ・キャットはアディソンの教会の信徒になった。その改心は本物だとタイタスは思っていた。死神のすぐそばまで行ったことが人をどこまで変えるか、身をもって知っているからだ。とはいえ、新生トップ・キャットがあまりにも独善的なことには閉口した。この特徴は救済されたばかりの者たちに共通する。とりわけその人物が救済前の人生で何かに依存して苦しんだ場合には。俗世での依存を捨て、聖別された依存を手に入れるようなものなのだ。

「よく聞き取れなかった。もう一度言ってくれ」タイタスは言った。くたびれ、緊張し、今朝目撃したことすべてのせいで頭がくらくらしていた。親友の息子が目のまえで殺され、ヴァージニア大学に入学するための推薦状を書いてくれた先生の後頭部から脳みそが吹き飛ばされ、今度は自分が黒人であること——腕や脚と同じように自分の本質的な部分——が攻撃されている。ほんの半年前まで大量のオキシコンチンやＭＤＭＡ(モリー)の結晶粉末を郡の金持ちの白人より仲間の黒人相手に売っていた男によって。

この男の厚かましさは許容できても、偽善には我慢ならなかった。

「もう一回言えよ」タイタスは言った。もう保安官の語調ではなく、裏道だらけのチャロン郡の男の声だった。密造酒とコーンブレッド。殴り合いとスイカズラ。

「聞こえただろう」トップ・キャットは言ったが、今度は声がずっと小さかった。

「アーヴィン、やめておけ。クラウン保安官、言い分はわかるが、われわれが少々疑いを抱く理由を本気で説明しなきゃいけないか？」ジャマルが言った。タイタスはわずかに首を傾けた。いろいろな意味で、ジャマルの言っていることはトップ・キャットの侮辱より厄介だった。もちろん、疑いを抱く理由はわかる。チャロン郡保安官事務所だけでなく、国じゅうの多くの警察組織で偏見と反感の歴史が長く続いていることも当然知っていた。そしてもちろんタイタスも、ウォード・ベニングズが郡の黒人の老若男女の首に職杖を押しつけるように保安官バッジをひけらかすのを見ながら育った。ジャマルの昔のヒューストン・オイラーズのユニフォームの襟首をつかんで、「なんでおれが保安官に立候補したと思ってる？」と叫びたかった。

だが、それだけが理由じゃない、だろ？ レッド・デクレインの声が頭のなかでささやいた。

「アディソン牧師、心配なのはわかるが、いまはそれしか言えません」タイタスは言った。ジャマルは肩をすくめた。「まあいい。でも、これは知っておいてくれ。この件をきみたちがどう調査するか監視させてもらう。またしても黒人殺しを隠蔽するそぶりを見せたら、世の中に異議の声をかならず広げるからな。どんなに時間がかかってもだ。真実は時を選ばない、保安官」

昨年、ジャマルはタイタスへの投票を呼びかける集会を盛んに開いていた。この牧師の信用を失ったのはいったいいつだろう、とタイタスは考えた。ジャマルが警官組織全般を信用しない理由はわかるが、牧師と信徒たちからとりわけ信用されていないことが気になった。

「徹底的に調査する。約束します」タイタスは言った。

「カルヴィンやドロシー、いま生きてるもうひとりの息子にとっても満足のいく調査になるんだろうな」

「ラヴォン」タイタスは言った。

「なんだって？」

「彼らのもうひとりの息子。名前はラヴォンです。あの子が生まれたとき、おれはあの家を訪ねてた。父親、母親、祖父母の次に彼を抱いたのはおれです。五番目だった。ちょっと心臓に欠陥を持って生まれてきたからみんな心配したけど、医者の治療で治った。いまは火の玉みたいに元気な十二歳で、絵を描くのが好きだ。おれが保安官になるまえにカルヴィンの家でバーベキューをしたとき、ラヴォンは父親とおれの絵を描いてくれた。いまカルヴィンにとって満足のいく状況じゃないことはわかってる。長男が死んだんだから。その事実は何があっても変わらない。おれが誓おうと、あなたが説教しようと。さて、そろそろ失礼します」タイタスはジャマルと信徒の脇を抜けて、保安官事務所に入った。

　カーラとデイヴィが留置房の入口のまえに立っていた。ロジャーは証拠保管室のそばで背を向け、片手を壁についてうつむいていた。事務所には電話に応えるカムの低い声だけが響いていた。

ほかの保安官補たちは葬儀の参列者並みに重々しい雰囲気だった。

チャロン生まれの若者を殺してしまったせいだ、と思う人もいるだろう。たしかにそれは彼らの態度に影響しているかもしれないが、悲しげな表情のいちばんの理由ではないとタイタスにはわかった。そのチャロン生まれの若者はジェフ・スピアマンを殺したのだ。地理の教師で、討論クラブの指導係で、演劇部のスポンサー。ジェフ・スピアマンは、ハイスクールの経営側と生徒会が対立すると、いつも生徒の味方をしていた。タイタスがジェファーソン・デイヴィス・ハイスクールの生徒だったとき、校長が卒業記念のダンスパーティを取りやめようとしたことがあった。伝染性単核症の流行というのが表向きの理由だったが、ダンスパーティへの出席を表明した異人種カップルが多すぎたことが本当の理由だとみな知っていた。ジェフ・スピアマンは生徒側に立ち、もし校長が本当に取りやめるなら社会奉仕クラブで代わりのダンスパーティを企画すると脅しさえした。

その体験をタイタスが大学寮のルームメイトに話すと、ニュージャージー州トレントン出身の彼は、チャロン郡は公民権運動が盛んだった一九五八年をくり返すタイムループにはまってるのかと訊いてきた。

「ていうか、いま二〇〇〇年だぞ。なのに校長たちがいまだに、いたいけな白人娘の貞節をでかくて怖い黒人ペニス・モンスターから守ろうとしてるって?」ルームメイトのマリクは言った。

「いや、でもスピアマン先生がおれたちを守ってくれた」タイタスは言った。

「その先生がきみらを守らなきゃいけないってとこがおかしいだろ」マリクは言った。タイタスはスピアマン先生を称賛した自分がまぬけに思えた。先生が称賛に値しないからではなく、すべての状況が悲しく痛ましい時代錯誤（アナクロニズム）だったから。

「全員オフィスに来てくれ」タイタスが保安官室に入ると、三人は石のように黙ってあとに続いた。タイタスは壁の釘に帽子をかけ、机について坐った。カーラ、デイヴィ、ロジャーが半円を作って机のまえに立った。

全員、机のノートパソコンの右横に置かれた携帯電話を見つめていた。絞り染め（タイダイ）模様のカバーつきで、机に伏せてある。ロジャーの顔はマスの腹のように真っ白で、唇は唾で濡れていた。吐いたばかりなのかもしれないとタイタスは思った。デイヴィは拳を唇にぎゅっと押しつけていた。その大きく突き出た耳は、ひっぱたかれたようにまだ真っ赤だった。カーラは軍隊ふうに両手を背中のうしろで組んで立っていた。

タイタスは大きく息を吸った。つんとする汗のにおいの裏に、なじみ深いと同時に心を乱される苦いにおいがあった。

恐怖だ。落雷のまえのオゾンのように彼らの恐怖のにおいが漂っていた。

カムを除く全員が、スピアマンに関するラトレルの発言を聞いていた。あの哀れな告発は、気のふれた者のたわ言には聞こえなかった——かならずしもすべては。中途半端な結論はありえない。ジェフ・スピアマンの携帯の中身を見た時点で、頭のおかしい元生徒に殺された敬愛すべき先生だったのか、怪物だったのかが判明する予感がした。ふたつにひとつ、とタイタスにはわかった。妥協点はない。部下たちの顔をひと目見て、彼らもそう思っているのがわかった。

「今朝の聞きこみはどこまで進んでる？」

カーラは咳払いをした。「できるだけ多くまわりました。応じたのは三十人くらいです。しゃべりたくないという人が多かったので」

「大人全員から話を聞こうとしたんですが」デイヴィが言った。

タイタスはサングラスをはずした。「もう少し当たってみてくれ。しっかり証言を集めたことを示したい」

「なんで証言が必要なんです？　あの野郎がスピアマン先生を撃ち殺して、おれたちがやつを倒しただけでしょう」ロジャーが言った。目は血走り、精いっぱい強がっているが、話しながら唇が震えていた。

「みんな証言を集めつづけろ。おれは携帯を葬儀場に持っていく」タイタスは言った。デイヴィとカーラがドアに向かった。ロジャーがあとに続こうとした。

「ロジャー、おまえは残れ。坐るんだ」タイタスは言った。大男は立ち止まり、タイタスの机の向かいにある木枠と革張りの椅子に近づいた。カーラは一度振り返ったあと、ドアから出ていった。

タイタスは両手の指を組んだ前腕を机にのせて、ロジャーの目を見つめた。

「ロジャー、今日おまえは発砲した」

「ええ、そしてイカれた野郎を殺したみたいです」ロジャーは言った。皿の芽キャベツを食べたくないと拒否する子供のように、広い胸のまえで腕を組んだ。タイタスは続けた。

「わかってるだろう。おれが保安官に就任したあと説明したように、射殺にかかわった職員は誰であろうと最低二週間の管理休暇だ」

「は？　ふざけないでくれ！　ラトレルは教室いっぱいの生徒のまえでスピアマン先生を撃ったんですよ。おれたちの知ってる子供たち、あんたも知ってる子供たちだ、タイタス。おれたちはやるべきことをやった。なのにおれに内勤にまわれと？　本気で？　あんた……」発言を終わらせる代わりにいきなり椅子から立ち上がった。

タイタスは冷たい無感情な目で保安官補を見つめた。大男のロジャーは、容疑者や囚人、〈ウォータリング・ホール〉で席を先に取ろうとした相手を脅すために自分の体格をよく利用するが、それをタイタスに試したことは一度もなかった。コヨーテが単独でグリズリーを威嚇しないのと同じだ。しかしいま、彼はタイタスの机に近づいてそこに両手をつき、身を乗り出した。大きく角張った頭が天井の蛍光灯の光をさえぎった。

「現場には全員の手が必要でしょう、タイタス。発砲はまちがってなかった。アディソンと彼のカルト信者たちが納得してないだけだ」ロジャーは言った。

タイタスは指をほどき、ロジャーにぐっと顔を近づけた。「現場には全員の手が必要だ。だからトレイに戻ってきてもらう。この件をよく調べて、発砲には非難の余地がなかったことを確認してもらう必要がある。ハイスクールの階段でわれわれが人ひとりを殺したという事実から目をそらせば――彼が何をして、何をしなかったかに関係なく――この事務所とジェフ・スピアマン殺害事件の捜査に汚点がつく。あの場にいた全員と彼らの母親が、幾何学の教科書に載ってるよりたくさんの角度から発砲の動画を撮っていたことを忘れるな。もう動画はツイッターやフェイスブックやインスタグラムに出まわってるだろう。マイスペースに投稿した人もいるかもしれない。これは荒れるぞ。おれたちが何かを隠蔽してると誰にも思われたくない」

「白人警官が黒人の若者を撃ち殺したから、アディソンみたいな連中が怒るってことですか。おれを現場からはずしたところで、どうせ射殺はまちがってたと思われるに決まってる」ロジャーは言った。

「ロジャー、それが理由で銃殺がまちがってたと考える人はつねにいる。そこは気にしてもしかたがない。いまは捜査の秩序を保つことを考えるべきだ。だから二週間は事務についてもらう。そのあいだにトレイがあの発砲を調査し、残りのおれたちはここにある携帯を見て、スピアマンとラトレルのあいだに何があったのかを調べる。トレイの調査が終わったら、おまえは復帰する」タイタスは言った。

ロジャーは背筋を伸ばし、また腕を組んだ。「ラトレルのくだらないたわ言をちょっとでも信じてませんよね？　信じられるわけがない。その携帯を見たって何も見つかりませんよ。ロックバンドのフィッシュのコンサートで撮ったジェフ・スピアマンの写真以外は」

「携帯に何が入っていようがいまいが、いまおまえは捜査に必要ない。世の中の目はかなり厳しくなる。そうとう注意を払わなきゃならないんだ。拳銃は持っていていいが、ライオットガンは証拠保管室に置いておけ」タイタスは言った。

ロジャーは彼を睨みつけた。

ほら来た、とタイタスは思った。自分が黒人の嫌なやつになるか、ロジャーがN爆弾を落とすか（黒人を「ニガー」と呼んで侮蔑すること）だ。ロジャーを解雇したくはないが、仕事がひとつ片づくことにはなる。すぐれたリーダーは無礼を許さない。ヴァージニア大学時代、大まじめに『孫子の兵法』を読んでいたタイタスは、構内をいっしょに歩いた世間知らずのお坊ちゃまたちとは一線を画していた。彼らがその本を読むのは会社の会議で点を稼ぐためだが、タイタスの場合、ＦＢＩの現場とオフィスで直面する実戦に備えるためだった。孫子の独創的な書物に書かれたあるフレーズをくり返し読んだものだ——〝研ぎすまされた刀も塩水に浸かればやがて錆びる〟。

敬意を払わない人間をまわりに置くわけにはいかなかった。無礼は疫病だ。放置すれば事務所全体が感染する。こちらが黒人の場合にはなおさら。それはないと人々がいくら反論しようと、彼らの先入観が態度に影響する。孫子に教わらなくてもわかることだった。

ロジャーは腕組みを解き、「あんたはまちがいを犯してる。大まちがいを」と言った。

「今晩、夢に彼が出てくると思うか？」タイタスは訊いた。

ロジャーの顔の力が抜けた。「え？」

「ラトレルだ。今夜、夢のなかでおまえを待ってると思うか？　おれはそう思う。頭を半分吹っ飛ばされた姿で待ってるさ。ロジャー、仮にトレイに調査を頼まなくても、おまえをはずすことは決めていた。銃を千回抜くことはできるが、引き金を引くのはまったく別の問題だ。否定されるまえに言っとくが、おれがここに入ってくるまえに吐いたことは知ってるぞ。頭のなかに見える光景のせいだ。ちがうか？」タイタスは訊いた。

ロジャーは口を少し開いた。分厚い舌が現れ、消えた。

彼はタイタスの質問に答えなかった。

「たった二週間だ、ロジャー。カムの電話対応を手伝って、キーボードで許可証や召喚令状を打ってればいい。今週はデイヴィが召喚令状を作る番だが、代わりにやってやれ」

「病休をとる」ロジャーは言った。

「好きにしろ」

ロジャーはくるりと背を向け、部屋から出ていった。

十中八九、あいつは三年後に保安官に立候補する、とタイタスは思った。

ポケットで携帯電話が振動した。出して画面を見ると、ダーリーンからだった。着信拒否ボタンを押し、ショートメッセージを送った。

話せない。無事だ。あとで電話する。

ダーリーンは具合が悪くなるほど心配しているのだろう。ちがう仕事だったらいいのにと言われたことも一度や二度ではなかった。保安官のガールフレンドになることは、彼女の子供のころの夢ではなかった。

また携帯が震えた。ショートメッセージの返信だった。

オーケイ。愛してる。

タイタスは二文字で返信した。

U2（おれも）

彼はダーリーンを愛していた。心から。口でそう言うのが苦手なだけだった。そのせいでタイタスは歩くステレオタイプになっている。タフで感情を共有するのが苦手な法執行官に。ダーリーンがそのありふれたイメージを間に受けないのは運がよかった。彼女はタイタスの防御を破り、わかりにくい愛のことばを解読してくれた。

ある程度。

インディアナ州のデクレインの敷地での出来事は、部分的にしか話していなかった。ダーリーンがそのことについて一度しか訊かなかったのは称賛に値する。彼女はまだ話す覚悟ができていないタイタスを受け入れた。と同時に、いつか秘密をすべて打ち明けてくれるとひそかに確信している。タイタスにはわかった。

証拠袋を取って自室をあとにし、ジェフ・スピアマンの遺体が安置されている葬儀場へ向かった。ラトレルの携帯は古い折りたたみ式で、手のこんだセキュリティ・アプリは入っていなかった。彼の秘密は簡単にのぞけるだろう。

だが、あんたはどんな秘密を隠してた、ジェフ？　SUVのエンジンをかけながらタイタスは思った。

人に自分の秘密をすべて話す人などいないとダーリーンに言う勇気はなかった。愛し合う者たちでさえ、自分の一部を光の当たらないところに隠しておく。

5

〈メイナード葬儀場〉に着いたタイタスを、ハロルド・ビゲローが出迎えた。〈メイナード〉はチャロン郡の白人の大半が利用する葬儀場で、〈スペンサー・アンド・サンズ〉は黒人の大半が使う。日曜朝の教会のほかに完璧な人種隔離があるのは葬儀場だけだ、とタイタスは思った。どちらも古き南部（オール・サザン）の社会慣習を守る最後の砦（とりで）だ。

「こんにちは、保安官。いつもこんな状況でお会いしたくないものですな。まさかチャロンの学校で銃撃事件が起きるなんて。そういうことはほかの場所で起きると思うじゃないですか」ハロルドは言った。

「ほかの場所の人たちも同じことを考えてるよ、ハロルド。スピアマンのところへ案内してもらえるかな」タイタスは訊いた。ハロルドはうなずき、閑散としているが上品なロビーを抜けて廊下を通り、遺体の仮安置室へと案内した。〝部外者立入禁止〟の表示のある金属製の両開きドアの鍵を開け、脇にどいてタイタスをなかに通した。

仮安置所はロビーと同じく閑散としていたが、それほど上品ではなかった。部屋の中央に防腐処置をするステンレス製の台があり、右手の壁際のサイドテーブルもステンレス製だった。左手の金属の盆には外科用メスや鉗子(かんし)のほか、作業用の道具がたくさんのっている。サイドテーブルの隣のストレッチャーに黒い遺体袋が固定されていた。

「誰か彼の弟に連絡をとりました？　このまえはノースカロライナ州にいるという話でしたが」ハロルドが言った。

タイタスは首を振った。「それもあってここに来たんだ。彼の携帯のロックを解除して、近親者の番号が見つかるかどうか調べる必要がある」それはまったくの嘘ではなかった。実際に近親者に連絡しなければならない。ここ何年か、スピアマンがチャロン郡の女性数人とつき合っていたことは知っていたが、彼はまだ独身だった。あとは弟が引き受けて葬儀の手配をしなければならないだろう。だが、それはタイタスの来訪のいちばんの目的ではなかった。ぜんぜんちがう。この日もう何度目になるのか、タイタスはラテックスの手袋をはめて遺体袋のファスナーを開けた。

スピアマンの顔は目と口を大きく開いた驚きの表情で固まっていた。まるでラトレルの銃弾が頭蓋に入った瞬間に、やっと自分は不死身ではないと気づいたかのように。タイタスはポケットの証拠袋から携帯電話を取り出した。

「お仕事に口出しするつもりはありませんけど、もう親指の指紋でロックは解除できないと思います。体温が——」ハロルドのことばをタイタスはさえぎった。

「死冷で指紋の形が変わる。わかってる。だが、この携帯は寒冷地対応のようだから、まだ読めるほうに賭けたい」タイタスはスピアマンの右手をつかんだ。死後硬直が始まっていたので、その手をひねって親指を携帯に近づけなければならなかった。

ハロルドが見ているまえで、タイタスはスピアマンの親指をロック画面に押し当てた。ロックは解除されなかった。

「ほらね、なんて言いたくありませんが……」ハロルドの声が小さくなった。タイタスは答えず、今度はスピアマンの左手をつかんで指のあいだを開き、親指を画面に押しつけた。

画面が赤から緑に変わった。

タイタスは言った。「おれも、ほらねとは言いたくない」

タイタスは自分のSUVに戻った。〈メイナード〉の砂利の駐車場で運転席に坐り、ジェフ・スピアマンの携帯をスクロールしはじめた。

父親がここにいたら、スクロールを始めるまえに、神よ力を、と祈ることを勧めただろう。だがタイタスは、母親が死んだ日から一度も祈ったことがなかった。

ジェフ・スピアマンはグレイトフル・デッドの熱狂的ファンだったにちがいない。携帯のスクリーンセーバーは、バンドのマスコットの奇妙な踊る熊（ダンシング・ベア）だった。タイタスは手袋をはめた指を画面で動かし、写真ライブラリを見た。ふたつの異なるアプリに写真が保存してあった。ひとつはグーグルのアプリで、携帯からもパソコンからもアクセスできる。もうひとつのアプリは携帯専用で、この端末からしかアクセスできない。タイタスはまずこちらを開けた。ハッキングされるかもしれないアプリに、逮捕原因になりうるものを保存するわけがないからだ。

最初の数枚は当たり障りのない写真だった。ハイキングをするスピアマン。コンサート会場の入口の大看板の下のスピアマン。スクロールを続けた。無害な写真の数々。そのとき、写真アプリ内に〝お気に入り〟というタブがあるのに気づいた。

ファイルのアイコンに触れた。

「ああ、神よ（ゴッド）」タイタスは言った。

神と口にしたことにも気づかなかった。

タイタスのSUVが、ジェフ・スピアマンの自宅の砂利で覆われたドライブウェイに猛スピードで入った。タイタスはデイヴィのパトカーの隣に車を駐め、外に出るなり一直線に白とグレーの小さな平屋のランチハウスに向かった。スピアマン家で保安官が何をしようと興味ないというそぶりで近所の人たちが自宅の前庭をうろついていたが、タイタスは彼らに見向きもしなかった。スピアマンの携帯をスクロールし終わったあと、デイヴィとカーラに電話し、聞きこみはもういいからスピアマンの自宅に集合しろと言い渡してあった。携帯で見つけた内容はおおまかに伝えた。おおまかであってもふたりを沈黙させるのに充分だった。

タイタスは携帯を証拠袋に戻した。本当は車の前輪で五、六回轢いてから燃やしたかったが、こらえた。ＦＢＩ捜査官として働いた十二年間で、おぞましいことはたくさん見てきた。人ひとりがほかの人間に邪悪な行為を次々と続ける能力は海のように果てしなく、浜辺の砂の粒のように多様だ。

ジェフ・スピアマンの携帯にあった画像は、これまで見たなかで最悪だった。

タイタスは生贄を捧げて清めるしかないと考えつづけた。そうすることでしか、あの穢れた画像を頭、心、魂から追い出すことはできないように思えた。携帯を燃やせ。熱い油で両目を焼灼しろ。スピアマンとラトレルを火葬の薪に積み、ふたりとも灰にして四方にまけ。彼らの存在と、やったことの証拠をすべて消せ。だが、写真のなかの子供たちの物語は語られるべきだ。子供たちには正義がなされるべきだ——いまの時代の正義が何であるにせよ。

ジェフ・スピアマンが手近に保存していた写真を見ながら、タイタスはＦＢＩアカデミーで訓練されたことを実行した。細部に集中する。苦痛と倒錯を脇に追いやり、何を使えば立件できるかに照準を合わせる。写真にはたいていふたりの人間が写っていた。ラトレルが階段で持っていた革の狼のマスクをかぶった人間がふたり写っていることもあった。

そのうちのひとりはスピアマンだった。何枚かの写真に、グレーのポニーテールを背中に垂らした人物がいたのだ。マスクなしのスピアマンと、ラトレルのときもあった。スピアマンとまた別の人物のときも。その人物は一度もマスクをはずしていなかった。全身黒ずくめで、つねに手袋をはめ、それを黒い服の袖にダクトテープでつないでいた。ラトレルは写真に写ってはいたが、スピアマンと三番目の狼が子供たちにしていることには参加していないようだった。子供たち。ティーンエイジャーだろう。最年少は十三歳か十四歳くらい、最年長でもせいぜい十七歳に見えた。全員肌の色は黒か褐色で、ひとりの例外もなく無力だった。

タイタスがラトレルに感じていた同情は八月の溝の水のように干上がった。ラトレルはほかのふたりに加担していないかもしれないが、あの子たちに起きたことを止めようとしなかったのだ。彼の携帯からは何が見つかるだろう。

タイタスはごくりと唾を飲んだ。

写真の子供たちがやられたことは、忌まわしいなどということばではすまされない。神のまえでの暴虐だ。しかし神は、もっとも忌むべき創造物がもっとも無垢な創造物を襲うのを防ごうともしなかった。

タイタスにスピアマンを信じる気持ちがわずかながら残っていたとしても、あれらの画像が消し去った。すでにマック・ボーエンに電話し、スピアマンの自宅の捜索令状を出すことに同意を得ていた。

「悪い状況なのか、タイタス？」マックは訊いた。彼はヴァージニア州検事であるとともに、地元のロータリークラブの会長でもある。昨春、ロータリークラブはジェフ・スピアマンに年間最優秀教師賞を授与していた。

「悪くなきゃ電話なんかしませんよ」タイタスは言った。


「何かわかったか？」タイタスはデイヴィに訊いた。

「パソコンがありましたが、パスワードがついてます」デイヴィは言った。

カーラが書類でいっぱいのプラスチックの牛乳ケースを抱えて家から出てきた。

「奥の部屋にありました。事務所にしてたみたいです。全部確認すべきだと思って」彼女は言った。タイタスはスピアマンの自宅に来たことがなかったので、カムに電話して住所を聞いてから来た。州の車両管理局（DMV）のデータベースに照会してもよかったが、カムのほうが早いし、待たされることもない。

「裏庭に物置か何かは？」タイタスは訊いた。

「ありません。林だけです」とデイヴィ。

タイタスは両手を腰に当てた。「スティーヴは？」

「いまこっちに向かってます。まず息子さんの無事を確認してから」カーラが言った。

「くそ、そうだった。彼の息子はハイスクールで午後の授業をとってる」タイタスは言った。

「怖いくらい賢い子ですよね」とデイヴィ。

「携帯の件は……その、本当に……」カーラはことばを詰まらせた。

「信じられませんよ。彼の携帯に入ってたというものが。まさかスピアマン先生がそういうことにのめりこんでたなんて……」デイヴィの顔が震えた。

「児童ポルノに」カーラが静かに言った。

タイタスはまっすぐまえを見たまま言った。

「ただのポルノじゃない」サングラスをはずし、目をこすった。「あれは本当にひどい。彼も……写真に写ってた」

デイヴィが押し殺した声で悪態をついた。カーラは首を左右に振った。

「何枚かの写真を見るかぎり、彼らは子供たちを傷つけただけじゃない。殺してる。子供たちを殺害したんだ」タイタスは言い、サングラスを胸ポケットにしまった。

カーラは吐くともつかない声をあげた。「本当に？ 確かなんですか？」

タイタスは答えなかった。

カーラは事実を受け止めるように肩を強張らせて、うなずいた。「確かなんですね」

「スピアマンと、ラトレルと、もうひとり。だが、犯行現場はここじゃない。ここには充分なスペースがない。どこにいたにしろ、好きなように整えた場所があったんだろう。関係がありそうな本は見つからなかったか？」タイタスは訊いた。

　カーラとデイヴィはちらっと視線を交わした。

「えっと、本はたくさんあります」ようやくデイヴィが言った。

「所持品を調べはじめたばかりです。あの……誰からも見えるところにそういう本は置かないのでは」カーラの声はうつろで、ブリキ缶のなかで話しているようだった。

「いったいどうやって……その、そういう本はどんな見かけなんですか？」デイヴィは訊いた。

　タイタスはため息をついた。

「少年や少女を凌辱(りょうじょく)するとか破壊するといった題名がついている。表紙はありきたりだが、ページをめくると、くわしく説明されている。耐えがたいほどくわしくな。雑誌になると、さらに……どぎつい。本も雑誌もくり返し読まれ、ページの角も折ってあって、ボロボロだろう。隠してはいるが、すぐ手の届くところにあるはずだ。ほかにも……記念品が見つかるかもしれない」タイタスは言った。

「吐きそうだ」デイヴィが抑揚なく言い、家の裏にふらふらと歩いていって嘔吐(おうと)した。

「ＦＢＩにいたときに習ったんですか？　そのプロファイリングは？」カーラが訊いた。

顔面蒼白(そうはく)だが、まだデイヴィには合流していなかった。

「ああ」タイタスは言った。

「そんなことが頭のなかにあって、どうして平気なんです？」カーラは訊いた。

タイタスはサングラスをかけた。

「夢を見ないようにしてる」と言って、家のなかに入った。

「スティーヴが息子を心配してるのはわかるが、人手が足りない。もう一度電話してくれ」タイタスは言いながら、コーヒーテーブルに雑誌の山を移した。

「ロジャーは？　彼も手伝えますよ」カーラの声にはわずかに苛立ちがにじんでいた。

「ロジャーは当面管理休暇だ。トムも。まだ本人と話せてないが。これは射殺があったときの標準的な手順だ」

「でも、あなたの言ってることが本当なら――携帯の中身があなたの言うとおりなら、ラトレルは当然の報いを受けた。スピアマンもです。どうしてロジャーとトムを罰するんです？」デイヴィが訊いた。

タイタスは保安官補に顔を向けた。

「ラトレルがこれにかかわっていても……これがどういう事件になるにしろ……手順にはしたがわなきゃならない。そして手順には内部調査も含まれる。こんな説明が必要か？何かわかりにくいところがあるか？」タイタスが言うと、デイヴィは首を振った。タイタスは彼に近づき、少し屈んで顔をまっすぐ見た。

「われわれはルールにしたがう。ルールを執行するだけじゃないんだ。わかったらスティーヴを呼べ。やることがいっぱいある」タイタスは言った。

　スティーヴが到着するまでに、みなでスピアマンのベッドを分解し、クローゼットもひとつ残らず空(から)にした。捜索中にあちこちで雑多な物品が見つかり、ジェフ・スピアマンの『いまを生きる』のジョン・キーティング的なイメージははがれ落ちた。カーラはマットレスの下から『わたしがアリスを殺した理由』という小説を見つけた（小児性愛者で殺人犯の男と、同じく小児性愛者で少年をレイプする若い女を描いたA・M・ホームズの小説）。ティベリウスと〝小魚たち〟について書かれた本もあった（第二代ローマ皇帝ティベリウスは小児性愛者だったと言われる）。〝承諾年齢未満(ジェイルベイト)〟というジャンルで販売されているポルノDVDも数枚。男優も女優も承諾年齢未満の役を演じているが、十八歳を超えているのは明らかだった。ケースにはずいぶんまえに閉店した古い店〈ビデオ・ハット〉のシールが貼ってあり、合法的に購入されたことがわかる。スティーヴは洗濯室の金庫で雑誌を数冊見つけた。さらに許容範囲を超えた内容だったが、裏表紙に太字で、すべての出演者は法定年齢に達しており、本誌に描かれた行為に同意しているという注意書きがあった。ただ、これらの物品はジェフ・スピアマンの小罪の証拠にしかならない。倒錯はしているが、違法ではなかった。

　どれもこれも穢らわしいが、携帯に保存されたあの写真に比べたらなんでもない、とタイタスは思った。見つけた雑誌やＤＶＤや本は醜悪でかぎりなく有害だが、制作のために誰かが死んだわけではない。尊厳は傷つけられたにせよ、みな命を落とさずに立ち去った。しかし、スピアマンの携帯の写真の子供たちはちがったようだ。ロジャーにした悪夢の話が、嘲るようにタイタスの頭のなかを巡った。

狼のマスクを見つけたのはスティーヴだった。

スピアマンの寝室の幅木のあたりを探り、床の温風口をのぞきこみ、壁と床の継ぎ目の装飾を叩いていると、一箇所だけ奥が空洞になっているような音がした。そこを押して引っ張ると、細い蝶番（ちょうつがい）がついた装飾部分が壁側から開き、その奥に小さな収納部があったのだ。

「タイタス、見てください」スティーヴに呼ばれ、タイタスはポケットナイフで切り裂く寸前だったクッションを置いて寝室に入った。スティーヴがつかんだ革のマスクは、ラトレルが現場で持っていたものに似ていた。顔から十五センチほど突き出た固い鼻、先の尖（とが）った耳、革に細く切りこみを入れた目。その目のせいでマスクは異様な表情だった。狼というより昆虫のようだ。スティーヴはマスクを持った手に手袋をはめていなかった。

「手袋はどうした？」タイタスは言った。落胆を隠そうともしなかった。

「目をこすったときにはずしました。ちゃんと端っこを持ってます」スティーヴは弁解した。部屋に入っていたカーラは何も言わずにしゃがみ、収納部に手を突っこんだ。プラスチックのペンケースを引っ張り出し、蓋を開けると、外付のＵＳＢメモリがふたつ入っていた。

「パソコンのパスワードをどう破るか、もう心配しなくてよさそうだな」タイタスは言った。

「ここに証拠があるとしたら――あるに決まってますけど――どうして携帯にあんなものを残してたんでしょう」カーラが訊いた。

「そういう気分になったときにいつでも見たかったのさ。つねに持ち歩いているというスリルも味わえる。自分が強くなった気がして興奮する。写真の行為にではなく、人がそばいるときに写真を持ってることにな。まわりは彼のことを知っていると思ってる人たちだ。それが快感だったにちがいない」タイタスは言った。

「おれの息子と同じ建物にいるときに、そんなものを見てたってことですか？」スティーヴが言った。疑っているのか怒っているのか、わからなかった。どんな状況でも彼の口調はほとんど変わらない。

　タイタスはその質問に答えなかった。答えはわかりきっているし、何を言ってもスティーヴの慰めにはならない。

「カーラ、バンに自分のパソコンを積んでるか？」

「ええ」

「取ってきてくれ。このＵＳＢメモリを調べないと。中身を見たくない者は外にいていい」タイタスは言った。

「変態どもにくわしいみたいですね」とデイヴィ。

タイタスはわずかに肩をすくめた。「昔、そいつらを捕まえる仕事をしてたから」

「まだなかに何かあるわ」カーラはくるくると巻かれたキャンバス生地を慎重に取り出した。立ち上がり、黒いリボンをほどいて生地を広げた。またぞっとするイメージでなかったことに安堵したのは自分だけではない、とタイタスは思った。それは森の風景画だった。カエデとカバの若木が小さな空き地を囲み、空き地のまんなかに背が高くて不気味な雰囲気のシダレヤナギが一本、どっしりと立っている。キャンバスの下のほうには三語の走り書きがあった。

〝秘密の花園（ザ・シークレット・ガーデン）〟。

デイヴィは手袋をはめた手で顔をこすった。唇をなめてラテックスの味が残っていたのか、うっと喉を詰まらせ、咳払いをした。「ああ、ただの絵でよかった。これ以上耐えられない」

「これはスピアマンの筆跡ね。台所のカレンダーの字と同じだから。地理の授業でも見たことがある」カーラが言った。

「これといっしょに袋に入れとこう」スティーヴがマスクを持ち上げて言った。

「あの写真に写ってる子供たちは誰？」カーラは自問自答しているようだった。

タイタスは何も言わず、絵を彼女の指からそっと取り上げた。

「スピアマンとラトレルと三番目の狼は子供たちをどうした？　死体をどうしたんだろう」タイタスは小声で言った。彼も自問していた。

「川に捨てたとか？」デイヴィが意見を言った。

「だったら発見されたはずだ。ウェロコミコ川は汽水域で少し塩分を含んでるから、死体が浮く。洗礼式の溺死の話をピップから聞いたことないか？　あれはたしか……何年だ、一九六八年？　とにかく、スピアマンたちは死体をどこか別の場所に置かなきゃならなかった。彼らにとって特別な場所。秘密の場所に」タイタスは言った。

「オーケイ、でもここはどこですかね？」カーラは絵を指差した。

「わからない。だが、この木はどこかで見たことがある。この木が彼らの秘密の場所だ。そこを見つければ死体も見つかる。賭けてもいい」タイタスはキャンバス生地を巻いて、またリボンでとめた。

「ノートパソコンを持ってきてくれ」

「タイタス、正直に言います。彼が子供たちを傷つける動画だとしたら、おれは無理です」デイヴィが言った。

「わかった、デイヴィ。そんな光景、誰も見たくないからな」

「けど、あなたは見るんでしょう？」スティーヴが訊いた。自分の気持ちをデイヴィが代弁してくれて、ほっとしたようだった。

「誰かが証にならなきゃいけない」タイタスは言った。最後に自分の意思で教会の礼拝に出席したのは二十年前なのに、まだ敬虔な信者のようなことばを使っていた。こういうことはぜったいに人から失われない――完全には。韻律、ことばのリズム、欽定訳聖書の構文。それは土のなかに十七年間いたセミのように、ふたたび外に出るときを待っている。

写真が猥褻だったとしたら、動画は人道に反していた。タイタスは自分の一部が穢れて、二度ともとに戻らない気がした。一生回復できないほど汚染された。カーラはタイタスと残ってＵＳＢメモリの中身を見ようとしたが、最初の動画を見たあと家から駆け出し、太陽が地平線の向こうに沈みだすまでスティーヴとデイヴィと庭に立っていた。一本目のＵＳＢメモリには五十一本の動画が保存されていた。そのうち七本は黒人のティーンエイジャーを拷問し、殺害する様子を写していた。ほかの動画はもっと年下の白人の子供たちを撮影していた。被害者たちは薬をのまされて意識を失っているようだった。暗号化されたメーリングリストもひとつ見つかった。もう一本のＵＳＢメモリには静止画像が無数に入っていた。

タイタスはパソコンの電源を切った。ジェフ・スピアマンの台所へ行き、流し台の蛇口から冷水を出した。帽子とサングラスをはずし、顔に冷水を浴びせた。FBI時代、人の皮をかぶった化け物たちの奥底に巣食う残酷さには、感覚を麻痺させて対処するしかない、と何人かに言われたことがある。だが、今日見たものに対して麻痺するくらいなら、銃をくわえて自殺するほうがましだった。

リビングに戻り、パソコンを閉じた。USBメモリをはずしてふたつとも証拠袋に入れると、パソコンと自分のメモ帳を取って、保安官補たちのいる外へ出た。

「このUSBと、携帯と、スピアマンのコンピュータを事務所に持ち帰って、証拠保管室に入れてくれ。今日わかったことは何も話さないように。まだだめだ。州警察に加わってもらうことになるし、たぶんFBIもこの件にかかわりたいだろう。児童ポルノは連邦犯罪だから」タイタスは言った。スピアマンとラトレルと三番目の狼に殺された子供たちに、せめてこのくらいはしてやりたかった。これからの行動について声に出して話すと、いくらか気分がよくなった。

「スピアマンとラトレルは死にました。州警察に何ができるんですか？」カーラが尋ねた。これまでと態度がちがうことにタイタスは気づいた。彼女が感じているのはもう恐怖ではなく、正義の怒りだった。

「動画の第三の男はまだ生きてる。自分は怪物じゃありませんって顔でそのへんを歩いてるんだ。捜査の指揮権は州警察に渡さないが、被害者の身元を突き止めるにはリソースが必要だ。彼らの遺体、遺族を見つけて犯人を捜し出す」タイタスはカーラにノートパソコンを返すと、メモ帳を開いた。

「男の身長は少なくとも百八十センチ。スピアマンが百七十五センチだったから、それより高い。筋肉質で、おそらく体重は九十キロくらい。声色を変えていた。自分の声をまるで……悪魔のように響かせていた。白人か、肌の色がごく薄い人物だ。マスクの目に開いた穴から確認できた。左利きだが、両手を使ってあんな……両手を使ってた。現場は小屋か、大きな離れ家だ。壁は黒い板金だが、天使を描いた何十枚もの絵で埋め尽くされてる。天井の周囲にはＬＥＤのロープライトが張られていて、出入口は見えなかった。空っぽのトレーラーかもしれない。彼らはラトレルに携帯を持たせて撮影させている――ラトレルを写すとき以外は。被害者が死ぬ場面で終わる動画が七本」タイタスはメモ帳をパシッと閉じた。

七本。やつらは七人の子供を殺した。わが子の行方を捜している七家族がどこかにいる。罪もない七人の子供がテーブルに縛りつけられ、快感を得るクソどものために苦悶した。ラトレルはそれを知りつつ、何も言わなかった。ひと言も。もし地獄があるなら、彼もスピアマンも同じ串に刺されて焼かれるだろう。

地獄は広いぞ。レッド・デクレインがタイタスの頭のなかでささやいた。

「事務所に全部持って帰る。やることが山積みだ」タイタスは言った。

「人の本当の姿なんてわからないものですね」デイヴィが言った。

「本当に知りたいと思ってる人なんていないさ」タイタスは言った。

　タイタスは保安官事務所に戻り、州警察宛にメールを書いたが、送信せずに下書きを保存した。トレイが復帰してスピアマンのパソコンに侵入できたあとで送信する。有罪の証拠はすべてUSBメモリに入っているとタイタスは思ったが、慎重にやって損はない。それから月次経費報告書に目を通し、未決箱のなかに捜索指令（BOLO）の依頼や、送るべき召喚令状や、処理すべき書類がないか確認した。ロジャーが二週間の病気休暇を申請していたが、有給日数の数えまちがいで、利用できるのは三日だけだった。証拠品タグに署名し、スピアマンの家から押収したすべての物品に日時を記した。スティーヴを家に帰して休日の残りをすごさせた。デイヴィをパトロールに戻し、カーラがロジャーのシフトを引き受けると申し出たので、残業を認めて彼女もパトロールに出した。

　三人の社会病質者（ソシオパス）の魂とも言える地獄の底を見つめたあとで、これらの仕事をてきぱきと片づけた自分が不潔に感じられた。人生の車輪は、子供を亡くした家族や命を失った子供たちのことなど気にもせずまわりつづける。タイタスはそのことを大半の人より身をもって知っていた。自分の痛みに世界が涙を流してくれるのを待つのは、彫像がしゃべるのを待つようなものだ。だから報告書を提出し、メールに返信する。できるだけ日常を続ける。そしてタイタスのような人間、胸にバッジをつけている人間ならば、三番目の狼を見つけてマスクをはがすために全力を尽くすことを誓うのだ。怪物の顔を世界にさらしてやると。

バッジが与える力が大きすぎると感じるときもあった。FBI時代には、その力がなしうることを目の当たりにした。バッジが正義の盾となって、結果と影響からある程度は自分を守ってくれることを知った。その庇護のもとでFBIを去ることを許されたのだ。タイタスは保安官に立候補したとき、人を傷つけるためではなく助けるためにその力を使うと心に決めた。二度と人を傷つけるような使い方はしない。

深く息を吸い、ラトレルの携帯が入った証拠袋を取った。手袋をはめ、携帯を取り出して開け、いろいろな画面をスクロールしはじめた。ラトレルの機種は古すぎて、考古学者になった気分だった。アプリはひとつもなく、プレーンテキストだけ。写真も動画もない。山のようなショートメッセージと、名なしの電話番号が出てくるだけだった。メッセージの大半はラトレルの母親からで、電話が欲しい、助けを呼んでと懇願していた。ラトレルが麻薬の入手場所を訊いた人たちからの返信も多かった。いくつかのメッセージは、彼がつき合っていたと思われる女性からだった。小さなボタンを押してスクロールしていくと、あるメッセージに目が止まった。簡潔な一文だが、いかにも脅迫めいている。

今日、弟がひとりきりで歩いてるのを見たぞ。

ラトレルが受信した最後のメッセージだった。タイタスは日付を確認した。三日前。

メッセージの発信元の電話番号にかけてみたが、現在使われていないという無機質な声が返ってきた。タイタスは通話履歴の解析を依頼することにしたが、直感は——昔ながらの信用できない心の声は——おそらくプリペイド式携帯電話の番号だろうと告げていた。その番号はラトレルの携帯に一度しか表示されていない。頻繁にかけてきている番号が別にあり、直近では昨晩着信があった。タイタスは画面にタッチし、その番号の上の通話ボタンを押した。机の上でジェフ・スピアマンの携帯電話が震えだしたのは、意外ではなかった。

6

　急展開しているジェフ・スピアマン一味の殺人事件とつながりのない日常雑務を片づけたころには、夜の八時近かった。タイタスは朝から何も食べていなかった。唯一口にしたのは、朝六時ごろに味わったあのコーヒー一杯だけだ。立ち上がり、帽子をつかんで家に帰ろうとした。一時間早い退勤だが、これだけ働いたのだからいいだろう。

　ドアに向かう途中で机の電話が鳴った。

「そう来たか」タイタスは言い、電話に出た。

「外線三番にスコットからです」カムが言った。彼はあと数分で家に帰り、キャシーが夜勤に来る。タイタスは三番を押した。

「タイタス、捜査状況はどうなってる？　まる一日連絡がなかったが」スコットが言った。

「保安官事務所のホームページに報告を載せました。いまはその内容だけ知っておけばいい」タイタスは言った。

「どういう意味だ？　いまはそれだけ知っておけばいい？」

「いまはそれだけ知っておけばいいという意味ですよ、スコット。つまり、捜査中です。あなたは郡の仕事をしてください。予算を通すとか、新しい一時停止の標識を許可するとか。おれはあなたの部下じゃない。それを毎回思い出してもらわなきゃならないことにうんざりしてる」

「なあ、きみが選挙で選ばれた記念日に、学校で銃撃事件が起きたというのも皮肉だな。人々の記憶に残る出来事だと思うぞ。もし私が選挙で選ばれた保安官なら、助けてくれそうな人たちに気を遣っておくところだがな」スコットは言った。脅しのつもりだろうが、スコットは選挙で支援してくれたわけではないし、タイタスが再選に乗り出しても阻止する力はない。

「皮肉じゃありません。皮肉というのは、計算ずくのように予想が裏切られる状況のことだ。当選記念日に学校で銃撃事件はぜったい起きないと宣言して、実際に銃撃事件が起きたら、それは皮肉だが、今日起きたことは悲劇です。政治的駆け引きとは関係ない」タイタスは言った。

スコットは悲しげに笑った。「立派な学位をひけらかそうってのか、タイタス？　私がヴァージニア大学に入れなかったことは知ってるだろう。マイノリティ向けの特別枠が多すぎたから」

「それで夜寝つきがよくなるなら、スコット、そう信じてればいい」

「これで私もレイシストに認定されたかな？　最近じゃ、事実を話す者はみなそう呼ばれるようだが」スコットは言った。不満げな冷笑が電話を通して聞こえた。スコットは特権階級のくせにひ弱だという皮肉を認めず、近ごろ世間は敏感すぎると文句を垂れるタイプだ。ほかの人にとっての平等も、自分の男らしさやアイデンティティを危うくする陰謀ととらえる。誰であれ耳を貸す相手には、自分が郡でいちばん大きな家とジャガーとハマーを所有しているのは、真剣に働いているからだとうそぶく。白人だからとか、郡でいちばん裕福な家族の息子だからとは決して言わない。どうやら自分のことを、現在進行中の文化戦争で勇敢に戦う新兵だと思っている。

　タイタスは、スコットを甘やかされたガキだと思っていた。何かのために働いたことも、何かに感謝したこともなく、あらゆるものが――ヴァージニア州でもっとも優秀な大学の席でさえ――手に入ると思っている、甘やかされたガキだ。

「言いたいことはふたつです。第一に、おれはマイノリティの特別枠を使ってヴァージニア大学に合格したわけじゃない。フットボールの奨学金に加えて成績優秀者の奨学金をもらって入学した。第二に、レイシストと見なされる発言をおれにするつもりなら、話し合いの場をもうけます――直接」〝もうけます〟と〝直接〟のあいだでひと呼吸置き、脅しがしっかりスコットに伝わるようにした。

「今夜九時に郡庁舎の芝生広場でキャンドルを灯（とも）してスピアマン先生を追悼する集会があ

る。知らせておこうと思ってな」スコットが言った。

タイタスは受話器を反対側の耳に移した。

「まだ捜査の真っ最中です、スコット。それは延期したほうがいいかもしれない」このくらいの警告はしてもいいだろう。ジェフ・スピアマンはほぼまちがいなく小児性愛者で、ひょっとしたら連続殺人犯かもしれないと言ってやってもよかった。じつはラトレルも彼らに協力していたし、いまのところ未確認だが第三の共犯者がいて好き放題やっているのだ、とも。しかし、それらはすべて進行中の捜査の情報だった。タイタスはあの動画を州警察、場合によってはＦＢＩに持ちこんで真偽を検証したかった。写真もだ。スピアマンのコンピュータもこじ開けて、どれほど不快な証拠が入っているか調べなければならない。細心の注意を払う必要がある。郡の人たちは黙禱(もくとう)を捧げればいい。これまで信じてきたジェフ・スピアマンという人物を悼んだあと、彼の本性を知らされるのだ。今夜、チャロン郡の全世代にとって無邪気な時代は終わる。

タイタスが公式発表をしたが最後、どこかでジェフ・スピアマンの地理の授業を受けた人、毎年アース・デイに彼が着ていたおかしな多国籍スーツ（地球上のほぼすべての国の国旗の継ぎはぎ）を笑った人、討論会や一幕物の演劇コンテストのあとで彼とハイタッチした人はみな、あの男とのありとあらゆる交流について疑問を持つだろう。ハグされ、肩を叩かれ、会話を交わしたあらゆる経験が、期待と信頼を裏切る曇った水晶玉になる。

あと一日は、自分たちのジェフ・スピアマン像にしがみついていればいい。ぞっとする真実を永遠に突きつけられるときが、もうすぐ来る。

「なるほど、まあ、私もきみの要求には応えない。住民たちは集まりたがってるしな。今夜九時。そっちの人間を何人か寄こすだろう？　チャロン郡の人たちがきみを見ているぞ。じっくりと」スコットは言った。

「失礼します、スコット」タイタスは、スコットにまた何か言われて血圧が上昇するまえに電話を切った。帽子をかぶり、ロビーを突っ切った。カムが入口のドアを見ていた。キャシーの到着が数分遅れている。

「もうすぐ来るさ」タイタスは言った。

「わかってます。ただ……今日みたいな日は家に帰って、甥と妹を思いきり抱きしめたいんで」カムのことばにタイタスはうなずいた。

カムは顎をなでた。「戦争から戻ってきたとき、〈セーフウェイ〉でスピアマン先生に会ったんです。先生は話しかけてくれた。おれの目をまっすぐ見て……同情しているようには見えなかった。おれの目を見ることもできない人が多かったのに」

「ダニー・ローリングをすばらしい歌手だと思った人もいる」タイタスは言った。

「ダニー・ローリングって？」

「〝ゲインズヴィルの切り裂き魔〟さ。一九九〇年に四日間で五人の大学生を殺した。そのうちひとりの首を切り落とし、胴体の近くの棚に置いた。ＦＢＩの事例研究で扱ったひとりだ」

「なんてひどい」カムは言った。

「ひどい人間もときにはいいことをする。だが、やつらはひどいことをするほうが好きだ。じゃあまた明日」タイタスは言った。


駐車場から道路に出ると、すでに夜が訪れ、針穴だらけの黒い毛布のようにチャロン郡の空を覆っていた。右折して郡庁舎をすぎた。リッキー・サワーズとネオ南部連合が〝南部の反逆者（オール・レブル）ジョー〟像のまわりにいくつかソーラーライトを設置していた。ライトは銅像そのものと同じように、安っぽい使い捨てに見えた。この銅像は一九二三年に〈南部連合の娘たち〉が建てた。南部の反逆者を愛国者としてとらえ直そうという組織的で大規模な宣伝活動の一環だった。

第一次世界大戦後、無数の黒人兵がドイツ皇帝の手から民主主義を取り戻し、新たな誇りを胸に帰国した。黒人の退役軍人は、つまるところヒーローだった。なぜ誰かにぺこぺこ頭を下げなければならない？　そのあと赤い夏（一九一九年にアメリカの多くの都市で白人が黒人を襲った暴動事件）があり、スコットの曾祖父エヴェレット・カニンガムに代表される白人たちは、ヒーローに身のほどをわきまえさせることを己の任務と考えた。《チャロン・レジスター》紙のバックナンバーをちょっと調べれば、エヴェレットが黒人の〝愛国者〟の一団をワシントンD.C.に連れていき、おまえらなどたいした存在ではないと見せつけたという記事が見つかる。一方、エヴェレットが片目を失ったものの手を何人もの血で汚して帰ってきた話は、なかなか公文書では読めない。

〈南部連合の娘たち〉は既得権益を守るために、赤い夏が終わるころ、南部じゅうに何百もの南北戦争の記念碑を建てた。そのほとんどは低品質の青銅か石灰石で大量生産され、できるだけ早く安く建立された。そうした記念碑はふたつの目的を果たした。

黒人に生得権があるなどという愚かで恥ずべき反逆思想を認めず、南部連合の支持者たちに受け入れられる名誉と自己犠牲の物語をでっちあげること。

そして、近隣の一部の白人にとって黒人は逃げた家畜にすぎず、〝失われた大義〟(奴隷制を擁護する南部連合の理念は正しかったとする主張)の祭壇に生贄として捧げられるべきだと南部の黒人たちに思い知らせること。

タイタスとカルとビッグ・ボビーは、運転免許を取る年齢になったころ、郡庁舎のまえに立つ銅像にロープをかけて台座から引きおろし、ゴミ捨て場に運ぼうと話したことがあった。いまも目を閉じれば、ビッグ・ボビーの赤と黒の84年式ダッジ・ラムが錫と銅のゴミの塊を引きずってルート18に火花を散らす光景が見える。

だが、実際に行動に移すことはなかった。それは大人の男になろうともがく少年たちの子供じみた宣言にすぎなかった。黒人の少年たちは、毎朝登校するときにあの銅像を見せられる気持ちを正確に表現することはできなかったかもしれないが、銅像が意味するものは一点の疑いもなく知っていた。

タイタスは〈ギルビーズ〉に車を入れながら、〈南部連合の娘たち（UDC）〉チャロン支部の突然の解散について祖父が話していたことを思い出した。笑える顚末（てんまつ）を短くまとめると、こうだった。夫ノリスがピケットの突撃（南北戦争中、南軍リー将軍の命令でおこなわれた歩兵突撃）よろしく仲間の修正論者の女性たちに突撃していることに苦悩した副支部長のサラ・アン・デニングが、一九三五年のメーデーにおこなわれたUDCピクニックにお手製のスイートポテトパイを持参した。使ったのはすべてふつうの材料だった。サツマイモの裏ごし、牛乳、ナツメグ、バター、シナモン。ただし、ひとつだけ材料を追加した――スプーンにたっぷり五杯のアヘンチンキを。

「親父の話じゃ、当時の保安官が発見したとき、彼らは死んで半日たってたそうだ。みんな狩られたウサギみたいにひっくり返ってな。ハゲタカがその上をぐるぐる飛んでるのが一キロ先からも見えたとさ」祖父はリクライニングチェアから、まえの床に坐ったタイタスとマーキスに話したものだ。母親は、そんなぞっとする話を息子たちにしないでちょうだいと釘を刺したが、顔は微笑（ほほえ）んでいた。思えばタイタスの実家には、南北戦争前への回帰を望む死者に同情する雰囲気はあまりなかった。

帽子をとって〈ギルビーズ〉に入った。創業者のギルビーはもう料理をしないが、いまも店に顔を出し、隅の席で客に囲まれる。ギリアン・〝ギルビー〟・ヘイズは少なくとも八十歳。百歳の可能性もある。よく言われる〝黒人は老けない〟は、彼女を称える格言かもしれない。片手に〈バージニア・スリム〉のパック、もう一方の手にウイスキーをなみなみと注いだコーヒーカップを持って、いつものテーブルについている。長身痩軀(そうく)、ホイップクリームのように頭上にまとめた純白の髪と、漆黒の肌があざやかなコントラスだ。タイタスは以前、ＦＢＩの地域会議でニューヨーク市を訪れたとき、ブルックリンの美術館に行ってみた。展示室の角を曲がって目に入ったのは、「マルティニーク島の女」という黒曜石の彫像だったが、まるでギルビーが台座にのってガラスケースに閉じこめられ、彼を見つめているかのようだった。

〈ギルビーズ〉は、田舎ふうで素材の味がして栄養的には疑わしい南部料理を出す。フライドチキン、マッシュポテトのグレービーソースがけ、ホミニーグリッツ（粗挽きトウモロコシを茹でた朝食）、黒目豆、カブの葉、手の大きさほどもあるバターミルクビスケット、茹でて焼いたハム、あらゆる魚類学的な名前のついた魚のフライ、糖蜜パイ、ピーカンパイ、チェスパイ、チョコレートパイ、見るだけでヘモグロビンＡ１ｃ値が二ポイント上昇しそうな甘ったるいアイスティー。

タイタスの大好物だ。

夢中になるのはタイタスだけではなかった。〈ギルビーズ〉はチャロン郡では数少ない、誰もがくつろげる場所のひとつだ。それはギルビーの人柄によるところが大きい。みんなのビッグ・ママ、アンティ、ナナ、グラミー。人手不足の水産工場を乗っ取る勢いで夏に出稼ぎにやって来る移民労働者のおばあちゃん（アブエラ）的存在にもなった。店に入れば誰でも彼女の笑顔に迎えられ、しばらく腰をおろし、美味（おい）しい料理を愉しめる。彼女に敬意を払うかぎり、こちらも敬意をもって扱われる。

それができない者には、カウンター下の四四口径のハンドキャノンが礼儀を教えてくれるのをタイタスは知っていた。

「ねえ、タイタス。こっち来て話さない？」ギルビーが訊いた。

タイタスは微笑んだ。その感覚は、今日起きたすさまじい出来事とはまったく異質だった。ギルビーが笑顔を返し、ほんのつかのま、彼は肩にのしかかる重圧と心を覆う影が少し消えた気がした。

彼女の〝王座〟のテーブルまで行って握手した。思ったより強い力だった。長年野菜を刻み、生地を伸ばし、鶏を絞めてきた両手には、加齢で衰えない力強さが宿っている。なぜ彼女の手は力を保ち、タイタスの父親の手はゆがんでしまったのだろう。ふたりとも手を使って働いてきたのに。ただ、時間を自由にできるのはギルビーだけだった。休みたいときに休める。アルバートの手は他人の気まぐれに縛られていた。

「カルヴィンの息子のこと聞いたよ。そう、ラトレルはまちがってた。あんなものに手を出して。ためにならなかったね」ギルビーが低く静かに言った。タイタスはそのささやき声に集中しながら、同意の印にすばやくうなずいた。彼女の言うとおりだとしても、ラトレルや銃撃について発言することは許されない。店内を見渡すまでもなく、自分が監視され、同時に無視されていることがわかった。スコットの言ったことは半分しか当たっていない。人々はタイタスを見ているが、彼がいないふりをしたがっていた。警官の大ファンでもないかぎり、警官に夕食の邪魔をされたい人はいないのだ。

「たしかにたいへんな状況です」タイタスは言った。

「あんた、傷ついてるね。カルとは兄弟みたいだったから。ボビーも」ギルビーはタイタスの手を放し、州の健康ガイドラインを完璧に無視して細い煙草(たばこ)に火をつけた。ゆっくりと息を吐くと、鼻孔から一対の白煙が機関車の蒸気のように出てきた。

「ええ、兄弟みたいでした」タイタスは言った。

「あのボビー・パッカーって名前は、彼にぴったりだったね。仲間とよくここに来て、ひとりでチキンをまるごと一羽食べたもんさ。とんだ大食漢(パッカー)だよ」

「ボビーなら食べるでしょうね。食べると言えば、そろそろあっちに行って食事を注文しないと」タイタスは言った。

「あんたの見た目はパパに似てるが、話し方はママそっくりだ。ヘレンは頭が切れる人だった。彼女もむかつくばあさんから逃げる方法を知ってたよ」ギルビーは言った。口の端に煙草をくわえ、ニヤリとした。

「むかついたりしてませんよ、ミス・ギルビー。腹が減ってるだけです」

「今日は店のおごりだってパトリスに言いな。特別料理を用意させよう」

「それはやりすぎです、ミス・ギルビー」

「わかってる。わたしがやるべきなのは黒人でありつづけ、死ぬことだけさ。でもあんたには美味しい食事をしてほしい。ダーリーンはすてきな女性だけど、料理の腕はからっきしだからね」ギルビーは言った。

非難を怖れず、最初に頭に浮かんだことを口に出せるくらい長生きしたいものだ、とタイタスは思った。

「そうですか、では、ありがとう。感謝します」

「ぜんぜん気にしないで。父さんとみんなによろしく」ギルビーは言った。

「はい、わかりました」タイタスは、また客たちのあいだを戻ってカウンターに向かった。彼に挨拶する人はほとんどいなかった。まだCDを再生する古びたジュークボックスのそばにいるティーンエイジャーの白人娘ふたりが、携帯電話の上から彼を見てくすくす笑った。今朝ハイスクールの現場で見かけた子たちだった。数時間前、死にものぐるいで逃げたのに、いまは携帯で顔を隠して笑っている。ああやってつらい体験を忘れようとしているのだろうか。一過性のソーシャルメディアが、逃れられない死からの逃げ場ということなのか。

　それとも、自分はまた物事を深く考えすぎているのか？

「保安官、その……ひと言お礼を言いたくて。今日、何人かの命を救ってくれたことに。まったくなんてこった。あの若者は本当に頭がどうかしてた」という声がした。

　立ち止まってそちらを見ると、コール・マーシャルがいた。コールは〈カニンガム水産工場〉で配達トラックを運転しながら、整地と除草の会社を営んでいる。チャロンの多くの人と同様、複数の収入源が必要なのだ。隣にいる若い女性はガールフレンドだろう。コールと並んでブース席に坐り、彼の前腕に両手をのせて、腕の金色の和毛（にこげ）をぼんやりといじっている。ふたりの身ぶりから、初々（ういうい）しい親密さがそれとなく伝わってきた。同じブース席の向かい側には、ダラスとメーガン・プロセッサー夫妻がいた。ふたつの同心円のような彼らのふるまいは、長年連れ添った夫婦特有のものだった。

「礼などいらないよ」タイタスは言った。

「よくぞあいつを始末してくれた。スピアマン先生はいい人だった。あんなことをされていいはずがない」コールたちの反対側のテーブルについた男が言った。タイタスはサングラスの奥で目を細めた。男の名前が記憶の端にちらついたとたん、思い出した。ロイス・ラザールだ。ふさふさした茶色の髪の上に、昔ながらの〈テキサコ〉のロゴのトラッカーキャップをかぶっていた。

「彼は犬じゃない。始末なんかしてないぞ」タイタスは言い、サングラスをはずしてロイスを見つめた。

ロイスは顔をしかめ、〈テキサコ〉の帽子をかぶり直した。「いや、つまり……」唇から文末が消えた。

「そういう意味じゃ……」コールがもごもごと言った。

タイタスは彼らにきつい視線を送り、黒人保安官が口に出せないことを目で語った。やがてどちらの男もきまり悪そうに目を伏せ、デート相手たちも顔を背けた。

タイタスはサングラスをかけ直した。

憎悪の味が口いっぱいに広がるのがわかった。生のままの酢のように純粋で強烈な屈辱の味だった。ラトレルがしたことはおぞましい。スピアマンにしたことではなく、スピアマンと三番目の狼とともにしたことが。彼らの非道な行為の場面は、タイタスが死ぬ日まで嫌でも心のなかで生きつづける。

だからといって、ある黒人が殺された話を別の黒人にして悦に入っている、くだらない偽ビンテージの帽子のまぬけに我慢して、『風と共に去りぬ』のエキストラみたいに突っ立っている必要はなかった。ラトレルの死を大喜びせずに、彼の行為を蔑むことはできた。

そのふたつは両立しうる。

「では、失礼するよ」タイタスは言った。

自宅の庭に車を入れると、父親のトラックと非番のときに使うジープ・ワゴニアの隣に、ダーリーンのツードアのハッチバックが駐まっていた。SUVを駐め、ダーリーンの車に近づいて触ってみると、まだ温かかった。

タイタスは家に入った。

アルバートとダーリーンが台所にいた。アルバートは今朝の続きのようにテーブルにつき、ダーリーンはその向かいのタイタスがふだん使っている椅子に坐っていた。ふたりのまえには中華料理のテイクアウトの容器があった。

「おい、電話の使い方を忘れたのか?」アルバートはうなると、椅子から立ち上がって足を引きずりながらタイタスに近づき、ものすごい力で息子を抱きしめた。父親が病気に負けて弱ってしまったなどと思ったのは大まちがいだった。アルバートは風船でも破裂させるようにタイタスの肺から空気を絞り出した。

「ニュースで事件のことを聞いてな。何かあったんじゃないかと心配したぞ、こいつ」タイタスの首にそうつぶやき、固く短いひげを息子のひげのない頰にこすりつけた。その感触に、タイタスは子供のころを思い出した。似たようなハグ、似たようなチクチクする感触だが、当時はウイスキーの香りがした。緑の容器のマッサージ用アルコールのようにツンとくる鋭い香り。父親が母親を冷たい地中におろしたときのハグの記憶だった。

タイタスは空いている腕で父親を抱き返した。もう一方の手には食料の袋を持っていた。

「おれはどこにも行かないよ、父さん」タイタスが言うと、アルバートはもう一度抱きしめてから体を離した。一歩下がって両手で目に触れ、手品のように涙を消した。

「だいじょうぶなのか？」アルバートは訊いた。

「平気だ」タイタスは言った。ジェフ・スピアマンの携帯に保存された光景が頭に浮かんで、その発言は嘘になった。

ダーリーンが席から立ち上がり、アルバートの脇を通ってタイタスに両腕をまわした。アルバートより背の低い彼女は、タイタスの胸に頭をもたせかけた。

「もう嫌。毎日怖い。あなたに何かあるんじゃないかって」ダーリーンは言った。抱きしめられ、タイタスも抱き返した。彼女の正直なところを大切に思っていた。ダーリーンはタイタスがふつうの仕事をしているふりはしないし、仕事のせいで不安になることも否定しない。不安だとよく口にするものの、保安官バッジとわたしのどちらを選ぶのと訊くこともない。タイタスの義務と自分の不安を分けて考えることができる。その長所が鶏の歯くらい珍しいことをタイタスは知っていた。それがいまだに彼女に恋している理由のひとつだった。

「わかってる。でもおれはここにいるし、無事だ」

「食べ物を持ってきたの。〈ギルビーズ〉に寄るって知らなかったから」ダーリーンが言った。タイタスは顔をしかめた。折り返し電話をかけるべきだった。

アルバートが咳払いをした。「おれは階上で食べるとしよう。若いもん同士ゆっくりな」

「父さん、いてもいいよ」タイタスは言った。

「まあ、どっちにしろ疲れてる。農園でカラードグリーンやサヤエンドウをいじってたから。バッグス・バニーみたいにニンジンを食うウサギがいてな、ジーンとふたりで金網を張ったら、思ったより疲れちまった。歳はとるもんじゃない」アルバートは言った。エマニュエル教会から道路を挟んだ土地の一区画が教会の共同農園になっていて、アルバートとジーン・ディクソンが管理しているのだ。教会は収穫した野菜のほとんどを郡の社会福祉課に譲っていた。タイタスの母親の死後、父親は飲んで騒ぐのをやめて畑仕事に取り組み、タイタスとマーキスが家を出ると、その技能を役立てたいと教会に申し出た。昔は収穫物のいくらかをギルビーに渡していたが、ある日を境にやめた。

かつて父親とギルビーがつき合っていたことはほぼまちがいなかった。タイタスがハイスクールの最高学年だった年に始まり、大学二年生のときに終わったのではないか。当ててみろと言われたら、そう答える。ギルビーが家に来ることはなかったが、父親はかなりの時間をあの食堂ですごしていた。

ギルビーがエマニュエル教会にかよいはじめたのは、タイタスがハイスクール三年生の年、感謝祭のころだった。もともとカルヴァリー・バプテスト教会の信徒だったのにだ。その年のクリスマスに、アルバートは息子たちを〈ギルビーズ〉のディナーに連れていった。父親が新たな交際を求めるのはしかたのないことだとタイタスは思っていた。気に入らなかったが、ケチはつけなかった。母親の代わりを見つけようとしているとは思わなかった。

そのクリスマス以降、マーキスは二度と〈ギルビーズ〉に足を踏み入れなかった。

「本当に、父さん？　行かなくてもいいのに」タイタスはダーリーンの肩越しに呼びかけた。父親は彼に微笑んだ。

「ああ、かまわん。さあ、こいつの世話をしてやってくれ」アルバートはダーリーンに言った。「身長が三メートルあって銃弾も跳ね返すと思ってるやつの」

「いつもちゃんと世話してますよ、ミスター・クラウン」ふたりとも三十歳を超えているが、こんなふうに父親とすごすときにはティーンエイジャーに戻ったような気がした。そう悪くもない感覚だった。懐かしさは心地いい。いずれ消え去るのだとしても。

「わかってるさ。ただ気をつけてな。おやすみ、ふたりとも」アルバートは言った。ビーフ・フライドライスの皿を持ち、足を引きずって階上へ行く彼を見送ったあと、ダーリーンは爪先立ちになり、タイタスの唇にキスをした。

「お父さん、卒倒するんじゃないかと思うくらいあなたを心配してた」

「きみはちがうのか?」タイタスは言い、また彼女を抱きしめた。

「もちろん心配したわ。でもお父さんのために気丈にふるまわなきゃいけなかった。さあ、その袋をこっちに。坐って。食事を準備するから」

「そんなことしなくていい」

「わかってる。でもやりたいの。着替えてきて。五分後にリビングに来てね」ダーリーンが言った。タイタスはそれ以上抗議せず、袋を渡した。階上へ行き、制服を脱いで、グレーのスウェットパンツと黒いTシャツに着替えた。裸足(はだし)で階下(した)に戻り、台所からリビングに続くラミネートフローリングのひんやりとした感触を愉しんだ。

ソファに腰をおろして、頭を背もたれに預け、目を閉じた。

「食べてから寝てよ、スモーキー」ダーリーンが言った。タイタスは目をぱっと開け、料理の皿を受け取った。冷蔵庫に入っていたビールも。父親はもうあまり飲まないが、タイタスのビールが家で冷えていても気にしなかった。タイタスは膝にのせた皿のバランスをとりながら、ビールの蓋をひねって開け、ぐいっと飲んだ。

ダーリーンは隣に坐り、タイタスが食べるのをじっと見ていた。タイタスが横目を流すと、さらに見つめてきた。その大きな目はタイタスを吸いこみ、観察し、称賛のプリズムを通して見ていた。アニメのキャラクターみたいな目だな、とタイタスはよく彼女をからかう。濃い褐色の肌は山裾の湖にできたばかりの氷のようになめらかだ。髪はシニョンにまとめ、後頭部だけ短く切っている。数カ月前からダーリーンは自然派になり、化学的なストレートパーマ剤を避けて、オーガニック系のヘア製品を使いはじめた。彼女の新しいヘアケア法を母さんは信用しないだろうとタイタスは思った。ヘレン・クラウンは〈ダーク・アンド・ラブリー〉のストレートパーマ剤にぞっこんだったのだ。

もう一度ビールをあおって飲み干した。ダーリーンが左手で壜を受け取り、台所のゴミ箱まで運んだ。生まれつき右利きだが、母親の生花店で小指の先を切断する事故に遭ってからは、どちらの手も同じように使えると言っている。生花店の事故の話は怪しいとタイタスは思っていた。このまえマーキスと話したとき、郡内の噂では元ボーイフレンドが車のドアでダーリーンの手を挟んだらしいということだった。

詮索するつもりはなかった。自分の一部はダーリーンの話を信じたかった。そうすれば、元ボーイフレンドを見つけようという気にならないからだ。彼女はあいまいなエピソードしか語らないが、その男の名前を聞き出すのはたやすい。そいつの記録を引き出すのもむずかしくない。住所を突き止め、訪問するのもそう面倒ではない。

そいつの家を訪ねたら、タイタスはこの上なく満足するだろう。

だがダーリーンは、そんなことを望んでいるそぶりは見せなかった。鋭い植木バサミによる事故だと言い張った。そう話す彼女がぜったいに目を合わせないにもかかわらず、タイタスもあえてそれを信じた。

リビングの窓を叩く音が響き、ふたりとも飛び上がった。一羽のミミズクが窓台に止まっていた。タイタスは背筋がぞくっとした。彼とマーキスにチャロン郡の禍々(まがまが)しい歴史を語った祖父は、民話や伝説の保管庫のような人だった。その祖父がフクロウの仲間は凶兆だと言っていた。タイタスは空を飛ぶ魔法使いを信じないのと同じくらい、迷信も信じていないが、一ドル硬貨大の目で窓越しに彼らを見つめるミミズクの姿から、暗い前途と不吉な風を想像せずにはいられなかった。彼が足を踏み鳴らすとミミズクは羽を広げ、音もなく力を爆発させて飛び立った。

「ねえ、気味が悪い」ダーリーンが言った。

「ああ。裏庭のリスを追ってきたんだと思う」タイタスは言って、フォークでサコタッシュ（トウモロコシや豆を煮こんだ料理）をすくって食べた。

ダーリーンは彼の腿に手を置いた。「ラトレルがスピアマン先生を撃ったなんて信じられないわ。いい先生だったのに」

タイタスは食べ物を嚙(か)んで、飲みこみ、大きく息を吸った。「ラトレルを説得しようとしたんだ。説得できたと思ったとき、彼があのライフルを振りまわしながら突進してきた。今朝のラトレルほど悲しそうな人間に会ったことはなかった。でもそのあと、息子が死んだとおれから聞かされたカルのほうが悲しそうだった」タイタスは言った。ふたりのあいだにいつもより長い沈黙が流れた。ダーリーンは体の向きを変え、タイタスの横顔を見つめた。自分のズボンの見えない糸を落ち着きなく引っ張っているのは、何か質問したいのだろうとタイタスは思った。しばらく待っていると、ついに彼女が勇気を奮い起こした。

「今日、スピアマン先生の家で何かよくないものを見つけたの？」ダーリーンは言った。

やはりこれか。

タイタスはソファの隣の折りたたみテーブルに皿を置いた。体を彼女のほうに向けた。

「どうしてそんなことを？」

「今日、店を閉めようとしたら、バケット・ミラーが来て、〈セーフウェイ〉でジョイスから聞いた話を教えてくれたの。デイヴィが今夜のキャンドル集会には行かないと言ってるって。保安官事務所がスピアマン先生の家であるものを見つけた、みんなキャンドルを無駄遣いしたことに激怒するだろうと言ってたんですって。そのあとガソリンスタンドでグラディスに会ったら、彼女も、今日あなたたちが彼の家からいろいろ運び出してるのを見た人がいるって。だから……ただ……わたしが生徒だったとき、すばらしい白人の先生は少なかったけど、彼はそのひとりだった。わたしたちのことを本気で考えてくれてると感じた」ダーリーンは言った。

明日、デイヴィの口の軽さを注意しなければ。チャロン郡の情報網は葛（くず）のようにどこへでも侵入してくる。明日の朝までに、スピアマンの家で発見されたものについて一人ひとりちがうバージョンの話ができあがっているだろう。

「ああ、同感だ」タイタスは言った。

「噂は本当?」ダーリーンが訊いた。

タイタスは答えなかった。彼女の手を握り、小指のざらついた先端を感じた。喉に詰まったことばは巣のなかのスズメバチのようだった。いつ飛び出して針を刺してもおかしくない。

本当はこう言いたかったが、どうしても言えなかった。

「これまでに見たなかで最悪のことを考えてみろ。それを何十回も見ることを想像するんだ。その光景を見ながら、そこにある叫び声と、慈悲か神か母を求める泣き声を聞く。なのに慈悲も救いも、悪魔を打ち倒す神の聖なる手もないことを知る。そんな光景が、カインに刻まれた印みたいに自分から永遠に消えなくなることを考えてみろ(旧約聖書創世記で、神はカインにひとつの印を与え、誰も彼を殺さないようにした)」

その代わりに、タイタスは言った。

「そろそろ寝よう」

7

タイタスは七時には起きてコーヒーを淹れた。ダーリーンは朝六時ごろベッドを抜け出し、彼の頬にキスをして、そっと階段をおりていた。早い時間に母親を理学療法士のところへ送り届け、十時までに生花店を開けなければならないのだ。ダーリーンの母親のギルクリスト夫人は膝関節置換の大手術を受けてリハビリ中だった。それが理学療法士のオフィスの待合室でタイタスがダーリーンと出会ったきっかけだった。ふたりとも親の面倒を見るアダルトチルドレンで、三十センチの鍼を手にした医師に怯える親をなだめていた。

「昨日の夜はわたしの足腰が立たなくなるようにしたかったの？　あとで電話してね、スモーキー」ダーリーンは笑いながらタイタスの耳元にささやき、部屋から出ていった。

タイタスはコーヒーを飲んだ。

昨夜の彼はひときわ情熱的だったと思われているようだ。〝情熱的〟の定義がダーリーンと大きく異なることはこれまでに学んでいた。別にそれでいい。タイタスがまったく満足しないまま終わったことはなかった。ダーリーンは、ふたりがただのセックスのつき合いだったころでさえ、愛し合いたがった。セックスでもファックでもなく、愛し合うのだ。

タイタスはそれでよかった。よくないのなら、最初につき合いだしたときにはっきり言うべきだった。何も『O嬢の物語』を再現してほしいわけではないが、秩序とコントロールという宗教に生活のほとんどを捧げていると、ときには罪人になって激情に思いきり身をゆだねたくなることもあった。大渦の中心に飛びこみ、本物の情熱の名残の傷を作って浮かび上がりたくなることが。

「背中に爪を立ててくれ」昨夜タイタスはささやいた。朝の冷たい光のなかで考えると、なぜそんなことを頼んだのかわからなかった。たぶん本能が優位に立ち、ダーリーンが攻撃したがらないことを都合よく忘れたのだ。しかし昨夜は攻撃が必要だった。もはや頭にこびりついて離れないジェフ・スピアマンの携帯の画像を追い払うために。感じたかった……嫌悪感以外ならなんでも。その点、ほかに問題はあってもケリーは攻撃に前向きで、むしろ積極的に攻めたがった。昨夜ベッドをともにしたのが彼女だったら――

やめろ。すばらしい女性とつき合ってるのに。そのことに感謝しろ。

タイタスはコーヒーを飲み干して、部屋を出た。父親はまだ眠っている。階下（した）におりるまえに様子を見てきたのだ。父親の寝室に入るのは、タイムマシンを通って外に出るのに似ている。母親が死んでから何ひとつ変わっていない。カーテンも同じ。絨毯はすり切れてしまった。老眼鏡とゲインズの『ミス・ジェーン・ピットマン』は、誰かがコップでサイコロを振った音のような母親の最期の声を聞いた夜のまま、ナイトスタンドに置かれていた。

父親はベッドの片側でしか眠らなかった。そこが定位置で、母親がいた側は決して使わない。タイタスは彼の胸が規則正しく上下しているのを見た。寝息をたて、少し寝返りを打った。夢の話を聞いたことはないが、夢で母親に会えていることをタイタスは祈った。父親の夢は自分が見る夢とはちがっていますように、と。

ドアを開けてＳＵＶに向かう途中で携帯電話が振動した。ポケットから出して画面を見た。

「ほう、驚いた」タイタスは小声で言った。

弟からのメッセージで、ごく短かった。

だいじょうぶか

タイタスは同じように返信した。

ああ、平気。

オーケイ。

画面上で指が浮いたまま止まった。もっと言うことがある気がしたが、考え直した。どうしてこっちから言わなきゃならない？　マーキスは、母親が死んで寂しいのは自分だけだというふりをしたがり、それをいまの生き方の言いわけにしている。タイタスは保安官に選出されたあと、保管されている報告書に目を通した。前任者は最高にまめな記録者ではなかったが、逮捕記録はほぼ完全に残っていて、その報告書にはマーキスの名前が何度も登場していた。父親が家を担保にして保釈金を払ったこともわかった。マーキスが公判日に遅刻し、父親が家を失いかけたことも。タイタスは弟を愛してはいるが、自分だけが嘆き悲しんでいると思っているところは大嫌いだった。

たっぷり一分待ってから返事を打った。

今週末空いてるか？　父さんが牡蠣を手に入れるから来てほしいと

マーキスの返信は、リハーサルをしたのかと疑うほど速かった。

週末も仕事。タンク・ビラップス家の近くでヴァネッサ・ファーガソンの小屋を建築中タイタスの頭でギアが嚙み合った。タンク・ビラップスは〈ノートンズ・マリーナ〉を所有し、カニンガム邸のそばのスタンパー・ヒル・ロードに大きな煉瓦造りの家を持っている。たぶん今週マーキスはそこで働くのだろう。タンクの名前で記憶がよみがえった。何十人もの郡民が共有している記憶だ。

タイタスはSUVに飛び乗って保安官事務所に急行した。

駐車場に着くと、トレイが自分の車にもたれてピップと話していた。細身のトレイは何サイズか大きすぎる焦げ茶色のスーツを着ていた。髪は短いフラットトップで、両サイドに若白髪がある。彼はチャロン郡初の黒人調査員で、タイタスが採用した三人目の職員だった。犯罪科学の準学士号を持っていて、カーラと同じくタイタスのもとで何年か実務を学んだらチャロン郡の外に出る予定だった。どこへ行くことになっても成功するだろう。タイタスはほぼ確信していた。トレイは賢くて野心家で粘り強い。これらの素質がある者は非常にすぐれた警官か、非常に悪い警官になる。トレイは前者にちがいなかった。

ピップは制服姿だった。シャツの下三つのボタンは、ものすごい努力で彼の腹がこぼれださないようにしている。ピップは最年長の保安官補で、いかにも南部の保安官補らしい特徴を備えていた。幅の広い頭、二重顎、普段着のときでさえ〝お巡り〟と派手に主張している禿げかかった丸刈り。ただひとつ欠けているのは、敵意に満ちた人種差別だ。

　ピップはメノー派（平和主義で質素な生活を送るプロテスタントの一派）の家庭で育ち、郡の北端にある家族の農場を出て平和部隊で十年間活動したあと、故郷に戻ってきて保安官事務所に入った。タイタスにとって、子供のころから見てきたピップは光の当たらない〝陰〟、残りの職員は喧嘩好きで怒りっぽい〝陽〟だった。

　事務所に残っていいかとピップに訊かれたとき、タイタスは驚いた。

「本当にやりたいんですか？　雇うのはかまわないが、あなたを裏切り者とみなす人もいるんじゃないかな」タイタスは言った。

「でしょうね。でも、凶暴なイタチより性格がいい保安官のもとでキャリアを終えるのもいいかと思って。いつもベッドに白いシーツを敷いてるイタチのことだけど（白人至上主義の秘密結社KKKは全身白装束で黒人を襲った）」ピップは言った。

「そんなに前任者がひどかったのなら、どうして何年も残ってた？」タイタスは訊いた。

　年配者の顔に影が差した。「ウォードは底意地の悪いやつでしたよ。ああいう人間は、まあ、自分たちの行為を誰かに監視されてると思えば、自制するかもしれないから」とピップは言った。タイタスはただうなずき、彼の読みが正しかったかどうかは訊かなかった。答えを知っていたからだ。それでもピップは鏡に映る自分の姿を見て、その答えについて考えたことがあるのだろうか。

「よく来てくれた」タイタスはトレイの車に近づきながら言った。

「クラウン保安官、うちの孫娘があなたに母校をめちゃくちゃにされたと伝えてくれって」ピップが言った。

「いや、言ってないな」タイタスは応じた。

ピップはニヤリとした。「ええ。でも心のなかでそう思ってましたよ」

「おれの婚約者は本当に言ってました。家に戻る途中で何度も」トレイが言った。

ピップの笑いが消えた。「状況は……まずいんですね？」

「まずいどころか、特大級のまずさだ。なかに入ろう」タイタスは言った。

デイヴィ、スティーヴ、カーラと、ハイスクール銃撃事件時には家庭内暴力の通報に対応していたダグラスが、すでにタイタスのオフィスで待っていた。タイタスはまだトムとは話していなかった。トムは非番だから、あとで情報を伝えればいい。

「まず、昨日の銃撃事件の捜査について詳細を誰にも言わないように。最愛の人にも、近所の人にも、友だちや市場で会った人にもだ。事件の様相は刻々と変化している。町に噂を広める必要はない。わかったな？」タイタスは言い、デイヴィの目を見た。デイヴィは顔を燕脂色に染めた。

「次に、トレイ。ラトレル・マクドナルドの射殺に関する報告書をすべて転送したから、目を通してほしい。発砲が正しかったことを確認してくれ。正しかったと思いたいが、いまはおれの考えはどうでもいい。新鮮な目が必要なんだ」

「はい、わかりました」トレイが言った。

「カーラ、スピアマンの家から押収した絵を取ってきてくれるか？」タイタスは言い、ラテックスの手袋をはめた。「あの木に見憶えがあった」

　彼は戻ってきたカーラから絵を受け取って広げた。両端を持って顔のまえに掲げた。

「デイヴィ、タンク・ビラップスの七十五エーカーの森で狩りをしたことはあるか？　キング・フィールド・ロードに面した森だ」タイタスは尋ねた。

「ええ。父親と何度か鹿狩りに行ったことがあります」デイヴィが言った。

「おれも」とスティーヴ。「父親やおじとよく行ってました。タンクはひとり一日五十ドルの入場料を請求してた」

「おれも弟と父親と何度か行った。十二の枝角を持つ雄鹿（トゥエルブ・ポインター）を一頭仕留めたことがある。うちはひとり百ドルだった」

「そんなに取られたんですか？」スティーヴは三十秒前にタイタスが出した名前を聞いていなかったような口ぶりで尋ねた。

「特権は極めつきの麻薬だな。いいか、この木を見てくれ。こんなに背の高いシダレヤナギをこれまでどこかで見たことがあるか？」タイタスは言った。

　デイヴィとスティーヴは困惑顔を見合わせた。

「タンクの所有地だ。あの森を四、五百メートル入ったところ。おれは弟が撃った雄鹿の血痕を追ってるときに見た。森のまんなかでこんなにでかい木を見るのは珍しいから憶えてる。動画でスピアマンは〝秘密の花園〟と言ってた。ここのことだと思う」タイタスは言った。

「で、どうしてその木が重要なんです？」スティーヴが訊いた。タイタスが彼のほうを向いて答えようとすると、トレイが先に言った。

「そこに彼らが遺体を埋めたと思ってるんですね？」

タイタスはうなずいた。「そうだ。被害者は少なくとも七人……動画に映ってた。スピアマンの家に遺体はない。壁のなかにも。もちろんほかの方法で遺棄された可能性もあるが、この絵はスピアマンにとって重要だった。USBメモリといっしょに隠すくらい重要だったんだ。スピアマンのような殺人者は妄想に突き動かされる。一日じゅう自分の妄想について考え、できることならそれを実現したいと思う。やがてその妄想に飽き足らなくなって、新たな被害者を求める。彼らはこの木のそばに被害者を埋めたあと、現地を訪ねていたと思う。何度もだ」タイタスは言った。こうして捜査用語で話していると、ほんの少しだが気持ちが楽になる。子供たちと彼らの叫び声の記憶から、ある程度の距離を保てるからだ。

「これからどうしたいんです？」ダグラスが訊いた。トレイやカーラとちがって、ダグラスには上昇志向がない。元警備員の彼は健康保険目当てで保安官事務所に就職した。ロジャーのようにこれを天職と見なしてはいないが、トレイのようにキャリアの一段階と思ってもいない。ダグラスにとってはただの仕事だ。そこをタイタスは尊重していた。ダグラスの淡白な態度が役立つときがあるのだ。

「ウォレン・エアーズに電話して、ボランティアの消防団と救護隊をタンク・ビラップスの所有地に集めさせたい。この木の周辺を掘り返すのには人手がいる。ピップ、郡北部のパトロールを担当してくれ。スティーヴ、きみとダグラスはハイスクールの教師やスピアマンの友人に当たってもらいたい。ラトレルとスピアマンがいっしょにいるところを見た者がいないか調べてくれ。残りのみんなはタンクの所有地に行く。何か見つかるまでは、いっさい口外禁止だぞ」タイタスは言った。

「本当にジェフ・スピアマンが森の木の下に子供たちを埋めたと思ってるんですか?」スティーヴが訊いた。

「スピアマンと三番目の狼。彼らは犯行に及んで快感を得ていたと思う。森に子供たちの遺体があること、それを秘密にしてることが気に入ってたんだ。だが、秘密は精神を蝕む。秘密を持てば心を食われて、じきにその痛みを止めるためになんでもする気になる。ラトレルにとってそれは、ジェフ・スピアマンの頭に拳が入るくらい大きな穴を開けることだった」タイタスは言った。ラトレルだけでなく、自分自身について話しているような気がした。暴かれるのを辛抱強く待っている彼の秘密は、ダモクレスの鈍い剣のように頭上に吊るされている。

「ラトレルとスピアマンに関してできることはもう何もない。だが第三の男、決してマスクを取らなかったやつ、そいつをわれわれは見つけて罪を償わせることができる。マスクをはがして世間にさらしてやるんだ。動画に映っていた犯行を……」

タイタスはことばを切り、深呼吸して、続けた。

「あんなことをして逃げきらせるわけにはいかない。そいつが誰だろうとな。共犯者が死んでも、あの種の犯罪はやめられないんだ。おれたちがいるまえで、これ以上子供をさらわれてたまるか。今度はこっちが思い知らせる番だ。そのためには、まず遺体を見つけることだ。遺体を見ればわかる秘密もある」タイタスは言った。

「やつらはそこを〝秘密の花園〟と呼んでた。ああいう連中はいったいどこがイカれてるんです、タイタス？」デイヴィが訊いた。タイタスは絵を巻いて机に置いた。

「どこもかしこもさ、デイヴィ。すべてだ」

チャロン郡のたいていの脇道と同じように、タンク・ビラップスの七十五エーカーの森に続く道は、一日でもっとも明るい時間帯でさえ暗い影に覆われていた。水路に沿った土手に並ぶ落葉樹と針葉樹は、攻め落とされた王国を取り戻そうとする軍の第一連隊のようだった。木々は壮大なバーナムの森さながら、曲がりくねった狭いアスファルトの道に攻め入っているように見えた（シェイクスピア『マクベス』で、魔女たちが「バーナムの森が向かってくるまでマクベスは滅びない」と予言するが、その後予言が現実となる）。

タイタスは運転しながら計算した。ＵＳＢメモリの動画ファイルの日付は五年前の二〇一二年までさかのぼる。写真はそれよりずっと古かった。いちばん古い写真のスピアマンは黒髪で、幼いころのラトレルだとはっきりわかる子とふたりで写っていた。のちにほかの子たちも登場する。何人かの顔には見憶えがあった。町で見かける彼らは、戸外で日焼けし、皮膚にしわが寄り、ひげを生やすか、タトゥーのアイラインを入れている。大人の彼らは子供のころ、両親の次に信頼していた男の手にかかって怯えていたのだ。

タイタスは、リッチモンドまで行ってスピアマンの死体に弾を何発か撃ちこんでやりたい衝動と闘った。

打ち合わせのあと、いったんチームを帰宅させていた。制服から汚れてもいい服に着替えさせるためだが、タイタス自身は制服のままだった。泥で汚れた制服姿をチャロン郡の善良な住民たちが見たら、催眠術のようにその光景から目が離せなくなる。郵便局や食料品店の噂話の種になる。住民たちは無意識のうちに、これもタイタスが保安官にふさわしくない理由だと思うだろう。肌の色だけでふさわしくないと思う者もいる。その憎しみの炎をこれ以上焚きつけたくなかったのだが。

タイタスは車列の先頭に立って、イースト・ウッド・ロードを二十キロ近く走った。ようやくトム・サドラーと電話で話し、二週間の管理休暇を告げた。決定を伝えるのに電話は理想的ではなかったが、事態は急展開している。秘密の花園を優先しなければならなかった。

「もちろん。わかりました。タイタス、でもおれはラトレルを撃たなきゃならなかった。こっちに向かってきてたから。おれたちを、あなたを撃つ怖れがあった。しかたなかったんです。わかりますよね？」トムは訊いた。hとtの発音が怪しくなっていた。かなり酔っているのだろう。

「少し休め、トム。誰か話せる人はいるか？」

「あなたに話しても？」トムは訊いた。

「ああ……かまわないが、あとでだ。いまタンク・ビラップスの土地に向かってる」

「そっちに何があるんです？」

「スピアマンの携帯から見つかった手がかりを追ってる」タイタスは言った。

トムは一瞬黙ったあと、「何が見つかったんですか？」と怪しい呂律(ろれつ)で訊いた。

タイタスはその質問を無視した。トムは酔っ払っている。守秘義務を期待するのは無理だ。

「また連絡する」と言って通話を終えた。

　イースト・ウッド・ロードから曲がって砂利道に入った。さらに奥に進むには、古い角材の支柱二本が支える馬用の門を越えなければならない。タイタスは車を停め、外に出て門を開けた。地所に入る許可をもらうためにタンクに電話したときには、門に鍵がかかっているかどうかわからないと言われた。タンクは六十代で、彼自身この地所に何年も行ったことがないと打ち明けた。

「もうよく目が見えんのだ。息子のジェリーに言われて、免許証も車両管理局(DMV)に返納させられた。理由はわかってる。おれをクソ介護施設に入れたいのさ。ジェリーは地所の点検にも行かない。売りたがってる。あの土地は第一次大戦から祖父(じい)さんが戻ってきて以来、ずっとうちのものなのに。そりゃ家族はそのあと町に引っ越したがな。だからって、あそこを手放していいって話にはならん。この世で本当に価値があるのは土地だけだ」タンクは厳かに言った。

　だから狩りに来る黒人に二倍の入場料を請求したのか？　タイタスは思った。

「見てまわる許可をいただきたいだけです、ミスター・ビラップス」

「あそこで何を探そうってんだ？」

　死んだ子供たちを、とタイタスは思った。「ある関係者があそこに犯罪の証拠を残したかもしれない。そう信じる理由があるんです」タイタスは言った。

「どんな犯罪だ？　うちの所有地をぐちゃぐちゃにされるなら、おれには知る権利があると思うが。何かで補償してもらえるのか？　おれは家に足止めされてるし、そっちに人を送って自分の利益を守ることもできんのに、あんたらが出かけていって掘り起こすんだろ。保険をかけてもらわないとな」タンクは言った。人と話す機会もそうそうないのだろう、とタイタスは思った。タンクはこの交渉を愉しんでいる。駆け引きとか、そういうくだらない技術を。

相手をしている暇はタイタスにはなかった。「殺人です、ミスター・ビラップス。土地に入ってもかまいませんね？」

すぐさま交渉は終わった。

タイタスはみなの車を先導して細い道を進み、森が始まるどん詰まりの地点で停まった。うしろには保安官補たちだけでなく、ピックアップトラック四台と、チャロン郡自警消防団の緊急車両一台も続いていた。ピックアップにはふたりずつ、緊急車両には三人が乗っていた。それぞれのトラックの荷台にはシャベルと作業灯、緊急車両には遺体袋が積まれていた。

タイタスはＳＵＶからおり、大勢の男女が車から出てくるのを待った。全員を確認してから話しはじめた。

「このうち何人がここで狩りをしたり、猟犬を走らせたりしたかわからないが、われわれは例のヤナギの木に向かう。ここに来たことがあるなら、あの木を見たことがあるはずだ。あれがあの空き地に生えてるのはおかしい。だから目立つ。ヤナギのところまで行ったら、くわしい捜索範囲を伝える」

「本当にジェフ・スピアマンとラトレルが子供たちを殺して、そこに埋めたと思ってるんですか?」不信感もあらわな声が言った。

　スピアマンとラトレルだけじゃない、とタイタスは思った。

「きみはあの携帯の中身を見てないだろう。さあ、行くぞ」一団を率いて、松、オーク、楡(にれ)にときおり糸杉が交じる森のなかを進んだ。歩いていくと、幾筋もの日光が深い森の天蓋を貫き、まばゆい金色の鎖のようだった。

　タイタスは歩きながら、通りすぎた木々の樹冠をときおり見上げた。木は地上でもっとも不死に近い生命体に思えた。最古の先住民がここでオジロジカを狩っていたころ、これらの巨大な樹木のうち何本が若木だったのだろう。ジェイムズタウン（ヴァージニア州東部にあった村で、イギリスが北アメリカで最初に開拓した植民地）の入植者たちが、決意を試される初めての冬に靴を食べて飢えをしのいでいたころ、すでに生えていた木は何本ある？　南部の地主と貧しい使用人たちの反乱が失敗してから数年で、これらの枝から吊るされリンチされたタイタスのような外見の男たちは何人いた？　ジェフ・スピアマンと、ラトレル・マクドナルドと、三番目の狼が拷問した子供たちのことを、この不滅の自然の力に尋ねたら、なんと答えるだろう。そもそも何か言うだろうか。それとも人間の問題など、彼らにとってはアリの問題のようなものなのか。

そういう質問をする幼いタイタスに、父親はよく「考えすぎだ」と言ったものだ。

「この子には大いなる力があるのよ、アルバート」母親は言って、額にキスをしてくれた。彼女の皮膚が骨に変わりだすまえに。

一行は落ち葉や松葉をサクサク踏んで進み、空き地に到着した。

「ここだ」タイタスは言った。

外周三十メートルはある空き地のまんなかにシダレヤナギが高々と立っていた。太い幹からさまざまな形の枝が空に伸び、その枝の先から細い翡翠色の蔓のような葉がさがっている。髪の毛のように地面に向かって垂れる葉は、年老いた不気味な神の栄光の王冠だった。風が吹くと、その神が頭を振っているかのように葉が動いた。

「この全域を掘り返す必要がある。周辺から始めて中央に進んでいこう。ウォレン、デリーといっしょにまず金属探知機をかけてくれるか。そのあと試しに掘ってみる。ここに遺体があるとすれば、深くは埋めていないはずだ」

「探知機はかけるよ、タイタス。でも正直なところ、ジェフ・スピアマンには虫一匹殺せないと思うがな」ウォレンが言った。

「スピアマンは、ラトレルともうひとりの男といっしょに少年少女を傷つける動画を保存してたの。見てみる?」カーラが尋ねた。ウォレンは顔を赤く染めた。

タイタスは続けた。「何か見つけたら大声で知らせてくれ。印をつける。遺体をできるだけ損傷しないように。可能なかぎり完全な状態で証拠を保全する必要がある」タイタスはみなの表情を見た。絶望的な思いがそのまま顔に出ていた。信じたくないのだ。ジェフ・スピアマンは見た目どおりの人間だったと思いこんでいたいのだ。不都合な真実をまえにすると、人はみな疑り深くなる。

「さあ、始めよう」タイタスは言った。

三時間後、太陽は空の低い位置に移動し、彼らを上から見守っていた影はどんどん長く伸びていた。

ウォレンがシャベルを肩にかついでタイタスのところへ来た。

「タイタス、ここには何もない。そのかわいそうな子供たちに何が起きたか知らんが、ゴールはここじゃなかった」気温は低いが、彼の顔は汗で濡れていた。

「もっとヤナギの木に近づこう。誰か斧をもってきたか? この根っこを断ち切らないと」タイタスは言った。

ウォレンは顔をしかめた。「タイタス、あんたが昔、泣く子も黙る一流のＦＢＩ捜査官だったのは知ってるが、穴をもう二十個も掘ったのになんにも出てこねえぞ」

「スピアマンのような人間は遺体を手放したくないんだ。ここの根を切って、もっと木に近づく必要がある」タイタスは言った。自分の過去をウォレンがからかったことは無視した。保安官選挙で投票してくれた人たちがＦＢＩ時代のタイタスを神格化し、投票しなかった人たちが軽視するのには慣れていたが、退職した理由を聞けば、両者の役割は逆転するだろう。わかっていても慰めにはならない。

「こんなの時間の無駄だ。あんたは保安官補と好きなように仕事すりゃいい。おれはみんなを連れて帰るよ。こっちはボランティアの消防隊だ。休むべきときに森で遊びまわるわけにはいかない」ウォレンは言った。

「あと四十五分くれ」タイタスは言った。消防署員を臨時で保安官の配下に置くこともできた。郡憲章に記された難解な条件を適用すればいい。憲章は初めから終わりまで精読していた。一方、ウォレンが憲章を読んでいる可能性はかぎりなくゼロに近い。タイタスは二百年前の追加条項の意味を議論する気にはなれなかった。そう、ウォレンが帰りたいなら、それは彼の自由だ。自分たちは作業を続ける。ウォレンやボランティアがいようといまいと。

「悪いが、これ以上は――」

「ここよ！」

その声は森じゅうに響きわたり、泣き妖精（バンシー）の叫びのようにあちこちに跳ね返って戻ってきた。

「四十五分もいらないようだ」タイタスは言った。

彼らは声の主、アニタ・デントンのところへ寄り集まった。彼女は両手でシャベルを持っていた。片手でシャベルの刃の近くを、もう一方の手で持ち手をつかんでいる。直前まで掘っていた穴から二歩離れ、真っ青な顔をしていた。カラスの群れが頭上を飛び、カアカアいう鳴き声の合唱が降り注いだ。

タイタスはその穴をのぞきこんだ。

頭蓋骨は痛々しいほど小さかった。皮膚と筋肉がはがれ落ちれば、たいていそうなる。頭頂部には毛髪がわずかに残り、頭蓋骨は小枝のようにもろい背骨につながっていた。胴体は歳月を経てボロボロになった茶色いシャツを着ている。ヤナギは強靭（きょうじん）に根を張ることで知られる。たいていの住宅所有者は、井戸や浄化槽のそばにヤナギを植えてはいけないと警告されるほどだ。ここにある根もやはり攻撃的で、アナコンダよろしく遺体に巻きついていた。一部の根は頭蓋骨に入りこみ、眼窩（がんか）から出てまた兄弟とつながっていた。

タイタスはしゃがんだ。頭蓋骨のてっぺん近くに小さなプラスチックの長方形が見えたのだ。手を伸ばして、ラテックス手袋を受け取り、それをはめてプラスチック片をつまみ上げた。古くなり黒ずんでいるが、見憶えがあった。ハイスクール時代のガールフレンドが同じものを髪につけていた。爪をかみ合わせて髪を挟む鼈甲（べっこう）のヘアクリップだった。

「ここにもっと埋まってる。なんとかしよう。土のなかから出して家に帰してやるんだ」

タイタスは全員に聞こえるくらい声を張り上げた。みな彼を半円形に取り囲んでいたが、穴からできるだけ離れて立っていた。

タイタスは立ち上がった。「この子たちは充分長くここにいた」


作業は二時間後も続いていた。闇が太陽を寝ぐらに追い返したあとは、作業灯が持ち出された。ヨタカ、フクロウ、コオロギ、マネシツグミ、雑多な種類のコヨーテら、夜の生き物が声でその存在を知らせている。満月に近いオレンジ色の月が投げかける光は、作業灯のまぶしさに打ち消された。調査場所を示す赤い旗が何本も立っていくのをタイタスは見た。細い針金の軸についた旗は、地面から次々と芽を出した野草のようだった。

「いくつある？」タイタスは訊いた。

デイヴィは額の汗を手の甲でふいた。「いまのところ七体。男子と女子。動画に映ってたとあなたが言ったとおりの数です」

タイタスは深く息を吸った。「葬儀場に連絡しろ」

「どの葬儀場に？」

タイタスは、ふうっと息を吐いた。「全部だ。〈メイナード〉と〈ブラックモン〉、〈スペンサー・アンド・サンズ〉。遺体はすべてリッチモンドに送らなきゃいけない。おれは州警察に電話する。遺体の分析を手伝ってもらわないと。どれも完全な解剖が必要になるだろう」タイタスは言い、ヴァージニア州にも、四地域の監察医のオフィスの代わりに本物の監察医務局があればいいのにと無言で考えた。

デイヴィがうつむいた。ことばが口からもれたが、小さすぎて聞こえない。

「なんだ?」タイタスは訊いた。

「なぜ誰も彼らを捜していなかったんでしょうね。もう何年もここに埋まってたような遺体もあるのに……どうして誰も捜索しなかった? まだ子供なのに!」

タイタスは帽子を取り、短く刈った髪をなでた。「黒人の子供だからさ、デイヴィ。きっと誰かが捜しているんだろうが、金髪と青い目のほうがニュースになる」

「そういう問題にしないでください」デイヴィは言った。水門の水のように怒りがあふれ出た。

タイタスは帽子をかぶり直して言った。「この現場を見て、そういう問題じゃないってことを教えてくれ」デイヴィは答えなかった。

「おれは事務所に戻る。州警察のほうに話を通さないといけない。合同捜査にしたい。州警察の事件にはしない。これはおれたちの事件。ここはおれたちの故郷だ。規制線を張ってくれ。終わったらおまえとカーラは帰って睡眠を取るんだ。今夜はずっとダグラスにこの所有地の入口を見張らせる」

「長いシフトだ」デイヴィは言った。

「ここからは全員が長時間勤務をすることになる。この事件が終わるまで」

「いつ終わるんでしょうね」

　タイタスはデイヴィの背後にたちまち広がった墓地を見た。なんでもない場所にあまりにも長く隠されていた殺しの現場だった。ヤナギの葉が寒風を受けて静かに揺れた。

「やつを捕まえたときだ」タイタスは言った。


　タイタスは三十分後に事務所に戻った。駐車場にキャシーの車があった。

「早いな。八時までカムの勤務だろう」事務所に入ると言った。

「ええ、でもカムから電話があって、早めに来られないかって。昨日わたし、遅刻したから。カムは昨日のことでまだかなり動揺してる。リッキー・サワーズが電話をパンクさせてるとあなたに伝えてほしいって」

「彼にはあとで電話する」

「本当なの？　ラトレルのこと」キャシーは訊いた。彼女はドロシーと別れたカルヴィンと、ほんのいっとき、つき合ったことがあった。三カ月後にカルヴィンとドロシーはよりを戻し、キャシーはタイタスのハイスクール時代のもうひとりのチームメイト、ボビー・

パッカーとくっついた。カルヴィンとドロシーが結婚した一年後にふたりも結婚し、ダンプカーを運転していたボビーが交通事故で亡くなる二〇一二年まで連れ添った。

保安官選挙のあと、キャシーは通信指令の仕事に応募してきた。通信指令係だった年上の白人女性がふたりとも、クーターへの忠誠心で退職したからだ。タイタスはほぼその場でキャシーを採用したが、書類に記入してもらっているとき、彼女が旧姓に戻っていることに気がついた。そのことについて尋ねはしなかったが、タイタスが気づいたことに彼女も気づいた。

「聞くのもつらいの。パッカー——その名前を聞くたびにボビーを思い出すから。そう……きついわ」キャシーは言った。タイタスにはその深い悲しみが理解できた。子供のころ、ギリシャ神話を読むのが好きで、とりわけトロイア戦争を描いた『イーリアス』に夢中だった。ところが、母親が死んでからは読めなくなった。読み古した本のページに〝ヘレン〟(トロイア戦争のきっかけを作った美しい王妃ヘレネー)ということばが何度も出てくるのに耐えられなかったのだ。結局、本は薪ストーブで燃やした。旧姓に戻った背景をキャシーから聞かされたとき、胸が締めつけられるほど深い悲しみに襲われた。悲しみはことばにされない愛であり、肉体を持った後悔でもある。

「ああ、本当だ」タイタスは答えた。

「イエス様、わたしたちを守る垣根になってください」キャシーは言った。

「この件にイエスはかかわってないと思う」

「タイタス！」

「これはたんにラトレルがジェフ・スピアマンを撃ち殺した事件じゃないんだ」

「というと？」

「スピアマンの携帯から胸糞悪いものがごっそり見つかった。これから数日で町は大騒ぎになる」

「なんてこと。でも、この仕事にはあなたが適任ね」キャシーはタイタスに微笑んだ。

「何本か電話をかけてから家に帰るよ。ピップが徹夜で働いてる。おれに用があったら呼んでくれ」タイタスは彼女の褒めことばをはぐらかした。

「オーケイ。あ、ダーリーンも電話をかけてきた。あなたの携帯につながらないって」

「圏外だったんだろう。わかった、ありがとう」

ヴァージニア州警察の犯罪科学能力をすべてチャロン郡に集中させてくれるなら、タイタスはわがもの顔でふるまいがちな州警察も受け入れる覚悟だった。

おれの郡。キャシーからのばつの悪い褒めことばをかわしたように、インディアナ州で働いていたときには、チャロン郡について話すのを避けることが多かった。率直に言って、自分の故郷が恥ずかしかったのだ。進歩しない住民や、田舎に蔓延する不寛容のことが。レッド・デクレイン一家が目のまえで爆発して初めて、見慣れたチャロン郡のハイウェイや田舎道に慰めを見いだした。何もかも失ったあとで故郷に戻り、父親とすごしたことで、チャロン郡を見る目が変わった。ここは彼の故郷、彼の心だった。リッキー・サワーズのような連中にここを所有物だと思わせるわけにはいかない。三番目の狼のようなやつらがここを戦場にしたら、ただではすまさない。

タイタスは自分の成り立ちや職業に幻想を抱いていなかった。多くの人にとって彼は悪魔だ。それは認める。だが、この悪魔は鬼畜を追いつめる。

家に帰ると父親は留守だった。バーニス・グレシャムの孫娘を励ましてくる、というメモが冷蔵庫に貼ってあった。バーニスはアルバートと同じ教会の信徒だ。アルバートは教会の執事長を務めているから、信徒に配られた緊急連絡先に電話番号が載っている。いまも父親は若いころのあやまちを償おうとしているとタイタスは思った。朝早くからガソリンスタンドで父親と働く仲間のことばを信じるなら、かつてアルバート・クラウンは無法者だった。喧嘩っ早くて怖れ知らず。若者の特権だ。いまその片鱗（へんりん）がうかがえるのは、怒りの炎が燃え上がったときだけだ。長年カニ籠を引いて鍛えられた拳があまりにも強力だったので、アルバートは〝大槌（モール）〟と呼ばれていた。彼に殴られるのはハンマーで襲われるのと変わらなかったからだ。同じ人間のなかに解体業者と庭師が共存するのは、誰もが多面性のタペストリーを持つことの証だとタイタスは思っていた。

「教師で子供殺しだったジェフ・スピアマンのように」と小さくつぶやいた。

　制服を脱ぎ、ジーンズとブーツ、スウェットシャツに着替えた。外に出て、しばらく頬にピリッとした空気を浴びてから薪の山に近づいた。数年前に父親が暖房ボイラーを取りつけてもらったが、ふたりはいまもときおり薪ストーブを使っている。ボイラーの暖かさよりこっちのほうが本物っぽいとアルバートはよく言う。床の温風口もいくつかうまく働いていないので、薪ストーブも置いているのだ。

　子供のころ、父親が薪で大きな火を熾したあと、タイタスは古い鋳鉄の箱が出すライオンのようなうなり声を少し怯えながら聞いていた。薪ストーブの熱は桁はずれだった。家が暑くなりすぎるとマーキスが文句を言うと、母親はふざけて彼の後頭部を叩き、地獄はこれより暑いわよと言っていた。

　母親はみなを大いに笑わせる存在だった――昔は。

　タイタスは斧をつかみ、前週から放置していた薪の束に取りかかった。ほとんどはストーブに入る長さだが、わずかに太すぎる。一本取って、薪割り台にしている切り株に置いた。頭上でアーク放電をするナトリウム灯は、いましも懐かしい曲を歌いだす老いたブルース歌手のようだった。

　斧を振り上げ、勢いよく振りおろした。薪がまっぷたつに割れ、二片とも台から芝生に転がり落ちた。タイタスは壁際に積んである薪の山に移った。一本つかんでは斧を激しく打ちつけた。作業を続けていると、裏庭の大きなマグノリアの木から、花が散るまえのほのかな香りが漂ってきた。手を休めてマグノリアの木を眺めた。空気は冷たいが、まだ霜はおりていなかった。

母親はマグノリアの花が大好きで、よくタイタスに手伝わせて花から香水を作った。そのうんざりするほど甘い香りは何週間も家に漂っていた。年配女性が使う匂い袋のようでもあり、蛆虫がわく寸前の腐乱死体のような、吐き気がするほど甘ったるい悪臭でもあった。大きな深鍋で母親が花びらを煮こんだあとは、何日も香りが宙に浮いているのが見える気がしたものだ。

また薪をつかんでふたつに割った。歯をむいて斧を振りおろした。

母親の葬儀の前日、タイタスとマーキスは、彼女のために花束が作れるほどマグノリアの花を摘み取ったが、ひと晩で花びらは茶色くしおれた。マーキスは自分の分をゴミ箱に捨て、タイタスは残りを葬儀に持参し、式のあと墓穴に投げ入れた。死んだ茶色い花びらが、紙の燃えかすのように母親の棺に舞い落ちるのを見た。以来ずっと、あの美しい白い花があまりにも早く枯れてしまうことに世の真実を見ていた。それはあらゆる聖職者がどれほど大声でわめいて説教しても否定できない。

タイタスは別の薪をつかんだ。斧で叩き割りながら、胸の奥でうめいた。泣いてはいないが、嗚咽がすぐそこまで来ていた。

シダレヤナギの根元に埋められた子供たちに、花を摘んでやった者はいない。彼らの永眠の地に春や秋の花束が供えられることもなかった。冷たい土と、ぎりぎりと締めつけるヤナギの根だけが、彼らのか弱い体を闇のなかで抱いていた。

タイタスはまた薪をつかんだ。今度は斧を振りおろしながら叫んだ。出てきたのはことばではなく、ただ表現しようのない痛みだった。

このことが終わったら——まだ狼のマスクをかぶっているやつを捕まえたら——あのヤナギの木のところへ戻る。チェーンソーを持っていき、あのクソ大木を切り倒してやる。タンク・ビラップスなど知ったことか。

背後でヘッドライトが光り、家の側面に一瞬自分のシルエットが映った。ゴツゴツした両手で斧を握った前屈みの巨人だった。父親がトラックから出てきて、コートを体に巻きつけた。

「だいじょうぶか、タイタス？」アルバートが言った。

タイタスはまた薪を台にのせ、ふたつに割った。「だいじょうぶ」

「本当に？　夜九時半に暗闇で薪を割っててか」

「ポール灯がある」タイタスは荒い息で言った。

「タイタス」

また別の薪をつかんでピシッと割った。

「タイタス！」父親が叫び、タイタスはそちらを向いた。斧の柄をきつく握りすぎて両手が痛んだ。

「あいつらは子供たちを殺したんだ、父さん。ラトレル、スピアマンと、三番目のやつが。子供たちをテーブルに縛りつけ、切りつけて……それから……殺してタンク・ビラップスの土地のヤナギの下に埋めた。子供たちを殺した。黒人の少年少女を。あんなことをした。父さんの頭に入れたくないから口にもできないことを」タイタスは言った。みずからの守秘義務を破っているのはわかっていたが、もう抑えられなかった。保安官補たちは彼が見たものを見ていない。あの子たちが死ぬところを。見る責務はタイタスのもの、彼ひとりが負うべきものだった。

「なんだと。息子よ、本当なのか？」

「動画があるんだ、父さん」

「信じられん。かわいそうに。いま彼らは神の御手(みて)のなかにいる。神よ、彼らの魂を守り清めたまえ」アルバートの驚きはまたたく間に祈りに変わった。

「神はあの子たちを救わなかった。暗闇で叫びながら死んでいく彼らを見捨てたんだ」タイタスは言った。これが口論の火種になることはわかっていたが、子供たちの死を隠しておけなかったように、悪意ある神に訴えることを蔑まずにはいられなかった。

「タイタス、おれがそういう話を嫌うことは知ってるだろう。われわれに神の計画はわからないが、すべては父なる神の思し召しだ」アルバートは言った。

タイタスは背を向け、薪割り台に斧を叩きつけた。「昔はおれも神の計画を信じてたよ。神が母さんを治してくれると信じてた。一度もおれに話しかけてくれなくても。おれの祈りには一度も答えてくれなかったけど、それでも母さんを治してくれると信じてた。母さんの筋肉が骨になるのを止めてくれると。神々しい手で母さんに触れて痛みを取り去ってくれる、ひと晩じゅう母さんが泣き叫ぶのを止めてくれると。でもそうしてくれなかった」タイタスは言った。「母さんは四十歳で死に、世界はまわりつづけた。あの男の子や女の子がヤナギの木の下に埋められるのが神の計画だというなら、おれは自問せずにはいられない。そんなことを言ってる父さんと、聞いてるおれのどっちが愚かだろうって」

父親はコートのポケットから両手を出し、懇願する仕種でまえに差し出して、目を閉じた。タイタスは彼がしばらく無言で唇を動かすのを見ていた。

「おれはいま、おまえのために祈った。つらい思いをしてるのがわかったから。彼女はおれの妻だった。生涯最高の女性だった。だからおまえがどんなにつらいかわかる。おれも同じ気持ちだから。だがな、息子、信仰は愚かなものではない」アルバートは言った。

「父さん」タイタスは父親の脇を通って家に入りながら言った。「信仰はおれのクソ心を引き裂いたよ」

8

翌朝、タイタスが保安官事務所に着くと、州警察の警官ふたりが待っていた。アダム・ギアリー部長刑事と、イアン・ライト部長刑事。州監察医務局のバン二台も来て、それぞれに監察医助手が三人ずつ乗っていた。

「おはよう、クラウン保安官」ギアリーが言った。

「こんな状況でお会いするのは残念です」ライトが言った。タイタスはうなずいた。ギアリーとライトは『刑事スタスキー&ハッチ』の主人公たちを思わせた。ギアリーはブロンドで青い目、ライトは黒髪で濃い茶色の目だ。三人は礼儀が許すかぎりの力で握手した。

「現場保全はしたかな?」ギアリーは訊いた。

「保全して、保安官補に徹夜で見張らせた」タイタスは言った。暗に見下してくる相手の態度は無視した。こういう事件で部局間の主導権争いはよくあることだ。FBIにいたころは区分の反対側にいた。州警察の法医学研究所を活用できるなら、見下されてもある程度は我慢する。とにかく三番目の狼を捕まえたかった。大事なのはそれだけだ。州警察が自分たちの手柄にしたいなら、別にかまわない。タイタスの望みは三番目の狼の生首をさらすことだった。

それくらいはしてやりたい。

「なら、そっちのチームは最善を尽くしたんだろうな」ギアリーが言った。

タイタスはその台詞（せりふ）も受け流した。「出発しよう」

タイタスはSUVのボンネットにもたれて、監察医と鑑識員が墓穴を計測し、土壌サンプルを採取するのを待っていた。彼らは大きく開いた口のような穴をひとつずつ細部まで正確に調べている。

ギアリーが近づいてきた。

「どうやってこの場所を見つけた？」

「スピアマンの所持品のなかにヤナギの木の絵があった。父と弟といっしょにこの土地でよく狩りをしてたから、その木に見憶えがあった」

「本当に？」ギアリーは訊いた。

「本当だ。ここから二百メートル西で初めて雄鹿を殺した」タイタスは言った。

「どのくらいまえに？」

「十一歳のときだから、二十五年前だ」

「最後にここに来たのはいつだ?」ギアリーは訊いた。タイタスは彼と向き合った。人を容疑者扱いして尋問している。これが警官の性(さが)だ。次第に誰もが疑わしく思えて、しまいには妻にもだまされないように用心する。

「十三歳で狩りはやめたよ」

「それなのにあの木を憶えてるのか? 二十五年前に鹿を撃った場所も?」とギアリー。

「記憶力が抜群だから」

「ほう、ありがたいことだな」ギアリーはにっこりした。

タイタスは反応しなかった。

ややあって、ギアリーは咳払いした。「USBメモリがいくつか見つかったとか?」

「スピアマンのパソコンも押収した。それも州警察に持ち帰りたいだろうね」

「ああ、訊こうと思ってた。なあ、はっきりさせておくが、われわれはここに応援に来たんだ。合同捜査ではあるが、ここはあんたの郡だ。あんたのほうが土地勘がある。木も見つけたわけだし」ギアリーは言った。

「おれがリッチモンドまで行って監察医と話しても反対しないということかな?」

「反対はしないが、われわれがあんたに報告書をメールしてもいい」

「わかってる。だが、検死した当人に話を聞いたほうがよくわかることもあるからな」

「そうやって数多くの殺人事件を解決してきたのか?」ギアリーが訊いた。

「おれは……以前FBIにいた。最初は行動科学班で、次に国内テロ班に移った」タイタスは言った。ほかの警官に過去を打ち明けると、反応はたいていふたつに分かれる――追従か拒絶だ。追従するのは、小さな町の袖章とブリキの星形バッジを捨てて、神聖なるFBIの殿堂に入りたい者。拒絶するのは、自分の郡や市や州を領地と見なして好きにふるまっている者だ。

「嘘だろう？　どうしてまたこんなど田舎に？」ギアリーは訊いた。

追従のほうだ。

「父親が大きな手術をしたんで、世話するために帰ってきた。あげく、保安官に立候補することになった」タイタスが言うと、ギアリーは顔をしかめた。積極果敢なタイプだ、とタイタスは思った。たぶん首席で学校を卒業し、トレイやカーラのように賢くて貪欲だ。FBIを辞めてスピード違反の切符を切ったり、〈セーフウェイ〉の駐車場で喧嘩の仲裁をすることなど想像もできないようなタイプ。

「へえ……まあ、家族は大事だな」ギアリーは鑑識員たちのほうを振り返った。

「この事件をどう見る？　ミスター・FBI？」

タイタスはサングラスを調節した。

「三番目のやつは地元の人間だ。やつらはこの場所を知っていた。埋めた場所だけでなく、この郡を。三十代から五十代の白人男性だろうと思う。体力があって几帳面だ。次から次へと転職しない。おそらく特定のガールフレンドや妻はいない。もしいるなら、性生活はうまくいっていない。そして土地持ちだろう。防音の小屋か離れを建てるのに充分な土地を持ってる。町はずれのどこか、生きたティーンエイジャーを連れていって遺体を運び出しても誰にも見られない場所に。被害者に……負わせた傷はおぞましかった。強い怒りを抱えてる。すさまじい怒りだ。犯行があった建物の壁には宗教的な図像がたくさん飾ってあった。宗教妄想狂かもしれない。神に取り憑かれているか、自分を神だと思っているか、神に怒っているか。それが怒りの根源だろう」タイタスは言った。

「もらったメールによると、犯人たちは狼のマスクをかぶってたそうだな。それは正体を隠すためだったと思うか？　それとも儀式のようなもの？」ギアリーが訊いた。

タイタスは腕を組んだ。「スピアマンにとってはただの衣装だったと思う。ラトレルにとっても。だが三番目の狼はちがう。おそらく。正体を隠すためじゃなかったと思う。キリスト教の神学では、狼は敵対的な役まわりだ。とりわけ新約聖書では。狼は……彼自身の姿だと思う。自分を狼だと思ってるんだ。死の天使だと。神に怒りを捧げつつ、神に怒りを向けている」声がささやきぐらいまで小さくなった。

水鳥の鳴き声が響きわたった。ギアリーはぶるっと震えた。

「それが噂に聞くＦＢＩの訓練の成果か、なるほど」

タイタスはサングラスの奥で目をしばたたき、腕組みをほどいた。

「たんに過去の経験にもとづいた推測だ。手品じゃない」

「たしかにそうだが、その男を捕まえるのには役立つ。スピアマンの通話履歴を電話会社に要求する。基地局の三角測量から彼の動きを追えるか調べてみよう」ギアリーは言った。

「よろしく。ただ、仲間に会いに行くときに携帯は持ち歩かなかったと思う」

「だが、写真は……」

「写真はSIMカードに入ってた。動画はUSBメモリに。たぶんプリペイド携帯で写真を撮って、カードを入れ替えたんだ。こっちもラトレルの通話履歴を取り寄せてみる。ラトレルか三番目の男のどちらかが携帯を持ち歩いてるといいんだが。たいした情報じゃなくても、出発点にはなる」タイタスは言った。

ギアリーは首を振った。

「どうした？」

「こんなとこで働いて退屈じゃないのか？　アルカイダ追跡とはあまりにレベルがちがう」ギアリーは言った。

「FBI時代のターゲットは国内テロリストだった。白人至上主義者。過激な環境保護団体。あらゆるアブラハムの宗教の過激で狂信的な集団」タイタスは言った。

ギアリーは咳払いをした。「ああ、なるほど」

気まずい沈黙が訪れるまえに、タイタスの無線機が息を吹き返した。

「保安官、郡庁舎で治安妨害が発生。二団体がぶつかって道をふさいでます。オーティズ保安官補が応援を要請」カムがマイクを通して言った。

「了解。これから向かうとオーティズに伝えてくれ」タイタスは受信機に言った。

「何かわかったら知らせる。いつかＦＢＩ時代のエピソードを聞かせてもらいたいね」ギアリーは言った。

「そんなにおもしろくはない」タイタスは言った。

レッド・デクレインの顔が思い浮かんだ。白昼の悪夢でモルペウス（ギリシャ神話の夢の神）が下した神託のように。


リッキー・サワーズと修正主義者の陰謀団が、槍（やり）を持たない古代ギリシャの密集軍よろしく銅像を取り囲んでいた。対峙するジャマル・アディソンと若者たちの大群は、半分が道をふさぎ、残り半分は道からはみ出していた。両グループのあいだにカーラがいて、両者を精いっぱい引き離している。タイタスは郡庁舎正面の斜め駐車スペースに車を入れた。銅像にはスプレー塗料によるぼやけた長く黒い筋が一本ついていた。二片に破られた南部連合旗が芝生の上に落ちている。

「ヘイトでなく遺産（ヘリテージ）！　ヘイトでなく遺産（ヘリテージ）！」リッキーが声をかぎりに叫んだ。たるんだ顔のところどころに赤い染みがあり、ぱさぱさの白髪交じりのくすんだブロンドの髪の上に〝2A（武器の所持権を保障する憲法修正第二条）〟の白文字がプリントされた黒い野球帽を目深にかぶっている。星条旗と南部連合旗が描かれたシャツを着て、南部連合旗の端切れがいくらか残った旗竿を両手で握っていた。

　リッキーに怒りの理由を尋ねれば、ウォークネス（社会正義に高い意識を持っている状態）に自分の歴史を消されそうだからだと答えるだろう。先祖の物語を守ろうとしているだけだと。だが、リッキーのような男たちは、自分に言い聞かせるその物語を本当に信じているのだろうかとタイタスは思う。南部の子供たちはみな、何世代にもわたって南北戦争前の名誉や騎士道といった嘘を押しつけられてきた。リッキーたちが本当に腹を立てているのは、そんな嘘に人々、なかんずく有色人種が厚かましくも異を唱えることなのだ。

　リッキーのような連中が心のもっとも暗い部分に抱えている嘘に。

「ジャマル、道を開けて！」タイタスは怒鳴った。うなりながら対立している両勢力に聞こえるように、思いきりドスを利かせて。

「保安官、彼らはこの若者に襲いかかったんだ！」ジャマルが怒鳴り返した。

「そいつは銅像を壊そうとした！　われわれは保安官が来るまでそいつを押さえておこうとしただけだ！」リッキーもわめいた。

「ジャマル、その人たちを道からどかしてください。リッキー、あんたに誰かを叩きのめす権利はいっさいない」タイタスは言った。

「あんたはあっちの味方か。驚かないけどな」リッキーが言った。ネオ南部連合の仲間数人が、そうだそうだと賛同した。

「おれは誰の味方もしていない。何が起きたのか確かめたいだけだ。ジャマルは仲間を道の向こうにやった。あんたも同志たちを落ち着かせて、この件について話し合おうじゃないか。それとも全員逮捕されたいか？」タイタスは訊いた。リッキーはサングラスの奥のタイタスの目に憎しみをぶつけようとしたが、ミラーレンズに阻まれた。目を見なくても、他人の言いなりにはならないタイタスの鋼の意志を感じたにちがいない。振り返って仲間を連れ、芝生の向こうの郡庁舎の階段まで移動した。

タイタスはカーラに近づいた。

「何が起きた？」

カーラの息は荒かった。仕事用に丸くまとめた黒髪がいくらかほつれ、首にまとわりついていた。

「若者が銅像を傷つけたという通報を受けました。わたしがここに着いたとき、リッキーと仲間数人がその若者を押さえつけていました。そこにジャマルが来て車から出て、気づくとリッキーは二十人、ジャマルは五十人を動員して、みんなめちゃくちゃ怒鳴りまくってたんです」

「若者というのは、あのドレッドヘアの白人か？」タイタスは訊いた。

カーラはうなずいた。「わたしが来たときには押さえつけられてました。なぜわかりました?」

「ジーンズに芝生がついてるし、両手に黒い汚れが残ってる。しかもおれのほうを見つづけてる。リッキーの旗を引き裂いたのは誰だ?」

「わ……わかりません。そのときにはもう収拾がつかなくなっていて」

「リッキーがかかわるといつも収拾がつかなくなる。自分のくずトラックの運転だけしてればいいのに。あの若者に告訴したいかどうか訊いてくれ。おれは南軍どもと話してくる」タイタスは言った。カーラは道を渡り、図書館前の歩道に行った。

タイタスはリッキーと仲間たちのほうへ行った。

「あの若いのを逮捕するのか?」リッキーが言った。

「あんたを逮捕するのかと訊くべきだな」とタイタス。

リッキーは青ざめた。「なんで?」

タイタスはサングラスをはずし、つるで銅像を指した。「あの銅像は〈南部連合の娘たち〉から寄付された土地に立ってる。だから厳密には彼女たちのものだ。公共の財産ではない。つまり、あの銅像に誰がどんな理由で何をしようと、そいつを拘束する権利はあんたにはないってことだ。あの少年を押さえつける行為は、違法留置、暴行および不法接触と見なされる」タイタスは言った。

「ざけんな」リッキーの同志のひとりが唾を吐いた。

「なあ、デンヴァー、法律を読んだことあるか？　おれはあるから言っとくが、口には気をつけろ。これはカナディアン・ミストのにおいか？　まさかここまで運転してきてないよな」タイタスは言った。

また出てしまった。長々と脅したりせず、結果を約束する生々しいチャロン郡のことばがタイタスからあふれ出た。

酔っ払いのデンヴァー・カーライルは、営業用の運転免許証を持っているが、めったに携帯しない。にもかかわらず、さまざまな酩酊状態で〈ウォータリング・ホール〉に車で往き来している。タイタスがそれを知っていることもリッキーたちを怖れさせた。彼らが軽く見ない怖れだ。リッキーやデンヴァーや仲間たちにとって、タイタスは二重の意味で怖い。人としてのタイタスも、バッジが彼に与える無限の力も。彼らの祖父の代は、タイタスのような外見の人間に残忍な仕打ちをした。その容赦のなさが今度は自分たちに向けられるかもしれないと考えて、リッキーたちはおとなしくなった。

「さあ、あの若者、ウィリアムとレネ・ドルソンの息子だと思うが、彼を捕まえて器物損壊で起訴したいなら、最寄りの〈南部連合の娘たち〉の支部を見つけて告訴させろ。わかったら全員帰っていい。いますぐだ」いくつか不満の声があがった。タイタスは手を銃には置かず、体の横に垂らした。

不満の声はやんだ。

みなの顔がゆがみ、独善的な蔑みの表情が浮かんだ。タイタスはこのなかの大勢と学校にかよった。あるいは彼らの子供たちと。レジー・ウィルソンは当時の州選手権大会のチームメイトだった。ケヴィン・クロスの娘のステファニーは、幼稚園から十二年生までタイタスのまえの席に坐っていた。

しかし、彼らは気にもとめない。過去をすべて消し去った男たちにとって、タイタスは保安官バッジをつけたニガーにすぎなかった。数人にとってはバッジすら意味を持たず、タイタスを気兼ねなく貶めている。目のまえの集団にそうした雰囲気が漂うのを、タイタスは落雷のまえに大気を満たす電気のように感じた。それに驚きもしないことが悲劇だった。

「さあ、行け」タイタスは集団に声をかけたが、照準はリッキー・サワーズに合わせていた。

「秋祭りの許可はまだ有効だからな」リッキーは言って背を向けた。薄い唇から唾を飛ばしてことばを放ったが、タイタスは取り合わなかった。リッキーは南北戦争の歴史を再現する仲間のまえで面子を保とうとしている。その手助けをするのはタイタスの仕事ではなかった。ふと見ると、〈テキサコ〉のトラッカーキャップをかぶったロイスがリッキーと郡庁舎の芝生を引き返していた。チャロン郡のスクールバスを運転している彼も、どうやら南部連合の擁護者らしかった。

一同がトラックや車に乗るのを見届けると〈デンヴァー・カーライルが自分の最新型のビュイックではなく、リッキー・サワーズのトラックに乗ったのも確認し〉、タイタスは道を渡って図書館へ向かった。

「告訴したいなら保安官事務所に寄ればいいとミスター・トレヴァー・ドルソンに話してたところです」カーラが言った。

「そうしたいのか、トレヴァー?」タイタスが訊くと、トレヴァーは肩をすくめた。

「告訴すべきだと思う。善良な人間が何もしないと悪が勝つから」ジャマルが言った。まわりを囲んだ群衆が同意の声を響かせた。

「おれ、まずいことになってます?」トレヴァーは尋ねた。タイタスは、チャロン郡の南軍兵の銅像を振り返った。台座に黒いペンキの線が走っている。

「わからない。あれをおまえがやったのなら、告訴するのは銅像の持ち主、つまり〈南部連合の娘たち〉だ。しかし一九三〇年代からここに支部がないことを考えると、問題ないだろう。おまえがやったのだとして」タイタスは言った。

「おれ……うちに帰りたい」トレヴァーは言った。

「歳はいくつだ、トレヴァー?」

「十八歳……です」

「オーケイ。十八歳ってことなら、おれから両親に報告する法的義務はない。まあ、おれだったら親には言っておくが」タイタスは残りの群衆を見やった。ニュー・ウェイブ教会の信徒と、トレヴァーと似たような考えの若い白人男女が交じっている。彼らはチャロンの小さいながら活気ある芸術家集団に見えた。毎月第三土曜日に、ハイスクールの駐車場で開かれるフリーマーケットで見かける人たちや、火曜夜の〈ウォータリング・ホール〉のステージ開放日に飛び入りで演奏するバンドのメンバーもいた。

「さあ、残りのみんなも家に帰るんだ。もうここでやるべきことは何もない」タイタスは言った。数人が歩道を歩きはじめたが、大多数は動かなかった。アドレナリンがまだ電流のように血管を駆けめぐっているのだ。血がのぼってる、とタイタスの父親なら言うだろう。タイタスはそれを感じ取り、みなを落ち着かせなければと思った。

腕を組んで言った。「治安妨害で全員逮捕されたくなかったら、行きなさい」また約束と脅し。バッジには〝保護と奉仕〟と刻印されているが、こういうときには〝威嚇と脅迫〟に置き換えたくなる。

これも仕事のうちだ。そう思うなり心の奥底から別の考えが湧いた——こんなことが仕事のうちなら、そもそもこの仕事をすべきだろうか？

その考えを追い払い、ふたたび群衆に言った。「さあ行くんだ、早く」人々は悪態をつぶやき、文句を言いながらその場を離れていった。最後にジャマルが残った。

「〝エホバかくいう、汝ら公道と公義を行い、物を奪わるる人をその暴虐者の手より救い〟」ジャマルは言った。

「エレミヤ記第二十二章第三節」タイタスは言った。

「きみはトレヴァーに正しいことをした。ラトレルにもしてやればよかったが」ジャマルは言った。

タイタスは腕時計を見た。午前十時すぎ。「今日四時ごろ記者会見をする。それを聞いてほしい」

タイタスのことばが聞こえなかったかのようにジャマルは続けた。「ナチス気取りのやつらに、秋祭りの白人至上主義パレードを許すなんて信じられない。きみは保安官じゃないのか？　リッキー・サワーズと〝南部連合の馬鹿ども〟が町じゅうを行進するのを止められないなら、われわれはなんのためにきみを保安官にした？」ジャマルは言った。タイタスは頰の内側を嚙んだ。リッキー・サワーズと南部連合のコスプレ反逆者たちが町を練り歩くのを見たくないのは、善き牧師も自分も同じだった。

「公園レクリエーション委員会が許可を出したんです。もちろん気に入らないが、おれに止める権限はない。しかも、守ってくれとうるさく泣きつかれたから、現場には行きます。しかし連中がまずい行動をとったらきちんと取り締まるので、そこは信じてほしい」

ジャマルは首を振った。「きみだけはぜったい白人びいきの黒人にならないと思ってたんだがな。日曜学校できみのお母さんに、正義が見捨てられることは決してないと教わったものだ。それがどうだ、彼女の息子は悪魔どもに神の民を踏みにじらせてる」ジャマルは言った。

「カーラ、戻って本件の報告書をまとめてくれるか？」タイタスは言った。

「はい」カーラは言い、道路をパトカーのほうへ引き返した。

タイタスはサングラスをはずした。バッジもはずしてポケットにしまうと、星の尖った先端が腿にめりこんだ。ジャマルとの距離を詰めた。

「あんたはそこに突っ立って、抑圧された人々に関する聖書の文句を引用し、あのクソどもをおれがかばってると非難するわけだ。おれがバッジをつけたときに黒人でいることをやめたと言わんばかりに。もちろん、あいつらがジェファーソン・デイヴィスとロバート・E・リーを称えるTシャツを着て、南部連合旗を振りながらメイン・ストリートを練り歩くのは、見ていて反吐（へど）が出る。だが、彼らが法律を破らないかぎり、おれにできることはない」タイタスはジャマルに体を寄せ、口を相手の耳のすぐそばまで近づけた。「これは保安官じゃなくて、タイタスの口が言ってる。あと一度でもヘレン・クラウンについて何か言ったら、歯をへし折られて目を覚ますことになるぞ。わかったか」タイタスはそう言うと、一歩下がってサングラスとバッジを身につけた。

「記者会見に来てください、牧師。どうしても伝えたいことがあるので」踵（きびす）を返して自分のＳＵＶに向かい、乗りこんでエンジンをかけた。視線の先でジャマルが首を振り、車に戻っていった。バックミラーに映る自分の姿が目に入った。ミラーから見つめ返す男は、気づくといつも、守ると誓った人々にきついことばをぶつけるばかりだった。

ＳＵＶのギアを入れた。

タイタスは自問せずにいられなかった。非難されるべきなのはどっちだ？　この男か、人々か。

9

タイタスは右折してジャクソン・ストリートに入り、州監察医務局の駐車場に車を入れた。老朽化したリッチモンド・コロシアムの向かいにある監察医務局は、なんの変哲もないコンクリートの高層ビルだ。何世代にもわたって、胃がよじれるほど恐ろしい事件の犠牲者や遺留品がくわしく分析され、きちんと整理されている。その実務的で冷静な態度は、タイタスにはとうてい学べそうになかった。

ＳＵＶを駐めて正面玄関から建物に入った。あらゆる形、大きさ、年齢、民族の遺体を受け入れる大きな金属製シャッターのほうは使わなかった。かつてのアメリカ連合国の首都で、平等にいちばん確実に近づけるのは解剖台の上だ。

知り合いに手を振りながらロビーを抜け、エレベーターで遺体安置所まで上がった。エレベーターから一歩出たとたん、消毒剤のきついにおいに顔を打たれた。においは鼻孔から押し入って喉の奥をひりつかせた。この先は死者の国だと告げる不吉な先触れのようだった。

「ここに入る者はいっさいの希望を捨てよ（ダンテ『神曲』地獄篇より）」タイタスはつぶやいた。

インターフォンの通話ボタンを押した。その左には不気味なほどエレベーターのドアに似たステンレス製の大きな二枚扉があった。インターフォンから声がした。

「はい、ご用件は？」

「チャロン郡のタイタス・クラウン保安官です。昨日、複数の遺体をこちらに送りました。誰かから予備的な所見を聞けないかと思いまして」タイタスは言った。インターフォンは無言だった。解剖は半分も終わっていないだろうが、できるだけ早く話を聞くことが必要――いや、必須――だった。なんでも、どんな種類の手がかりでもいいから、捜査を進めるきっかけをつかみたかった。亡くなったあの七人の子供と家族が要求している。タイタスはこの新しい重荷を進んで背負う覚悟だった。悲しいことに、いちばんの手がかりは折れてねじれた彼らの気の毒な遺体から見つかるだろう。

二度と子供たちの姿を見たくはなかったが、見るしかない。それが仕事であり、贖罪だった。

「お入りください」と割れた声がした。

二枚扉がシューッと開き、タイタスは死の国へ足を踏み入れた。

そこは遺体安置所と監察医のオフィスをしっかり隔てる小さな準備室だった。若いアジア系の女性がドアのまえまで来て、身につけていた青い手術着と手術帽を脱ぎ、医療用のプラスチックのゴミ箱に捨てた。それからドアのまえの機械にＩＤカードを通して、準備室に入ってきた。

「保安官、ジュリー・キムです」

「初めまして」タイタスが言うと、キム医師はうなずいた。長い黒髪をカーラのようにきつくまとめている。タイタスが身ぶりでオフィスにうながされ、ついていくと、彼女は大きなオークの机の向こうに坐った。タイタスは帽子とサングラスをとり、机のまえに二脚あった革張りのオフィスチェアのひとつに腰かけた。

「保安官、正直に言うと、送られてきた七体のうち二体しか解剖できていません。このところ人手不足で」

「最近は病理学への関心が薄いんですか？」

キムは笑った。「いいえ。むしろ今夜〈ザ・ナショナル〉でおこなわれるアメリカン・アクアリウムのコンサートへの関心が高いんです。うちのスタッフも何人か仮病でさぼってるみたい」キム医師は言った。

「ああ、狩猟シーズンの解禁日あたりによくあることだ。でも、焦らなくてけっこうです、ドクター・キム。なんであれ、予備的な所見をうかがいたいだけなので」タイタスは言った。

「メールで送れたのにと言いかけましたけど、あなたは現場主義みたいね」キム医師が笑い、気づくとタイタスも笑みを返していた。しかし、いまこの瞬間も金属の台に仰向(あおむ)けになって胸をY字切開されている七人の黒人の子たちを思うと、笑みは消えた。

「今日午後、記者会見を開きます。チャロン郡は狭い世界です、ドクター。郡じゅうに、そしてソーシャルメディアにもすでに根も葉もない噂が広まっている。おととい学校で銃撃事件が起き、そのあと複数の遺体が見つかった。この郡は浮き足立っています。どんなことでも確実な情報があれば、少なくとも精いっぱいやっていることを住民に示せる」タイタスは言った。

キム医師は指を曲げ、机に置かれた電話のボタンを押した。

「ピーター、チャロンのファイルを持ってきてくれる?」

「はい、ドクター」

数秒後、若い白人男性が入ってきて紙製の分厚い書類フォルダーをキム医師に渡した。彼は幻かと思うほどすばやく消えた。

「どうぞ。でも先に注目すべき点(ハイライト)を伝えますね。というか、不快な点(ローライト)だけど」キム医師はタイタスにファイルを渡しながら言った。ファイルを開いたタイタスが最初に見たのは、解剖台の上で切開されたひとつの遺体だった。強張った皮膚がはがされ、胸郭が骨切鋸でふたつに切断されている。その写真をめくると、次は同じ遺体の腕のクローズアップだった。

「これは……文字？」タイタスは訊いた。

「ええ。まだ上皮が残っている遺体には、腕、胸、臀部に文字が刻まれています。ほかの遺体にも似たような刻印が見つかるんじゃないかしら」

「カナン……の……呪い」タイタスは小声でことばを読んだ。

写真をめくった。

次は犠牲者の干からびた顔だった。ブラックライトか赤外線装置で撮っているので、幽霊めいた表情に見える。男か女かはわからなかった。唇はゆがんで垂れ、開いた口が苦悶を訴えていた。

タイタスは目をすがめ、写真の額に刻まれたことばを読んだ。

「刻まれたことばは、この子たちの体験のほんの一部にすぎません。彼らは苦しみました。とても」キム医師は言った。

彼女の話を聞いて、タイタスの心を何かがよぎった。なじみがあって恐ろしい感覚。デクレインの拠点で彼の息子たちの破片が顔にめりこんだときのあの感覚だった。

正義感。つまらない法律や修正条項などより自分のほうが偉いと感じさせる正義感。銃身から出てくる類の正義感だった。いまはそれがまちがった信念から来るのがわかっている。人を誘導して、結果さえよければ手段はなんでもいいと思いこませる偽りの信念だ。

タイタスはファイルを閉じた。あの誘惑の声には二度と耳を貸さない。魂が――どれだけ残っているかわからないが——耐えられないのだ。

「ＤＮＡは？　繊維などの証拠や、昆虫か幼虫のマーカーは？」タイタスは訊いた。

「ＤＮＡは調べました。検査可能なサンプルがいくつか見つかったけど、劣化の程度がわからない。ＤＮＡは国と州のデータベースと照合してるところだし、これから歯科記録も調べます。みんな身元がわかるものはいっさい持っていなかった。あなたが繊維のことに触れたのはおもしろくて、じつは解剖したふたりの遺体から人工毛が見つかりました。たぶん高価なかつらの毛です。いま繊維の種類を鑑定しています。遺体から摘出した金属も特定できた。釘、ストレートピン、梱包用のワイヤー、カミソリ」キム医師はことばを切り、深呼吸した。「ひとつだけ特定できない金属があるんです。ファイルの最後のページを見て」

　タイタスは見た。

　小さな机にのった金属製の定規の横に、錆びたＴ字の物体が置かれていた。Ｔの横棒は喫煙用パイプクリーナーほどの細さで、縦棒の円柱の下部は丸まっている。タイタスは子供のころ持っていたおもちゃを思い出した。キャップ爆弾と呼ばれる、第二次世界大戦中の古い爆弾に似たおもちゃだ。火薬のキャップをつけてから地面に投げると、銃の発砲のように爆発する。

「画像検索もしたし、州警察にも調べてもらいました。ＦＢＩにも写真をメールした。でもいまのところ、これがなんなのか誰にもわかりません」キム医師は言った。「その正体がなんだとしても、ＦＢＩのデータベースには見本が五つほどあるでしょうね」タイタスは言った。

「彼らの徹底ぶりを知ってるみたいね」

タイタスは悲しげに笑った。「よく知ってる」

キム医師はうなずいた。「いまのところわかってるのはこれだけです。毒物とＤＮＡ検査の結果は数週間で出ます」

「州に未処理の案件がたまってるのはわかるが、これを最優先してもらう方法はありませんか？」タイタスは訊いた。

「保安官、調査中の子供たちはほかにもいるんです。でも、できるだけやってみます」

今度はタイタスがうなずく番だった。ファイルを閉じ、机に戻した。

「お忙しいところ、ありがとうございました、ドクター・キム」タイタスは立ち上がり、帽子をかぶり直した。

「彼らのやり口を考えたことはあります？　あるいは、なぜやるのか？　なぜこんな……あの子たちにしたようなことをするの？」キム医師は言った。つかのま、冷静な第三者の仮面がはがれ落ち、ジュリー・キムの素顔がのぞいた。共感と思いやりの心を持ったひとりの人間。机に置かれた写真を信じるなら、彼女は監察医務局長であると同時に、妻そして母なのだ。

　タイタスは帽子を整えた。「ふだんは考えないようにしています。なぜやるのかではなく、彼らが誰かということにできるだけ集中する。でも答えが聞きたいのなら――」サングラスをシャツのポケットから出した。「彼らはやりたいからやる。できるからやっている」アビエーター・サングラスをかけた。「それより深い意味はあまりない」

「本当にそんなに単純なことだと思う？」キム医師は尋ねた。

「悪が複雑なことはめったにない。クソ厚かましいだけです」タイタスは帽子のつばにふれて挨拶し、立ち去った。


　車に戻ると、メモ帳を取り出し、キム医師にもらった情報を書きはじめた。記憶力が抜群なのは事実だが、くわしいメモでつねに補強している。

「巣穴がひとつしかない哀れなウサギはすぐ捕まる」と母親はよく言っていた。くだけた表現の格言を持ち出すのは、とりわけ興味をそそられるゴシップを聞いたときにかぎられたが、真実を突いていることに変わりはなかった。

　タイタスはあらゆる詳細を書きとめた。ページのいちばん上に〝カナンの呪い〟という語句を書いた。創世記のハムの呪い（旧約聖書創世記第九章。黒人の祖とされるハムが犯した罪のために、息子カナンとその子孫は僕になる呪いをかけられた）を指しているのはまちがいない。さまざまな民族を従属させ、鎖につないでおくことを正当化するために、いくつもの帝国が利用してきた旧約聖書の手酷い文言だ。そのせいで、黒人は神の御言葉によって奴隷になる呪いをかけられていると平然と言ってのけた社会科教師がいたことを憶えている。家に帰ってその話をすると、母親の目の奥で怒りの竜巻が発生するのが見えた。

「明日学校に乗りこんでそのろくでなしと話すわ。いい、タイタス、ぜったい忘れちゃいけないよ。御言葉は完璧だけど、人間の解釈のしかたが堕落してる。その先生はろくでもない嘘つき」

母親が罵倒するのを聞いてショックを受けたことを、いまも思い出す。キリストがヘネシーを飲んでいるところを目撃したようなものだ。のちに彼女が埋葬されたあと、御言葉もそれを読む人間と同じくらい堕落していることに気づいた。旧約聖書も新約聖書も、ただの〝ことば〟にすぎない。死んだ大工を偲んで作られたカルト教団の宣伝になるように、やたらと熱心な信者たちが書いたのだ。

ページの上部に別のことばを書いた――〝われらの救済は彼の苦難〟。

これは三枚目の写真に写っていた遺体の額に彫られていた。聖書の文句ではないが、見憶えがあった。ここ三年でチャロン郡にある二十三の教会のうち六つが、教会の看板を目立たせる宣伝文句として何度か使っていた。

聖イグナチオ教会のまえの看板にもあったし、父親の教会の看板で見たこともあった。

そのあとトリニティ・バプテスト教会とナザレ・ユナイテッド教会でも見かけた。第二コリント教会も採用したが、最初にこれを看板に掲げたのは〝救い主の聖なる岩〟教会だった。世界一ぐらつく橋でチャロン郡とつながった岩と砂だらけの小さな砂洲(さす)、パイニー島にある無宗派の家族経営の教会だ。救い主の聖なる岩教会は、地獄の責め苦、熱狂的祈禱(きとう)、ヘビ使いの儀式、ストリキニーネ飲用を信奉する者たちの教会として知られる。あるいは、父親が言うように〝イカれたくそレイシストども〟の教会だ。

タイタスはメモ帳をしまってSUVを発進させた。たいした収穫ではなかったが、わずかでも何かをつかむきっかけにはなる。三番目の狼は、あの語句を使っていた六教会のうちのどれかの信者なのだろうか。それともこの郡内にいる病んだ畜生で、気の毒な子供たちの額にあの文句をカミソリで刻むのがしゃれているとでも思ったのか？　いずれにしろ地元の人間だ。タイタスは確信していた。あのヤナギの場所を知っているのは地元民のほかにいない。スピアマンやラトレルと動けるのも地元民だ。無辜(むこ)の者たちの血をチャロンの土壌に染みこませようと思うほどこの郡を憎めるのは、骨に〝チャロン〟とタトゥーを入れた者だけだ。

正午には保安官事務所に戻っていた。カムが交換台につき、何十件もの電話をさばいていた。カムの険しい顔には何本もしわが刻まれていた。

「そうした質問には保安官が記者会見で答えるから、トビー。おれは何も知らないから何も教えられない。わかったか?」カムはトビーからの電話を切り、別の電話に応答した。

「チャロン郡保安官事務所です。それについては今日四時に保安官が記者会見を開いてすべて話します。では」カムの声は怒りで震えていた。しばらく電話が鳴りやみ、事務所に静寂が訪れた。

「忙しかったみたいだな」タイタスは言った。

カムはうめいた。「みんな例の現場で見つかったものについて話してる。もう夢中ですよ。リッキー・サワーズは仲間に手伝わせようかと電話してくるし、町を出るべきかと訊いてくる人たちもいます。スコットは電話でペラペラ無駄話。神かけて言いますけど、あの男の顔は殴られるために作られてる」カムは言った。

タイタスは彼の肩をぽんと叩いた。「スコットなんか放っておけ。頼みがあるんだ。7チャンネルのフレディ・ニッケルズに電話して、記者会見のことを広めさせてくれ。メールは送ったが、もうひと押ししたい。12チャンネルのダン・ドーソンと、23チャンネルのステイシー・ウェドルにもメールしたから、そのふたりにも電話してくれ」

「《チャロン・レジスター》のチャーリーにも電話します?」カムが尋ねた。

「大勢いるほど愉しいな」タイタスは言った。

カムはうなずいた。「ロジャーから電話がありました」

タイタスはため息をついた。「なんの用だった?」

「あなたの居場所を知りたいって。管理休暇についてスコットと話したそうです」しかたなく兄弟の告げ口をする子供のように、後半はためらいがちだった。

「ロジャーはスコットと好きなだけ話せばいい。この〝保安官〟のバッジがあるかぎり、話したい人と話せるさ。車輪の四角い荷車みたいに役に立たないけどな」タイタスは言った。

自分のオフィスに入って考えた。FBIフォート・ウェイン支局の元同僚がいまの名文句を聞いたら、農夫の胸当てつきオーバーオールと干し草ひと袋をデスクに置かれるだろう。

もちろん冗談だ。彼らはいつも冗談ばかり言っている。

ノートパソコンの電源を入れ、記者会見用の原稿を打ちはじめた。ちょうどいい口調にしなければならない。憂慮しているが怖れてはおらず、断固としているが強引ではないような。三人の住民が自分たちの郡を戦場に変えてしまったと選挙民に伝えるときには、バランスをとる必要がある。

手を止め、廊下の壁にかけられたウォード・ベニングズの写真を見つめた。その隣には、歴代のチャロン郡保安官の写真が並んでいる。いくつかの遺体はあのヤナギの下に五年以上埋まっていた。スピアマンとラトレルと三番目の狼は、ウォードからも誰からも見咎(みとが)められずに枝の下をくぐり、茨に分け入って遺体をあそこまで運んだ。いったいどうやって？　もちろん慎重にやっただろうが、彼らは奇術師ではない。たった一度だとしても、どこかで見られているはずだ。誰にも気づかれずに男三人組が死体を森に運ぶには、チャロンは狭すぎる。そうあってほしいとタイタスは思った。

一列に並んだ過去の保安官たちを眺めた。チャロンの住民の一部を守りながら、ほかの一部を無視した歴代の世話役たち。自分と見た目がちがう者の苦しみに気づかないふりをした夜警たちの系譜。それぞれがこの世を通りすぎ、何世代にもわたって壊れた郡の欠片を次の男に残し、修繕を託してきた。気づけばタイタスは狼の頭を持つ亡霊の影のなかに立ち、壊れた欠片を固く握りしめていた。両手がずたずたに裂けるのを知りながら。

「くそ、全員ここにいるぞ。もれなくママもついてる」デイヴィが言った。

タイタスが窓の外をのぞくと、駐車場はごった返していた。ここヴァージニア州南東部をカバーするキー局三社のバンだけでなく、リッチモンド広域圏をカバーするテレビ局の三社と、ヴァージニア州北部の局も二社来ていた。タイタスは《レジスター》のフランクに気づいた。タブレット端末にメモ帳、特ダネを追う記者に特有のあの狡猾な目つきを持つ者も何人かいる。残りの駐車スペースにはチャロン郡の人口の六割が詰めかけていた。あふれた車とトラックは、通りから〈セーフウェイ〉のほうまで路上駐車している。

「よし、始めよう。デイヴィ、おまえとカーラ、ピップ、スティーヴは人流を整理しろ。おれはマイクを持ち、言いたいことを言い、終わらせる。現時点ではどんな質問も受けつけない。みな同じ認識だな？」タイタスは訊いた。部下たちはそろってうなずいた。

タイタスは窓に映った自分の姿で制服を確認した。ズボンの折り目はケーキが切れるほど鋭い。手と顔はローションで保湿した。バッジはダイヤモンドのように輝いている。気にしない者もいるが、チャロン郡の住民の大半にとって彼は実物以上に偉大な人物でなければならない。でないと、尊敬するふりすらしてもらえないのだ。今日はかつてなくその尊敬が必要だった。まもなく安全と治安に関する彼らの幻想を打ち砕くのだから。住民たちのアイドルのひとりを叩きのめすのだ。知り合いが――これまでの人生でずっと知っていた人たちが人間の顔をした怪物だという新しい現実に、みなを引きずりこまなければならない。

誰もがそうした知らせを受け取ることを嫌う。

結果として伝え手が憎まれることも多い。

「取りかかろう」タイタスは言った。

タイタスがマイクを軽くと叩くと、群衆にシーッという声が広がった。マイクはデイヴィの私物だった。保安官事務所に入るまえにＤＪをしていたのだ。期待感が人々を満たし、ニスのようにあらゆるひびや割れ目に入りこんでいくのがわかった。みないろいろなことを聞き、言われ、でっちあげてきたが、ついにいちばん確かな筋から話が聞けるのだ。タイタスは広い肩に人々の期待の重さをずっしりと感じた。見つめる無数の目に圧倒されてうつむきそうになったが、深呼吸してまっすぐまえを見た。屈服は選択肢にない。千分の一秒でも打ちのめされた姿を見せるわけにはいかない。群衆を睨み返すのは野犬の扱いに似ている。恐怖心を見せれば、次の瞬間には喉をかき切られる。

「皆さん、今日はお集まりいただき、ありがとうございます」

狩りが始まった。

10

タイタスは帽子を脱いで机に置いた。腰をおろしてサングラスをはずし、両手で顔をこすった。外にいる人たちは三々五々帰りはじめたが、いまも彼らの声が遠雷のように壁越しに聞こえる。

カーラがオフィスに入ってきて尋ねた。「彼を捕まえられると思いますか？」

タイタスはネクタイをなでおろした。「捕まえないとな」

机の電話が鳴った。「外線一番に電話です」カムが大声で言った。

「頼みがある、カーラ。発掘現場に行って州警察の仕事ぶりを見てきてくれ。おれの代理で来たと言うんだ。情報共有すると言ってるが、輪を閉じておれたちをのけ者にすることもあるから」タイタスは言った。

「わかりました」カーラは背を向けてドアから出ていった。

タイタスは受話器を取った。「クラウン保安官です。どうしました？」

「やだ、かしこまっちゃって。ほんとの保安官みたい。あなた専用の手錠ももらった？」

電話の向こうからハスキーな笑い声がした。一瞬、タイタスは驚きでのけぞった。

「ケリー。どうして電話を？」

「あら。わたしも話せてうれしいわ」ケリーは言った。

タイタスは咳払いをした。顔が鉄板のように熱くなった。「その、元気か？　きみから電話があるとは思わなかった」つかえながら言った。

「落ち着いて、ヴァージニア。ストーカーじゃないから。これはあくまでも仕事上の電話」

「仕事上？　つまり、フォート・ウェインの《ジャーナル・ガゼット》の記者の立場で話してるのか？」

「そうでもない。いまはインディアナポリスに住んでいるの。《タイムズ》で働いてる。でも、ある筋からあなたの故郷で何か起きたと聞いて、新しい課外活動になるかもしれないと思ったわけ」ケリーは言った。

タイタスは答えなかった。

ケリーはくすくす笑った。「わたしのポッドキャスト、聞いたことないでしょ？」

「あまり……自由な時間がないんだ」タイタスは言った。

またハスキーな笑い声。

「携帯にスポティファイが入ってるのは知ってる。リンクを送るね。十字架を燃やす場所への行き帰りに車で聞けるから（KKKは十字架を燃やして黒人を脅してきた）」ケリーは言った。また笑い声。

今度もタイタスは答えなかった。

「ちょっと悪趣味だったわね」とケリー。

「そうでもない。むしろ、目くそ鼻くそ……だろう。インディアナだって進歩の中心地じゃない」タイタスは言った。

「ごもっとも。でもほんとに携帯番号教えて。リンクを送るから」

「いったいここで何が起きたと思ってる？」

「わたしのポッドキャストは犯罪ドキュメンタリーなの。《ジャーナル・ガゼット》を馘（くび）になったときに始めた。もとは三大都市圏のセックスワーカーに対する犯罪を古い順に話すだけだったけど、コンテンツを拡大してる。リッチモンドのニュース局にいる友だちがショートメッセージをくれたの。殺された子供たちをあなたが野原で見つけたところだって。わたしが町に着いたら、二年間ベッドをともにした男がインタビューに応じてくれないかなと思ってるんだけど？」ケリーは訊いた。

タイタスは胸を殴られたかのように息を吐いた。「どうしてこの町に？」

「ねえ、元FBI捜査官にしては聞き上手じゃないわね。わたしは犯罪ドキュメンタリーのポッドキャストをやってる。あなたは連続殺人犯を見つけたらしい。わたしには《タイムズ》で消化すべき休暇がある。だから町まで行って、その連続殺人犯に関するエピソードを作ろうと思ったわけ。事件のことを話してもらえるとうれしいんだけど」ケリーは言った。「ほら、一年間わたしが寝てた男ってところは全部冗談よ。笑わせたかっただけ。あなたには笑いが足りなかったから」

「捜査は始まったばかりだ。すでに記者や心配した住民たちが列をなして邪魔をしだしてる。気を悪くしないでほしいが、いまは誰にも邪魔されたくないんだ」タイタスは言った。

「わたしが元ガールフレンドじゃなくてもそう言った？」

「きみがアンダーソン・クーパー（報道番組で司会をする著名ジャーナリスト）でも言った」

ケリーは笑った。「彼があなたの元ボーイフレンドだったら、わたしたちの交際は興味深くなったでしょうね。ねえ、タイタス、そっちに行くことは決まってるの。メッセージを発信する機会はあなたも歓迎するんじゃないかと思っただけ。聞いてる誰かを動揺させて、手がかりをつかめるかもよ。わたしと話す必要はないけど、わたしの仕事は止められない」

「きみがやろうと決めたら誰にも止められないさ。ただ、時間の無駄だと言ってる。文字どおり手をつけたばかりだ。まだ何もわかってないから、誰からも何も出てこない。こっちに来ても、ガソリンを余計に燃やすだけだ」

「本気でわたしに会いたくないのね？」ケリーは言った。喉から笑い声が消え、静かで穏やかな声に変わった。ふたりともしゃべらず、電話のノイズしか聞こえなくなった。思い出が電荷を帯びた電子のようによみがえり、神経刺激さながら電話線を走った。

ケリー・ストナーに出会ったのは、フォート・ウェイン地区で数人のセックスワーカーが死んだ事件を捜査していたときだった。ケリーはフォート・ウェインの《ジャーナル・ガゼット》にふたりいた事件記者のひとりで、セックスワーカーとホームレスを重点的に助けるコミュニティ・センターでボランティアもしていた。身長百六十センチのエネルギーと皮肉の塊で、タイタスは彼女の取材を受けるあいだじゅう緊張しっぱなしだった。長い黒髪に似合ったまつ毛。なめらかで浅黒い肌は、フィリピンとイタリアの血のなせるわざだとあとでわかった。蜂蜜のような薄茶色の目は、怒ると琥珀(こはく)色に変わった。あの日、そうだったように。

「申しわけないけど、クラウン捜査官、FBIは殺されたセックスワーカーなんてどうでもいいみたいね。今年六人目よ。どれだけ捜査は進んだの？　あなたたちが出てくるまでにどうしてこんなに長くかかったの？　だって、悪く思わないでほしんだけど、この地域の人たちは、行方不明の女性たちをどうか見つけてくれってずっと警察に頼んでたのに」

ケリーは言った。ふたりは地元の警察署長からタイタスが借りたオフィスで向かい合って坐っていた。

「ミズ・ストナー、断言しますが、FBIは最善を尽くしている。ぼくも最善を尽くしています。誰かを放っておこうなどとは思わない。このことばは絶対です」あのときタイタスは言った。

「ワオ、そのうちサンタクロースは実在するとか言いそう」彼女は小声でつぶやいた。

「いまなんと？」

「ごめんなさい。でも疑っちゃうのもしかたないでしょ。町のこのあたりじゃ、金持ちの白人女性が結婚前のお祝いパーティに遅れないかぎり、ふつう警官を見かけないから」ケリーは言った。

「被害者の社会的地位にもとづいて捜査することはありません、ミズ・ストナー。みんなを大事にするか、誰も大事にしないかだ。どんな人にも存在を守られる価値がある」タイタスは言った。

「本気で言ってるのね？」ケリーは尋ねた。

「本気です。母に正しく育てられたので。あなたがとても大切にしているのもわかる――被害者だけでなく、地元の人たちを。まれに見る情熱だ」タイタスは言った。「それと、一年のこの時期、サンタクロースはたいていクリス・クリングルという別名なのでは？」と言い添えた。

　彼女は笑った。そのハスキーな大笑いは、ほどなくタイタスの耳に心地よく響くようになる。

最終的にタイタスのチームは、セックスワーカー八人を殺した犯人を捕らえ、できるかぎりの復讐は果たしたと感じた。犠牲者たちの存在は守られた。

そしてタイタスとケリーは、愛と欲望のあわいにあるあの奇妙な未開の地で流れる曲に合わせて、踊りはじめた。

デクレインの拠点の強制捜索の日まで。その日、曲は突然終わった。

「そういうことじゃない。わかってるだろ。おれは故郷に戻らなきゃならなかった。きみはインディアナにいる必要があった。遠距離恋愛なんてうまくいくわけない。だからおれたちは別れたし、きみも納得したと思ってた」タイタスは言った。

「そう思ってたの?」ケリーは言った。

タイタスは受話器を握りしめた。「おれはまちがってたようだ」

「いいえ、あなたは正しいわ。もうどうにもならないけどね。でも、わたしたちはお互いまえに進んだ。いまわたしにはつき合ってる人がいるし、きっとあなたもそうでしょう。それでもわたしの番組のリンクを送りたいの。もしよかったら」ケリーは言った。

タイタスはダーリーンのことを思った。自分はまえに進んだ。故郷に帰り、善良で正直で自分に夢中になってくれる人を見つけた。ただ、ケリーがそういう人でなかったというわけではない。ケリーもそういう人ではあったが、並はずれた激しさでたえず挑みかかってくる切れ者でもあった。タイタスはそれを渇望し、怖れてもいた。ダーリーンが晴れた日のレモネードなら、ケリー・ストナーは星ひとつない真っ暗な空の下の密造酒……だが、タイタスは光のなかで生きることに満足していた。

とはいえ、ケリーのポッドキャストを聞けないという話にはならない、だろう？　彼女が町に来て何が起きるかを知るためにも、たぶん聞くべきだ。

「もちろんだ。送ってくれ」タイタスは言った。

「同じ番号？」ケリーは尋ねた。

「変わってない。まだ保存してるのか？」

「何言ってんの。削除してたら、同じ番号かなんて聞くわけないでしょ」ケリーは言った。

ふいにタイタスはひどい馬鹿になった気がした。

「そっちに着いたら話しましょう。またね、ヴァージニア」

電話が切れた。

タイタスは受話器を置いた。

タイタスは近隣の人たちに、不審な行動をとっている者がいたら報告するよう頼んでいた。大きな小屋か離れ家を持っているか、いつもと態度がちがう者がいたらとくに注意してほしいと。じきに通報が殺到するだろう。その大半は無価値だが、すべてに注意を払う必要がある。そこで午後の残りの時間は、田舎町の瑣末な役所仕事に費やした。三カ月前、ボディカメラとビーンバッグ弾の追加支給を監理委員会に申請したが、郡の予算を誰かが着服しているのではないかと思うほど頑として却下されていた。

改めて申請書に記入し、監理委員会の次の会合に向けて送付した。学校で子供たちの頭が吹き飛ばされそうになったのだから、もっとボディカメラの導入に前向きになってほしい。いまの状況は誇れたものではないが、今回の悲劇から何か建設的なものを引き出せるなら、やるしかなかった。それがこのすべてから得られる唯一のいいことだろう。

経費報告書とガソリンの領収書に目を通し、郡のソーシャルメディアのページに記者会見について投稿し、過去二十四時間の逮捕記録を調べた。信じられないことに、タンク・ビラップスのシダレヤナギを取り囲んで、あの殺された子供たちが埋められていた蜂の巣状の七つの穴だけが彼の仕事ではなかった。ベン・トマスとウェイン・ホッジズがフェンタニルを混ぜたヘロインらしきものを過剰摂取し、ベンのトラックで失神しているところを発見された。ルイーズ・タリフェロは、泣きやまない娘に熱いチキンスープのボウルを投げつけていた。幼い娘は二歳だった。ダリル・ウェストは、隣のレニー・バーカーズと妻のステファニーがレニーの父親をぶん殴っていると通報してきた。八十九歳のその父親は第二次大戦の退役軍人で、昨年から夫妻と同居していた。ダリルは、前庭で倒れた老人をレニーとステファニーが蹴りつけているのを見たということだった。父親はアルツハイマー病かもしれず、徘徊傾向があったようだ。スティーヴが駆けつけたときには、すでに家に戻って身なりを整えられていたが、折れた前腕は隠せなかった。

　タイタスは次から次へと報告書をクリックしながら、自分が昔のドラマ『トワイライト・ゾーン』の登場人物になった気がしてしかたなかった。ほんの数分差でいつまでも電車に乗れない呪いをかけられた男になったようだ。いつも一日遅れで、いつも一ドル足りない。小さな町の治安を守っていると、たまにそんな気分になる。骨折やあざだらけの体や、大破したウイスキー臭い車を見おろし、手に掃除道具を持ってどうしようもなく後悔している。誰かの壊れた人生を拾い集める仕事をまかされた、しがない清掃員。

　報告書をすべて読み終えるころには、風呂に入りたくなった。醜いものがどす黒い秘薬のように世界を満たしている気がした。

　両手で顔をこすった。

　いや、そうとも言いきれない。もちろん世界には醜さが存在するが、探す場所さえ知っていれば、美しさややさしさもある。探し求めるだけの勇気か愚かさがあれば、見つけることができる。胸の星形バッジは泥沼をくぐり抜けろと命じるが、バッジは錨ではない。こちらがそうさせないかぎり、どろどろの液体に引きずりこまれる必要はないのだ。

　タイタスは腕時計を確認した。

　午後九時。立ち上がって伸びをし、背中がキャンプファイアのようにパキパキ鳴るのを聞いた。帽子を取り、ドアに向かった。毒は今日だけで充分飲んだ。

　自宅のドライブウェイに入り、父親のトラックの隣に車を駐めた。家に入ると、わざわざ買わなくていいとタイタスを説得していたリクライニングチェアで父親がうたた寝をしていた。玄関のそばのクローゼットから毛布を取り出し、父親の膝にかけた。アルバートは一度鼻を鳴らし、自分で毛布を引き寄せた。タイタスは二階に上がり、制服を脱いでスウェットの上下に着替えた。階下（した）に戻って冷蔵庫に残っていたものを取り出し、食事の用意をした。

　食べ終えると、自分の皿と、流しに残っていた父親の皿を洗って乾かし、片づけた。それから父親のところに戻った。

「なあ、父さん。起きてベッドに行きなよ」タイタスはアルバートの肩にそっと触れて言った。父親はあくびをしながら、だるそうに目を開けた。

「今日は庭仕事をしてたんだ。思ったより体力を使ったのかもしれん」アルバートは言い、痛みに顔をしかめてゆっくり立ち上がった。

「あまり無理しすぎるなよ。腰にチタンは入ってても、アイアンマンじゃないんだから」タイタスは言った。

　アルバートは首を振った。「神様はおれをこんなに長生きさせることに決めたんだ。すぐにはどこにも行かないぞ。ベッドだけは別だが。また明日の朝な、息子よ」

「あのな、父さん」タイタスは言った。

アルバートは階段の最下段で立ち止まった。「おまえのその顔、見たことあるぞ」

タイタスは小さく微笑んだ。「どんな顔？」

「感謝祭の日に台所でおまえとマーキスが取っ組み合いをして、母さんのスイートポテトパイをカウンターから叩き落としたときの顔さ」アルバートは言った。

「インディアナにいたときにつき合ってた女性の話、憶えてる？　記者の？」タイタスは言った。

「ビリヤード場で派手な喧嘩をしたという娘か？」

タイタスはうなずいた。「そう。その彼女が、ヤナギの下で見つかった子供たちについて取材するために町に来るらしい」

「ふむ。来るのはおまえに会うためでもあるな」アルバートは言った。

「まあたしかに。おれに取材したいそうだ」

「タイタス、まだその娘が好きなのか？」

「は？　いや、それは……ただ、どうダーリーンに伝えるべきかと思ってさ。わかるだろ、彼女はちょっと……なんというか、ときどき不安定になる。動揺させたくないんだ。ほら、ケリーが来るのは止められないし、来てくれと頼んでもいない」

「でも、おまえは怒ってないんだろ？」アルバートは尋ねた。

タイタスは咳払いをした。「このことでダーリーンを動揺させたくないだけだ」

アルバートは足を引きずって戻ってきて、タイタスの肩に手を置いた。「なあ、ダーリーンが動揺するとしたら、いまおれが見てるのと同じ表情を彼女に見せたときだけだ。おまえはすばらしい女性を見つけた。だがそれを本心から望んでないなら、彼女にそう伝えるのが筋だ。昔の彼女がこっちに来るまで待ってちゃいけない」アルバートはタイタスの肩をぎゅっとつかんだ。

「わかった、父さん。おやすみ」

「おやすみ、息子よ」

アルバートが二階に上がったあと、タイタスはダーリーンにショートメッセージを送った。

うちに帰った

ほぼ直後にダーリーンから返事が来た。

そっちに行ってほしい?

タイタスはしばらく携帯を見つめてから返信した。

いやいい。へとへとだ。明日の夜ニューポート・ニューズへ食事に行こうか

ダーリーンの返信は今度は遅かった。

了解（K）

来てほしくないと言われてダーリーンが怒ったことは、犯罪学の修士号がなくても推測できた。イエスと答えることはできたが、ここ数日の疲れがついに出てきた。まるで繭（まゆ）に包まれるように極度の疲労の波に襲われていた。もしダーリーンが来ても、うまく相手ができないことはわかっていた。疲れると無愛想になってしまうのだ。本格的な口論が避けられるなら小さな諍（いさか）いはしかたない。長くつき合うとはそういうことだ。何十ダースもの戦略的決定と一方的な交渉で、平和――あるいはそれにかぎりなく近いもの――を守る。

タイタスは階段をのぼって自室に向かった。足は鉛に覆われたように重かった。ベッドにたどり着くころには立ったまま眠りそうだった。横になって手足を伸ばしたとき、携帯電話が鳴った。

「くそ」枕に言った。

ごろんと転がって携帯をつかみ、画面を見た。

デイヴィだった。

画面をタッチした。

「どうした、デイヴィ」

「ああ、タイタス。あの、いま〈ウォータリング・ホール〉にいるんですが、えー、電話したのは、じつは……」デイヴィは言いよどんだ。

「デイヴィ、早くしろ」タイタスは言った。

「ええ、あの、タイタス、マーキスがここにいて、店のなかをめちゃくちゃにしてます。ジャスパーが訴えるとわめいてて、もうどうしたらいいか」デイヴィはまくしたてた。

タイタスは目を閉じた。疲れすぎてため息も出ない。

「すぐ行く」

11

二十分後、タイタスは〈ウォータリング・ホール〉の駐車場に車を入れていた。デイヴィのクルーザーの青と赤の回転灯が、煉瓦造りの建物の側面に不気味な光を放っていた。ヴァージニア州のこの地区にある多くのバーとちがって、〈ウォータリング・ホール〉はショッピングセンターのなかで営業せず、独立の店舗を持っていた。平たい屋根がのった無骨な直方体の建物は、タイタスがＦＢＩで捜査中の事件の報告書を保管していた段ボール箱に似ていた。〈ウォータリング・ホール〉はチャロン郡で唯一のバーではないが、大半の住民が贔屓(ひいき)にしている。たいてい〈セルティック・タヴァーン〉がそのおこぼれにあずかった。無礼な行為や法令違反でジャスパーが出入禁止にした者や、サービス料七ドルを払うのに二の足を踏むような者たちのことだ。

ジャスパーは、店に入るだけで代金を請求しても問題ないと考えていた。週に四日は生バンドを出演させることに加え、予定表にコメディショーとステージ開放日をちりばめて変化を持たせている。最近、音響システムも新調し、ステージに高級なＬＥＤ照明システムも取りつけた。つねに最新か最高級の装置を取り入れることで〈ウォータリング・ホール〉の質を上げ、客をもてなしていた。

タイタスはＳＵＶのギアをパーキングに入れた。

保安官に就任してまずひとつ気づいたのは、人口二万人に満たない片田舎の郡のバーにしては、かなりの額の金が〈ウォータリング・ホール〉で動いているということだった。ジャスパーは創意に富んだ金儲け（かねもう）の天才のようだ。郡のはずれに寂しく生えたこのカブを搾れば、血のように赤い汁が流れ出す。

それがひとつのシナリオだ。

しかしタイタスの考えはちがった。ジャスパー・サンダーソンはおそらく、ヘロインやメス（覚醒剤の塩酸メタンフェタミン）のみならず、手に入る違法薬物ならなんでも、馬が窒息するほどの量をバーで取引している。タイタスが選出された年には、このバーから半径十キロ足らずで二十二件の過剰摂取があった。ベンとウェインは〈ウォータリング・ホール〉を出た一時間後に、セヴァーン・ロードのまんなかでラリっているところを発見された。数人の情報提供者の宣誓供述によると、ジャスパーは〈レア・ブリード〉モーターサイクル・クラブの支部とつながっていて、チャイナ・ホワイトや質のいいメスをさばけるだけ仕入れている。タイタスが一度、店の駐車場で喧嘩をやめさせたときには、ひとりがクランクを六十グラム所持していた。昔、チャッキー・クラウダーが、ジャスパーといとこのコットンからメタンフェタミンを二百グラム買ったことを証言すると申し出たことがある。そこでタイタスは州警察の麻薬取締班に連絡し、郡をまたいで摘発すべきだと主張したのだが、ハンプトンには、ジャスパーにオレンジ色のジャンプスーツをぜひ着せたいという者がいなかった。タイタスは、ジャスパーには内通者がいるにちがいないと思った。そのあとチャッキー・クラウダーはいきなり町を出た――歯をほとんど失って。カーラには、コットンとつき合ったり別れたりしているいとこがいるが、そのいとこによると、コットンはチャッキーの歯を壜に入れてバーの奥の事務所に置いているらしい。

タイタスはトラックから出て、バーのまえに立っているデイヴィとピップのほうへ歩いていった。そばに足元のおぼつかない常連客が小さな人だかりを作っていた。酔っていても安心していられるのは、手錠をかけられてバーの入口前の階段に坐った男たちに保安官補が集中しているおかげだった。

「デイヴィ、ピップ。いったいどうした？」タイタスは言った。デイヴィは下唇を嚙んだ。ピップは帽子のつばを上げ、右目の上のフロリダ州に似た小さな臙脂色のあざを見せた。

「あなたの弟がオースティン・マコーミックに何か言われて腹を立て、オースティンにスツールを食わせようとしたんですよ。でもオースティンの仲間のブレント・ジョンソンが、それは無理だろうってことで助太刀に入ろうとした。ブレントはぐしゃぐしゃの顔でリバーサイド総合病院に送られました。オースティンはもうちょっとマシな怪我だった」

タイタスは舌打ちした。オースティンはコットンとジャスパーのいとこだ。

マーキスに近づいた。

弟はタイタスとほぼ同じ身長だが、胸まわりがやや広い。白いTシャツの上に、ボタンをかけずに赤いフランネルのシャツを着ていた。白いTシャツには、未知の諸島のような形の大きな赤い染みがあった。左目の下に小さな黒いあざができているが、それ以外に喧嘩の跡はなかった。染みは血にちがいない。しかもマーキスのものではないだろう。弟の手は背中で手錠をかけられていて見えないが、タイタスはこのまえ握手したときの感触を憶えていた。斧の頭のように幅広で、大工仕事を独学で学んだためにあちこち傷だらけの手だ。

「デイヴィ、オースティンをおまえの車に連れていけ。ちょっとおれに時間をもらえるか」タイタスは言った。

「もちろんです、タイタス」デイヴィは言い、ピップとふたりでオースティンを立たせた。オースティンの鼻が何箇所も折れていることにタイタスは気づいた。立ち上がって思いきり空気を吸ったオースティンを、ふたりはデイヴィのクルーザーに引きずっていった。

タイタスは弟を見おろした。マーキスは首を振ってドレッドヘアを顔から払いのけ、タイタスに笑みを向けた。デイヴィの回転灯が彼の口のなかを照らし、歯についた血の色が青から赤に変わった。

「父さんはどう？」マーキスが訊いた。

「たまには家に会いに来いよ。ハイなのか？」

「いや、酔っ払ってるとは思うけど」

「おまえを連行しなきゃならない。弟だろうと関係なく。少なくともこの件が片づくまで」タイタスは言った。

「仕事は仕事だ、保安官（ローマン）」マーキスは笑った。

「なんだと？」

マーキスは首を伸ばしてタイタスを見上げ、また微笑んだ。「兄貴を尊敬しようとしてるだけさ」

タイタスはごくりと唾を飲んだ。

「そのマザーファッカーがオースティンを殺そうとしたんだ！」右手から叫び声が聞こえた。タイタスがそちらを向くと、コットン・サンダーソンが人混みから大股で歩いてきた。左によろめいて体勢を立て直し、なおも近づいてくる姿は、赤い布を見て興奮した雄牛そのものだった。

「コットン、そこにいろ」タイタスは言った。声は上げたが、叫ばなかった。

「くそったれ、おまえが誰か知らないと思ってんのか？　おまえの仕事のしかたを知らないとでも？　オースティンの顔をいきなりぶん殴った弟は無罪放免か？」コットンは呂律のまわらない舌で言った。もう三メートルも離れておらず、ビリヤードのキューの先端を握っているのが見えた。

「コットン、そこで止まれ。こっちに来ても後悔するだけだ。オースティンとマーキスは留置房に入れる。この件はわれわれが調べる。もしジャスパーが何かしたいとか、オースティンとマーキスとブレントが互いに相手を訴えたいとなったら、それはそのとき考えよう」タイタスは言った。

人混みから数人が出てきてタイタスとコットンのあいだに割って入った。さりげなくコットンを囲んで駐車場のほうへうまく導いているように見えたが、コットンは巧みに身をひるがえして友人たちから逃れ、タイタスとマーキスに突進した。大男にしては驚くほど敏捷(びんしょう)な動きでマーキスにまっすぐ向かってきた。

タイタスは右に一歩離れ、左手を開いて親指とほかの指四本でVの字を作ると、足を踏ん張ってそのVをコットンの猪首(いくび)に打ちこんだ。それが喉仏に命中した瞬間、腕がビリッと痺(しび)れた。大男はビリヤードのキューを落として膝をつき、顔を真っ赤にして喉をつかんだ。

タイタスはマーキスの腕をつかんで立たせた。

「朝まで痛いだろうな」マーキスは言った。

「みんなコットンを助けてやれ、ほら」タイタスが人々に呼びかけると、ソーヤー・ハジンズ、アーノルド・アトウェル、ロイス・ラザールが出てきてコットンを立たせた。

タイタスとＳＵＶに向かいながら、マーキスはまた笑った。「兄貴は本物の刑事だな。あのあほ白人には首がないと思ってたけど、見つけたんだから」

タイタスはＦＢＩでエゼキエルに言われたことがあった。「敬意を要求することはできるし、敬意を持って相手に接することもできる。彼らの子供を救うことも、徘徊する祖父母を見つけることもできるし、くだらないパイ作りコンテストの審判だってできる。それでも、なめたらタダじゃすまないと思い知らせるべきときがある。そうしなきゃわからない相手もいるんだ」

タイタスはそのことを考えながらマーキスを後部座席に乗せた。

考えるとどうしようもなく悲しくなった。

タイタスは折りたたみ椅子を留置房に持っていき、弟のまえに坐った。両足首を交差させ、帽子を脱いで床に置き、椅子の背にもたれた。腕時計を確認すると、真夜中少しすぎだった。

マーキスを見つめ、起きろと念じた。子供のころ使った技だ。その技を発揮するのは、たいていクリスマスの朝や夏休みの初日といった特別な日だけだった。あのころを思い出すと、時の川に溺れそうになる。

マーキスが体を起こし、留置房の冷たいコンクリートの壁に頭をもたせかけた。

「トラ箱に二十四時間ぶちこめば、おれがいい子になると思ってんのか？」彼は訊いた。

「いや。これ以上おまえがトラブルに巻きこまれないようにしてるだけだ」タイタスは言った。

マーキスは笑った。「嘘つけ。ずっとおれを立ち直らせようとしてきたくせに。いつもなんでも直そうとするよな。そうなったのは……」声が小さくなったが、タイタスには文末がわかった。

「母さんが死んでからだ」タイタスは言った。

マーキスは体をまえに出した。タイタスは腕組みをし、それがいかにも威圧的であることに気づいて、すぐにほどいた。

「余計なお世話だ」マーキスは言った。

「誰かがやらなきゃいけなかった」

マーキスはあくびをした。「兄貴がやるべきじゃなかった。長男だからって。ちくしょう、父さんがやるべきだったんだ。でもおれたちは結果を知ってる。父さんは酒壜を聖書に取り替えて、何もかも修復できると考えた。そんなのは馬鹿げてる。わかりきったことさ」

「すべて馬鹿げてるわけでもない。直そうと努力するのはいい。ただ父さんは使う道具をまちがえた」

「どんな道具を使ったって何もかもはよくならないぜ、タイ。直せるものなんてほとんどないだろ。たいていの日は、ただ我慢して隠れてるしかないんだ」マーキスは言った。

「そうは思わないな」

マーキスは微笑んだが、笑みはタイタスの目に届かなかった。「だから兄貴はみじめなんだよ、大将」ふたりのあいだに沈黙が流れた。気まずくもなく、何か具体的な可能性を含んでもいない沈黙。ある性格の兄弟のあいだにしか生まれない沈黙だった。

ようやくタイタスが呪いを解いた。「何があったか話せるか？　ジャスパーはおまえにテーブル二卓とスツール一脚を壊されたと言ってる」

「あそこのテーブルはもとからグラグラなんだよ。判事に電話しておれを保釈してくれないか？」マーキスは尋ねた。

「まだだ。何が起きたか知りたい。ああなった原因は？」

マーキスは大きな頭をぐるりとまわし、両腕を頭上に上げながらあくびをして、「おれの兄貴の悪口を聞いてるのが嫌になったんだ」とようやく白状した。

タイタスはあきれて天井を見上げた。「マーキス、保安官の悪口を言うやつみんなと喧嘩する気なら、お抱え弁護士を雇ったほうがいい」

「兄貴はただの保安官じゃない」マーキスは言った。

　タイタスは弟をじっと見た。

「ちなみに、なんと言ってた？」

　マーキスがまた伸びをすると、今度は彼の背中がポキッと鳴った。「兄貴がスピアマン先生のことで嘘ついてるって。ケツの穴と地面の穴も区別ができないって。それから、ひとりが兄貴を〝生意気なニガー〟と言った。だからおれはラムコークを置いて、あのスツールを持ち上げ、あいつらに人生の選択について考えさせた」

　タイタスは笑いたくなかった。笑うべきところではなかったが、思わず吹き出した。つられてマーキスも笑った。兄弟で笑い合ったのは久しぶりだった。ふたりの笑い声が教会の鐘のように留置房にこだました。声が消えるころ、タイタスの目頭が熱くなった。母親が死んでから、こんな瞬間が何回あっただろうか。三回、おそらく四回？

「いいか、おまえをひと晩じゅう留置するつもりはない。オースティンは告訴しないと言った。ブレントは救急車で運ばれるとき、まわりじゅうに聞こえるように、町で落とし前をつけてやると言ってたから、やはり告訴はしないと思う。おまえがあいつらを訴えないなら、おれはオースティンを解放し、一時間後におまえも出してやる。車を取りに行くのに足が必要か？」タイタスは訊いた。

「いや、ティーシャに電話するよ」マーキスは言った。

「そうしなくていい。おれが送っていく」タイタスは言った。

「兄貴はくたくただろ。ティーシャに来させる。どうせ閑なんだ」

「おまえたち、もうどのくらいつき合ってる？　十年か？　潔く彼女と結婚しろよ」タイタスは言った瞬間、父親そっくりの口調になっていることに気づいた。

「兄貴がダーリーンと結婚するみたいに？」マーキスは言い、タイタスにウインクした。

「それはちがう」

「そうとも言える」

「どういう意味だ？」

「別に。ただ……残りの人生をほんとにここですごすつもりか？　つまりさ、選挙で勝ったのは運がよかっただけだろ。二期目は白人たちが当選させない。そしたらどうなる？　父さんだって、兄貴にいてもらう必要はあまりない。兄貴は昔、Ｆ・Ｂ・〝ファッキング〟・Ｉにいた。いったいなんでチャロンに残るんだよ。父さんじゃないけど、ここに戻ってきたのが信じられない。ダーリーンはいい娘だが、そうは言ってもチャロンの娘だ。彼女がここを離れるのは棺桶に入ったときだけ。おれはあんたを知ってるぜ、タイ。この町は兄貴には物足りない。まえからずっとそうだった」マーキスは言った。

「この七年間でおまえと会ったのは五、六回だ。それでもおれのことがわかる、おれの望みを知ってるなんて本気で思うのか？」タイタスは言った。ドラムの皮のように張りつめた声だった。

マーキスは簡易ベッドから立ち上がり、留置房の鉄格子に近づくと、斧の頭のように大きな両手で格子をつかんで身を乗り出した。きつく編んだドレッドヘアが顔にかかった。

「まだ息をしてる誰よりもそう思ってるよ、兄さん」マーキスは言った。また沈黙が霧のようにおりてきた。数分後、タイタスは立って椅子をたたんだ。

「所持品はピップから受け取れ。彼が外に出してくれる。ベルト以外はすべて返す。あのバックルナイフはヴァージニア州ではまちがいなく違法だぞ。なぜあんなものを持とうと思うんだ?」タイタスは訊いた。

「人を刺すためさ」マーキスは笑った。

今回、タイタスはつられて笑わなかった。「気をつけろよ、弟。ジャスパーとコットンに恨まれてるだろう」

「コットンに喉チョップしておもらしさせたのはおれじゃないぜ」マーキスは言った。

「おれは保安官だ。やつらもわきまえる」

「気を悪くするなよ、兄貴。だがやつらにとっては、その星のバッジもたいして意味はない。すごく安上がりってことがわかったからな」マーキスは言った。

タイタスは房に近づいた。「何を言ってる?」

マーキスは顔のドレッドヘアを振り払った。「何も。でも人は噂するだろ。だから耳に入ってくる」

タイタスは弟を見つめた。その深い茶色の目を。前職のクーター・ベニングズが地元のビジネスに手をつけていたという噂は聞いたことがあったが、不正利得のほとんどは無料のガソリンと低金利の銀行融資だろうと思っていた。

「おれが知らないことを何か知ってるのか?」タイタスは訊いた。

マーキスは首を振った。「何も知らない。けど、兄貴がどうしてもあの白人たちを追いつめられないのはすごく妙だと思わないか?　あくまでもおれの意見な」

タイタスは房のまえまで行って、両手で鉄格子をつかんだ。「何か知ってるなら教えてくれるな?」

「確実なことを知ってたら、ぜったい言うさ。自分の兄貴なんだから、だろ?」マーキスは言った。

タイタスは格子から手を離した。「ピップが一時間以内に釈放してくれる。おれは家に帰る。それと……今週末、家に寄ることを考えとけ」

「寄るかも。またな、タイ」

「ああまた、キー」タイタスは言って、廊下を引き返した。

ドアに着いたところで、マーキスが大声で言うのが聞こえた。「あのベルトやるよ。おれより兄貴のほうが必要だろ!」

タイタスは交換台に立ち寄った。キャシーがいると思っていたが、いたのはカーラだった。カーラは制服を脱いで髪をおろし、ダートマス大学のフードつきパーカーを着ていた。

「キャシーじゃないし、カーラのようにも見えない」タイタスは言った。

「わかってます、でもキャシーに夜勤の残りを替わってと言われたんです。どうやらブレントとつき合ってるらしくて、病院に彼を迎えに行かなきゃいけないので」カーラは言った。「ついでに、交換台にはぜったい三人以上必要です」

「田舎は狭いな。おれはここの出身だが、いまだに誰が誰の裸を見たかって話にショックを受ける」タイタスは言った。

カーラはくすくす笑った。「FFDね」

タイタスは片方の眉を上げた。

「兄のルイスが昔言ってました、〝田舎町では喧嘩(ファイティング)、交尾(ファッキング)、飲酒(ドリンキング)のほかにやることがない〟って。今夜その三つすべての結果を目撃したわ」カーラは言った。

「きみの兄さんが言ったことは正しい。ピップがもうすぐオースティンを釈放する。その一時間後くらいにマーキスも。それであいつらが鉢合わせするのを防げればいいんだが。残業の申請を忘れるなよ。おれはこれから帰って、目を閉じて数時間眠れるかどうかやってみる」

「了解です、ボス。あ、そうだ、州警察から言われたんですが、おそらく明日には現場の捜索が終わるそうです。土壌サンプルを取ったり写真を撮ったり、そんなことをしてました。明日の予定は？」カーラは訊いた。

「それは明日話そう。ひどく疲れた」

「ですね。おやすみなさい、ボス」

「じゃあ、カーラ」タイタスは言った。

車まであと少しというところで、カーラに名前を呼ばれた。彼女は建物の入口に立ち、ヘッドセットのイヤフォンに指を当てていた。

「タイタス！　この電話の人が、事件について情報を持ってるそうです。保安官と話さなきゃいけないって」カーラは言った。タイタスは小走りで事務所に戻り、カーラからヘッドセットを受け取って装着した。

「クラウン保安官です。ご用件は？」タイタスはカーラに指を振り、メモしろと身ぶりで示して、交換台のスクリーンを指差した。カーラは封筒の端に電話番号を書きとめた。

「はあ……用件があるのはそっちじゃないのか？」という声がした。相手は受話器に布か紙を当てて話していた。ことばは不明瞭で、ヒョウに追われて一キロ走ったばかりのように息が荒かった。

「ええ、どんな情報でも感謝します。私に話したいことがあるそうですが？」

「くそ、まあ、なんでもないことかもしれないけど。どうかな。あの記者会見を聞いて考えたんだ。まったくなんてこった、気分が悪い。一日じゅう飲んでた」

「いいですか、あなたがなんでもないと思うことも、重要な手がかりになるかもしれません。ほんのわずかな情報でも助かります。思っていることを言ってください」タイタスは一オクターブ低い声で言った。

「どうかな。なんでもないんなら、あいつのしてることにあんたたちを巻きこみたくない」声が言った。

「なんでもないのなら、その人は何も心配する必要がない。でも、もし何かあるなら、あの野原にいた子供たちの無念を晴らすことができる」タイタスは言った。

電話の主は深く息を吸った。「あのさ、ある友だちのために仕事をしたことがあるんだよ。あの家の増築を手伝ってやった。そこに女の子を何人か連れていってね。愉しかった。あれは……」そこで話すのをやめた。

「その友だちとは？」タイタスはさりげなく訊いた。電話の主を怖がらせたくなかったが、この初期段階で名前がわかれば、とてつもなく大きな進歩だ。

「変なんだよ、わかる？　壁にたくさん天使がいて。変な顔の不気味な天使が」電話の主は言った。声はクレープ紙のように柔らかい。タイタスは受話器を握りしめた。動画にあった天使の絵のことは誰も知らないはずだ。

「誰です？　それは誰の仕事だったんですか？」タイタスは尋ねた。直感という昔なじみの信頼できる資質が、これはでかいと告げていた。重要な情報だ。ひょっとしたら事件解決も近いかもしれない。潜在意識の奥深くでそれを感じることができた。

「くそ、おれ……電話すべきじゃなかった。あいつはいいやつなんだ。すまん」

　電話が切れた。

「その番号にかけ直せ！」タイタスは言った。カーラがかけ直したが、応答はなかった。

「たぶんプリペイド式ですよ、ボス。名前が登録されてません。なんと言ってました？」

カーラは訊いて、タイタスからヘッドセットを受け取った。

「ある男のために仕事をしたことがあると。離れ家を建てたような口ぶりだった。壁に天使の絵がある家だ」タイタスは言った。

「名前は言いました？」

「いや。だが、動画のあの地下牢の壁には天使の絵があった。そしていま電話がかかってきて、宗教的な図像だらけの建物にいる誰かを知っていると言う。このふたつに関連性がないとは思えない」

「偶然かも」とカーラ。

　タイタスは解剖の写真のことを考えた。ねじれた遺体と、彼らを襲った旧約聖書の劫罰さながらの腐った暴力のことを。

「かもな。ケツから猿が飛び出すくらいの確率だ。だからといって、おれはトイレットペーパー代わりにバナナを買ったりしないぞ」タイタスは言って、左手の人差し指を唇に当てた。

「どうかしました?」カーラが訊いた。

「あの声を知ってるんだ。ごまかそうとしてたが、まえに聞いたことがある。だが、くそ、ここはチャロンだ、みんなの声を聞いたことがあるからな」タイタスは目をこすって言った。

「そこが怖いところじゃありません?　誰が……こんなことをやってるにしろ、それはあなたが知ってる誰か、わたしが知ってる誰か、みんなが知ってる誰かだなんて」カーラは言った。

「いや」タイタスはきっぱりと言った。「おれたちが知ってるつ、い、い、もりでい、た、い、誰かだ」

12

タイタスが保安官事務所の玄関からなかに入ると、カムが特製コーヒーを淹れているところだった。なかに何を入れたのか知らないが、たった一杯でも強すぎて、ひとりで家一軒のペンキ塗りができそうだった。

「全員いるか？」タイタスは訊いた。

「はい。あ、トムとロジャー以外は」カムは言った。

タイタスはうなずいた。昨夜、浅い眠りにつくまえにグループメッセージを送っておいたのだ。夢は取り憑こうとする悪霊のように頭のなかにあふれた。母親の夢、デクレイン一家の夢、誰かわかりそうな電話の声の夢、自分とマーキスの子供のころの夢。一度も起きなかった出来事や、交わしたこともないことばの数々が、いま足元にある床と同じくらいリアルに感じられた。夢は次第に悪夢に変わり、そこで目が覚めて、全所員とのミーティングの支度を始めたのだった。

オフィスに入ったとたん、低いざわめきが消えた。みな無言で机までの通り道を空けた。

タイタスは腰をおろし、帽子を脱いで机に置いた。

「単刀直入に言う。われわれの最優先事項はスピアマン／マクドナルド事件だが、だからといってチャロンの治安が急に悪化するのを許すわけにはいかない。そのため、今回の殺人事件に専念する小人数の特別捜査班を作ることにした。もちろん、ほかのみんなも重要な証拠を見つけたら共有してほしいが、この班が州警察や彼らのチームと合同捜査をしているあいだは、郡の治安を守ってほしい。さて、捜査班のメンバーはカーラ、スティーヴ、おれの三人だ。トレイも発砲の調査を終えたら加わってくれ。残りのみんなはいつもどおりの仕事をする。ここまでで何か質問は？」タイタスは訊いた。

デイヴィの手が上がった。

「デイヴィ？」

「あー……その、聞いた、というかフェイスブックで見たんですが、第三の男をすでに〝シダレヤナギ男〟と呼びはじめてる人たちがいます。おれたちもそう呼びますか？　つまり、悪い名前じゃないので」デイヴィは言った。

父親の家と自分の預金を全額賭けてもいいが、デイヴィ自身が思いついた名前だろう。

タイタスは立ち上がり、机の正面にまわって端に腰かけた。

「いや、われわれはそう呼ばない。〝容疑者〟以外の名前は与えてやらない。メディアが人々の関心をかき立てる名前で呼びたいなら勝手にすればいい。おれの経験では、殺人犯に名前をつけると神話になってしまう。それこそ犯人の思う壺だ。犯人たちは神話になることを強く望み、愉しむが、やつらは神話なんかじゃない。ハンニバル・レクターでもレッド・ジョンでもマスターマインドでもない。ただの殺人者だ。それ以上でも以下でもない」タイタスは言った。

デイヴィはうつむいたが、その首筋から頬にかけて赤みが差した。

「昨夜、この殺人事件について情報を持っているという人物から電話があった。残念ながら、名前を聞き出したり逆探知したりするまえに電話は切られた」

「どこのまぬけが切らせたんです?」ダグラスが言うと、数人がくすくす笑った。

「おれがそのまぬけだ」タイタスは言った。たちまち笑い声は消えた。

「だが、声に聞き憶えがあった気がするし、番号は控えてある。これから電話会社に連絡して、その番号のログを調べてもらう。プリペイド式携帯でないかぎり、今日の終わりまでには何か情報が得られるはずだ。オーケイ、特別捜査班のメンバーはここに残れ。残りのみんなは仕事を始めろ。非番なのに来てくれたみんな、ありがとう。出勤時間の記録を忘れないように」タイタスは言った。

ほかの部下たちがぞろぞろと出ていくと、タイタスは身ぶりでスティーヴにオフィスのドアを閉めさせた。机に置いたフォルダーから解剖の写真と報告書のコピーを取り出すと、二人にまわした。メールを開けてコピーを取るようにカムに電話で指示しておいたのだ。

「いま見てもらっているのは、監察医が解剖を終わらせた最初のふたりの写真だ。そこにある暴行の跡は動画で見たものと一致してる。何か目についたことはあるか？」タイタスは言った。

「めちゃくちゃ病んでるってこと以外に？」スティーヴが訊いた。

「よく見てくれ。殺人事件の被害者の体はいちばん有力な証拠だ」タイタスは言った。

「この〝われらの救済は彼の苦難〟ということば、見たことがあります」カーラが言った。

「郡内の六つの教会の看板に書いてあった文句だ。これから手分けして、そのすべての教会の人たちと話す」

「何を捜せばいいんですか？」スティーヴが訊いた。

「信徒のなかにどこか妙だったり、常識はずれだったりする人がいないかどうか訊くんだ。内向的なのに過剰なくらい親切な者、気分屋だがきわめて信仰熱心な者、一見物静かなところが嘘っぽい者。彼らは精神のバランスを保つために極端な感情を示すことが多い。本物の共感や感情というものがよくわからず、オウムみたいにまねをするが、たまにやりすぎてしまう」タイタスは言い、少し間を置いた。

「人はみな仮面をつけている。公的な顔、私的な顔、そして本物の顔がある。こういう人間は――その写真のようなことをほかの人間にできるやつは――仮面をはがせば空っぽだ。ただの殻。だから正常な人間が吐きそうになるような欲望を持ち、殻の中身を幻想で満たそうとする。だが、そこに逮捕の手がかりがある。彼らは誰かのまえで仮面をはずす。まちがいも犯す。われわれはそれを追えばいい」

「もしまちがいを犯してなかったら？」カーラが訊いた。

「すでにひとつまちがえた。ラトレルを暴走させる何かをしでかしたんだ。ラトレルがスピアマンを殺すことになったきっかけの出来事があるはずだ。われわれが駆けつけなければ、ラトレルはこの殺人トリオの三人目のメンバーも殺していただろう。これがまちがいその一だ。賭けてもいいが、もっとまちがいを犯している。いくつやってるか、捜しに行こう」タイタスは顎でドアのほうを示した。


タイタスは、第二コリント教会と、救い主の聖なる岩教会の捜査を引き受けた。あの煽情的な文句を看板に掲げた最後のふたつの教会だ。第二コリント教会を率いるのはカルフーン・ウィルクス牧師で、教会のそばにある煉瓦造りの質素な平屋の牧師館に住んでいた。家を取り巻くピンク色のサルスベリの古い林のなかに、曲がりながら続く煉瓦の歩道があり、その先に開けた車寄せには木々と同じくらい古いボルボのセダンが駐まっていた。

タイタスはボルボの隣に駐車し、牧師館のドアを叩いた。灰色の長い顎ひげを生やした男性が、白いボタンダウンシャツの上に茶色いカーディガンをはおった恰好で出てきた。

「クラウン保安官、お入りください、どうぞ」ウィルクス牧師は言った。タイタスは身を屈めて戸口から入った。ウィルクス牧師は、古いがよく手入れされたクイーン・アン様式の椅子にタイタスを案内すると、みずからはリクライニングチェアに腰かけた。ふたりのあいだのコーヒーテーブルには、ティーカップ、砂糖のボウル、銀のティーポットがのった小さな銀の盆が置いてあった。

「紅茶はいかがですか、保安官？」ウィルクス牧師は訊いた。

「いや、けっこうです。少々うかがいたいのですが――」

「調子はどうです、保安官？　スピアマン先生とあの若者がとんでもないことを起こして、対応はさぞたいへんでしょう」ウィルクス牧師は言った。

「ええ、でもそれが仕事なので。気は進みませんが」タイタスは言った。

「ふだん私は人生で悲劇が起きると、神の御言葉に慰めを見いだします。この状況も主イエス・キリストの計画の一部なのだと区切りをつけられる。主の叡智(えいち)は私の理解を超えていますから。しかし今回のジェフ・スピアマンをめぐる状況は、私の従順と決意を問う試練となりました。どうしてジェフはここまで悪魔に心を売ってしまったのかと考えずにはいられない」

タイタスは咳払いした。「堕天使がジェフ・スピアマンの体を乗っ取って、あの子たちを殺させたと本気で思うのですか？」

ウィルクス牧師はティーポットから自分のカップに熱い紅茶を注ぎ、ティースプーン一杯の砂糖を入れてかき混ぜた。ひと口飲んで目を閉じ、また飲んだ。そしてカップをコースターに置くと、体をまえに出してタイタスの顔を見つめた。

「この郡が三十年以上も子供を託してきた男が殺人犯で、本来守るべき者たちに異常な欲望をぶつけたペテン師だったと考えるほうが楽ですか？　悪魔はさまざまなかたちでやってくる。ヘビ、翼を燃え上がらせた天使、狂気。あなたは悪魔を信じないのですね、保安官？」牧師は尋ねた。

　タイタスは帽子を片膝にのせ、首を右にかしげた。

「牧師、私が見てしまったものを見れば、悪魔とは人間が互いにおこなうひどい行為につけた名前にすぎないことに気づくでしょう」

「ずいぶん暗い人間観ですな、保安官」

「私の考えでは、理に適(かな)っているのはその人間観だけです、牧師」タイタスは言った。

　ウィルクス牧師はゆっくりとうなずいた。「あなたが見たものは察するに余りあります、保安官。ですがあなたのために祈らせてください」

　タイタスは聖職者の申し出を無視して、ここに来る目的だった質問をした。

「牧師、今日うかがったのは、去年こちらの教会の看板にあった文言について訊きたかったからです。〝われらの救済は彼の苦難〟ということばを誰が思いつき、誰が看板に出そうと言いだしたのか知りたいのです」タイタスは牧師の顔を凝視した。彼の動き、姿勢、顎ひげをなでる仕種を食い入るように見つめ、無意識の所作から心の内を読み取ろうとした。

「あー、たしか、看板にあの文句を使おうと提案したのはミス・マギー・スコットでした」

「彼女の電話番号はわかりますか?」

「いや、じつはミス・マギーは今年の初めに亡くなったんです」ウィルクスは言った。タイタスは椅子の背にもたれた。「保安官、もしよろしければ、なぜ教会の看板を調べているのかお聞かせ願えますか?」

タイタスは立ち上がった。「幻影を追っている、のだと思います、牧師。お時間をありがとうございました」

「どういたしまして。ほかに何かお手伝いできることは?」ウィルクスは言った。

「もうひとつだけ。信徒のなかに少し……おかしな感じがする人はいませんか? 学校で銃撃事件が起きてから挙動が不審な人とか?」

「誰も思いつきませんね、保安官。ほかには?」

「いいえ。これで失礼します」タイタスは言い、帽子をかぶってドアに向かった。

「保安官、さっき答えてもらえなかった質問ですが、今夜あなたのために祈ってもかまいませんか?」ウィルクス牧師は訊いた。

タイタスは立ち止まった。「かまいませんが、祈りを信じている人のために祈るべきかと」

「信じる人も信じない人も神は平等に愛してくださいます」

だとしても、おれは神に愛を返さない、とタイタスは思った。そんな迷惑な関係はとうの昔に捨てた。「ではまた、牧師」彼は言った。


郡の端へと車を飛ばし、広場を抜けてパイニー島に向かった。松の木々が次第になくなり、シロガネヨシとアイリスと蒲が生い茂った土手が、棘だらけのヤマアラシの背のように湿地帯から現れはじめた。車の窓をわずかに開けると、潮の香りのする風が入ってきてタイタスの唇にキスをした。喉のかすかな違和感に咳払いをしながらパイニー島の橋を渡った。古い橋の鉄板は錆に覆われ、黄土を塗りたくられたような色だった。SUVの重さに耐えかねた鉄橋は、床の上から立ち上がろうとする老人のように軋んで不満をもらした。

タイタスは、最近おこなわれた郡監理委員会の会合で、パイニー島の橋を架け替えてほしいと懇願する少人数の住民団体に同席したことがあった。その要求は四対二で否決された。郡の大半の人はパイニー島をチャロン郡だとは思っていないし、思っている人たちもこの橋の深刻な状況がわかっていないようだ。みなが理解するただひとつの方法は、実現してては困るが、全長十二メートルの構造物がチェサピーク湾に崩落したときではないかとタイタスは思いはじめていた。

救い主の聖なる岩教会は、長く延びた疑問符形のパイニー島の西端にある。パンをスライスできそうなほど鋭い砂利道のカーブを曲がり、伸び放題の野生のユッカに縁取られた長い道を走ると、木造の教会の幅いっぱいの狭い駐車場があった。教会の向こうにはチェサピーク湾が広がり、湾にはもう使われていないオールド・パイニー岬灯台が立っていた。タイタスは子供のころに友だちと、幽霊が憑いたオールド・パイニー岬灯台や、一九二〇年代に気がふれたふたりの灯台守の話をして、互いに怖がらせようとしたものだった。

教会の入口のそばに車を駐めた。隣にはベージュのシボレー・セレブリティがあった。もう十五年以上前に生産中止になった車種だ。使いこまれた木製の階段をのぼり、ドアをノックした。郡内のほとんどの教会は日曜か特別な日にしか開いていないが、タイタスの記憶にあるかぎり、ずっとここで牧師を務めているイライアス・ヒリントンは、妻と八人の子供（そのほとんどは成人後に郡から出ていった）と、収集したヘビとともに教会に住んでいる。信徒はほぼ、イライアス側の家系のヒリントン家とクレンショウ家、そして妻のメアリ＝ベス側のロリンズ家とデバッツ家の人間だけだった。

タイタスが知るかぎり、パイニー島の人口の大半と同じように、信徒は全員白人だった。漁民の彼らは湾で苦労して働き、波に抗い、叫び、引き上げた海の幸を〈カニンガム水産工場〉に売っていた。朝五時に吹きつける冷たい潮風に長年さらされて、顔の皮膚が固くなった痩せぎすの男女だ。タイタスの父親は何十年も彼らと働いたが、仲間には入れてもらえなかった。父親の家族はチャロン本土に百年以上前から住んでいるのに、この島ではよそ者だった。

　牡蠣が一面についたパイニー島の海岸線を生まれてすぐに歩かなかった者、聖なる岩教会で初めて聖餐の葡萄酒を飲まなかった者は、ここではつねによそ者なのだ。

　タイタスは両手を組み合わせた形の巨大な真鍮のノッカーでドアを叩いた。その音が教会じゅうにこだまし、聖域に広がるのが聞こえた。数分後、玄関のドアに近づいてくる足音がした。

「なんですか?」イライアス・ヒリントン牧師が言いながらドアを開けた。無理に想像力を働かさなくても、この牧師が保安官選挙でタイタスに投票しなかったことは推測できた。イライアス・ヒリントンと信徒たちは己の政治的傾向を隠そうともしていない。牧師は地獄の責め苦について説教する合間に、同性婚、リベラルな政策、〝みなの命が大切〟という主張を、重々しい口調で激烈に批判していた。聖なる岩教会の信徒は白い頭巾をかぶらないし、誰かの庭で十字架を燃やしたこともないが、タイタスは自分のような人間が彼らにどんな目で見られているのか、言われなくてもわかった。それは信徒たちから波のように押し寄せてきた。壊死した傷から腐敗が広がるように――魂の腐敗だ。

「イライアス牧師、よろしければいくつか質問したいことがあるのですが」タイタスは感じのいい声で言った。相手が必要以上に無礼な態度をとるようなら、保安官の声に変える。それでもひどい扱いを受けたら、まあ、そのときにはチャロン全開にして様子を見よう。

「ヘビに餌をやってるところだ。質問があるなら、裏にまわってそこでしてくれるかな」

イライアスは踵を返し、あとは無言で中央の通路を引き返していった。タイタスは長身瘦軀の案山子(かかし)のような男のあとについて教会内を抜け、説教壇、二階へと続く階段の脇を通って、奥の部屋に入った。薄暗い藍(あい)色のグローライトが小さな稲妻のように頭上でまたたいていた。その奥の壁沿いに置かれた金属製の棚四つに水槽が十二個収まっていた。棚ひとつにつきガラスケースが三つ。右手には大きな多機能シンクと、細かい波型模様のフォーマイカ製の短いカウンターがあった。着色コンクリートブロックの台座とベニヤ板の上に設置されたカウンターには、キーキー騒がしいプラスチック容器がたくさん置いてある。イライアス牧師はそのひとつに素手を突っこみ、白いネズミたちのなかから一匹をつまみ上げると、水槽に近づき、蓋を開けて放りこんだ。

タイタスは、斑点のついた茶色いヘビが模造の木の枝をするすると這(は)い、驚くべき速さでネズミを襲うのを見た。水槽の床でもだえるネズミを、ヘビはまるごと吞(の)みはじめた。

「質問したまえ、保安官」イライアスは言って、水槽のひとつからヘビを一匹取り出し、蓋に小さな穴がたくさんあいた別の容器に入れて、水槽をシンクで洗いはじめた。背中はタイタスに向けたままだった。

「おまえの目を見て話さない人間は、おまえに敬意を払わない人間だ」タイタスはヴァージニア大学に出発するまえの週に、父親からそう言われた。アルバート・クラウンは説教好きだが、このひと言は何度も真実であることが確かめられた。

「イライアス牧師、頭のうしろで私と話すつもりですか（馬鹿げた話をするという意味の慣用句）？」タイタスは尋ねた。

　イライアスの肩が強張った。牧師は肩の力を抜き、水を止めてタイタスと向き合った。きれいにひげを当たった顔には、アコーディオンの蛇腹のようなしわが刻まれている。タイタスと目を合わせようとしたが、彼の目に宿る何かを見て喧嘩腰の態度を引っこめた。

「質問はなんだね、保安官？　あの木の根元で見つかった子供たちのことで手一杯じゃないのか？　なぜはるばるこの島までやってきて、われわれに嫌がらせをする？」イライアスは訊いた。

「嫌がらせに来たんじゃありません、牧師。こちらの駐車場にある教会の看板に〝われらの救済は彼の苦難〟という文句を掲げたのは誰なのか知りたいんです。それに答えてもらえれば、ヘビの世話に戻っていただいてけっこうです」タイタスは言った。イライアスは眉をひそめた。冗談を理解してそんな表情になったのか、まったく思いがけない質問でそんな顔しかできなかったのか、判断がつかなかった。

「私がやった。私の最初期の説教から取った一節だ。年に一度、ここに教会を建てたことを記念して看板にそれを掲げる。はるか昔に着工したことの記念、神の義人が本当の御言葉を広めていることの記念だ。自分の罪などたいしたことはないと信徒に思わせるような、水で薄めた文句ではない。ちがうのだ。われわれはここ聖なる岩教会で神の聖なる御言葉を説いている。主の苦しみはたしかにわれらの救済なのだ。イエス・キリストは人々のために十字架にかけられて亡くなった。主の義人たちは父なる神の大天使に守られた。ミカエル、ウリエル、ガブリエル、そしてラファエル。主はあの十字架の犠牲でわれらを守ってくださった。主の苦難がわれらを救った。いつかわれわれが神の御前に行くときには、死の天使アザレルが不滅の魂を回収しに来る」

タイタスは、皮膚のたるんだ牧師の顔が汗にまみれ、生き生きとしてくるのを見ていた。まるでクリスタルのように純粋なクランクを吸ったかのようだった。

「その〝人々〟というのは誰です？」タイタスは訊いた。ほかにも尋ねたいことはあったが、神に選ばれた者は誰かという定義について、牧師がどこまで踏みこむか知りたかった。

「義人。高潔な者。心の美しい者。聖水で清められた者だ」

白人のことか？　とタイタスは思った。

「こんな質問をするのは、牧師、その文句が、さっきおっしゃった子供たちの殺害事件の捜査線上に浮かび上がったからです。殺人の情報が流れてから、信徒のなかにどこか……おかしな行動をとる人はいませんか？　教会に来なくなった人や、宿命論的なことを言う人は?」

　イライアスのしかめ面が憤怒の形相に変わった。プラスチックの容器を開けてヘビをつかみだし、左腕に巻きつかせた。

「保安官、うちの信徒は聖水で清められた者ばかりだと言ったろう。われわれは神の恩寵と、人智を超えた敬愛に満たされた神の子だ。この教会の入口を通り、父と子と精霊の力にみずからをゆだねる人々のなかに、きみが言ったようなことができる者はいない。彼らはみな〝蛇を握るとも咬まれず、毒を飲むとも害を受けず〟だ」イライアスは言い、左腕を上げてまえに差し出した。

「牧師、あなたの信徒を批判するためにここに来たんじゃありません。殺人犯を捜しているんです。少年少女の命を奪った殺人犯を。念のため言っておくと、マルコ傳福音書第十六章第十八節は〝蛇を握るとも、毒を飲むとも、害を受けず〟です。勝手に言い換えましたね。それと、あなたが持っているのはキングヘビで、サンゴヘビじゃないから、咬まれたとしてもたいしたことはありません」タイタスは言った。

　イライアスの顔が真っ赤になった。異教徒だと思っていた相手が自分より正確に聖書を引用できたときに、独善的な人間の多くが浮かべるあの当惑の表情をしていた。

　牧師はタイタスに一歩近づいた。

「だが、罪人だけが血を流すのだ、保安官」

「さっきも言ったように、あなたがたを批判するつもりはありませんが、そのヘビを持ってこれ以上近づいたら、そいつに銃弾を打ちこんで地獄に送りますよ」タイタスは言った。

イライアスは立ち止まり、うしろを向いてヘビをプラスチック容器に戻すと、また水槽を洗いはじめた。

「さっきも言った。この教会に来る人々のなかに、きみが言ったことができる者はいない。これで質問が終わりなら、作業に専念させてもらえるとありがたいんだが」

タイタスはため息をついた。昔観た映画の登場人物が〝敬意を払われないなら、怖れさせろ〟と言っていたのを思い出した。イライアスは敬意を払わなかったかもしれないが、タイタスを怖がっていることは見て取れた。勝ちではないが、かならずしも負けではない。

「何か思い出したら保安官事務所に電話をください。どんなことでもかまいません。あの子たちには正義がなされるべきだし、そのために私は最善を尽くします」タイタスは言った。

イライアスは答えなかった。

タイタスは牧師をヘビたちのなかに残して立ち去った。

13

ポール・ガーネットには秘密があった。

彼はハスキー犬の散歩について、よくぶつぶつ不平を言った。欲しいかどうか彼に訊きもせず、一年前に妻が家に連れ帰った犬だ。子供たちはその忌々しい犬が大好きで、妻は夫よりいい食事を犬に与えていた。そしてこの道沿いに住む人はみな、ポールより犬のほうが親しみやすいと思っている。

彼らは正しい。

けれども、ポールの心にしまってある秘密、自分につきつづけている嘘は、抗議とは裏腹に、このまぬけな毛の塊を愛しているということだった。子供たち——息子ふたりと娘ひとり——は犬をライダーと名づけた。悪くない名前だ。ポールは旗工場で夜勤をしているので、病院の救急診察部で働く看護師の妻が出勤し、子供たちがスクールバスに乗りこんだあと、朝いちばんで犬を散歩に連れていくのは自然と彼の役目になった。まわりに誰もいないのを確認すると、ひと握りのおやつを用意し、ライダーにひととおりの簡単な芸をさせたあと、通りに出て日課の散歩に連れていくのだ。

もしポールがライダーにべた惚(ぼ)れしていることを認めたとしても、妻のホリー、子供のケント、チャド、ニッキからそれまでとちがう目で見られることはないだろう。夫婦のベッドの足元で眠るのが好きな、体重三十キロのよだれと鳴き声を出す毛玉を愛しているからといって、男らしくないと思われることはないはずだ。それはわかっているが、ポールは愛していないふりを続けた。いまやこれも生活の一部になっている。じつのところ、長男のケントは何もかも演技だと勘づいているにちがいない。ある土曜の朝、前夜のバーベキューの疲れでまだみんなぐっすり眠っているだろうと思って、ライダーをなでているところをうっかり見られたのだ。しかしケントは何も言わなかった。父親がライダーを三男だと思っていることに気づかないふりをするのは、彼の習慣の一部になった。ペテンの共犯者になったのだ。奇妙なことに、それでポールは長男を身近に感じるようになった。ほかに共通の関心があまりないことは知られていない。

ポールはライダーをリードにつながずに散歩した。この駄犬はテン・デヴィルズ・ホップ・ロードの狭いアスファルトの歩道でも、飼い主の横から離れすぎることはなかった。ポールは生まれてこのかたチャロンに住んでいるが、どうしてそんな名前がついたのか見当もつかない道路がいくつかあった。郡の創設者のひとりが蜂蜜酒か密造酒か、その両方で酔っ払い、何も考えずに名前を選んだかのようだった。

ポールはライダーをしたがえてポーチの階段をおりた。東の空にはどんよりした灰色――ほとんど青――の雲が垂れこめ、太陽の気配はほとんどなかった。道を歩きはじめると、風穴をあけようとでもするかのように、風がパーカーのフードにまとわりついた。遠くで何羽か鳥が鳴き、ほかの犬が吠えているのも聞こえたが、あとは何もなかった。朝のこの時間には車も道路を走らず、近所の人も庭に出ていない。テン・デヴィルズ・ホップは彼とライダーだけのものだった。

ひとりと一匹は、砂利の路肩と土手の斜面のあいだにある広い路肩を進んだ。たいていライダーはポールの右側を歩くが、たまに道路に入ることもある。テン・デヴィルズ・ホップはルート143からチャペル・ネック・ロードにぶつかるまでほとんど一直線の道だ。秋になると、トラクターや、干し草を山と積んだトラックを避けるための抜け道として使う地元民もいなくはないが、この時間帯に見かけることはほとんどない。

郡内に四つある携帯電話の中継塔のひとつにつながる側道まで来たとき、ライダーが急に走りだした。一目散に逃げる太った灰色のリスを捕らえようとしているのが見えた。ライダーが逃げてしまう心配はない。あの馬鹿犬は本気で捕まえる気などないのにリスやウサギを追いかけることがある。ポールはその場に立ち止まって、ライダーが戻ってくるのを待っていればよかった。

ライダーがあのリス（おそらく逃げ道を五つ知っている）に飽きるのを待ちながら、ポールは携帯電話を確認した。ソーシャルメディアのアプリをいくつかスクロールし、前夜のウィザーズの試合成績を見て、勝っていたことに大喜びした。これでトッド・ロビンズに五十ドルの貸しだ。数分後、ライダーが跳ねながら戻ってくるのが見えた。

「ライダー、おい、何があった？　なんてこった、それは血か？」ポールは言った。自分が叫んでいることにショックを受けた。ライダーに駆け寄り、膝をついた。鼻のまわりと顔の毛に血がついている。偽物かと思うほどあざやかな赤だった。納屋を塗るペンキの缶に鼻先を突っこんだかのようだ。ポールはライダーの毛に指を通し、必死で傷を探した。

「おい、いったいどこに突っこんだ？　よかった、切り傷はない。死んだ鹿か何か見つけたのか？」ポールは立ち上がって土手の斜面に近づいた。両手を草でぬぐい、家に戻ったら漂白剤の濃い溶液に手を浸そうと心に誓った。

ライダーはまた木立のなかに飛びこんだ。一度止まってポールに吠えてから、藪と下草をかき分けていった。

のちにポールは〈ウォータリング・ホール〉で友人たちに、あとを追ったのは、あのくそ犬が迷子になったらホリーに文句を言われるからだと話す。だが、それは嘘だった。ライダーを追ったのは、鹿の腐った死骸か何かを掘り出して感染症にかかってほしくなかったからだ。死骸には寄生虫がいるかもしれないし、どんな細菌がついているかもわからない。そこで小さく悪態をつきながら、下草と藪と野生のブラックベリーの茨をかき分けていった。ライダーの吠える声についていくと、狭い排水溝があった。それを飛び越え、ウルシではありませんようにと祈りながら何かの蔓を押しのけて進むと、松の林に出た。

そこでライダーが吠えていた。耳をうしろにぴたりとつけ、尻尾を激しく振っていた。

オスカー・ティルマンが縫製機に捕まった日、ポールは同じ職場にいた。それは全長一メートル二十センチで、アメリカ国旗の縁をレーザー光線なみの正確さで縫い上げる、怪奇小説家ラヴクラフトの作品に出てくるような悪夢の機械だった。不運なことに、オスカーは機械をきちんとロックしないまま動かそうとして、その正確さをごく身近に感じることになった。気づいた人たちが縫製機の電源を切るころには、オスカーの体は何片にも切り分けられ、デリで蠟引き布に包まれた加工肉のようになっていた。

オスカー・ティルマンが加工処理されたのを見てから数カ月間、ポールは悪夢にうなされた。

しかしライダーが松林で見つけたものは、残る人生でずっと悪夢をもたらすだろうと彼は思った。

タイタスは死んだ男を観察した。互いに一メートルと離れていない二本の松の木に、左右の手首を固定されて吊るされている。〈サドラーズ・ハードウェア〉や、アメリカのどこにでもある大型小売店で売っている黄色いナイロンのロープで、両手首と前腕をそれぞれの木の下枝にぐるぐる巻きにされていた。

死体には顔がなかった。

皮膚がトロピカルフルーツの皮のようにむかれ、あとに残されているのは、叫びとも笑いともつかないひどく引きつった表情だった。目の見えない男が太陽を見つめるように、まぶたのない目が虚空を凝視していた。十月なかばの涼しい日だったので、まわりを飛ぶうるさいハエはいなかったが、死体はすでにほかの昆虫の餌食になっていた。数匹のアリが口から舌へと進み、太った黒い甲虫(かぶとむし)が裸の胸の上を這っている。喉元がすっぱりと切られ、第二の口のように開いていた。

ブラックベリーの茨が花冠のように頭に巻きついていた。最初タイタスは、何か大きな動物——たぶん鹿——のきれいに洗った皮が被害者の両腕に付着していると思ったが、それは本人の肺だった。殺人犯はこの男の背中を切り開き、開口部から肺を引きずり出したのだ。

これはスカンジナビア半島のヴァイキングやほかの部族がおこなったとされる拷問の一種だが、両腕の位置や茨の冠から判断して、血の鷲(わし)（背中を裂いて肺を取り出し、鷲の翼のように広げる中世の処刑法）というより血の天使だとタイタスは思った。象徴性はそれほど明らかではないものの、犠牲者の心臓の位置に彫られた南部諸州(ディクシー)の旗と骸骨のタトゥーの真上に、誰かがＵＲＩＥＬ(ウリエル)の文字を刻んでいた。動脈から体じゅうの血が噴き出したあと、残ったわずかな血が胸の傷とタトゥーの上に幾筋か垂れていた。

　被害者の足のまえには、糖蜜の池のような血だまりがあった。色は黒に近く、地面に落ちた松葉やほかの堆積物を覆っていた。

「まるで怪物に捕まったみたい」カーラが小声で言った。

「いや、犯人はただの人間だ。怪物はこんなに派手な演出はしない」タイタスは言った。犠牲者を木からおろすまえに、トレイが写真を撮っていた。発砲事件の調査から彼を一時的に呼び寄せたのだ。タイタスは、事務所でいちばん写真撮影がうまい彼にこの現場のすべてを余すところなく記録させたかった。

「コール・マーシャルだ」デイヴィが言った。

「なんでわかる？　顔も何もないのに？」スティーヴが訊いた。

「素人リーグのバスケチームでいっしょにプレーしてたんです。ときどきシャツと上半身裸のチームに分かれて試合をした。レイアップシュートを打つ彼のあのタトゥーを何度か見たことがあります」デイヴィは言った。口調にはほとんど抑揚がなかった。

「〝まったくなんてこった〟」タイタスは小さく言った。あの文句と声に聞き憶えがあったのだ。ラテックスの手袋をはめた。

　ただ気づくのが遅すぎた。あまりにも。

「写真は撮れたか、トレイ？」

「はい、だいじょうぶです」

「ドクター・レナード、いいですか?」タイタスは訊いた。

小柄な医師がポールモールの煙草に火をつけ、煙を深く吸いこんで吐いた。「ええ、彼は明らかに死んでいます」

「被害者を下におろすんだ」タイタスは言った。

スティーヴとダグラスがロープを切り、〈ブラックモン葬儀社〉から提供された黒く頑丈な遺体袋のなかに被害者を横たえた。大柄で肌の色の薄い黒人の男がそれを見てうなずいた。

「こりゃリッチモンドに送る必要がありますね。自然死には見えない」男は言った。

タイタスは彼をたっぷり十秒間見つめた。

「了解ってことですね」男は言い、遺体袋のファスナーを閉めた。ストレッチャーにのせるのをデイヴィとスティーヴが手伝った。名前はネイサンですがネイトと呼んでくださいと言っていた係の男は、下草をかき分け、ストレッチャーを葬儀社のバンに押していった。

「もしあれがコール・マーシャルなら、体重はおそらく百十から百十五キロだ。被害者の喉を裂き、背中を切り開いて、この二本の木のあいだに吊るすには、どれだけの腕力が必要だ?」タイタスはトレイに言った。

「一対一では戦いたくないくらい強いでしょうね」トレイは言った。

「ふたりでやったとか？　ひとりが被害者を押さえて、もうひとりが喉を切り裂いたとは考えられませんか？」カーラが言った。

　タイタスは地面を見おろした。大小の折れた枝と茶色い松葉が地面に散らばっている。

「いや、被害者と犯人はふたりきりだった。われわれがここに着いたとき、争った形跡はほとんどなかった。ひとりの犯行だ。被害者が信頼していた誰かの。建てるのを手伝った特別な場所について訊くくらい信頼していた相手。すぐそばに寄られて喉を左から右へかき切られるくらい信頼していた誰かだ」タイタスは右手で喉を左から右へ切る仕種をした。二本の木に近づき、ぶら下がっているロープをつかんだ。そのほつれた端を観察し、木から切り離すと、手を振って証拠袋を持ってこさせた。それから血だまりの周囲とそれぞれの木のまわりを慎重に歩き、地面を見つめた。

「犯人はまず被害者を縛った。彼の足が地面から浮いていたのに気づいたか？　被害者の動きを封じ、生きたまま吊し上げた。そして喉を切った。大量の血はそのときに出た。まず喉を切り、顔の皮をはぎ、血の鷲にした。コールはその間いっさい抵抗しなかった。二本の木にも土手にも血は飛び散っていない。ふたりはあの道で会ったんだな。殺人者はコールを殴り倒し、体重百十キロの大男をこの森に運びこみ、解体した。肺を引きずり出して翼をかたどり、茨の冠を頭にのせた。ウリエル、知恵と知識の天使。つまり、コールが知りすぎていたからか？」タイタスは低くつぶやいた。

「あれはひとり言?」デイヴィがスティーヴにささやいた。

「だな」スティーヴは言った。

「なんだか気味が悪い」とデイヴィ。

「ああ」


タイタスが保安官事務所に戻るまでに、コール・マーシャルのガールフレンドのジェシカ・トイッチェルが三度も電話をかけてきて、あとになるほど取り乱していた。昨晩八時半ごろに家を出て以来、彼から連絡がない。テン・デヴィルズ・ホップ・ロードで死体が見つかったと聞いた。コールは電話に出ない。死んだの? わたしの愛する人が死んだのなら、誰か教えてくれない? 彼女は電話をかけつづけるだろうとタイタスは思った。最終的にバッジをつけた誰かが彼女の心を打ち砕くまで。

「またかかってきたらなんと言えばいいですか?」カムが訊いた。

「真実を話せ。遺体の身元は確認されていない、それ以上はコメントできないと」

「でもコールなんでしょう?」

「いま言ったとおりに伝えるんだ、カム」タイタスは自室に入ってドアを閉めた。椅子に体を沈め、帽子を脱いでアビエーター・サングラスをはずし、椅子の背にもたれて天井を見つめた。防音タイルの不規則な配置がペルーのナスカの地上絵を思わせた。匿名の通報者はコール・マーシャルだったとタイタスは確信していた。そしてコール・マーシャルはマスのように切り身にされて死んだ。

切り身。

水産工場では魚をおろす包丁を使う。コール・マーシャル殺しに使われたのは具体的にどんなナイフだったのか、監察医に訊いてみようと心にとどめた。

タイタスは背筋を伸ばした。

カーラの携帯にかけた。

「はい？」

「カーラ、頼みがある。スティーヴを捕まえて、いっしょに水産工場へ行ってくれ。ラトレルとコールについて尋ねるんだ。仲はよかったのか、共通の友人はいたのか」

「彼らの接点が水産工場にあるんですか？」

「ラトレルはあそこで働き、殺人者ふたりとかかわってた。コール・マーシャルもあそこで働き、殺された。むしろ接点がなければ驚きだ」タイタスは言った。

「わかりました、ボス」

「監察医務局から外線一番に電話です」カムが言った。

タイタスは切り替えボタンを押した。「クラウン保安官です」

「保安官、医師のキムです」

「ドクター、あなたには予知能力があるにちがいない。いまちょうど遺体をそっちに移送しているところです」

「スピアマン事件でまた被害者が？」キム医師は言った。

「ある意味ではそうです」

「じつはその件で電話したんじゃないんです。メールしてもよかったけれど、直接知らせるほうがいいかと思ったもので。被害者のひとりの身元が判明しました」

タイタスがあまりにも受話器を強く握ったので、プラスチックが軋んだ。「データベースにあったんですか？」

「ええ。彼と母親は二〇一五年に万引きで有罪判決を受けています。名前はタヴァリス・マイケルズ。去年、失踪届が出されていて、十七歳でした」キム医師は一語一語をゆっくりと明確に発音した。ふつうに声に出したのでは、わが子たちが同じような呪わしい運命に陥ると怖れているかのように。

「母親か父親の連絡先はわかりますか？」

「母親はヤズミン・マイケルズ。わかっている最後の住所はメリーランド州ボルティモア。電話番号もあるけれど、まだ使われてるかどうかはわかりません」キム医師は言った。

「教えてください」

「母親に電話して亡くなったことを知らせるの？」キム医師は聞いた。

「ルート301に乗れば一時間半でボルティモアだ」タイタスは言った。

「まさか……直接会うつもり？」

「そうしてあげるべきだと思いませんか？」

キム医師は一瞬黙った。「ええ、そうね」とようやく言った。

タイタスは電話を切ると、机から立ち上がった。帽子をまたかぶってサングラスを取った。別の煉瓦が落ちてくるのを待つ代わりに、みずから動きだし、何かの行動をとるのは気分がよかった。どんな捜査にも、混乱が増してコントロールできなくなる瞬間がある。ひとひらの雪が雪崩になり、ほんの短いあいだであれ事件解決に人生をかけている者たちを、ダンテの『神曲』に書かれた氷地獄と同じくらい冷たく孤独な裂け目に引きずりこむのだ。しかし運がよければ、その瞬間はすぎ去り、気づくと裂け目の対岸で容疑者を拘束している。

コール・マーシャル殺害が本件の雪崩の瞬間にならないことをタイタスは願った。地元の小さな捜査班が、追っている影を捕まえ、泣いて苦しむ子供と大人を殺した犯人を光のもとに引きずり出すことができるようにと。

玄関ロビーに近づくと、通信指令台の横にスコット・カニンガムが立ち、カムに話しかけていた。

「タイタス、ちょっといいか？」スコットは言い、チンパンジーのように多すぎる歯を見せて笑った。タイタスは丁寧なことばで〝失せやがれ〟と言おうかと思ったが、ここで追い返してもまたあとで戻ってくるだけだし、次の監理委員会で議題に上げられるかもしれない。

「どういうわけか、クラウン保安官は私を避けつづけているのです」

顔じゅうに貧相な娼婦めいた偽の誠意と懸念を塗りたくって、会合でそう訴えるスコットが想像できた。そのまわりで監理委員会の取り巻きどもがみな卑屈にうなずいている。

タイタスは帽子を脱いで、彼をオフィスに入れた。

スコットは腰をおろして足を組んだ。足を動かすとウィングチップの靴がかすかに揺れた。長く、強く息を吐いてから話しはじめた。これが彼流のたわ言の吐き方なのかもしれない。

「タイタス、タイタス、タイタス。聞いたところでは、コール・マーシャルが木に蝶みたいに磔になっているところを見つけたそうだな。何が起きているのか、ご教示いただけるかな？　最初はスピアマン先生が生徒たちの目のまえで殺され、次にタンクの野原で哀れな子供たちが発見され、今度はこれか？　この土地で何が起きてるんだ、タイタス？」

タイタスは指先で机をトントンと叩いた。

「おれがあなたのために働いているとでも？」タイタスは訊いた。

「私は郡の監理委員会の委員長として――」

「その考えは捨ててください、スコット。はっきり言わせてもらいますが、おれはチャロンの人たちのために働いている。わが故郷の住民一人ひとりのために。おれの仕事は彼らを守ることです。喉を切られたり子供たちを弔ったりせずに毎日すごせると思ってもらうこと。たしかにあなたもチャロンの住民だが、あなたのためだけに働いてるわけじゃない。あなたは共同体の一部だ。あなたがその集団から離れて、ここにずかずか乗りこんできて、うだうだ文句を垂れて、そのへんにマーキングして縄張りを主張するたびに、おれは選民のためにやるべき仕事ができなくなる。職務の妨げになるんです。わかりますか？　理解できます？」タイタスは訊いた。拳を作りたい衝動を全力で抑えた。

スコットはまた微笑んだ。

「タイタス、チャロン郡がゴーストタウンになるのを防ぐ方法を知ってるか？　ほら、若者はここから出たくてたまらないだろう。きみ自身の経験からもわかるな。彼らは私にとっても心から大事だが、ここにとどまるのは水産工場や旗工場があるからではない。いや、たしかにそこで働く人たちが出してくれる金はポケットにしまうが、チャロンが地図から消えるのを防いでいる理由はそこではない。ちがうのだ。チャロンがいまも続いているのは、太って幸せな北部諸州の人間がやってきてメイン・ストリートをうろつき、本来の価値の三倍の値段で土産を買ってくれるからだ。だからわれわれは、彼らが〈セルティック・タヴァーン〉で酔っ払い、〈グリーンウェイ・プランテーション〉（奴隷を労働力にした大規模農園で、現在も保存されている）のまわりをぶらついて、死んだ哀れな奴隷たちなどどうでもいいふりをするのを許してやっている。さて、もしその太って幸せな北部人たちが、この町では連続殺人犯がうろついて人々を木に縛りつけていると思ったらどうなる？　苦労して稼いだ小賢（こざか）しい金を消費しようとは思わなくなるだろう。ここまで言えば、きみが事態を収拾することがチャロンの住民にとってどれほど重要かわかるな？　しかも、迅速にだ。きみ自身ができないと思うなら別だが。私もリコールや特別選挙の動議は出したくないが、ことによるとロジャーならこのイカレ男を捕まえられるかもな」スコットは言った。今度は笑顔を見せなかったが、まちがいなく見せたいはずだった。

　タイタスは椅子から立って、机のまえにまわった。腕を組んでスコットを見おろした。

「チャロン郡の人口は一万四千二百八十七人で、その六十パーセントが黒人です。自分たちの車を呼び止めて妻や娘の体を触ったり、息子や夫を死ぬ手前まで殴ったりしない保安官に投票できるなんて想像もしてなかった人たちだ。加えて、ロバート・Ｅ・リーを支持したり、ロナルド・レーガンを祭り上げたりしない白人も大勢いる。これでおれを選ぶ有権者はかなりの数になりますよね。賭けてもいいが、彼らは郡の中央広場にある南部連合の銅像をあっさり無視し、おれに投票してくれるでしょう……次の回も。くだらないリコールをやりたいならどうぞ。その間に、おれはこの殺人犯を捕まえる。ジェフ・スピアマンやラトレル・マクドナルドと組んで黒人の少年少女を拷問した殺人犯を。ジェフ・スピアマンは憶えていますね？　あなたの昔からのゴルフ仲間だ」タイタスは言った。

タイタスはわずかに顔を近づけた。

「おれは犯人を捕まえ、あなたはおれの邪魔をしない。もう二度とこの会話はしません。あと、次に会ったときにはクラウン保安官と呼ぶように。ほら、さっさとオフィスから出ていけ」タイタスは言った。

スコットは両手を上げて降参だというふりをした。「タイタス、私はただ――」

「スコット、いますぐその二本の足で出ていかないと、ストレッチャーにのせられて出ていくことになる」タイタスは言った。誇張ではないと感じたのだろう、スコットは立ち上がってドアへ向かった。立ち止まって何か別のことを言おうとしたが、タイタスの顔を見て考え直したようだ。タイタスは彼が玄関から出ていくのを確認してからロビーに入った。

「カム、ちょっと出かける。メリーランド州まで行ってくる。いま十一時だから、午後四時には戻れるはずだ。何かあったときにおれに連絡がつかなかったら、トレイに知らせてくれ」タイタスは言った。

「メリーランドに何があるんです？」

「わが子が死んだことを知らない母親がいる」

ルート301は空いていたが、メリーランド州に入ると、映画『マッドマックス』ばりのディストピアが出現した。気が散っているドライバー、大急ぎの官僚、ワシントンD.C.への通勤者が正午のラッシュを避けようと必死になっている。タイタスは301からおり、同じくらい混雑したルート95でボルティモアに向かった。棟続き住宅や食料雑貨店が並ぶ狭い通りを進んでいくと、ヤズミン・マイケルズの家に着いた。一階建ての小さな家のまえにSUVを駐め、外に出て、なるべくそっと、でもしっかりとドアをノックした。嘆き悲しむ母親に権威的な〝警官のノック〟はしたくなかったが、彼のがっしりした手では無理な相談だった。

あらかじめ電話して、まだここに住んでいることを確認していたので、在宅なのはわかっていたが、彼女はすぐにノックに応えなかった。責めるわけにはいかない。これほど時間がたったあと保安官が訪ねてきたのだ。届けられるのがうれしい知らせではないことは、言われなくてもわかったにちがいない。そんな悲惨な話を聞くために玄関に駆け寄る人がいるだろうか。

たっぷり二分たってから、ようやくドアが開き、ショートのアフロヘアで細身の女性が出てきた。

「こんにちは、クラウン保安官です」タイタスは言った。

「そのようね。バッジとスモーキー・ザ・ベア帽子でわかる。入って」ヤズミンが言って、背を向けた。タイタスは彼女に続き、小さいがこざっぱりしたリビングルームに入った。

彼女はリクライニングチェアに坐った。タイタスは同じくらい傷んだソファか、すり切れたクッションつきのさらにくたびれた竹の椅子に坐ることもできたが、立ったままでいることにした。

「何か飲む？　水でも？」ヤズミンは〈ニューポート〉の煙草に火をつけながら言った。

「いいえ、けっこうです。お気遣いありがとう」タイタスは言った。

「カレッジ・パークあたりで渋滞につかまらなかった？　昼食のころひどくなるんだ。あたしはもうランチで外に出ることすらしないよ。混みすぎ」ヤズミンは言った。

「医療施設で働いているそうですね？」タイタスは訊いた。

ヤズミンは首を振った。「いや、救急箱を作ってる会社に勤めてるの。陸軍とかの。もう一年になる。タヴァリスが……帰ってこなかったのは、あたしには警告みたいなもんだった。わからないけど。ハイになるのはやめた。とにかくやめて、この仕事についた。たぶん息子が帰ってくるときには、出てったときよりいい状況にしとかなきゃと思ったんだね。そしたら……なんか変化が起きるんじゃないかって。でも、ここにあなたが来たってことは、思いちがいだったね」ヤズミンは言った。

タイタスは覚悟を決めた。言わなければならない。いますぐ言って長引かせないようにするのだ。長引かせるほどヤズミンを苦しめることになる。

「ミズ・マイケルズ、お伝えするのは本当に残念ですが、二日前にチャロン郡で息子さんの遺体が見つかりました。殺人事件に巻きこまれたようです」タイタスは言った。話したことばが銃弾のように感じられた。その一つひとつがまっすぐ彼女の心臓に飛んでいった。

　ヤズミンは深く息を吸い、千年の眠りから覚めたドラゴンのように煙を鼻から出した。

「あの子はいまよりいい場所にいるって、あたしの母さんがよく言ってた。小さいころは毎週日曜に教会に連れていかれてね。しょっちゅう行くと、信じるしかなくなる。しばらくはね。復活祭のウサギを信じるようなもんさ。で、あたしは信じた。めちゃくちゃ強く信じてた」ヤズミンは言った。

　彼女の左肩越しに見える壁紙に、十字架のかすれた輪郭があることにタイタスは気づいた。そのぼんやりとした輪郭は、刑務所で彫るタトゥーを思い出させた。

「信仰なんてはかないものさ、保安官。知ってた？　芥種（新約聖書マタイ傳福音書第十三章三十一～三十二節。〝天國は一粒の芥種のごとし（中略）萬の種よりも小けれど、育ちては他の野菜よりも大く、樹となりて〟）がどうとか、見えるものによって歩くな（新約聖書コリント人への後の書第五章第七節。〝見ゆる所によらず、信仰によりて歩めばなり〟）とかいうけど、じつのところ、信仰を捨てるのはそうむずかしくない。病気になる、貯えがなくなる、ひとり息子を亡くす。信仰なんて、借金だらけの父親よりも早く町から出ていくものさ」ヤズミンは言った。なめらかな褐色の頬を涙が幾筋も伝った。

「まえは毎晩、息子が帰ってきますようにと祈ったよ。ひと晩も欠かさず。でも、ある日やめた。祈ったって意味ないのがわかったから。あたしと息子がパクられたのは好都合だった、だろ？　それであの子の身元がわかったの？」ヤズミンは言った。声の端に嗚咽の気配があった。あと数秒で叫びだすか声をあげて泣きだすだろうとタイタスは思った。

「保安官、誰があたしの大事な子を傷つけたの？」彼女は言った。もう慰めようもなく泣いていた。細い体を破壊するほど激しい泣き声だった。煙草の灰が床に落ち、彼女は悲しみのどん底で震えていた。

「わかりません。ですが、かならず捕まえます。約束します」タイタスは言った。不吉で愚かな予言としか思えなかった。約束すべきでないのはわかっていた。自分もヤズミンも失望させることになる。すでに充分傷ついている気の毒な女性を。だが、そんなヤズミンの心の破片が、信仰という神との約束を反古にした彼の心に切りこみ、そんなことばを口から血のように流させたのだった。

14

帰りは想定より遅くなった。ヤズミン・マイケルズの家で立っていた三十分のあいだに、渋滞が急にひどくなったのだ。身元が判明した被害者全員の親に知らせに行くことはできないだろうが、タイタスは正しいことをしていると感じた。贖罪の道をまた一歩進んだ気がした。埋葬布のように長くねじ曲がった道を。

悲しみ以外には、ヤズミン・マイケルズが息子についてタイタスと共有できることはあまりなかった。

「あたしたちふたりとも、使ってたの……あの子が出ていったとき」とヤズミンは言った。

「出ていったんですか?」タイタスは尋ねた。

「そう。息子はあたしと大喧嘩して、インナー・ハーバーに出かけた。あそこで大学生とよくつるんでたのよ。大学生のふりをするのが愉しいと言ってた。酒をせびったり、ビリヤードや、ほかのことをいっしょにしたり」ほかのことが実際に何だったのかは探らないのが、ふたりの暗黙の了解だった。

タイタスは多少メモをとったが、特筆すべきは、タヴァリスが最後に目撃されたのはおそらくインナー・ハーバーだということだった。ボルティモアらしいバーやレストランが立ち並び、観光客や、タヴァリスが心から憧れていた大学生たちの要求を満たす地区だ。

何もないかもしれないが、すべてがあるかもしれない――このことばは、たいていの犯罪捜査が驚くほど偶然に左右されることをうまく言い表しているとタイタスは思った。

「あら、タイタス。このまえの夜は早退してごめんなさい」タイタスが保安官事務所に入ると、キャシーが言った。

「気にするな」タイタスは言った。ブレントの具合はどうだと訊いてぎこちない雰囲気になるのは困るが、彼がどれほど復讐したがっているか知りたい気持ちもあった。それとも、マーキスに襲われた結果、他人のことには首を突っこまないという新しい趣味に変わっているだろうか。

「森で見つかったのはコール・マーシャルなの？」キャシーが訊いた。このゴシップについては、遠まわしに探りを入れたりしないようだ。

「まだわからない。あと数日はかかると思う」タイタスは言った。

「聞いた話じゃ……彼のあそこをちょんぎって、口に突っこんでたとか」キャシーは痛そうに顔をしかめた。

「真実がズボンを引き上げているあいだに、嘘は地球を半周する」ヘレン・クラウンはよくそう言っていた。母に授けられたこの知恵もまた、時の流れとともに恐ろしいほど真実であることが証明された。

「それはちがう、キャシー。だからその噂は広めないようにしよう。いいな？　噂はひとり歩きするから」タイタスはやさしく言った。キャシーの顔つきが和らいだ。言外の意味も汲みとってくれるといいのだが。事件について噂を広めてほしくないのは、おそらく彼女がブレントとの噂を広めてほしくないのと同じだ。

オフィスに入ってパソコンを起動した。メールを確認すると、水産工場と教会を訪ねたカーラ、スティーヴ、トレイがそれぞれ報告していた。それらに目を通すまえに、ラトレルの名前をオンラインで検索してみた。あっという間に一ダースほどの記事が画面に現れた。その多くは、発砲前の瞬間を切り取った携帯の動画だった。コメントはほぼまっぷたつに分かれていた。ぞっとする美辞麗句で保安官補たちを支持する側と、タイタスと部下たちをレイシストの殺人者と呼ぶ側だ。タイタスの記者会見に触れた記事もあった。シダレヤナギの木の下の少年少女殺害事件でタイタスは、ラトレルとスピアマンを実行犯、残るひとりを第三の未特定の実行犯と呼んだ。ラトレルが複数の殺人事件の共犯者だったことを裏づける動画があっても、一部の人の保安官事務所に対する激しい怒りはおさまらないようだった。

その気持ちは理解できた。明らかにラトレルより軽微なことをした黒人の男女が、バッジをつけた者たちによってあまりにも多く処刑されてきた。ラトレルが銃を構えていたことも、誰かを殺したことも、過去の悲劇を打ち消すことはできなかった。

自分は制度の内側で働くことによって物事を変えている、とタイタスはいつも自分に言い聞かせていた。保安官としてこれまでとはちがう事務所にすると心に誓っていた。だが、ラトレルはその誓いに嘘がひそんでいることを証明した。目的どおりに機能している制度は変えられないとしたら？　もしそれが真実なら、いったいどうしてこのバッジを身につけているのだろう。

制度はおまえに親切だった、だろう？　レッド・デクレインの声がささやいた。

タイタスは首を振り、メールを開けた。

カーラ、トレイ、スティーヴの報告を読んだ。トレイが担当の教会を訪ね、カーラとスティーヴも水産工場での聞きこみに加えて、教会にも行っていた。タイタスは自分を天性の捜査官だとは思わないが、そんな彼でさえ、教会訪問にはあまり意味がなかったのがわかった。もっとも、カーラとスティーヴは水産工場で少し成果を出していた。ラトレルは二週間前まで水産工場で働いていたらしい。それ自体は妙ではない。チャロンの住民の大半は、一度や二度は〈カニンガム水産工場〉の重い金属製の扉の向こうに行ったことがある。タイタスが目をとめたのは、ときおり麻薬をやるダーネル・ポージーという男とラトレルが親しかったという情報だった。カーラは、ラトレルが避けていたと見られる従業員が何人かいることも報告していた——たとえば、シフト管理者のエディ・フランクリン(ラトレルがハイになって職場に来ていたとすれば当然だ)と、カニ籠漁師のキャロリン・チェンバーズ。彼女はラトレルの元恋人キャンディ・チェンバーズの母親だ。ダヤン・カーターのことも避けようとしていたらしい。ダヤンはトレーラー住まいの美人で、〈ウォータリング・ホール〉と〈セルティック・タヴァーン〉でラトレルと喧嘩をしたことがあった。タイタスは彼女を、公共の場での酩酊で何度か逮捕したことがある。カーラの報告によると、ラトレルは彼女を疫病神のように避けていた。コール・マーシャルを避けることはなかったが、かかわりもしなかったようだ。

そこに何が意味があるのかわからなかったが、一応書きとめた。

その日の残りの報告をスクロールしていると、携帯電話が鳴った。

ダーリーンだった。

「どうした?」タイタスは言った。

「今夜会いたいの。会える?」ダーリーンが訊いた。

「ああ、もちろん。だいじょうぶか?」

「いいえ。タイタス、コール・マーシャルのことを聞いた。怖いの。あなたは怖くない?」ダーリーンは訊いた。

「なあ、D、心配しなくていい。な？　おれはここをあと数分で出なきゃならない。七時ごろ家で会おう」

「わたしの質問に答えなかったわ。子供たちが森に埋められ、今度はコールが死んだ。あなたは怖くないの？　わたしは死ぬほど怖い。今日は早めに店を閉めたの。父さん母さんと家にじっと坐って、事件のことを考えないようにしてる」ダーリーンは言った。いまにも泣きだすのがタイタスにはわかった。今日、この上なく無力な瞬間に彼に泣いてすがろうとしたふたりめの女性だ。タイタスにはどちらも慰める力がなかった。褒めても誓っても、ダーリーンの恐怖を和らげることはできない。

　タイタスは強く目をつぶった。大切な人たちが希望を失うのを防げないなら、胸のバッジや役職になんの意味がある？　治安を守る者に与えられる権力と、もたらされるはずの栄光は、ベッドをともにする女性に生まれ故郷が怖いと言われたときに消え失せた。

「おれは怖くない。心配はしてるけど、怖くはない。犯人をかならず捕まえることがわかってるから。おれは自分と同じくらい部下たちを信じてる」タイタスは言った。最後の部分はつい口に出たが、父親がよく言うように〝思いきって真実を話せ〟だ。けれども彼はほかの誰を信じるより、自分を信じていた。神も、州警察も、部下たちですら例外ではない。試行錯誤と、自分でコントロールできない状況をくぐり抜けてきた経験から、大きな黒いとばりがおりてきたときに本当に頼れるのは自分だけだということを学んでいた。

そうして長く孤独な人生になった。
「何か食べる物を持っていってほしい?」ダーリーンは訊いた。
「いらない。あとちょっとで会おう。いいね?」タイタスは言った。
「いいわ。愛してる」
「おれも」タイタスは言った。
携帯電話を机に置いた。ある疑問が心に浮かび、納得できる答えが見つからなかった
――自分はいつから〝おれも〟だけですますようになった?
ダーリーンは答えを知っているはずだった。

ダーリーンがテーブルを片づけるあいだ、タイタスはソファに坐っていた。タンブラーふたつに角氷をひとつずつ入れ、ジェムソンをついでコーヒーテーブルに置いた。父親は金曜夜の教会の集まりに出ていた。

「お父さんはいまだにメモを残して出かけるの? どうしてショートメッセージじゃないの?」ダーリーンが言った。冷蔵庫の横の小さな黒板に、鶏が引っかいたようなアルバートの文字が残されているのを見たのだ。

「アルバート・クラウンはガチガチの伝統主義者だ。いまだに靴下を繕ってる」タイタスは言った。

「靴下を繕うってどういう意味?」ダーリーンは訊いた。

タイタスがグラスをひとつ渡すと、彼女はソファの彼の隣に寄ってきた。左脚をタイタスの右脚にのせ、テレビのリモコンを取った。

「ふー、これは強いわ」グラスからひと口飲んで言った。

「これで困るなら、密造酒を出すのはやめておこう」タイタスは言った。

ダーリーンは彼を小突き、チャンネルを替えた。

「一度、おれとマーキスで父さんの密造酒製造所にもぐりこんだことがある。そこで見つかって、いっしょに酒を飲まされた。こんな壜をまるごと一本だぞ。それから大学に入るまでアルコールには手をつけなかったと思う」タイタスは言った。

「マーキスはどうしてる? 昨日の夜〈ウォータリング・ホール〉で喧嘩したって聞いたけど」

「だいじょうぶだ。あいつを知ってるだろ。何事も真剣に考えすぎないやつだ」タイタスは言って、グラスの酒を飲んだ。ジェムソンが喉を焼き、腹の底を温めた。温もりが体じゅうに広がりはじめた。月並みな大酒飲みの保安官になるつもりは毛頭ないが、ここ数日のあとで心身を解きほぐすのに冷たいビールでは不充分だった。

「父さんが今日、ショットガンの弾を買ったの。ボビー・ジョーの店にお客さんが大勢いたって」ダーリーンは言った。

「え？」

「父さんが今日、ボビー・ジョーの店でショットガンの弾を買ったと言ったのよ」

タイタスはウイスキーをまたひと口飲んだ。ボビー・ジョー・アンドルーズは地元で銃器販売店を営んでいる。タイタスはグラスを額に当てた。チャロン郡には人口より多くの銃がある。ほとんどの住民が必要以上に銃を所有しているからだ。タイタスにもっとも必要ないのは、すぐに撃ちたがるドク・ホリデイ（西部開拓時代のガンマン）気取りの大衆が弾を買いだめし、武装した善人を演じることだった。

「みんな怖がってるんだろうな。おれに反対票を投じた人だけじゃなくて」タイタスは言った。

「父さんが弾を買ったのは、あなたが犯人を捕まえないと思ってるからじゃないの、タイタス。でも、ここはチャロンだから。こんなことめったに起きない。みんなどうしていいのかわからないのよ」ダーリーンは言った。

「誰も彼も〝ここはチャロンだから〟と言うのにはうんざりだ。まるでこのへんの人がみんな処女と童貞で、誰も歩道のひびを踏んだことがなくて、〈セーフウェイ〉で葡萄のひと粒すら盗んだことがないみたいな言い方だろう。おれがＦＢＩで学んだことを教えようか。どこ出身でどこに住んでようが関係ない。人は人だ。嫉妬もすれば、憎みもするし、心がねじ曲がったむかつくやつもいる。盗み、嘘をつき、盗んだことについて嘘をつく。

お互いの夫や妻や息子や娘とファックする。毎週日曜に教会にかよい、兄弟愛だのキリストと生きるだのと大騒ぎするが、教会から出るなり、きみやおれをポーチ・モンキー（黒人に対する蔑称）と呼び、家に帰ってわが子を殴る。でもって図々しく、とんでもなく厚顔無恥なことに、どこか別の町に行くと誰かを指差して言うんだ。〝いや、罪人は彼らだ。彼らが怪物だ。われわれじゃない、チャロンの住民なんだから〟」

「タイタス、そういうつもりじゃ――」ダーリーンが言おうとしたが、タイタスは無視して話しつづけた。

「作家のフラナリー・オコナーは、南部はキリストに取り憑かれていると言った。たしかに取り憑かれてるよ、キリスト教の偽善に。教会も聖書も立派なことを言ってるが、チャロンみたいな土地じゃ貧民がのけ者にされる。レイプされたと訴えた娘が娼婦呼ばわりされる。〈ウォータリング・ホール〉に行くときには、バーテンダーが飲み物に唾を吐いていないか心配しなきゃならない。そういうことはチャロンみたいな土地では起きないと人は言う。ダーリーン、でもな、そういうことでチャロンみたいな土地は成り立ってるんだ。そんな岩盤の上にこの神殿は建てられてる」タイタスはウイスキーの残りを飲み干すと、足音荒く台所に行った。

グラスをゆすいで流しの端に置いた。激しい呼吸で肩が上下した。

最初にダーリーンの手を感じたのは背中で、次は両肩だった。羽のように軽い感触だった。タイタスが振り向いて抱きしめると、彼女はタイタスの胸に頭を当てた。

「ごめんなさい。すごいストレスを受けてるものね。あんなこと言うべきじゃ——」

「いや、謝るのはおれのほうだ。きみに当たるつもりはなかったんだ。きみは何も悪いことをしてない。なあ、おれはチャロンを愛してる。そんなふうに聞こえなかったと思うけど、愛してる。おれの故郷、おれの心だ。愛してるからこそ要求が厳しくなる。これは猛烈に正直な気持ちだ。チャロンがいまよりいい場所になれるのはわかってるから。けど、ここがチェサピーク湾のユートピアだというふりをしつづけるなら、無理だ。おれたちはチャロンの醜いところも含めて全部見なきゃならない。そうやっておれはやつを捕まえる」

「ありとあらゆる醜さを見るのはつらい」ダーリーンは言った。

「それがおれの仕事だ。二階へ行こう」タイタスが言うと、ダーリーンはうなずいた。タイタスは熊のような手で彼女の小さくて力強い手を取り、リビングから階段へ向かった。テレビを消すために立ち止まってリモコンをつかんだ。あるコマーシャルが映っていた。

「この番組は全米強皮症基金の提供でお送りしました。ご寄付のお申しこみは——」

タイタスは電源ボタンを押してテレビを消した。しばらくふたりとも無言だった。

「お母さん、あの病気だったんでしょう?」ダーリーンは訊いた。慎重で遠慮がちな訊き方だった。その口調をタイタスはよく知っていた。みな痛々しいほど彼の母親の死因を知りたがるが、その気持ちを必死に隠す。彼のガールフレンドでさえほとんど病的な好奇心で訊いてくるのだ。

「ああ。筋肉が骨に変わっていった。ひどいもんさ」タイタスは言った。

両親の寝室の入口に立っている十二歳の自分が見えた。怖れと混乱が入り混じった息子は、腕も上げられない母親にハグしてもらうことだけを必死に願っている。

「おばがよく家に来て、母さんのために祈り、聖油を母さんの額に塗ってたんだ。母さんは人に触られると痛くて耐えられないのに、とにかくおばはそうしてた。強皮症の患者のほとんどは長生きだし、充実した人生を送れるけど、母さんのは珍しい型で、すぐに症状が広がった。父さんに風呂に入れてもらうときだろうが、おばに手を添えられるときだろうが、誰かに触られるたびに死にかけたウサギみたいに叫んでた。一度おれは、おばが意味不明なことをしゃべって母さんを聖油まみれにしてるのを見て、部屋に飛びこんだことがある。おばを蹴りつけて、母さんから離れろと言うと、おばはおれを平手打ちした。すると母さんが数週間ぶりにベッドから起き上がり、おばの手首をつかんで、二度とおれに触るなと言った。病気のせいで声帯もやられてたから、母さんの声には聞こえなかったけど、それでも彼女はやっぱりおれの母さんだった。わかるか？　そして母さんはおれに、愛してると言った。母さんがしゃべったのはそれが最後だった」タイタスは言った。

ダーリーンは彼の手を握りしめた。

彼女のまえで、満月の夜に潮が満ちるようにタイタスの体を震えが貫いた。ふたりは手をつないで階上（うえ）へ行った。ダーリーンはタイタスの頬に流れる涙が見えないふりをし、タイタスは泣いていないふりをした。

夜中にタイタスはそっと階段をおりて、台所に行った。古いフィリックス・ザ・キャット（黒猫の漫画のキャラクター）の壁時計は午前二時を告げていた。父親がテーブルに密造酒の壜を置いて坐っていた。蓋ははずしているが、壜はまだ満杯だった。

「父さん？　だいじょうぶ？」タイタスは訊いた。父親はもう大酒飲みではないが、教会に身を捧げながらときどき美味（うま）い酒を飲んでいた。イエス様だって水を葡萄酒に変えたじゃないか（新約聖書ヨハネ傳福音書第二章第一～第十一節）と言うのが口癖だった。

「ん？　ああ、だいじょうぶだ。ちょっとまえに電話があってな。ジーン・ディクソンが死んだ。心臓発作だ」アルバートは言った。

「なんと、そうなのか、父さん。残念だ。友だちだったな」タイタスは言った。

「ああ。おれを母さんに紹介してくれたのはジーンだって話したことあったか？〈ハニー・ドロップ・イン〉で開かれたダンスパーティだった。郡の南にある小さな酒場だ。ジーンは母さんの親友のフェイ・ジョーンズとつき合ってたんだ。パーティで彼らはヘレンのダンスの相手を探してた。母さんもあまりふたりの邪魔をしたくなくてな。で、おれがその役目を引き受けた幸運な男だったのさ」

「知らなかった」タイタスは言い、父親の向かいに坐った。

「だろうな。ジーンはいいやつだった。主よ憐れみたまえ、いまがどんな時であれ」アルバートは言った。

「苦難の時だ」タイタスは低い声で言った。

「え？」アルバートは言った。

「いや、なんでもない。一杯やる？」

「そうすべきだな。ジーンのために」

　タイタスは戸棚からショットグラスをふたつ取り出した。ふたりで密造酒を飲むまえに、父親が乾杯のことばを述べた。

「ジーン・ディクソンに。よき友人、よき人間、おれが知るかぎり最高のビリヤードプレーヤーに。彼の魂がこれからも永遠に主とともにありますように」アルバートは言った。ふたりはグラスをあおり、勢いよくテーブルに置いた。

「ところでおまえは寝ないで何してる？」アルバートが大きく息を吸って言った。

「わからない。夢を見たんだ。というか、悪夢を」タイタスは言った。

「森の子供たちの？」

「いや、子供たちは出てこなかったけど、あの子たちの夢だったのは確かだ。おれはひとりで畑に立ってた。小麦畑に。でも小麦は枯れて茶色くて、薄氷みたいにもろかった。空には巨大な黒雲が高潮のように押し寄せて、枯れた小麦のあいだを風が吹き抜けた。嵐が来てもおれはひとりきりだった。稲妻と雷鳴と雨が襲ってきて、雨が痛かった。その雨は煮えたぎるように熱かった。燃えていた。おれはひとりぼっちだった」タイタスはグラスにもう一杯ついだ。

「おまえはひとりぼっちじゃないぞ。おれと弟とダーリーンがいるだろ。いちばん大事なのは、神様がついてるってことだ」アルバートは言った。

「おれたちはみんなひとりぼっちさ、父さん。そう思わないようにしてるだけで」タイタスは言い、また密造酒をあおった。

「タイタス、それはちがう。神様は人生のどの瞬間にも、ともに歩んでいる。たとえ真っ暗闇でも」アルバートは言った。

タイタスは答えなかった。いま、今夜だけは、父親とこの話をしたくなかった。

黙って彼にうなずいた。

タイタスは父親を愛していた。それは本当だが、天の主たちの話題となると、ずいぶんまえから父親の言うことが理解できなくなっていた。

タイタスの目隠しがはずれたのは、ようやく、幸いにも母親が亡くなった晩だった。まだ父を愛してはいたが、大人が子供よりものを知っているわけではないことに気づいたのは、あの苦痛に満ちた時期だった。誰もがその場しのぎでまえに進んでいて、宗教は酒やマリファナのような逃げ場にすぎないということに気づいた。

早々とヘレン・クラウンを見捨てた医者を呼び、死亡宣告をさせ、葬儀も終えたあと、アルバート・クラウンは、おまえたちの母さんは地上よりいい場所にイエスといるとかなんとか言い、十三歳のタイタスと八歳のマーキスを家に残して〈ウォータリング・ホール〉に出かけてしまった。当時はジャスパーの父親が店に立っていた。アルバートが酔っ払ってラ・ヨローナ（みずから溺れさせたわが子たちを捜して泣きながら水辺をさまよう、メキシコの伝説に登場する女）のように泣きながら帰宅するころには、タイタスは両親のベッドの汚れたシーツを替え、自分とマーキスのためにチキンスープを作り、ボウルを洗って片づけ、弟といっしょに床についていた。

この世から母親が消えたのだから、誰かが大人にならなければならなかったのだ。やがて父親も落ち着きを取り戻し、教会の執事にさえなった。しかし母が死んだ夜、父が母の救済についてあいまいなたわ言だけを残し、幼い兄弟を置いて出かけていったことを、タイタスは決して忘れなかった。

痛みは時とともに和らいだが、まだ心のなかには、そのせいで父親を少しだけ憎む十三歳の彼がいた。

アルバートは立ち上がり、タイタスの肩に手を置いた。

「おれがこっちの世の中にいるかぎり、おまえはひとりじゃない」そう言って、足を引きずりながら階段をのぼった。タイタスはこういうさりげない動作と、やさしいことばが好きだから、少年のころの憎しみに勝る愛を父親に抱いている。血を分けた家族のありがたみを感じる。

酒壜を流しの下に戻し、ショットグラスを洗った。台所の電気を消してポーチに出た。南部とはいえ、十月なかばになると寒い日もある。湾から吹きつける風は北大西洋から冷気を運び、頰をなでて歯をうずかせる亡霊のようだった。

両腕を広げて寒さに身をまかした。冷気が肌を刺したが、気持ちよかった。心が研ぎすまされた。明日トレイに監察医と話をさせよう。朝七時に出勤し、夜の九時まで勤務する。人々は怖がっている。それに対する最善の方法は、近所の路上にいる保安官を見せることだ。なんでもいいから行動して、自分がオフィスの机で縮こまっていないことを理解してもらうのだ。彼の仕事の九割は法執行だが、残りの一割はイメージを作りあげることで、大半の人が見るのもこの部分だ。気に食わないが、抵抗しても無駄だとわかっていた。ダーリーンには怖くないと言ったものの、実際には少しちがった。あの子たちを殺し、おそらくコール・マーシャルも殺したであろう男は怖くないが、その男——三番目の狼——が故郷の郡にしていることは怖かった。その恐怖を利用し、打ち破り、屈服させなければならない。誰もが一度は乗り越えなければならない失敗という深い裂け目がある。恐怖はその谷を越えるための橋になる。

「タイタス！　無線よ。呼ばれてる！」ダーリーンが叫んだ。振り返ると、戸口の向こうでダーリーンが彼の着古したヴァージニア大学のTシャツを着て、階段の最上段に立っていた。タイタスは急いでなかに戻り、階段を駆け上がった。

無線機を充電スタンドから取った。

「クラウン保安官だ。どうぞ」

「タイタス、保安官事務所で非常事態です」ピップが言った。

「どうした？」

「ダーネル・ポージーがここに来て箱をひとつ置き、森に逃げようとしたんです。捕まえて留置房に入れました」

タイタスは無線機を口に近づけた。「その箱に何が入ってた？」

五分で保安官事務所に着いた。いつもの十分より五分早かった。ピップとダグラスが彼のオフィスで待っていて、よく見る〈ナイキ〉のロゴ入りの箱が机に置いてあった。

「羊皮紙に何か書いてあります」ピップが言い、ラテックス手袋を差し出した。タイタスは手袋をはめて紙を手に取った。

〝われは身を屈めてベツレヘムに向かう獣〟――黒いインクらしきものでそう書かれていた。

「聖書のことばかな?」ピップが訊いた。

「いや、イェイツの詩の引用だ」タイタスは言い、紙をピップに返した。ピップはそれを証拠袋に入れた。

「そしてそれは羊皮紙じゃない。皮膚だ」タイタスは言った。

「はあ?」ダグラスが言った。ピップは箱からビニールの食品保存袋を取り出した。

「だとしたら、筋が通る。これも入ってましたから」ピップは言い、袋をタイタスに渡した。年上の男の両手は震えていた。

タイタスは袋を机の上で平らにした。

目のないコール・マーシャルの顔が彼を見上げた。苦痛のあまり口は永遠にOの形に広がっていた。

チャロン郡

小さな町はそこに住む人々に似ている。どちらも数多くの秘密を抱えている。肉体の秘密、血の秘密。隠れた誓いや、ささやかれた約束は、夏の灼熱(しゃくねつ)の太陽の下で腐っていくミルクのように、たちまち嘘に変わる。

南部のメイン・ストリートにまつわる神話は、つねに清らかで牧歌的な幻想だ。現実を見たければ、真っ暗になった空の下の裏道や砂利道、まだらに錆びたビュイックの後部座席や、おんぼろトラックの荷台にある。チャロン郡の心臓は日曜朝の教会で歌われる黒人霊歌に合わせて鼓動するが、その真実の魂は、不義の愛人たちの汗や、嫌というほど酔っ払う夫に殴られたＰＴＡ会長の唇から滴る血のなかに見つかる。チャロンで人気の息子や娘たちの手から、うたかたの夢の国に入るための静寂の売人に渡される十ドル札、二十ドル札のシリアルナンバーにも、真実が透けて見える。

チャロンの魂は、凍えるほど冷たいトレーラーのなか、母と父と小さい男の子の息を止めるほど強烈な灯油ストーブの悪臭に交じって踊っている。

あらゆる礼儀と品のよさがみずからの重みではかなくはがれ落ちても、魂は残る。タンク・ビラップスのシダレヤナギの根元に七人の子供を埋めた狼の目にも、チャロンの魂はうかがえる。狼は翼を広げた天使たちを夢見る。神の御座にあまりにも近づきすぎた狂気で、天使たちの四つの顔は波打っている（智天使は四つの顔を持つ）。

狼はみずからの秘密に酔いしれ、真の顔を隠して喜んでいる。

そう、小さな町はそこに住む人々に似ている。

いずれは彼らも秘密を明かすが、告白の代償はつねに血で払うことになっている。

15

タイタスは取調室に入り、ダーネル・ポージーの向かいに腰をおろした。ダーネルは机に突っ伏していた。

タイタスは掌で机を叩いた。

ダーネルは跳ね起き、立ち上がろうとして机に手錠でつながれていることに気づいて、金属製の椅子に坐り直した。タイタスは書類フォルダーを机に置いた。

「調子はどうだ、ダーネル？」

「おい、おれはなんにもしてねえぞ」ダーネルが言った。

「そうかな、それはちょっとちがうんじゃないか？　おまえはあの靴箱をここの玄関前の階段に置いて森に向かおうとした。なんにもしてないと言えるのか？」タイタスは訊いた。

ダーネルは唇をなめた。「知るかよ。なんかの冗談じゃ？　なかにクソかなんか入ってたのか？」彼の褐色の肌は乾燥して灰色の粉を吹いたように見え、まるで巨大な砂漠を横断してきて脱水状態になったかのようだった。

「いや、冗談じゃない、ダーネル。これだ」タイタスはA4サイズに引きのばした食品保存袋の中身の写真を取り出した。

ダーネルは写真をひと目見て、また立ち上がろうとした。「いったいなんだよ、え？　そりゃなんだ？　顔か、まさか？」

「そう、顔だ。まだ血がついてる。だからいますぐ話したほうが身のためだ。それとダーネル？　おれはおまえの口から出るひと言ひと言が大好きになる」タイタスは言った。

「だって、そんなもん知らねえし！」

「ダーネル、それは好きになれない。あの箱はどこで手に入れた？」タイタスは言った。

「十一時ごろ起きたら、うちの玄関前の階段に、封筒に入った現金五百ドルとあの箱が置いてあったんだ。〝保安官事務所にこれを置いてこい〟って書かれた手紙がついてたから、そうしたのさ。箱に顔が入ってるなんて知るわけねえだろ。どうなってんだよ」ダーネルは言った。

「ダーネル、それなら聞くが、どうして金だけ取って箱を捨てなかった？」タイタスは言った。

「誰が置いてったにしろ、おれの行動を見張ってると思ったからさ。当たりまえだろ」

タイタスは写真をファイルにしまった。両手を合わせて指で尖塔の形を作り、体を机から少し離した。「ダーネル、ラトレル・マクドナルドのことをどのくらい知ってた？　彼を知らないとか何もわからないと抜かすまえに言っとくが、おまえたちが親しかったことは調べずみだ」

「これとラトレルになんの関係があんだよ」ダーネルは訊いた。

「殺人容疑で起訴されたいか？　その顔は殺人事件の被害者のものだ。さあ、ラトレルについて知ってることを話してもらおう。もう二度と外に出たくないなら別だが」タイタスは言った。

そしてダーネルを観察した。下唇を噛み、ブリキ缶に入ったビー玉みたいに目を丸くしている。はったりに気づいたか？　コール・マーシャルの顔が入った箱を保安官事務所に届けたこと以外、罪になることはしていないと気づいただろうか。タイタスたちは靴箱から指紋を採取していた。箱の外側にダーネルの指紋がついていたのに、内側に指紋はなかった――保存袋からも、はいだ皮膚からも。ダーネルは犯罪の首謀者というたまではないから、箱の内側に指紋がないことは、もっと計画性のある人物の存在を物語っている。

計画性のある殺人犯、とタイタスは訂正した。ダーネルの玄関前の階段にあの箱を置いた殺人犯だ。三番目の狼は警察を嘲笑っている。コールを殺したのは自分だと知らせたいのだ。タイタスはたいして驚かなかった。あの三人組の頭だった三番目の狼のような殺人者は、ナルシストだ。警察全般、とりわけ保安官であるタイタスを敵と見なす。だが、自分が上だということを証明したい欲求は破滅につながる。タイタスはそうした例をいくつも見てきた。ＢＴＫキラー（緊縛、拷問、殺害の頭文字を取ってＢＴＫと自称し、十人以上を殺害した連続殺人犯デニス・レイダー）がついに捕まったのも、それが端緒だった。

「なら言うよ。おれとラトレルはたまに遊んでた」

「いっしょにハイになってたのか？」タイタスは訊いた。

ダーネルはためらった。「まあ……そうだな。ラトレルはいいブツを手に入れてた。たまにジャスパー・サンダーソンの仕事も手伝ってた」肩を落とし、下唇を突き出した。敗北感を着心地のいい古いコートのようにまとっていた。

「どんな仕事を？」

「どんな仕事って、ジャスパーが何してるか知ってんだろ。くそ。あの野郎はこの郡の半分を動かしてる」

「ラトレルがジェフ・スピアマンか、スピアマンと関係のある人物について話すのを聞いたことは？」

「スピアマン先生のことなんか何も言ってなかったけど、子供たちを殺したって聞いても驚かねえな。ラトレルはまともじゃなかった。あるときには史上最高に冷たい畜生だと思ったら、次の瞬間にはガラスの破片を自分の喉に当てて、すべて終わらせるとか言うんだぜ」ダーネルは言った。

「なぜ自殺願望があるのか、話したことはあるか？」タイタスは尋ねた。答えはわかる気がしたが、いまのダーネルは壊れた蛇口のように何もかもぶちまけている。

「さあな。うーん、このまえ会ったときは様子がおかしかった。なんか怖がってるみたいな。誰かに脳天を殴られて……そうだ、なんか言ってた。でもそれを話したら、おれを解放しろよな。おふくろの背中に聖書を積んで誓ってもいいけど、あのクソ箱の中身なんか知らなかったんだから」ダーネルは言った。

タイタスは身を乗り出した。「話の内容による」

ダーネルは片足で激しく貧乏ゆすりを始めた。「いいか、最後にラトレルに会ったのは一週間ほどまえだった。〈ウォータリング・ホール〉に寄ってジャスパーの荷物を受け取ってきたところで、これからグロスター郡の誰かに届けると言ってた。で、店でトイレに入ったとき、事務室かどっかから声が響いてきて、ジャスパーの話し声が聞こえたんだとさ。ある保安官補を抱きこんでると言ってたらしい。あんたらがジャスパーをパクろうとするたびに、その保安官補が電話で知らせてくれて、そいつはジャスパーから封筒を受け取るって。その保安官補は現金をたんまり銀行に貯めこんでるって、ジャスパーが笑ってたらしい。トイレから出たラトレルは、保安官補がどうしたってジャスパーとコットンに訊いた。そしたらコットンに顔をぶん殴られたって。でもコットンとジャスパーのことは心配してない、それよりでかい心配があるから、とラトレルは言ってた。ジャスパーとコットンよりでかい心配事なんておれは思いつかねえけど。これが知ってること全部だ。誓う」

タイタスは感情をまったく顔に出さなかったが、内臓が暴れ、胸の内でハリケーンが吹き荒れていた。マーキスと最後にあんな会話をしていなかったら、いまのダーネルの発言を、自分で掘った墓穴から必死で抜け出そうとしているジャンキーのでまかせと片づけていただろう。だが彼はあの会話をした。そしていま、保安官補のひとりがクロだと言うふたりめの情報源が現れた。タイタスは偶然を信じないが、証拠の蓄積は信じている。

ハイスクールの入口の階段で見たラトレルの顔のあざを思い出した。

「作り話だな、ダーネル？　嘘ついてるだろ？」タイタスは訊いた。

「なんだよ、おい、訊かれたから話したんだ。なんのために嘘つく？　そう言ってたのはラトレルが初めてじゃねえぞ。ジャスパーがあんたの部下を抱きこんでると思ってる人はいっぱいいいる」

タイタスはその発言を無視して、あとで考えることにした。「ラトレルがスピアマンとジャスパーの関係について何か話したことはないか？　ふたりが組んでいるというようなことは一度も言わなかったか？」

ダーネルは首を振った。「いや、スピアマン先生のことは一度も。けど、スピアマン先生は変態だったぜ」

タイタスは身を乗り出した。「なぜそんなことを？」

ダーネルは天井を見上げながら話した。「ハイスクールに行ってたころ、バスケのチームを続けたかったけど、うちにはボロ車が一台あるだけだったから、練習に行けないことがあった。ある日の地理の授業中、そのことをからかってきたクリス・メイソンをぶん殴ったんだ。で、スピアマン先生はおれを職員室に送る代わりに、居残りさせた。何があったと訊かれたから、答えたら、〝練習後に車で送ってあげよう〟って言われて、マジで？みたいな。もちろん話に乗った」ダーネルは首を戻し、タイタスの目をじっと見た。

「一度目は家に送ってもらって握手した。二度目はハグされた。三度目は、くっそ長いハグ。四度目は……まあ、五度目はなかった。おれはチームを追い出された。バスケのためだけに学校に行ってたから退学した。あの変態がおれに手でやらせようとしたせいで」ダーネルは言った。

タイタスは胃のなかのものを戻しそうになったが、押し下げた。「誰にも話さなかったのか？」

ダーネルは大声で言った。「あんたならどっちを信じる？　年間最優秀教師か、黒人の落ちこぼれか？」

「おれがここにいたら、おまえを信じたと思う」タイタスは言った。

「へー、そうかよ。けどあんたはいなかった」

タイタスは立ち上がった。「ここにいろ。すぐに戻る」

「おれはどうなんの?」ダーネルは訊いた。

「やつはなんと言ってます?」ピップが訊いた。

ふたりはオフィスに坐っていた。タイタスは靴箱を証拠保管室に収め、食品保存袋は赤いバイオハザードバッグに入れていた。明日、監察医のところへ持っていかなければならない。

「ラトレルがジャスパーの仕事を手伝ってたらしい。一度スピアマンに猥褻な行為をされそうになったとも言ってる。スピアマンとラトレルの関係については何も知らないようだが、ふたりと協力していた誰かがダーネルをここに送りこんだのはまちがいないな」タイタスは言った。

「うーん、どうしてそう考えるんです? 気を悪くしないでくださいよ。私はダーネルを薬物の不法所持で五度も逮捕している。あの水産工場で仕事を続けてるのは奇跡だ。つまり、いまはクスリでハイになってるのかもしれない」ピップは言った。

「大事なのはダーネルじゃなくて、彼を送りこんだ人間だ。考えてみてくれ。われわれが水産工場へ行き、ラトレルについて訊いてまわる。そのうちのひとりがダーネル・ポージーだ。すると偶然、ダーネルがコール・マーシャルの顔の入った箱を持ってここに現れる? いやいや、われわれがダーネルと話してるのを見た誰かが、彼を利用して意思表示をしようと考えたんだよ」タイタスは言った。

「どういう意思です？」ピップは言った。

「こいつはわれわれに追われてることを知ってる。できるもんなら捕まえてみろと主張してるんだ」タイタスは言い、長いあくびをしながら、背中の関節が鳴るまで空に向かって伸びをした。「明日またイライアス牧師と話さないと。ジャスパーとも」

「ジャスパーはダグラスに担当させたらどうです？　ほら、マーキスがオースティンをぶちのめしたし、あなたもコットンをキャンディマン（ホラー映画『キャンディマン』の主人公で殺人鬼）みたいな声にしちまったから、ダグラスのほうがいい反応を引き出せるんじゃないかな」ピップは言った。

　タイタスは考えた。「ああ、それがいいな。昨日ジャスパーがどこにいたか知りたいんだ」

「やつが第三の男だと思うんですね？」ピップは訊いた。

「ダーネルが言うには、ジャスパーはラトレルを運び屋として使い、コットンにラトレルを殴らせた。参考人にするには充分だと思う」タイタスは言った。ダーネルの警官買収の告発についてはピップに話さなかった。

「ところでピップ、あなたはどうして一度も保安官に立候補しなかった？」タイタスは訊いた。

ピップはくすくす笑った。「その考えが頭をよぎるたびにここへ来て、あまりの責任の重さにうなだれてるウォードを見てたんですよ。いいや、けっこう。こういう問題は抱えたくない」

「賢い人だ」タイタスは言った。


家に戻ると、ダーリーンは眠っていた。招き入れるようにベッドの上で手足を広げていて、背後にまわって腰に両腕をまわすのにちょうどいい体勢だった。実際にそうすると、ダーリーンはタイタスの手に自分の手を重ね、体を押しつけてきた。

「だいじょうぶ?」彼女はささやいた。

「ああ」タイタスは嘘をついた。

16

　翌朝、タイタスは起きてすぐに行動を開始した。七時までに出勤し、七時半には証拠保管室からマーキスのベルトを探し出した。靴ひもを結ぶために屈んだ拍子に、自分のベルトがぷつりと切れたのだ。これが残りの一日の悪い予兆にならなければいいのだが。

　出勤してきたカーラに、保安官事務所に届いた靴箱と中身を持たせ、リッチモンドに送り出した。残りの部下たちを集めて一日の指示を与えた。

「スティーヴ、もう一度水産工場へ行ってくれ。もっと圧力をかけるんだ。ラトレル、ダーネル、コールの三人はあそこで働いてた。そのダーネルがコール・マーシャルの顔を持ってきた。スピアマンとかかわりのある人間が工場にいるかどうか知りたい。何か収穫があるまで戻らないように」タイタスは言った。

「わかりました」スティーヴは言った。

「まだ公式見解は出てないが、監察医務局にある死体はコール・マーシャルのものだと九十九パーセント確信している。スティーヴ、そのあと彼のガールフレンドを連れてきてくれ。今日の終わりまでに彼女と話したい。カーラが向こうにいるあいだにコールの携帯を調べてもらう。彼が最後に話すか、メッセージをやりとりした相手が誰か。コールをテン・デヴィルズ・ホップ・ロードに誘い出した相手だ」タイタスは言った。

「コールはほんとにはめられたのかな。あの側道は有名な密会場所ですよ」デイヴィは言った。

「なんで知ってる？」ダグラスが訊いた。

「え……いや、以前、あそこにいた若い連中を追い払ったことがあるので」デイヴィはつかえながら言った。

「冗談だよ、デイヴィ」ダグラスは言った。

「ダグラス、ジャスパーとコットンのところに行って訊いてほしい。昨日の夜どこにいたか、ラトレルと最後に話したのはいつか」タイタスは言った。

「あの……質問があります」デイヴィが言った。

「なんだ？」タイタスは言った。

「つまり、スピアマンは子供たちに……ああいうことをして、第三の男も同じことをしたという話でしたよね。でも、動画のラトレルはただそこにいるだけだったと」デイヴィは言った。

「ああ。それで質問は、デイヴィ？」

「ラトレルがそこにいた理由がどうも理解できないんです。だって、もしああいう行為をしてなかったのなら、そもそもなぜ巻きこまれたんですか？」デイヴィは尋ねた。

タイタスは少しのあいだ人差し指を唇に当ててから、答えた。

「ラトレルは救いようもなく壊れた若者だった。スピアマンと第三の男はそれを利用したんだと思う。彼を餌にしたんだ」

「餌？　どういう意味です？」スティーヴが訊いた。

「彼らふたりは白人男性だ。シダレヤナギの木の下の子供たちにどうやって近づいたと思う？」トレイが言った。

部屋は静まりかえり、タイタスは会議の終わりを告げた。

「よし、始めよう。午後三時にまた集合だ」みな立ち上がってオフィスから出ていった。

「なあ、トレイ」タイタスが言うと、トレイはドアのそばで立ち止まった。

「閉めてくれ」タイタスは言った。トレイはそうして、部屋のまんなかに立った。

「発砲の調査とか、仕事をたくさん頼んできたが、じつは――」

「また頼みたいことがある」トレイはニヤリと笑った。

「そうだ。朝いちでシチズン・マーカンタイル銀行に行って、フレイザー・ウッドールに会ってきてほしい」

「銀行の支店長に？」

「そうだ。今朝州検事のマック・ボーエンに、銀行の取引記録の提出を命じる召喚令状を出してもらった。対象はロジャー、スティーヴ、ピップ、カーラ――〈ウォータリング・ホール〉の手入れに参加した全員だ。手入れの週かそのまえの週に、ふだんより多額の預け入れがなかったか調べてくれるか」

トレイは眉をひそめた。「タイタス、それを所内でやるつもりですか？　いや、言われたことはやりますけど、まだ発砲事件の報告書も精査してますし。州警察にまかせなくて本当にいいんですか？」トレイは訊いた。

「まだいい。発砲事件の調査を頼んだのは、きみが賢明で念入りだからだ。それに信頼してる。いまのところ、この件に関して信頼できるのはきみだけだ」

「彼らのひとりが怪しいと本気で思ってます？」トレイは訊いた。

タイタスは指先で机をコツコツと叩いた。「おれがまちがってることを祈る。だが、めったにまちがわない」

タイタスはまた教会のドアを叩いた。しっかり戸締まりされていた。「イライアス！」声を張り上げ、今朝の苛立ちをもう一度ドアにぶつけた。

「このまえもここで見かけた顔ね。ここをつぶすために来たのかって期待したんだけど」煙草を一日三パック吸っていそうな女のしわがれ声が聞こえた。「でも、今日はイライアスを見てないよ」

タイタスが振り返ると、細い道の向かいにシングルワイドのトレーラーハウスがあり、入口前の小さなポーチに年配の白人女性が坐っていた。タイタスはサングラスをはずし、道の端に近づいた。「あそこで何か違法行為を見たんですか？」

女は悲しげに笑い、ところどころ茶色が混じった豊かな白髪に指を通した。タイタスは道を渡り、ポーチの階段の最下段に片足をのせて、手すりにもたれた。彼女は六十代なかばに見えたが、明るい緑の目は怖れ知らずの若い娘のように輝いていた。

「あたしが一九八九年に越してきて以来、変人どもがわめくは叫ぶは大騒ぎだよ。人民寺院（一九五五年創設のキリスト教系カルト団体）の再来かと思うくらい」女は言った。

「この島のほとんどの住民は越してきた人じゃありませんよね、ミズ……？」

「グリゼルダ。グリゼルダ・バリー。夫のオーティス・バリーと結婚した一九八九年にこの島に来た。夫は九五年に亡くなったけど、あたしは残ることにした。ひとつの理由は、カルト指導者の牧師と愉快な奇人どもを困らせてやりたかったから。義父のチャーリーの家族はもともと島の住人だった。ウェスト・ヴァージニア州から来た奔放なヒッピー娘なんかに関心はなかったし、こっちも同じ気持ちだった。でもオーティスが溺れ死んで、あたしは親ふたりと取り残されたんだ。ふたりともレッド・ヒルのレイク・キャスター介護施設に入るまで世話したよ」

「立派な義理の娘さんだった」タイタスは言った。

「ちがうね、行くとこがなかったんだよ。ヒッチハイクでホイーリングに戻るか、ふたりにスープを作って股関節を骨折しないようにしてやるかの二択さ」

「去年、うちの父は股関節をやられました」とタイタス。

「あら、そりゃ最悪だ。一度やると完治はしない」

「教会の何を見て、つぶれるべきだと思ったんですか？」タイタスは訊いた。この元ヒッピーが話すことは重要だぞと直感がささやいていた。彼のなかの元ＦＢＩ捜査官は、グリゼルダが胸に一物を持っていることに気づいた。これで事件が解決に向かうことがよくある。人は敵意を抱くことで非常に注意深くなるのだ。

「要するに、彼らはイカれてる。みんな知ってるさ。とにかく、あそこじゃいつもひどいことがおこなわれてる。昔あそこに住んでた男の子、知らないだろ？」グリゼルダは訊いた。

「男の子とは？」タイタスは訊いた。

「まあ待ちな、長くなるから」グリゼルダは絞り染めのフードつきパーカーのポケットから〈ポールモール〉のパックを取り出した。煙草を一本抜いて、ポケットからマッチも一本取り出した。〈ハッシュパピー〉の茶色い靴の踵でマッチをすり、煙草に火をつけるまでが手慣れたなめらかな動作だった。それから深く吸って、灰色に立ち昇る煙を二本、ドラゴンのように鼻から吐いた。

　ポーチを取り囲む青いアジサイの葉がそよ風に揺れた。グリゼルダは脚を組んだ。

「一九八八年か八九年のことだった。オーティスがまだ生きてたからね。この道をちょっと行ったところに、彼の両親が小さなバンガローを持ってた。毎週日曜、彼らはあたしたち夫婦も教会に連れていこうとして、ついにオーティスがあたしを説き伏せた。それがまちがいだったね。あの教会のワーワーわめきまくる礼拝に行ったことはある、保安官？〝終末の時〟ってミュージカルがあったら、まさにあんな感じだろうね。それが終わるとヘビを出してくる。聖なる・〝ファッキング〟・岩教会の礼拝には金輪際行かないとオーティスに言ってやったよ。その日曜はたまたま、イライアスとメア＝ベスがあの男の子を自分たちの子にでっちあげようとした日だった」グリゼルダは言った。

「男の子を？　実の子じゃなかったんですね？」タイタスは訊いた。

「実の子なもんか。メア＝ベスはウサギ並みの繁殖力だったけど、身ごもるといつも太ってたんだ。毎回すごく体重が増えるけど、子供らを追いかけまわしたり、毎週日曜に教会の通路で聖霊ダンスを踊ったりして消費してた。でもあの日曜日にその赤ん坊が現れるまえは、ほんの数十グラムも太ってなかった」

「どこでその赤ん坊をもらったんですか？　自分の娘のひとりが産んだとか？」

　グリゼルダは首を振った。「あたしもそう思ってたけど、娘たちは全員イライアスの世話をしてたんだ。痩せこけてさ、家を出るまではみんなそんな状態だった。あの男の子がどこから来たのかは知らないけど、もといた場所に帰らせてあげたかったね」

タイタスは歯のあいだから息を吸った。「みんなその子につらく当たったんですか?」

「はん、そういう言い方もあるね。野良犬みたいに小突きまわしてたと言ってもいい。あの子が赤毛の畜生みたいに扱われるのを、あたしは十二年間見てた。下働きみたいにこき使ってさ。九歳のときにはリール式芝刈り機で草を刈らせ、十歳になると一年でいちばん暑い月のいちばん暑い時間に外の階段のペンキ塗りをさせてた。あの子がカニ籠の針金かなんかを落として顔を平手打ちされたのを見たときには、イライアスに何か言ってやれって、あたしもオーティスをけしかけたんだ。まえの保安官を呼んだことも何度かある。でも、島の人間に何があろうと誰も気にしちゃくれなかったよ。とりわけ、学校にも行かずに天国の門(一九七〇年代にカリフォルニアで創設されたカルト教団)で教育されてる混血の子にはね」グリゼルダはまた〈ポールモール〉を深く吸った。

「その子は混血だった? 確かですか?」タイタスは尋ねた。

「ああ。髪が縮れはじめてクルーカットにされてたからね。夏ならこんがり日焼けしたと言えるくらいだったけど、髪を見れば混血ってことはわかる。それでイライアスはカンカンに怒ってた」グリゼルダは言った。

「なるほど、想像がつきます。イライアスは人種にことさら寛容なタイプには見えない。

でもそこで疑問が湧きます。その男の子はどこから来たんですか?」タイタスは訊いた。

　グリゼルダは不満そうにつぶやいた。「どっかの貧しい馬鹿な娘が譲ったんじゃないか、あの子がもっといい生活を送れるようにって。とんでもない、その娘はまちがってた。イライアスはデイヴィッド・デューク(KKKの最高幹部を務めた白人国家主義者)より右寄りだ。自分の教会でわめき散らしてないときには、チャロン本土に行って、リー将軍のケツが蹴り飛ばされたことをいまだに嘆く白人たちといっしょに泣いてるよ。自分の娘のひとりが産んだ子だったとしたら、殺しただろうね」

　タイタスは眉を上げた。「本当に?」

「あの男は神や聖書についてベラベラしゃべるけど、あたしの母親はいつも言ってた。悪魔はどんな天使よりうまく聖書を引用するってね。そしてイライアスはあれ以上考えられないほど悪魔に近い」グリゼルダは煙草を長々と吸った。

「そして、イライアスの兄のヘンリーもいた」彼女の口調は、鳥の餌の袋にネズミが入りこんだと言ったときのタイタスの父親に似ていた。

「イライアスの兄がどうしたんですか?」タイタスは焦りすぎないようにした。これはグリゼルダがずっとまえからしたくてたまらなかった話なのだ。

「ヘンリー・ヒリントンは、日曜の朝に信徒と踊るヘビと同じくらい底意地の悪いやつだったよ。ああいうやつはわけもわからず自分を憎み、それをほかの人のせいにする。あの男の子の扱い方はイライアスよりひどかった。あちこち殴りつけて罵り、あの子の歩き方や話し方を笑いものにしてね。ほっといてやりなって、あたしが彼を怒鳴ったことも何度かある」グリゼルダは煙草の火をもみ消すと、もう一本火をつけた。

「だけど、あたしの言ったことも、したことも充分じゃなかった。みんな同じ。ちゃんとあの子に目配りしてやった人は誰もいなかった。そのうちヘンリーは彼をボートに乗せて、カニ籠漁をさせるようになった。ふたりきりでね」グリゼルダは言った。タイタスの目を穴があくほど見つめ、口にする気になれないことを訴えていた。彼女が言わなかったことばが聞こえて、タイタスは肌が粟立つのを感じた。

「そしてある日、ヘンリー・ヒリントンは教会の裏の納屋に閉じこめられて、七、八匹のアメリカマムシとヌママムシに咬まれたのさ。誰かが彼をそこに閉じこめ、頭のてっぺんからイライアスの水槽の中身をぶちまけたんだ。二〇〇〇年のことだったと思う」グリゼルダは言った。

「そんな話は聞いたことがないな。そのころ大学を卒業しましたが、うちの父はこの島で殺人があったなんて一度も言わなかった」タイタスは言った。

グリゼルダは含み笑いした。「はっ、まえの保安官でさえヘンリーには関心がなかったよ。チャロン本土のほとんどの人は彼を憶えてもいないだろうね。それにイライアスがうまく立ちまわって、あれを殺人と呼ばせなかったんだ。ベニングズ保安官にここまで来られて自分のふだんの行動をくわしく調べられたら困るから」

「その男の子だったんですか？　ヘンリーにそんなことをしたのは？　その子はいったいどうなったんです？」

　グリゼルダはまた煙を吐き出した。「さあね。ヘンリーが死んだあと、彼はどうも……消えたようだった。逃げたか、追い出されたか。もし逃げたんだとしたら、行き先がどこだったにしろ、そこの人たちは夜になったら玄関に鍵をかけて、飼ってるペットから目を離さないほうがいいね」

「でも、あなたは彼がヘンリーを殺したと思っている？　頭上からヘビを降らせたのは彼だと？」タイタスは訊いた。

「正直言えば、ヘンリーってのは遅かれ早かれ誰かに殺されるタイプだった。あの子に対する仕打ちときたら。あいつのために流す涙は一滴もないね。それにしてもかわいそうな子だよ。あいつらが言う教会の名のもと、どれほどの苦痛に耐え、憎しみを受けたことか。ひとり殺すぐらいじゃ足りないだろう、え？　ああいう痛みはいつまでも飢えてる」

　グリゼルダは二本目の煙草をもみ消し、静かに言った。「ああいう痛みは食うものを探さずにはいられない」

17

タイタスは保安官事務所の自分の駐車スペースに車を入れた。メモ帳を取り出し、イライアス・ヒリントンの名前を書いて、その横に〝行方不明の少年？　殺された？〟と書いた。グリゼルダが話したことの半分でも本当なら、いまは聖なる岩教会に全神経を集中させるべきだ。

子供たちの肌に彫られた語句の出どころは、聖なる岩教会だった。イライアスの兄を殺した謎の少年は、グリゼルダの話では、たまたま黒人のハーフだった。レイシストのイライアスが混血の子供を育て、虐待していた。被害者の黒人の少年少女には、十五歳未満も、十七歳を超える子供もいなかった。これらすべてがつながっている気がするが、どうつながっているのかはまだわからなかった。と同時に、今日知ったあらゆることに重要な意味がある気もした。

ＦＢＩアカデミーの教官たちは独自のひも理論（物質の最小単位は点ではなくひもだとする物理学の理論）を信じていた。彼らの説明によると、この世界には見えないひもが存在し、それらは日の出と秘密のあいだ、噂と影と嘘のあいだのごくわずかな境目で、誰にも見られず振動している。ひもがあらゆる事象をまとめているので、真実を明らかにするには、ただその結び目を見つけてほどくか、ちぎるだけでいい。

　SUVからおりると、インディアナ州のナンバープレートをつけたバンが入口のそばに駐まっていた。タイタスは歩きだそうとして足を止めた。何を言おうと彼女がやってくることは覚悟しておくべきだった。

　タイタスはため息をついた。あれはケリーの特殊作戦部隊(SOP)だ。許可をもらうより、あとで謝るほうが簡単だ（米軍人、数学博士、プログラミング言語開発者のグレース・ホッパーのことば）。もちろん、ここは自由の国アメリカだから、ヴァージニア州(オールド・ドミニオン)に来るのにタイタスの許可はいらない。ただ今回だけはこっちの話を聞いてほしかったと彼は思った。

「とかくこの世はままならない」とつぶやきながら建物に入った。

　ケリーは通信指令台のそばに立ってカーラと話していた。それをデイヴィ、スティーヴ、もうひとりの男が見ている。デイヴィの目はアンドロメダ星雲よりキラキラしていた。

　ケリーは一部の人にそういう影響を与える。

「あ、ヘイ、ボス。あなたのお友だちと話してました」デイヴィの耳のあたりがなぜか赤く染まりだした。

「ボス？　みんなにそう呼ばせてるの、ヴァージニア？」ケリーが訊き、振り返ってタイタスを見た。背中にかかる濃い鳶（とび）色のロングヘアは、秋が乗り移ったような色だった。あの豊かな髪の下、彼女が着ている革のジャケットの下、シャツの下には背中のほとんどを覆うタトゥーがあることをタイタスは知っていた。中世の城のタトゥーだ。肩甲骨を横切るのは〝星々が火であることを疑おうとも〟の文字。腰のくびれには〝わが愛を疑うことなかれ〟（シェイクスピア著『ハムレット』第二幕第二場より）。ケリーはシェイクスピアが大好きなのだ。タイタスは暗闇でそれらのことばにキスしたことを憶えていた。彼女の声は欲望より深い何かのせいでかすれ、同じ一語を何度もささやいた。

「もっと激しく（ハーダー）」

タイタスはサングラスの奥の目をしばたたいた。こんな妄想に火がついたのは、二年ぶりに生身の彼女に再会したショックのせいにちがいない。帽子を脱ぎ、なんとか立ち止まらずにケリーと取り巻きたちに近づいた。

「おれは誰かに何かを言わせたりしない。この事務所でそういうことはない」

ケリーは彼に微笑み、「タイタス・クラウンは権威を振りかざす人じゃないから」とウインクした。

タイタスは深呼吸した。

ケリーはまだ煙草を吸っているが、タイタスが煙草嫌いなのを知っているから、直前には吸っていないようだ。彼の鼻が正しければ、今朝は一服するのを控えたが、昨日吸ったひと箱がまだ肌と髪で存在を主張している。タイタスのエゴは、ケリーが煙草を控えたのは彼だけのためと言っていた。しかし彼のなかの保安官は、体を寄せてポッドキャストへの出演を受け入れさせるためだと言っている。どちらでもかまわないと思っていることに気づいた。ケリーに再会できてうれしいのは認めざるをえない。歌うような笑い声が聞けて。よりを戻したいわけではないし、ダーリーンといられて本当に幸せだが、ケリー・ストナーとハニーブラウンの目に再会できたこともやはりうれしかった。

「そのとおりだ、ミズ・ストナー」タイタスは言った。一瞬ケリーは片方の眉を上げて、あの笑い声を爆発させた。ふたりで順番に眉を上げて見つめ合ったときのことを思い出した。

いや、おまえは一度だけ振りかざしたじゃないか。レッド・デクレインに。あのマザーファッカーには権威を振りかざした、と頭のなかでかすれた声が言った。

「いまはミズ・ストナーって呼ぶわけ？」ケリーが訊いた。初めは少しむっとしたように見えたが、タイタスの口角がわずかに上がっていることに気づいた。「おーっと、タイタス版のジョークね。めったにないことだから、どんなものか忘れてた。ビッグフットがネッシーに乗ってるのを見るようなものよね」

「おふたりはほんとにつき合ってたんですか？」デイヴィが言った。訊くのを何カ月も我慢していたかのように、ことばが一気に出てきた。

「おれのオフィスに入ろう。ケリーと話がすんだらミーティングだ、いいな?」タイタスが言うと、カーラとデイヴィがうなずいた。

「そりゃ、おれには関係ありませんけど、ただ気になって、だから本当に——」デイヴィは早口で言った。

「そのとおり。おまえには関係ない」タイタスは言った。

「一年半よ。二年近くつき合ったあと、この人は故郷に帰った。名誉なことに、わたしは直接別れを告げられたの。うちに『ルーク・ケイジ』(黒人が主人公のアクションもののドラマ)のTシャツを置いてったでしょ? 長いことあれを枕カバーに使ってたのよ」ケリーが言った。浮かんだ笑みは頰までで、蜂蜜に浸した色の目にはとうてい近づかなかった。

タイタスは心臓が早鐘を打つのを感じた。咳払いをし、「さあ、オフィスで話そう」と言った。ドアにうながそうと彼女の腰のうしろに手を添えそうになって、自分を止めた。熱いストーブに触りかけたように手を引っこめた。

「かしこまりました、ボス。ところで、それっておもちゃの手錠なの、それとも本物?」

ケリーは彼に敬礼し、また笑った。

タイタスはそれ以上何も言わず、自室に向かった。彼女に続いて子犬の目をした男が腰をおろすと、タイタスは帽子を放って壁の釘にかけ、机を挟んだ向かいの椅子に坐った。

「おれのチームのまえでああいうことを言うなよ」

「どういうこと？　手錠のこと？　やだ、ヴァージニア、ただの冗談じゃない。みんな大人なんだし」ケリーが言って、くすっと笑った。ほかにも嫌味を言いたいのだろう。それを叱ればまた嫌味を返される。昔だったら、そのあと彼女に壁に押しつけられて、互いに体を密着させていた。

けれど、いまは昔ではない。

「大人と言えば、まだきみの友だちを紹介してもらってないぞ」タイタスは言った。

「あ、こちらはヘクター。ヘクター、こちらはＦＢＩフォート・ウェイン支局の特別捜査官だったタイタス・クラウン保安官」ケリーは言った。ヘクターが差し出した手を、タイタスはとくに威圧する気もなく強く握った。ヘクターも対抗して握り返そうとしたが、うまくいかず、手を引っこめた。

「初めまして、保安官。ポッドキャストの音声全般を担当しています」

「機材はどこに？」タイタスは訊いた。

「ああ、バンのなかです。ケリーに言われて――」

「アポなしで行こうと言ったのよ。あなたに電話してインタビューの時間があるかどうか訊いてたら、最後の審判の日まではぐらかされるから」ケリーが言った。

タイタスはサングラスをはずした。「きみの言うとおりかもしれない。スピアマンの事件のほかにも、いろいろ立てこんでるんだ」

「でも、出ていけとはまだ言わないのね」

タイタスは首を振った。「きみが町で住民と話すことは止められない。彼らに質問することも。だがおれも、捜査が始まったばかりの事件の詳細をきみに伝えることはできない」

「なら伝えないで。かまわない。あなたのことを話してよ。自分たちのなかに、これまでずっと殺人者がいたとわかった気分は？　正確に言えば、三人の殺人者ね。どう感じてるか聞かせて」ケリーは身を乗り出し、人差し指でタイタスの机を叩いて強調しながら言った。

どう感じてるか？　タイタスは考えた。童話の悪い狼と対決する木こりの気分だ。誰かの腹を切り裂かないと日常の感覚が戻ってこない。そう感じてる。

「きみという人を知ってるから、インタビューを完全に避ける努力はしない」タイタスは言った。

ケリーが話をさえぎった。「ヘクター、機材を取ってきて！　後悔はさせないわ、ヴァージニア」

ヘクターが椅子から立った。

「坐ってくれ、ヘクター」タイタスは言った。

ヘクターはまた椅子にどさっと坐った。

「まず条件を決めよう。おれがきみに話をする。捜査に関するコメントをいくつか。それで終わりだ。異論はないな、インディアナ？」タイタスは言った。

ケリーは微笑んだ。「もちろん」

「よし。じゃあ機材を取りに行っていい、ヘクター」タイタスは言った。ヘクターは立ち上がり、急いで出ていった。

「彼がきみの……？」タイタスは質問をふたりのあいだに漂わせた。

「ヘクター？　いいえ、彼はただの音声さんで、番組を手伝ってくれてるだけ。じつは、行きつけのタトゥー店で働いてる人とデートしてるの。嫉妬した、ヴァージニア？　というか、あなたとダーリーンはつき合ってるんでしょ？」ケリーが言った。

「誰が言った？　当ててみようか、デイヴィだ」

ケリーはうなずいた。「お馬鹿さんよね。でもかわいい」

「デイヴィはいいやつさ。ただ腹をこわした人間みたいなもので、何も押さえておけない。そして答えはイエスだ。おれとダーリーンは一年近くつき合ってる」

「あなた幸せ？」ケリーは訊いた。

「きみは？」

「わたしが先に質問したの」

タイタスは椅子の背にもたれた。「ああ。ダーリーンはすてきな女性だから、いっしょにいられて幸せだ」

「そう、よかった。わたしとポールは始まったばかりって感じ。幸せかどうか判断できるほど長くつき合ってない。でも、彼女があなたにやさしくて、あなたの支えになってるなら、わたしもうれしい」ケリーは言った。机越しに目が合った。タイタスは嘘を見抜くのが得意だった。ケリーはかならずしも嘘をついていないが、心からの真実も語っていない。

それはふたりとも同じだった。

「おれ――」タイタスが言いかけたとき、ヘクターがオフィスに戻ってきた。

「だいぶ温まってきました？」ヘクターはニヤリとして訊いた。


短いインタビューのはずが、四十五分の会話になった。終わってヘクターが機材をまとめているときに、ケリーはふざけてタイタスの腕に拳を打ちこんだ。

「ねえ、いまも一日二百回腕立て伏せしてるの？」

「一日おきだ」タイタスは言い、ふたりは彼の机にもたれた。

「さて、わたしが銃に気を取られるまえに言っとくね。編集ずみのエピソードを聞きたかったら二、三日後にわたしたちの朝食つきの宿（B&B）まで来て」

「〈トッドの宿〉か？」

「すっごい推理力でびっくりする」ケリーは言った。

タイタスが見ると、彼女は皮肉な笑みを浮かべていた。「小さな町に住むメリットのひとつだ。ここにB&Bは一軒しかない」

「とにかく、いま言ったように、音声を聞きたかったら知らせて」ケリーは言った。数分間、どちらも何も話さず、ヘクターがコードやマイクを片づけるのをただ見ていた。

「たぶん遅い時間になるぞ」タイタスは言った。

「いいわよ。別にあなたとチャロンの繁華街で遊びまわりたいわけじゃないし」ケリーは言った。


タイタスはふたりをバンまで送っていった。ヘクターが運転席に、ケリーは助手席に乗りこんだ。車の窓が下がり、彼女が半身を乗り出して手招きした。タイタスは一歩近づいて腕組みをした。

「会えてとてもうれしかったわ、ヴァージニア」

「おれもだ、ケリー」

「あなたがいなくなって寂しかった」ケリーは言った。タイタスは彼女が過去形を使ったことに気づいた。

「きみには、おれなんかよりもっとふさわしいやつがいる」

ケリーは自分の掌にキスをして、彼の手を取った。「わたしたちがどれほど幸せだったか、あなたはぜったい認めないわよね。自分でコントロールできないことを自分のせいにして、自分を罰しつづける人だから」掌をタイタスの掌に押しつけた。傍目(はため)には握手しているようにしか見えないだろう。

「そんな……つもりじゃなかった」タイタスは言った。

「だよね、ヴァージニア」ケリーは言い、彼の手をもう一度ぎゅっと握って放した。タイタスは道の向こうに消えていくバンを、テールランプがかすむまで見送った。

18

タイタスは組んだ両手を机に置いて坐っていた。スティーヴ、デイヴィ、カーラ、ダグラス、トレイが机のまえに集まっていた。

「カーラ、コールの携帯から何かわかったか？　靴箱に入ってた皮膚とコールの顔の関連性について監察医はなんと言ってた？」タイタスは訊いた。カーラは自分の携帯電話を取り出して、メモを読んだ。

「歯科記録からコールの身元を確認するそうです。あの皮膚を調べるのには数日かかります。まちがいなくコールの顔だということですが、もともとわたしたちにもわかってました。コールの携帯を調べたところ、最後にかかってきた電話は保険延長の勧誘でした。最後にかけた電話番号はもう使われていません。最後に受信したメッセージはダヤン・カーターからで、〝いつもの場所で待ってるね〟のあとに疑問符と悪魔の絵文字」カーラは言った。

タイタスは背筋を伸ばした。「水産工場のダヤンか？」

カーラはうなずいた。

「それは今日おれが調べたことと辻褄（つじつま）が合う」スティーヴが言った。タイタスは人差し指をまわして、続けろとうながした。

「えー、リディア・ハートの話では、コールとダヤンはかなり親しかったようです。コールはガールフレンドに隠れてダヤンとつき合ってたかもしれない。で、いいですか。リディアが言うには、ラトレルはときどきコールといっしょにブツを運んでたらしい。とくに、届けるものが多いときには。リディアはこれまでコールをトラブルに巻きこみたくなくて黙っていましたが、彼が死んだことは知れわたってるからもういいだろうって。あと、ジャスパーとコットンは、昨日の夜、ディンウィディ郡の競馬場でレースを観てました。同行したガールフレンドたちが証言しましたし、ジャスパーは馬券の半券も見せてくれました。彼はもう何週間もラトレルには会っていないと言ってましたが、おれは嘘だと思います。でもとにかく、昨晩はチャロンにはいませんでした」スティーヴは言った。

タイタスは立ち上がり、机のまえにまわった。

「よし、ジャスパーはコールの件ではシロだな。それから、遺体に刻まれた語句の出どころは、聖なる岩教会――具体的にはイライアスだ。かつて聖なる岩教会に住んでいた少年の話も聞いてきた」タイタスは言った。グリゼルダから聞いた悲しい話――少年と納屋とヘンリー・ヒリントンの早すぎた死――をみなにくわしく語った。

「コールはその教会にかよってたんですか？」カーラが訊いた。

「いや、第一コリント教会です。おれといっしょに夏休みの聖書勉強会に参加してました」デイヴィが言った。

「コールはリッキー・サワーズの一派とつき合ってたのか？　イライアスは彼らと親しそうだが」タイタスは言った。

「いいえ。コールは彼らと意見が合ったでしょうけど、これまでにわかったことを総合すると、工場と運び屋の仕事で忙しすぎて、南軍兵のコスプレに加わる暇はなかったようです」カーラが言った。

　デイヴィが舌打ちをした。

「何か問題でも、ヒルデブラント保安官補？」タイタスは訊いた。

「あー、いえ……ただ、あのグループの全員がレイシストとはかぎりません。それだけです」デイヴィは静かに言った。

　タイタスはデイヴィに注意を集中させた。「つまり、〈南部連合の息子たち〉クリケット・ヒル第二二三九連隊の全員が、奴隷制度は南部にとって妥当な経済体制だったと思っているわけではないということか？」タイタスは尋ねた。

「え……えーと」

「すまない、言い方を変えようか。〈南部連合の息子たち〉クリケット・ヒル第二二三九連隊の全員が、コーナーストーンの演説でアレクサンダー・スティーヴンズ（南北戦争時のアメリカ連合国副大統領）が言ったように、黒人（ニグロ）は白人に従属するのが正しいと思っているわけではない？」

タイタスは言った。

「いや、ただ、おれのいとこもあのグループにいますけど、彼はレイシストじゃありません」デイヴィは言った。

タイタスはデイヴィに近づき、その背後にまわると、身を屈めて耳元に口を寄せた。

「デイヴィ、おまえのいとこがレイシストじゃないとしても、レイシストとつるむのがものすごく心地いいんだろうな。両者にちがいはない。ミーティングを再開していいか、保安官補？」

「はい、保安官」デイヴィは小さく言った。

タイタスは机に戻った。

「カーラ、もう一度監察医に連絡して、ほかにも身元が特定できた子がいないか訊いてくれ。もしいたら、彼らがどこから来たのか地図で調べて、ラトレルとコールの配達場所と一致するか確かめよう」タイタスは言った。

「考えていることはわかりますが、ボス、もしコールが三番目の狼なら、誰が彼を殺したんですか？　四番目の狼？」スティーヴが訊いた。

タイタスはまた坐り、考えながら指先で机をコツコツと叩いた。「いや、あの動画に映ってたのは三人だけだ。コールは三番目の狼の正体を知ってたんだと思う。子供たちの身元を特定し、彼らがいた場所を確かめる必要がある。スティーヴ、イライアスから目を離さないでくれ。それと、私用の車を使うように」タイタスは言った。

「わかりました、ボス」スティーヴは言った。

「イライアスがこれにどうかかわるんですか？」カーラが訊いた。

　タイタスは椅子をまわして、うしろの壁を見た。机のうしろに掲示板を作っていた。立ち上がり、机からマーカーと紙数枚を取り出すと、それぞれの紙にイライアス、コール、ラトレル、スピアマンの名前を書いた。昨年秋のシャッド・プランキング（毎年四月にヴァージニア州ウェイクフィールドでおこなわれる政治イベント）のチラシをはがし、代わりにそれらの紙を掲示板に貼った。

「遺体に刻まれていたのはイライアスのことばだ。彼は自分が育てた子に兄を殺された。混血の子に。だからイライアスは重要参考人だ。ラトレルとコールはいっしょに配達をし、ふたりとも死んだ。彼らとイライアスにつながりはあるのか？　イライアスが三番目の狼なのか？　とはいえ、彼にコールを押さえつけるほどの腕力はなさそうだ。コールはある男のために働いたと言っていた。だから通報してきたんだ。そして遺体で発見された。死ぬまえ最後に受信したメッセージはダヤン・カーターからだった」タイタスは言った。

「イライアスじゃないのかも。彼は誰かをかばってるのかもしれません。息子たちとか？」スティーヴが意見を言った。

「え？」タイタスは振り向いた。スティーヴは質問をくり返した。

「鋭い指摘だ、スティーヴ。計画を変更する。明日朝いちでイライアスに会いに行ってくれ。例の少年が誰なのか、イライアスがその子をどうしたのか知りたい。それからカーラ、ダヤン・カーターをここに連れてきてくれ。なぜコールが雄鹿みたいに殺された夜に会いたがったのか訊きたい。よし、ミーティングは以上」タイタスは言った。

部下たちが部屋から出ていった。トレイは席に残った。タイタスはほかの全員が出ていくのを待ってからドアを閉めた。自分のオフィスチェアに坐り、うしろにもたれた。

「いままでひどく無口だったのは、頼んでおいた仕事について何か報告があるからだろうな」タイタスは言った。

トレイはうなずいた。「今朝、銀行に寄って、支店長と窓口係主任のナディア・マンチエスターに話を聞いてきました。ナディアとは同窓生なんです」

「それで？」

トレイは茶色いブレザーの内ポケットに手を入れ、紙を一枚取り出した。「召喚令状で手に入ったのは、リストの人たちの取引記録だけですが、全員シロでした」トレイは言い、タイタスに紙を渡した。「でも、念のためナディアに頼んで、保安官事務所の全員の取引記録を出してもらいました。公平の観点から、ぼくの記録も。もとの命令の範囲を超えてますから、証拠として採用できるか、郡の検事が捜査したがるかはわかりません。要するに、すべて状況証拠ですが、ダーネルが言ったことと一致するんです」

マーキスの話とも一致する。報告書に記された金額と口座名を見ながら、タイタスは思った。

「この先どうしますか？」トレイは訊いた。

タイタスは顔を上げた。扱いがむずかしい問題で、気が重かった。「ここだけの話にしておこう。賄賂を贈ったとジャスパーに証言させないかぎり、ヴォーン・キャリスみたいなへぼ弁護士にも負ける。出入金の日付が一致しても、ジャスパーからの送金だと証明することはできないが、こいつを解雇することはかならずできる」タイタスは言った。〝こいつを解雇する〟と言う声が震えた。怒りが頂点に達しそうになると声が震えるのだ。

「わかりました。まあ、これで発砲の調査もやりにくくなりますね」トレイは言うと、立ち上がってドアに向かった。

「なあ、どうして全員の記録を調べようと思った？」タイタスは訊いた。

トレイは立ち止まり、ドアノブに手をかけたまま振り返った。「あなたもぼくの立場だったらそうしてたと思います」

そう言い残して出ていった。

残りの一日は燃える蠟燭（ろうそく）が溶けていくようにすぎた。冬に垂れる松の樹液さながら、退屈な仕事が延々と続いた。夜が近づくと、タイタスはノートパソコンとメモ帳を取って、机の下に置いてある書類カバンに入れた。家に持ち帰って、事件にかかわるすべてのことを別の角度から見直す必要があった。ひもの結び目を見つけなければならない。

帽子を手にしたところで、机の電話が鳴った。取ろうか迷った。カムに大声で呼びかけて伝言を聞いてもらってもいいが、それは甘えた考えだ。胸に星のバッジがあるかぎり、電話を避けるという選択肢はない。

帽子を置いて受話器を取った。

「保安官と話したいという人から、外線一番です」カムが言った。

「了解」タイタスは言い、一番を押した。

「クラウン保安官です。どうしました?」

受話器越しに悪魔のような声が聞こえた。あとで振り返ると、映画『エクソシスト』でマッケンブリッジが演じた悪魔のような声だった。デジタルボイスチェンジャーが使われていると頭のどこかで意識した。どんな携帯にもダウンロードできるアプリだ。

「ヨハネの黙示録第二十一章第四節」声が言った。ピアノ線がピンと張られたように、電話線が低い音を立てた。タイタスは受話器を右耳から左耳に当て直した。背景から、どんな音でもいいから何か聞こえないかと神経を集中させた。孤独な少年のいたずら電話だったらいいのにと願ってもいた。だが一瞬のためらいもなく、この電話は重要だとわかった。

いまのたったひとつの発言の重々しさが、タイタスの心から疑いめいたものをすべて消し去った。電話の先にいるのが誰かはわからないが、通話自体は真剣だった。

「〝かれらの目の涙をことごとく拭い去り給わん。今よりのち死もなく、悲歎も號叫も苦痛もなかるべし。前のもの既に過ぎ去りたればなり〟。聖書の豆知識クイズですか？　そんなことのために電話してきた？　ふざけた遊びで電話回線を占有している暇はないんだが」できるだけ保安官らしい声で言った。電話の相手が沈黙した。ほかの声も、リーフブロワーや車のクラクションといったほかの音も聞こえない。つまり電話の主は室内にいる。おそらく住居の中央の部屋でドアを閉めきって、電話を耳に押し当てている。カラヴァッジョの絵画のような光景が目に浮かんだ。

「教えてくれ、保安官。なぜイエスは天から手を差し伸べず、少年や少女の肌におれが聖書のことばを刻むときに彼らの涙をふいてくれなかった？」

タイタスは部屋の入口まで受話器のコードを引き伸ばし、カムに指をパチンと鳴らした。彼を指差し、声に出さずに〝逆探知しろ〟と言った。

被害者の肌に彫られていた語句の詳細は公表されていなかった。そのこと自体を知らない部下もいる。タイタスも忘れようと努めてきた。

これは三番目の狼からの電話だ。

「そうなってほしかったのか？　イエスを試してたのか？」タイタスは言った。カムが通話を処理するパソコンを起動するあいだ、冷静な口調を保った。保安官からマフィアの首領の顧問役(コンシリエーレ)に切り替えたのだ。これもＦＢＩアカデミーで学んだことだった。容疑者がどれほど混乱してひねくれたことを言っても、こちらからは親密な関係を築こうとしなければならない。たとえあとで漂白剤を口に含んでゆすぎたい気持ちになっても。

「創世記第九章第二十節から二十七節」声が言った。

「ハムの呪い？　おまえとスピアマンとラトレルがやったことの言いわけがそれか？　だから少年少女をターゲットにしたのか？」タイタスは穏やかに言った。この怪物に感情移入すると体の具合が悪くなりそうだった。あの気の毒な子供たちが見えた。なかにはおそらく成人に近い子もいたが、幼い彼らがスピアマンとこの変態のなすがままになり、そのうしろでラトレルが泣いている。そんな光景がカットグラスのように鮮明に心に浮かんだ。

「ラトレル……には驚かされた。あんなことをするとは思わなかった。おれはあんたに命を救われたよ、保安官」声が言った。

「すまない、おれの落ち度だ。あんなことはもう二度と起きない」タイタスは言った。相手に共感するにも限度があった。

声の主は含み笑いした。「ヨハネ伝福音書第十章第十二節」

タイタスは眉をひそめた。また沈黙が続いた。彼は聖書のその部分を知っていたが、正確な文言は記憶の外でちらつくだけだった。

「おや、保安官、ついにこっちの勝ちかな？　ヒントをやろう。おれが来るのを見たらあんたは逃げるか？　狼があんたの羊の群れを食い尽くしに来たら、逃げるのか？」

電話が切れた。

タイタスはロビーに駆けこんだ。

「番号を突き止めただろうな」

カムは下唇を嚙んだ。「非通知でした……すみません、ボス」

タイタスは顔をこすった。チャロンはヴァージニア州の小さな郡だ。警察に自前の監視部門がある大都市とはちがう。そんな大層なものが必要だったためしはないが、たったいまは、できそこないだろうとテクノロジー班が手に入るなら左腕を捧げてもよかった。

「気にするな、カム。われわれはベストを尽くしてる」タイタスは言った。

オフィスに戻り、犯罪捜査局（BCI）――州警察特別捜査班の正式名称だ――に電話をかけた。

「BCIです」

「ギアリー刑事と話したいんですが。こちらはチャロン郡のタイタス・クラウン保安官」

「ギアリー刑事はいま電話に出られません。伝言を残しますか？」

「ええ。この保安官事務所の一般電話に逆探知機をつける必要があるとお伝えください。たったいま殺人犯から電話があったんです」タイタスは言った。

19

タイタスは事務所をあとにし、ストレイヤー郡との郡境に近いウェスト川のほうへ車を走らせた。曲がってグリフィン・ロードに入り、また曲がってキングストン・レーンに入った。キングストン・レーンにはこぢんまりしたランチハウスが三軒並び、裏庭からは沼地とウェスト川の左岸が広がっている。そのうちの一軒は、チャロン郡では高級レストランで通っている〈パックス・ロマーナ〉のシェフ、キャボット・ヴェンチュリスの家だ。次はセスとスーアン・サトクリフ夫妻の家。セスは旗工場でシフト管理をしている。たしかタイタスは、スーアンがマルチ商法の業者を介して蠟燭と芳香剤を売っていて、収入より高額な経費を払っていると聞いたことがあった。

三軒目には保安官補のひとりが住んでいた。

砂利が浮き出たコンクリートのドライブウェイに入り、白いオークの並木の横を通り抜けた。泣き妖精（バンシー）の髪のようにサルオガセモドキが木々を覆って垂れ下がっている。午後の木もれ日がタイタスの行く手に暗い影を落としていた。

　赤いトラック、グレーのセダン、しゃれた青いツードアのミニクーペの隣に車を駐めた。外に出て、ネクタイを直し、帽子を整えてから玄関に向かった。ドアベルを鳴らして、待った。

　バーバラ・サドラーがドアを開けた。

「こんにちは、タイタス」彼女は長いブロンドの髪を無造作に束ね、着古したTシャツと裾を切ったデニムショートパンツという恰好だった。微笑みも見せず、なかに入ってとも言わない。腰に手を当て、口をきつく結んだ態度から、夫のトムが管理休暇処分になったのが気に食わないのだとわかった。

「トムはここに?」タイタスは訊いた。

「裏にいるわ。いっしょにプールの水を抜いてたの」バーバラは、まだ家に入れと言わなかった。

「彼と話したいんだ。入っていいかな?」タイタスは尋ねた。バーバラは、あなただけは玄関に入れたくないという目で彼を見たが、それでも脇にどいた。

「ウッドデッキにいる」彼女は言った。タイタスはリビングを抜けて台所を通り、ガラスの引き戸を開けてウッドデッキに出た。バーバラはついてこなかった。

　トムは木製のアディロンダックチェアに坐り、大きな黄色いプラスチックのカップから何か飲んでいた。タイタスが目のまえに立つと、トムはまた長々と飲んで顔をしかめ、椅子の横のテーブルにカップを置いた。

「調子はどうです、タイタス？　スピアマン事件で進展はありましたか？」トムは訊いた。

タイタスは彼を見おろし、たるんだ目元と、切れた血管だらけの細い鼻を観察した。白目は黄ばんでいる。もうどのくらいアルコール依存症だったのだろう。なぜもっとまえに気づかなかった？　彼がふだんのんびりしているせいで、酒（スピリッツ）への依存が見抜けなかったのだろう。もちろん精霊（スピリッツ）ではなく、壜入りのほうだ。トムは相手に合わせて仲よくやっていくタイプで、波風を立てることはない。それが彼の依存症と二面性を隠すのに役立ったのだ。

「その話をしに来たんじゃない、トム」タイタスは言った。

「管理休暇を解きに来てくれたんですか？」トムは尋ねたが、自分でもそんな話は信じていないようだった。

「トム、おまえとジャスパーのことはわかってる」タイタスは言った。遠まわしな物言いは無用だ。

トムはカップを顔まで持ち上げた。ひげだらけの顎に薄い琥珀色の液体が垂れた。彼は空（から）のカップをテーブルに戻した。「おれとジャスパーがどうしたって？　ときどき〈ウォータリング・ホール〉のそばは通りますけど、それだけだ。あなたが何を言ってるのかわからないな」ほとんどささやき声だった。

タイタスはサングラスをはずし、そのつるで胸のバッジを軽く叩いた。

「これが何か知ってるな。ただのバッジじゃない。契約だ。これを身につけたら〝保護と奉仕〟の契約を結んだことになる。それだけじゃない。おまえが仕える人々の安全を精いっぱい守ると約束してるってことだ。彼らの子供、その息子たち、娘たち、その兄弟姉妹の安全を。とにかくこのバッジにはそういう意味がある。しょせん理想だよな？　だが、その約束を破れば、この星はただの安物のブリキに、おまえは嘘つきに成り下がる」タイタスは言った。

「タイタス、なんの話をしてるんです？」トムは言った。ひとり言も同然の低い声だった。

「おまえはジャスパーに手入れの日時を教えて金をもらっていた。去年おれたちが店に乗りこんだのは四回。そして四回とも、手入れのまえの週におまえの銀行口座に多額の入金があった。一回につき九千九百九十九ドル。あと一ドルで内国歳入庁（IRS）に自動的に報告がいく金額だ。合計四万ドル」タイタスは言った。告発ではなく、揺るぎない事実として。トムは空のカップを見つめた。

「おれの保安官補の給料は年二万八千ドル。娘はこの秋からメアリー・ワシントン大学にかよいたがってる。妻は乳がんで、片方の乳房切除の手術を受けた。もう片方も手術が必要になるかもしれない」トムは言った。

「トム、バーバラのことは気の毒だし、アリソンがメアリー・ワシントンに合格することも祈ってるが、不幸話なんかしないでくれ。おまえはグラディエーターのトラックを乗りまわし、バーバラはレクサスを転がし、アリソンがミニクーパーに乗って、おれたちは庭を掘って作った本物のプールを見渡す煉瓦造りの家の裏で、六メートル四方のウッドデッキに坐ってるんだから。そうやっておれを見下すな。少なくとも、すでに見下してる以上に見下すな」タイタスは言い、自分が非番のときに使う八年もののジープ・ワゴニアのことを思った。

「おれは何も言ってませんよ。いまの状況を話してるだけだ。あなたにはわからない。おれには……いろいろ事情があるんです」トムは言った。

「だからラトレルを撃ったのか？　いろいろ事情があるから？」タイタスは尋ねた。

「な……なんでそんなことを？」

タイタスはトムの椅子に近づいた。遠くで水鳥の愛の歌が湿地を渡った。

「ラトレルはおまえがジャスパーの店で彼としゃべってるところを見た。おまえが賄賂をもらってることを知ってたんだ。だから、ラトレルがジェフ・スピアマンの頭を吹っ飛ばして階段をおりてきたとき、おまえはこれ幸いと彼を葬り去り、自分とジャスパーがいっしょにいたことを口外できないようにした。ラトレルが武器を所持して危険だったのは幸せな偶然だった。おまえはチャンスを見いだし、つかんだ。最悪なのは、たぶんおまえが罪を問われず逃げきれるってことだ。チャロン郡の最優秀教師に危害を加えた頭のおかしい黒人を殺したからって、郡検事は指一本動かさないだろう。いまやおまえはヒーローで、ヒーローのマスクをはがしたいやつは誰もいない」タイタスは言った。屈んで彼の椅子の肘掛けに両手を置いた。トムとの距離は二センチで、キスできるほど近かった。

「だから、おまえを第一級殺人で刑務所にぶちこむことはできないが、そのブリキの欠片と銃を取り上げ、金輪際チャロン郡保安官事務所の制服を着させないようにすることはできる。たいしたことじゃない。というか、ほとんどなんの価値もないが、おれはそうして自分の約束を果たす。そうやって人々の安全を守る。だからトム？　これからはその足の小指一本でも一線を越えるなよ。おれは見張っていて、おまえが少しでもおかしなことをしたらムショに放りこむことを自分の使命にする。くそマットレスの製品タグを切ることすらやめておけ」タイタスはささやいた。

　そしてまっすぐに立った。

「バッジは送れ。銃は明日返しに来い」

「タイタス……おれは何も――」

「トム、おまえがジャスパーの手先となって働いたせいで、近所の子供の何人が薬物を過剰摂取した？　おまえが新しいプールの汲み上げポンプを買いたいせいで、何人の子が土に埋まってる？　そのことをよく考えるまでは、二度とおれに話しかけるな」タイタスは言った。

ウッドデッキの階段をおり、前庭を通ってＳＵＶに戻った。歩き去るときにトムのすすり泣きが聞こえた気がした。


玄関からなかに入ると、父親がポークチョップを作っているところだった。リビングにいても玉ねぎとピーマンとニンニクの香りがした。タイタスは帽子を脱いでサングラスをはずし、台所の父親のところへ行った。

「何してる、父さん？　家を燃やそうってのか？」まじめくさった声で言った。

「おい、黙ってろ。明日のためにポークチョップを作ってるんだ」アルバートは言った。

「夕食じゃないのか？　父さんにその仕事は向いてない」とタイタス。

アルバートはむっとしてため息をついた。「まず息子に食事を作らないとでも思うのか？　冷蔵庫に入ってるから、あっためて食べろ」

タイタスは冷蔵庫からポークチョップ、マッシュポテト、コラードの若葉の皿を取り出した。電子レンジに入れ、放射エネルギーが仕事をしているあいだにビールを出した。アルバートはジュージュー音を立てる油のなかでポークチョップをひっくり返し、タイタスはビールを飲んだ。父親の両肩に力が入り、ゆるみ、また力が入った。

ようやくアルバートは振り返り、息子を見た。

「考えてたんだ。ああいうことがあっておまえが忙しいのはわかってるし、教会が好きじゃないことも知ってるが、できれば……」

「父さん、はっきり言えよ」タイタスは何を訊かれるかもうわかっていた。父親の前屈みの姿勢と顔のしわに書いてある。

「明日いっしょにジーンの葬儀に出てくれないか？　あいつにはあまり親類もいないし、たぶん来る人は少ないと思う……いや、じつを言うと、おまえが必要なんだ……ジーンはおれの親友だった」アルバートはエプロンで両手をふき、玉ねぎを刻んだ手を目に近づけないようにしながら、手の甲で口をぬぐった。

タイタスはビールを飲んだ。「どうかな、父さん。いま本当に取りこみ中だから。今日もひとり解雇しなきゃならなかった」

「え？　誰を？」アルバートは訊いた。

「どうでもいいだろ。とにかく明日は行けない、父さん」

アルバートはフライパンに向き直り、火を弱めた。盛大な油の音は小さく泡立つ音に変わった。彼は背を向けたままタイタスに話しかけた。

「多くは望まない。おまえにはいろいろ責任があるもんな。主よ憐れみたまえ、母さんが亡くなってからこっち、おまえは死ぬほど責任を負ってきた。無理は言いたくないが、父親として頼んでる。つまり……いっしょに来てくれないかと思ったんだ。そして母さんの墓に花を供えられたらいいなと」そう言ってため息をついた。「おかしなもんだな。最初はあそこに毎週行ってた。行くことしか考えられなかった。でも少しずつ、タイヤから空気がもれるみたいに、気づけばだんだん足が遠のいて、ある日、顔を上げたらおまえの保安官就任一周年で、人生でいちばん幸せな日に親友を墓に埋めていて、去年の誕生日以来ずっと母さんに会いに行ってないんだ」

アルバートはひと呼吸おいた。「ひとりでできるかどうかわからない」

タイタスはビールをカウンターに置いた。長いこと父親を見てきたが、ここまで泣きだしそうになっているのは初めてだった。

「オーケイ、父さん。行こう。おれも行くよ」タイタスは言った。

アルバートはフライパンを火からおろし、カウンターにのせた。タイタスに近づき、彼を抱きしめた。「ありがとう、息子よ」そう言ってタイタスの背中を一、二、三回叩いた。

「料理を食ってくれ。最高に美味いポークチョップだぞ」アルバートは言った。

その夜遅く、タイタスはベッドの上で事件について考えた。巨大なディーゼルパンク（ディーゼルエンジンが普及した時代の世界観を描いたフィクション）の機械の歯車のようにゆっくりと、しかし着実に考えを進めていると、電話が鳴った。

「はい？」

「わたし」ダーリーンが言った。

「おう。どうした?」

「わからない。何してるかなと思って。一日じゅう連絡がなかったから」彼女は言った。

タイタスは目を閉じた。「そうだな。大忙しだったんだ。すまない。いろいろありすぎて」

「そっちに行きたいけど……家から車まで歩くのも不安な感じ」ダーリーンは笑ったが、そこに明るさはなかった。

「だいじょうぶさ。明日の夜来るといい。朝はちょっとやることがあって、午後は父さんを友だちのジーンの葬儀に連れていくから、そのあとなら」タイタスは言った。

「今日、町に19チャンネルが来てるのを見たの。ワンダ・リーに聞いたんだけど、誰か女の人がポッドキャストか何かの取材で〈セーフウェイ〉から出てくる人を待ち伏せして、あれこれ質問してるって。なんだかもう昔のチャロンじゃないみたい。ホラー映画の登場人物になった気分。でも、わたしは最後まで生き残る少女にはなりたくないけど」ダーリーンは言った。

「なあ、ひとつ話さなきゃいけないことがある」タイタスは言った。

電話の向こうが静かになった。

「ええ」数秒後にダーリーンが言った。

「その〈セーフウェイ〉の女性?　名前はケリー・ストナーといって、今日事務所に来た。

インディアナ州から来た記者だ」タイタスは言ったあと、短い間を置いた。

「彼女はみんなに、あなたと友だちだって話してた」ダーリーンは言った。

また沈黙。

タイタスはため息をついた。「おれたちは友だち以上の関係だった。しばらくつき合ってたんだ。それを知らせておきたかった」

「わかった」

「だいじょうぶか?」

「ええ。だって、ずっとまえに別れたんでしょう?」ダーリーンは訊いた。

そう、とタイタスは思った。だが今日ケリーに会ったとき、おれの口は乾き、心臓が肋骨に打ちつけられるほどドキドキした。おれたちは暴力一歩手前のセックスをしていた。下品だったとあとから感じるほどの。でもそれがよかった。よかったと感じる自分が嫌になる。彼女は奔放で、魅力的であると同時に、こっちをおかしくするようなところがある。おれは奔放になるのも、野蛮になるのも、自制が利かなくなるのも嫌いだ。

「そう。ずっと昔に終わった話だ」タイタスは言った。

20

　タイタスは翌朝七時にはオフィスの机についていた。カムと、夜勤の職員のメモに迎えられた。八十代で射撃の腕前がひどいジューン・ベイカー夫人が、通りの先に住む子供ふたりに夜十時に自宅の窓を叩かれて、窓越しに彼らを撃っていた。ピップによると、ベイカー夫人は〝あの子たちを殺した若者〟が窓の外にいたと思ったらしい。子供たちは無事で、髪にちょっとガラスが入り、下着にちょっともらしただけですんだ。

「外線二番に監察医からです」タイタスがコーヒーを置く間もなく、カムが言った。タイタスは受話器を取って耳と肩で挟み、書類カバンを机に置いた。

「はい」

「保安官、医師のキムです。歯科記録とＤＮＡからコール・マーシャルの身元が確認できました」

「ありがとう、ドクター・キム。この件ではずいぶん協力していただいて感謝してます」

タイタスは言い、コールの両親に連絡をして保安官事務所のソーシャルメディアのサイトに声明を載せようと心にとどめた。

「あなたも同じことを言うでしょうけど、これが仕事ですから。それと、いまのうちに知らせておくと、そちらに届けられた皮膚の一部を分析しています。あと、遺体に付着していた物質のサンプルと、遺体そのものから採ったサンプルのDNA解析も。家族のDNAから犯人を特定する新しい技術を使います。今週末には何かしらの結果が出るはず」キム医師は言った。

「すごくいい知らせです。その技術をこっちでも少し使えるといいんだが」

「保安官、これも伝えたかったんですが、ヤナギの木の下の遺体から、かつらに使われる合成繊維が見つかったでしょ。あれと同じ繊維がミスター・マーシャルの遺体からも見つかりました」キム医師は言った。

　タイタスはうなずいた。これで自分の推測が正しかったことが確認できた。三番目の狼がコール・マーシャルを殺したのだ。

「コールの死因は何でしたか？　喉を切られたせいだと思いますが、まだ生きてるときにやられたんでしょうか。ナイフの種類は特定できましたか？」タイタスは訊いた。

「死因は頸動脈と大腿動脈の裂傷でした。襲撃者に肺を引き抜かれたときには、まだ生きていたと思う。舌骨に損傷があったのは、首を絞められたか、そのまま扼殺されたせいでしょう。ナイフはたぶん猟刀のような刃の幅が広いタイプで、切れ味がきわめて鋭い刃物」キム医師は言い、タイタスが返事をするまえに、また話しはじめた。

「保安官、これをやった人は、信じられないくらい精神が乱れています。あなたは全部お見通しだと思うけど」

「ええ、そうですね」タイタスは言った。

　タイタスは保安官事務所のソーシャルメディアのページに、コールに関する最新情報を載せた。一時間前には、コールの両親の自宅を訪ねていた。法執行機関で働きつづけるかぎり、わが子が二度と太陽を見ないと悟った両親の悲鳴には、決して慣れることがないだろう。

　開いているオフィスのドアの縁をスティーヴがノックした。

「入ってくれ。イライアスは見つかったか？」タイタスは訊いた。

「そのことで話があります。三十分ほどまえに教会に行ったんですが、彼はいないと奥さんに言われました。そしたら、あの気味の悪い娘たちのひとりが、彼はもう何日も留守だと口をすべらせたんです」スティーヴは言った。

「カムに言って捜索指令（BOLO）を出してくれ。イライアスの車両登録証を調べて、車両の特徴を把握しろ」タイタスは言った。

　スティーヴは顔をしかめた。「彼が犯人だと思うんですか？　それで逃走したと？」

「わからない。だが、消息がわからないより、ここにいさせるほうがいいだろう」

「ちょっと考えたんですが、イライアスは、その、六十五歳とか、六十八歳？　体重はせいぜい七十キロくらいでしょう。彼があんなふうにコール・マーシャルを二本の木のあいだに吊るしてる姿はどうしても想像できない」スティーヴは言った。

タイタスは椅子の背にもたれた。「ああ、おれも同じことを考えたが、それでも彼と話したい。殺人者があの文句を使ったのは偶然じゃない。イライアスは、長年あのことばを使ってきたと言った。彼はこの事件につながってる。どうつながってるかがわからないだけで」

とはいえ、怪しいのは確かだとタイタスは思った。

「ダヤン・カーターはどうだ？　彼女もどこかに逃げたのか？」

「いいえ。カーラがこっちに連れてくるところです」スティーヴは言った。

「わかった。さっきのBOLOを出したら、イライアスの動きを追ってみてくれ。ゆうべ彼を見た人がいないか調べるんだ」

「了解です。あの、ボス、おれたち犯人を捕まえますよね？」スティーヴは訊いた。

タイタスは体をまえに出した。「捕まえられないと思うのか？」

スティーヴは自分の足元を見た。「いや、捕まると思いますけど、ただちょっと……もしイライアスが犯人じゃないとして、本当に逃げたと思います？　彼は突然いなくなるタイプには思えない」

「いずれ見つけるが、簡単にはいかないだろう。きわめて大事なことは簡単にはいかないものだ。ＢＯＬＯを頼んだぞ」タイタスは言った。

「ええ、わかりました、ボス」スティーヴは言った。

タイタスの指導教官だったトリヴァー・ヤング特別捜査官はよく言っていた。すぐれたリーダーは、たとえ窮地に陥っても非の打ちどころがない人物のようにふるまうものだと。まだ事態はそれほどひどくないが、部下たちに疑念を抱かせるわけにはいかない。疑いから壊疽が始まる。それがいったん始まれば、取り除くことはほぼ不可能だ。そうはさせない。イライアスを見つけることが最優先事項だった。地獄の責め苦を説くあのいかさま師は、今回のすべてにかかわっている。いま不在だという事実が何よりの証拠だ。

またノックの音がした。

「ボス、ダヤンを連れてきました。来ることには同意しましたが、ちょっとたいへんでした」カーラが言った。

タイタスは机から立ち上がり、メモ帳とペンを取った。

「コールの事件簿を取調室に持ってきてくれないか。きみも尋問に同席してほしい。きみが説得して連れてきたんだから、いっしょにいてもらったほうが彼女も安心だろう」タイタスは言った。

「わかりました、そのほうがいいと本当に思われるなら」カーラは言った。

「思ってるよ。彼女のためにも、きみのためにも。いつかおれの仕事をしたいんだろう。そのための経験をさせないと、きみを不当に扱ってることになる」タイタスは言った。自分はいつまでも保安官でいるつもりはなかった。そもそも選挙で勝つことすら予想していなかったが、地位についてバッジを身につけたからには、トムやロジャーのような男が後継者になってウォードやクーターのように郡を自分の領地のように支配することがないよう、最善を尽くさなければならなかった。


カーラは微笑んだ。「ありがとうございます。わたし本気です」

「わかってる。さあ、コールの顔が切り落とされたことについて、彼女の意見を聞きに行こう」タイタスは言った。


ふたりが部屋に入ると、ダヤンは机の向こうに腕を組んで坐り、嚙み煙草のようにチューインガムを嚙んでいた。タイタスとカーラはほぼ同時に坐った。

ダヤンもかつてはきれいだったのだろうとタイタスは思った。いまも決して見苦しいわけではないが、長年の夜ふかしと睡眠不足の影響が出はじめていた。目尻のしわは一セント硬貨を挟めるほど深く、黄ばんだ顔で不完全な笑顔を作っている。夜中の三時にダニー・フィールズと〈セーフウェイ〉の駐車場でソーダの罎からクランクを吸っていたところを、タイタスが逮捕したときから、五つも歳をとったように見えた。それでもダニーよりはうまくやっているようだ。彼はその数週間後に過剰摂取で死んだのだから。

　ダヤンは豊かなブロンドの髪を長いポニーテールにしていたが、引っつめすぎて額の皮膚にひびができそうだった。デニムのジャケットとスウェットパンツ姿で、ディオニュソス・エフェクトというタイタスが聞いたことのないバンドのTシャツを着ていた。

「調子はどうだ、ダヤン？」タイタスは言った。

「どうだと思ってんの？　そこの人が職場まで来て、わたしをここまで引っ張ってきたの。稼いでるはずの時間を奪われたんだから、調子はあんまりよくないわね」ダヤンが言った。

「ならなるべく早くきみが工場に戻れるようにする。いくつか質問したいだけだから、心配いらない。きみは去年の秋祭りの牡蠣の殻むき競争で優勝した。その腕前なら、不在にしたぶんの稼ぎはすぐ取り戻せる」タイタスは言った。

　ダヤンは彼を睨みつけたが、何も言わなかった。

　タイタスはカーラが持ってきた書類フォルダーから、二十×二十五センチの大判の写真を取り出し、金属製の机に伏せて置いた。

「よし。手間はとらせない。きみとコールがときどきいちゃついてたことは知ってるが、それはどうでもいい。訊きたいのは、彼が喉を切られることになったあの夜に、どうしていつもの場所でやろうなんてショートメッセージを送った？」タイタスは訊いた。

ダヤンは下唇を嚙んだ。

「彼の携帯を持ってるのね？　別に恥ずかしいことなんかしてないわ。ファックしたかっただけ。メッセージを送って中継塔まで行ったけど、彼が来なかったから帰った」

「何時にそこへ行って、どのくらいいた？」タイタスは尋ねた。

「わかんない。九時とか？　十五分待ってから帰った」ダヤンは言った。

「ちがうな」タイタスは言った。

「ちがうって何が？　嘘じゃないし。彼のあそこはよかったけど、ひと晩じゅうあんなところで待つ価値はなかった」

「いや、いいか、コールは八時半にはまだ家にいた。側道まで十分で行けるから、きみがあそこに九時に着いたなら彼に会ってたはずだ。会わなかったらおかしい。もう一度だ。今度は本当のことを言ってくれ」タイタスは言った。

ダヤンは嚙むのをやめ、ガムを飲みこんでタイタスを見つめた。「いいわ。十時近かったと思う。たまに頭が混乱しちゃうの」

「ダヤン、コールが発見されたのは側道からたった四十歩入ったところだ。木に縛りつけられ、背中から刃が肋骨に達するまで切られていた。顔にはこんなことをされていた」タイタスは言い、写真を表に返した。皮をはがれたコールの横顔のアップだった。

ダヤンが心のなかでもがいているのがわかった。写真を見たくないのに、引力で目がどうしても引き寄せられる。ついに写真をのぞきこみ、目を閉じた。

「なんでこんなもの見せるの？」ダヤンは言った。

「きみが嘘をついてるからだ。ほかにもおれが知っていることがある。コールは一度ここに電話してきて、危険なやつかもしれないと彼が思っている人物について話した。副業でその人物の仕事を手伝ったことがあり、いっしょにパーティもしたと。壁に天使の絵が飾ってある場所に、女の子たちと出入りしてたらしい。おれはきみもそのなかのひとりだと思っている。きみとコール、そしてわれわれが知らない仲間はその場所でセックスや薬をやっていた。そう、たしかにきみたちは側道でも会ってたが、それはさっさとすませたいときだけだ。いま言った場所は、きみとコールが信頼していた人物の持ち物だ。ところが、おれの記者会見のあと、コールはその人物について考えはじめた。天使の絵が飾られたその場所のことを。それで保安官事務所に電話をかけたものの、怖気づいた。コールはその人物を直接問いただしたんだと思う。するとその人物は、きみにあることを頼んだ。コールを家からおびき出せとね。きみは言われたとおりにし、コールは死んだ。ヤナギの木の下の子供たちとまったく同じように。なぜならコールを殺したやつは、子供たちを殺したやつと同じだからだ」タイタスは言った。この仮説に穴があることはわかっていたが、理論的には充分成り立つ。昨晩考えをまとめたのだ。かつらの繊維が決定打だった。

「なんの話かまったくわかんない」ダヤンが言った。

「ダヤン、コールをこんな目に遭わせた人を知ってるなら、いま話してしまうのがいちばんよ」カーラが言った。

「わたしは何も知らない。だから話せることは何もない」ダヤンは言った。

「きみは自分が安全だと思ってるのか？」タイタスが訊いた。

「え？」

タイタスはファイルからさらに写真を取り出した。

「彼はコールにこんなことをした。友だちと思ってた相手にな。秘密の場所を共有し、女性たちを共有した友だちなのに、魚みたいに内臓を抜き取った。きみにも同じことをすると思わないか？　馬鹿でかい猟刀を取って、きみの首をかき切らないか？　きみは知りすぎている。生かしてはおけない。彼の名前を教えてくれたら、われわれは力になれる。教えないなら、きみはいつか暗闇で泣き叫ぶことになるかもしれない」タイタスは言った。

脅迫すれすれの言い方なのはわかっていたが、ダヤンの決意は崩れそうだった。浅く速い呼吸と、下唇をしきりに嚙んでいる様子で一目瞭然だ。彼女を追いつめなければならなかった。誇張ではないからだ。彼女の命が危ない。今日、いますぐ知るべきことを話してくれなければ、次に彼女を見るのは検死台の上かもしれない。

「何も知らないってば。何かの罪で逮捕しないいんなら、もう仕事に戻りたいんだけど」ダヤンは言った。痙攣かと思うほどの速さで左足を床に打ちつけている。

「ダヤン、怖いのか？　信用してもらっていいが、どれほど怖がってもとうてい足りないぞ」タイタスはひと組のトランプのように事件現場の写真を広げた。「もらすほど震え上がるべきだ」

ダヤンは天井を見上げ、写真を見ようとしなかった。

「仕事に戻りたいの」

「ダヤン、お願い、考え直して」カーラが言った。

「戻りたいって言ったでしょ！」ダヤンは叫んだ。タイタスはカーラと一瞬視線を交わしたあと、うなずいた。彼女を引きとめておく理由はなかった。重要参考人ですらないのだ。

「わかった。行きましょう」カーラが立ち上がると、ダヤンも立った。

カーラがドアを開けて部屋から出ると、ダヤンも続いた。

「おれがきみなら、ダヤン、わが身を守るものを用意するな」タイタスは言った。

ダヤンは立ち止まった。「わたしがあなたなら、子供たちとコールを殺した誰かを捕まえられるか心配するわ。自分の群れを守れるかどうか」

タイタスのうなじを氷柱（つらら）がすべり落ちた。

彼は立ち上がってダヤンを追った。

「いまなんと言った？」

ダヤンは答えず、立ち止まったカーラを追い越していった。

タイタスはダヤンの腕をつかんだ。

「質問したんだ」と言って、彼女を自分のほうに振り向かせた。

「自分の心配をしなさいと言っただけよ」ダヤンは言った。

「いや、きみは〝群れ〟ということばを使った。どういう意味だ？」

「知らない。そんなこと言ったのも憶えてない」

「嘘だ」タイタスは言った。

ダヤンは彼の手から逃れようとしたが、タイタスは放さなかった。

「頼みがある」タイタスは声を落とした。「次に彼と話すとき、おれが行くと伝えてくれ。あの子たちにしたことを償わせると。彼に首からへそまで切り裂かれるようなことがあったら、われわれがきみを助けようとしたことを思い出してくれ」

タイタスはダヤンの腕を放した。

「なんの話かわからない」ダヤンは言って、ドアの外へ出た。

「どういうことですか？」カーラが訊いた。

「昨日、われわれと殺人犯しか知らない事件の詳細を知っている人物から電話があった。そいつは〝群れ〟ということばを使い、自分はそれを食い尽くす狼だと言った。さっきダヤンは〝群れ〟と言っただろう」

保安官事務所の正面のドアにはまった菱形（ひしがた）の網入りの強化ガラス越しに、タイタスはカーラのクルーザーに歩いていくダヤンを見つめた。

「彼女を職場に送って、シフトが終わるまでそばにいてくれ。見張ってほしい」

「わかりました。コールを殺した犯人を彼女が知ってると本当に思います？」カーラは訊いた。

「ああ、思う。そしてそいつが三番目の狼だ」タイタスは言った。

「もしそうなら、彼女は——」カーラが言いかけたことばを、タイタスが引き取った。

「われわれを犯人へと導いてくれる。さあ、職場に帰してやれ」


タイタスは一時すぎに保安官事務所を出た。父親を拾ってジーンの葬儀に向かうためだった。チャロンの道はほぼ毎日、キャビン・クルーザーや高速モーターボートを牽引（けんいん）するＲＶや車高を上げたトラックで混雑している。どの車も川に向かうか、まっすぐ湾に向かうかだ。年の後半だったが、ＲＶとその所有者たちはチャロンに押し寄せ、ウイスキーをあおってのんびりすごす休暇をなんとかあと数日ひねり出そうとしていた。

しかしこの日は例外で、川へ続く道はガラガラだった。家に向かう途中、刈取部を上げて進んでいるコンバインを追い抜き、ピックアップトラックかＳＵＶに乗った地元民を数人見かけたが、それだけだった。死神——あの黒装束の見張り役——が鎌を二度振って、チャロンの観光シーズンを刈り取ってしまったのだ。ひと振りめはヤナギの下の子供たち。

ふた振りめはコール・マーシャル。認めるのはつらいが、スコットの言ったことにも一理ある。殺人はチャロンの経済の鼓動を止めたのだ。

なおさら怪物を捕まえなければならない。

ドライブウェイに入り、公用トラックのエンジンを切って、家に入った。父親がポークチョップの容器を持ち、着古した黒いスーツを着て台所に立っていた。両手にたこがなければ、銀行の頭取か弁護士だと言われても通りそうだった。

「見ちがえたよ、父さん。黒人は老けないというのは本当みたいだ」

父親は不満げにうめいた。「そうかもしれんが、ほかはすべてガタがきてる」

「準備できた?」

「おまえは制服で行くのか?」

「ネクタイはしてる」タイタスは言った。アルバートはうなずいた。タイタスが本当に教会のなかに入ろうとしているのを知って安心したようだった。

「その料理を持とうか」タイタスは言った。

「いやいい。おまえはサヤインゲンとマッシュポテトを持ってくれ。それと花束を。冷蔵庫に入ってる」アルバートは言った。

タイタスは言われたとおりにした。冷蔵庫からサヤインゲンとマッシュポテトの入ったプラスチック容器を出し、黄色いバラとスターゲイザー・リリーの美しい花束も取り出した。そして父親のあとから外に出て、私用のジープ・ワゴニアのほうに行った。後部座席の床に食べ物を、後部座席に花束を置き、運転席に乗りこんだ。父親は顔をしかめてうめきながら助手席に乗った。

「だいじょうぶ?」

「ああ、今日はこの老いぼれた腰が言うことを聞かん。つまりこのあと雨が降るってことだ」アルバートは言った。

「なるほど、天気予報チャンネルだ」タイタスが言うと、父親はくすっと笑った。

エマニュエル・バプテスト教会の駐車場に入り、バーニス・ベリーの年代物のキャデラック・エルドラドと、リドリー・マークスの黒いレーシングストライプが入ったチェリーレッドの73年式シボレー・シェベルのあいだにジープを駐めた。車からおりて食べ物を取り出した。

「ドアを閉めて、父さん。こいつを台所に持っていくから」タイタスは言った。

「わかった。おれは席を取っとくよ」アルバートは言った。

タイタスは教会の裏の通用口に食べ物を運んだ。執事のタミー・ホワイトが彼に気づき、ドアを開けてくれた。

「もう、タイタス、一往復したくなかったのね?」タミーが訊いた。彼女とは学校が同じだった。五つ年上だが、その貫禄(かんろく)たっぷりの態度のせいではるかに年上に見えた。

「それ、受け取るよ。また会えてよかった。スピアマンの件でかなり忙しいんでしょ？ それにしても、人って陰で何してるかわからないものね」

「人は秘密を抱えてる、たしかに」タイタスは言った。レッド・デクレインも、すでに死んでいなければ同意してくれただろう。


教会の玄関ホールで帽子を脱ぎ、サングラスをはずした。何度かゆっくりと深呼吸した。ケリーとつき合っていたころ、いくつかヨガの呼吸法を教えてもらったことがある。別れて以来、それを試すのは初めてだった。胸のざわめきが広がって体じゅう覆われそうだった。心理学者ならこの状態をミニパニック発作と呼ぶかもしれない。母親を埋葬したあと、この教会に一度も来ていないわけではなかった。去年、木曜夜の集会に出席したことがある。帽子を手に持ってかしこまり、保安官選挙では投票用紙の私の名前に印をつけてくださいと信徒たちに頼みに来たのだ。

母親がこの世の煩いを捨ててから、教会に来たのは二度目だった。タイタスはなかに入り、会衆席のまえから三列目にいる父親を見つけた。その隣の席に体を押しこみ、父親から式次第を受け取った。ジーンの棺は青みがかった灰色で、黒い縁取りがあった。タイタスの席からは、最後の休息に入ったジーンが見えた。それほど安らかでもない眠りの最中のようだった。葬儀屋は死化粧に苦労したのではないだろうか。ジーン・ディクソンは明らかにしかめ面で永遠の眠りについていた。

「ご起立ください」低く重々しい声が命じた。タイタスはほかの出席者に倣って立ち上がった。葬儀屋が牧師とジーンの遺族を連れてなかに入ってきた。タイタスはジーンの妻に見憶えがあった。息子のジェラルドとチャーリーとは、台所を走りまわって遊んだ仲だったが、そうでなかったとしても、彼女の顔に悲嘆の影が落ちていることはわかった。死者の伴侶だけが抱く悲しみだ。自分の父親の顔に同じ表情が浮かんでいるのを見たことがあった。

ジャクソン牧師が説教壇につき、葬儀屋が棺を閉じ、遺族であるジーンの妻と息子ふたり、娘のロージーが追悼のことばを述べた。その悲痛な嗚咽を聞いた神は、手を差し伸べてジーンにふたたび命の息吹を吹きこみ、彼らの苦悩をなくしてやるべきだった。

しかしタイタスは、そのような奇跡を目にしたことがなかった。それを言えば、どんな奇跡も。彼自身も心のいちばん冷たい奥に苦悩を抱えたままだった。虚空から聞こえるサイレンのように、母親のたるんだ死に顔が深みからじっと彼を見上げる場所に。

式は進行し、四つある窓用エアコンすべてのスイッチが入れられた。エマニュエルの信徒数は郡の教会のなかでも多いほうだ。実入りのいい日曜には献金皿から千ドル、もしかしたら千五百ドルの収入があるはずだった。それほどの金を稼ぐ教会なら、そろって結核かと思うような音のするおんぼろエアコン四機の代わりに、セントラル空調を買う余裕があるはずだとタイタスは思った。会衆席も新調できる。新しい樹脂の外壁も。

凝った刺繡(ししゅう)がほどこされたジャクソン牧師の黒いガウンや、牧師専用の駐車スペースに駐まった真新しいレクサスにも気づかずにはいられなかった。ジャクソン牧師は毎年新車を買い替えているようだ。それこそが本物の信者の信仰を強める奇跡なのかもしれない。あるいは牧師は、古い教会に縛られた信徒たちの足元につけこんでいるのかもしれない。岐路に立つ古い教会に伝統と試練できつく縛りつけられている信徒たちは、帳簿の赤字に目をつぶって顔を背け、もしかすると、水が葡萄酒に変わったように赤字が黒字に変わると考えているのかもしれない。一方で、ジャクソン牧師は郡でも最大級の邸宅に住んでいる。

ハレルヤ、とタイタスは思った。

葬儀が終わりに近づくと、アルバートがタイタスを肘で突いた。

「なあ、遺体が外に運ばれたら花束を取ってきてくれ」アルバートはささやいた。

「わかった、父さん」

「それにしても、ジーンがいないと寂しくなるな。でもまた会える。そう、また会えるさ」アルバートは言いながら涙をぬぐった。

タイタスは死後の世界に関する持論を胸に秘めておいた。

指名された者たちが棺を墓穴までかついでいった。タイタスの父親は教会の玄関前の階段をおりるときに顔をゆがめた。

「墓地まで本当に手を貸さなくていいか？」タイタスは訊いた。

「おれが死んだら、そのとき貸してくれ。だいじょうぶだよ。花束を取ってきてくれ」

タイタスはジープに戻り、花束を取ってくると、ジーンの墓石のまわりに集まった人たちから離れて立った。ジーンのための花だと思われないように。空には、街角でいまにも喧嘩を始めそうな若者たちを思わせる雲が集まっていた。最初の雨粒が帽子のつばにぽつりと落ちて跳ねた。ジーンの遺族のすすり泣きがだんだん聞こえなくなった。

みなが解散すると、タイタスは母親の墓に向かった。ヘレン・クラウンの永眠場所の足元に立ち、父親が合流するのを待った。ジャクソン牧師が父親に話しかけているのが見えた。遠目にも父親が不服そうな顔をしているのがわかった。

タイタスはふたりの男のところへ行った。

「だから、それが最善の方法だと思いますよ」牧師が言った。炭鉱のように深い声だった。

「何が最善なんですか？」タイタスは尋ねた。

「ああ、タイタス。こんな悲しい状況ではあるけれど、また会えて何よりです」ジャクソン牧師は言った。

タイタスは社交辞令を無視した。「何が最善なんです？」もう一度訊いた。

「教会の庭で畑仕事をしてたのはおれとジーンだけだったから、ジーンが亡くなったいま、ジャクソン牧師は庭をつぶして土地を売るべきだと考えているんだ」アルバートが言った。

タイタスはこれほど打ちのめされた父親の声を聞いたことがなかった。

「墓地の裏のあそこの土地ですよね。あの庭をなくして誰に売るんですか？　墓地のそばのたった四分の一エーカーの土地を誰が買うんです？」タイタスは訊いた。

「タイタス、教会はそれが最善だと考えています。あの土地を売った金でできることが本当にたくさんある」ジャクソン牧師は言った。

「あなたの新車を買うとか？」タイタスは訊いた。牧師もアルバートも彼を見つめた。

「すみません、いまなんと？」

「何度言ってもあなたにはわからない。父とジーンとミセス・ジョジョ・ウェアは、あなたがスーツを五百着持ってここに来るよりずっとまえに、何もないところからあの庭を作った。彼らが何家族を飢え死にから救ったと思う？　彼らのおかげで、家族を養うためにセブン－イレブンで強盗をしなくてすんだ人が何人いた？　その土地を売りたいだと？イエスが本当にいて、教会の通路で鞭を振りまわしてあんたを追いかけりゃいいのにな」

タイタスは言った。

「おい、口を慎め！」アルバートが言った。

「いや、父さん、口を慎むのはこのペテン師のほうだ。こんなのはどうです？　次の教会の会合におれも来て、法廷会計士に帳簿の調査とこの教会のあらゆる会計監査を頼む提案をするというのは？　本当にあの土地を売る必要があるのか調べようじゃないか」

「なるほど。ふだん顔を出さない教会員にしては、私の教会運営について言いたいことがたくさんあるようですね」ジャクソン牧師は言った。

タイタスは父親の横をかすめて牧師に詰め寄り、身長百六十五センチの相手を見おろした。

「ここはあんたの教会じゃない。あんたは説教壇に立つだけだ」タイタスは言った。「執事、この件はまたあとで話しましょう」

ジャクソン牧師はあとずさりしてよろめき、墓石にぶつかりそうになった。牧師は言い、強まる雨のなか、墓石のあいだを縫って去っていった。

タイタスは母親のもとに戻った。アルバートも来た。

「タイタス、おまえが……教会のファンじゃないのは知ってるが、牧師にあんなふうに言う必要はなかったぞ。たぶん……彼が正しいんだ。このまえは、おまえまでおれのことを心配してたじゃないか」アルバートは言った。

タイタスは母親の墓に花束を置いた。

「教会というのは、あの建物のことじゃない。あれはたんなる丸太と石と樹脂の外壁だ。父さんとジーンがしてきたことが本当の教会だよ。おれに信仰がなくたって、ちがいはわかる。もう二度とあの詐欺師にだまされないでくれよ」タイタスは父親の肩に腕をまわした。

「母さんが好きだった聖句を憶えてる？」彼は訊いた。

「詩篇第三十七篇第二十五節」アルバートは静かに言った。

「〝われむかし年わかくして今おいたれど、義者（ただしきもの）のすてられ、或（あるい）はその裔（すえ）の糧（かて）こいありくを見しことなし〟。父さんが正しいよ。父さんのおかげで多くの人が食べ物を乞わずにすんだ」タイタスは言った。

ふたりは横に並んで長いあいだ立っていた。彼らが流した涙は雨が完全に隠した。

21

家路につくころには篠突く雨になっていた。タイタスは車のライトをつけ、フロントガラスのワイパーを最速にした状態でドライブウェイに入った。

ジープのギアをパーキングに入れた。ワイパーがスタッカートの機械的なリズムで往復している。ブレード二本のあいだから、玄関のドアにちらっと色が見えた。

ファイバーグラスのドアパネルに赤い色が流れていた。タイタスはワイパーを止めた。フロントガラスじゅうに雨が散るまえに、赤い筋の出どころが見えた気がした。

「父さん、車に残って911に通報を」タイタスは言った。

「な……なんだあの玄関についてるのは？」アルバートは訊き、目を細めて玄関を見た。

「父さん、おれが車をおりたらドアをロックして」

「タイタス、あれはなんだ？」

「ドアをロックするんだ、父さん」タイタスは言い、ジープからおりて銃を抜いた。横殴りの雨だったが、玄関に近づくにつれドアがはっきりと見えてきた。タイタスは左手首の上に右手を重ねたタクティカル・グリップで銃を構え、ドアに狙いを定めた。家の隅に移り、裏庭の安全を確認した。薪の山に埋もれでもしないかぎり、人が隠れる場所はどこにもない。玄関ドアに戻り、銃をホルスターに入れ、両手を腰に当てた。

喉をすっぱり切られた白い子羊がドアに釘で打ちつけられていた（旧約聖書出エジプト記第十二章では、神がエジプト人の初子をことごとく殺したが、戸口に子羊の血を塗った家は災いを免れた。過越の祭の由来）。釘はテントの杭（くい）で、哀れな動物の目から後頭部を突き抜け、ドアに刺さっていた。傷からの出血は止まっていたものの、風でポーチに雨が吹きこみ、子羊の血と混じってドア全体に散っていた。

タイタスはごくりと唾を飲んだ。

三番目の狼がこの家に来たのだ。そしてメッセージを残した。ただ、対話をするつもりはなく、タイタスを脅したと思っている。それはまちがいだ。子羊をドアに吊るしたことで、三番目の狼の不安があらわになった。それどころか、彼は負のスパイラルに陥っているかもしれない。計画性のある殺人者も興奮するとミスを犯す。この子羊がいい例だ。賭けてもいい、リヴァー・オークのふれあい動物園の子羊だ。あそこには監視カメラがある。この哀れな生物は命を落としたが、古代の生贄と同じように、流された血からまもなく祝福がもたらされるだろう。

自宅が襲われたこと、少年少女を殺した男がコールを殺し、子羊を殺して自己主張をし、文字どおり正面攻撃を仕掛けてきたことは、とりあえず脇に置いておかなければならない。

これを利用するのだ。怒ったり怖がったりするのはあとでいい。

二十分後、庭は警察車両と個人の車だらけになった。足早に近づいてくる夕闇を赤と青の光が切り裂いた。子羊はバイオハザードバッグに移された。ダグラス、カーラ、デイヴィが近隣をまわり、何か見聞きした人がいないか確認中だった。ピップとトレイはタイタスがドアを掃除するのを手伝った。スティーヴは非番だったが電話をくれた。全員が家に来るか連絡をくれたことに、タイタスは心から感謝した。

「監視カメラはありませんよね？」トレイが尋ねた。

タイタスは首を振った。「うちの父親はテクノロジーが嫌いだから。それに、正直言って、おれもそんなものは不要だと思ってた」

「リヴァー・オークのコリーに連絡したところ、たしかに誰かが侵入して子羊を一匹盗んでいったそうです。今朝フェンスが破られていることに気づいて、何頭いるか数えたらしい」ピップが言い、携帯電話をポケットにしまった。雨は弱まっていたが、まだ湿度は高く、タイタスは霧のなかを歩いているような気がした。

「子羊をリッチモンドに送ってくれ。ドアの指紋採取も頼む。何も残ってないとは思うが。誰か、父を弟の家に連れていってくれるか」タイタスは言った。

「あ、それなんですが、お父さんはどこにも行かないと言ってます」トレイが言った。

「そう、断固拒否です」ピップも言った。

タイタスはため息をついた。「おれが話す。あと、ダヤンは誰が見てる?」

ピップとトレイは視線を交わした。

「おいおい、誰も見てないなんて言うなよ。イライアスのほうは?」

「ボス、全員、メリーさんの羊のことを聞いてすぐにあなたとお父さんの無事を確かめに来たんです」トレイが言った。

「それには感謝してる、トレイ。だが、ダヤンの先に殺人者がいるんだ。彼女を追い、イライアスを見つけることが事件解決の手立てだ。ちょっと父と話してくる」タイタスは言った。部下たちにあまりきつく当たらないようにした。彼らのようにリーダーを気遣ってくれるチームばかりではない。その点については姿勢を正して感謝すべきだが、事件を忘れてもらっては困る。心配してくれるのはうれしかったが、タイタスはまだ生きていた。死者にはチーム全員の注意が必要だ。

「父さん、しばらくマーキスの家に行ってくれないと」タイタスは言った。部下たちが前庭で仕事をしているあいだ、父親は薪の山のそばの切り株に腰かけていた。

「タイタス、おれは三十年間、ベッドの自分の側で眠ってきたんだ。頭のおかしい男にそれを変えさせてたまるか」アルバートは言った。

「父さんの安全を考えてるんだ」タイタスは言った。

「それは感謝してる、心から。でもおれには親父譲りの1911コルトがある。今夜はそれをそばに置いて寝るが、家は離れんぞ」つかのま歳月が消え去って、昔のアルバートの姿が見えた。活力に満ちあふれ、他人がなんと言おうと梃子でも動かない。

タイタスは父親の肩に手を置いた。

「わかった、父さん。おれたちはここに残ろう」

「タイタス！」暗がりから大声が聞こえた。タイタスが振り向くと、いっせいに集まって制止する保安官補たちをかき分けて、ケリーとヘクターが近づこうとしていた。タイタスは騒ぎのほうへ駆け出した。

「ケリー、ここで何してる？」タイタスは言った。

「無線を傍受してるの。だいじょうぶ？　何かコメントをもらえる？　殺人犯の仕業だと思う？」ケリーが言った。細いワイヤレスマイクを握っている。プロの口調だが、大きく見開かれた目の縁が赤い。タイタスのことを心配して怖がっている。口に出さなくても、タイタスにはわかった。

「ケリー、宿に戻れ。あとで話そう。いまきみたちは邪魔なだけだ」

「聞いたでしょう？」カーラが言い、ケリーの肩をやさしく押した。

「触らないで！」ケリーが言った。溶けた鉱石のように熱い怒りがその顔に広がった。

タイタスはふたりのあいだに割りこんだ。「ケリー、頼むから行ってくれ。あとで話そう。約束する」

「このジェニファー・ロペスに憲法修正第一条の報道の自由について教えたほうがいいわよ、タイタス」ケリーはそう言って、ヘクターと去っていった。

「いまわたしのことなんて呼んだ？」カーラがケリーのほうへ歩きだしたが、タイタスが止めた。

「おれの地位につきたいなら面の皮を厚くしろ、保安官補」タイタスは言った。

「あなたが彼女のどこに惹かれたのかわかりません」カーラは言った。

　タイタスはため息をついた。

「話せば長くなるんだ、保安官補」彼は言った。


　ダグラス、カーラ、デイヴィは、タイタスの家の通りに住む全員から話を聞いた。何かを目撃した人はひとりもおらず、ほとんどが用事か仕事で出かけていた。トレイはリヴァー・オークで監視カメラの映像を確認したが、画質がきわめて悪いとタイタスに報告した。映っていたのは、フードつきパーカーにスキーマスク、手袋を身につけた人物が板金ハサミでフェンスに穴をあけ、哀れな子羊を盗んでいるところだけだった。解像度を上げないかぎり、男か女か、長身か小柄か、白人か黒人かもわからない。タイタスはトレイに、映像のテープを借りて犯罪捜査局に明日の朝送ろうと伝えた。そのあとは部下たちに頼むこともなかったので、ほとんどの者はパトロールか自宅に戻った。カーラはダヤンの様子を見に行き、デイヴィは島にイライアスが戻っていないか確認しに行った。

「誰かドライブウェイに残って見張りましょうか？」ピップが訊いた。

「いや、やつが戻ってきたら、おれのやり方で迎える」タイタスは言った。不穏な言い方だったが、じつのところ、できれば部下たちを危険にさらしたくなかったのだ。この人物――三番目の狼、死の天使――は精神が崩壊しつつある。近いうちにめちゃくちゃなことをしでかすだろう。タイタスは心のどこかで黙示録さながらの結末を予想していた。ピップには定年退職になる資格がある。ここで狂人の自殺願望につき合う必要はない。

だからタイタスは全員を自宅か職場に戻らせた。

そしてジェムソンとライオットガンを膝にのせ、ポーチに坐っていた。すでに雲は消え、とうの昔に死んだ星々が空に散って幽霊めいた光を放っていた。カエルとコオロギとヨタカが競ってタイタスの注意を引こうとした。ふつうの夜の睡眠は短いほうなので、今夜も日の出まで起きているつもりだった。父親が自分の拳銃を抱いて眠り、自分がこうして暗闇に坐っているときになって、ようやくこの日に起きたことの恐怖が身に染みてきた。

ほかの誰のせいでもなかった。タイタス自身が殺人者を挑発したのだ。ダヤンを介してメッセージを送り、返事を受け取った。仕事に私情を挟むなといつも部下たちには言っているが、自分と忌まわしい相手とのあいだにきわめて私的な感情が生まれはじめていた。

携帯電話を取り出してダーリーンにかけた。

「だいじょうぶ？」出ると同時に彼女が訊いた。

「おれも父さんもだいじょうぶだ。心配してほしくなくて電話した」

「心配はしてないわ。怖くて死にそう」

「なんとかなる。何もかもうまくいく」タイタスは言った。

「タイタス、家の玄関にヤギを打ちつけられたのよ」ダーリーンは言った。

子羊だ。けれど、もうすんだ話だとタイタスは思った。

「わかってる。最終的にはうまくいくが、警戒は必要だと思う。今夜はここに来ないほうがいい。あるいは、しばらくのあいだ」

「しばらくってどのくらい？」ダーリーンが訊いた。

「いまだけさ。おれたちはこいつを捕まえる。だがいまだけは、きみに何か起きたら、おれは一生自分を赦(ゆる)せなくなる」タイタスは言った。

「あなたがいなくなったら、どうしたらいいかわからない」

「そう考えることにはならないよ。ただ安全でいてほしい、わかったね？」

「愛してるわ、タイタス」ダーリーンは言った。

「おれも……愛してる」

「朝になったら電話して。ストレスがすごくて睡眠薬をのんだから、もう眠りに落ちそう」

「わかった。いい夢を」

「あなたもね、スモーキー」

タイタスは電話を切った。

壜からひと口、ウイスキーを飲んだ。目を閉じ、事件をジグソーパズルに見立てて、ピースをはめているところを想像した。イライアスはタイタスと話したあと行方不明になった。コール・マーシャルは死んだ。ダヤンはいっしょにパーティをした相手の名前を知っている。コールと子供たちを殺した男の名前を。まだイライアスは見つかっていない。もし彼が殺人犯でないとしたら？　彼が殺人の動機だとしたら？　いや、もっと正確に言えば、発端なのか？　イライアスは殺人犯が最初に書いた台本の登場人物だった？　グリゼルダは、例の少年の行き先がどこだったとしても、そこの人たちは夜玄関に鍵をかけたほうがいいと言っていた。

その行き先がチャロンだったのか？

故郷に戻ってきた少年が三番目の狼になったのだとしたら？

タイタスはまたひと口飲んだ。アルコールで頭はぼんやりせず、むしろ思考が研ぎすまされるようだった。

イライアスとあの教会が虐待した少年が、チャロンに戻って生活していたとしよう。だが彼は心に痛みを抱えている。飢えた痛みを。彼はどこかでスピアマンと出会い、どちらも同じ淫猥な趣味を持っていることを知る。あるいは、似たような趣味を。さらにどこかでラトレルが加わり、それが彼らのミスだった。いま少年は昔の借金を返して物事の始末をつけ、同時に彼自身のブラックホールに螺旋を描きながら落ちている。侍者ふたりは死んだ。彼の使命である神との戦いは挫折した。これが事件の全貌だとタイタスは確信した。

「彼らはおまえのなかの何かを壊した。だろう？　それはもはや粉々になった」タイタスはささやいた。

またひと口飲んだ。

だとしたら、イライアスはおそらく死んでいる。タイタスはカーラからの電話を待っていたが、ダヤンも行方不明なら、彼女もすでに町を出たか、死んでいるということだ。

タイタスは目を開けた。

トレイに電話をかけた。

「はい」トレイが出た。

「朝になったら、判事に令状を出してもらって、コール・マーシャルの仕事関連の書類を入手してくれ。コールは建設業者の免許も持ってた。税金を納めてたはずだ。友だちのために家を建てたと言ってたが、それが現金払いだったら運の尽きだ。でもその友だちが小切手を使ったなら、かならず支払い記録が残っている。コールの客のなかから、犯人のプロファイルに当てはまる人物を見つけ出すんだ。体力がある白人男性で、二十五歳から三十五歳。趣味に没頭できる隠れ家か、それに近いものを建てられる土地を持った人物を」タイタスは言った。

「さすがです、ボス。朝いちばんにやります。ところで、いま訊くべきじゃないかもしれませんが、別件はどうなりました？」トレイは言った。うしろで女性の声がする。トレイは情報がもれないように気を遣っているのだ。

本人が望むなら、トレイは優秀な捜査官になるだろう。

「おれが片づけた」

「そうですか、よかった。さっきの件は朝から取りかかります」トレイは言った。

「じゃあ明日」タイタスは言った。

またウイスキーを飲んだ。

タイタスはこれまであらゆることを見、あらゆることをしてきたが、自宅のドアにぶら下がっていたあの子羊のイメージが頭から離れなかった。子供と動物は狙われやすい。どちらも善意や甘いことばに気をつけることを学んでいないからだ。

22

プレストン・ジェフリーズはいつも、天候を左右できればいいのにと思っていた。全米農業連盟によると、理論上、旱魃は終わったらしいが、それには賛成しかねると彼の灌漑システムの光熱費が訴えていた。一万二千ドルも灌漑システムにつぎこんだのに、今年のトウモロコシは、秋の収穫まで生長するのに永遠かと思うほど時間がかかった。十月も第三週になって、プレストンはようやくコンバインのエンジンをかけ、収穫を昨年の量に近づけようとしているのだった。その目標に達しないことはずいぶんまえにわかったが、同じくらいの収穫ならまだ州の補助金をもらえる。彼の一家はヴァージニア州南東部には珍しい黒人農家だった。州の補助金があれば、バイオ燃料エタノールの大口契約で損をしても、飼料生産者に安く買い叩かれても、赤字を埋めることができる。

資本主義は、自分と見た目が似たような人たちが議席に坐っているかぎり、すばらしい制度だとプレストンは思っていた。そのほかの全員にとっては、ミトンをはめて油ですべる棒にのぼるようなことになりうる。

プレストンはコンバインを起動させた。二百六十八馬力のエンジンがうなって息を吹き返した。アクセルを踏み、三方に壁がある納屋を出発した。太陽が地平線の向こうからゆっくりと顔を出しはじめた。長時間労働、うずきや痛み、不安からは逃れられないのに、今日のような朝は土にまみれて生計を立てる理由を思い出させてくれる。農場経営は明らかに意志を要する仕事だ。彼は固い決意で土から生きる糧を得ていた。それでもその行為で大地とつながり、父親、祖父とつながっている。この農場は彼の遺産だった。願わくは、ふたりの息子の遺産にもなりますように。

トウモロコシ畑のいちばん端まで運転していって収穫を始めた。鼻歌を歌いながら、コンバインで茎からトウモロコシの穂軸を刈り取り、次の植えつけに向けて茎を地面に落としていく。鼻歌は古いR&Bの曲に変わった。結婚披露宴で妻に歌ったアトランティック・スターの『オールウェイズ』だ。

畑の反対の端まで刈り取った。中西部と比べれば小さな農場だが、熟練の観察眼と、生産高を最大にする決心で仕事に取り組んでいた。プレストンはコンバインを方向転換させて進んだ。妻をうっとりさせて泣かせた高音部に差しかかったとき、畑のまんなかに奇妙な物体があることに気づいた。

彼はハンドブレーキを引いた。

コンバインからおりた。

「そんな」近づいて自分の畑のまんなかにあったものを見たとき、プレストンは言った。

タイタスは掲示板のまえに立ち、画鋲でとめた数枚の紙をじっと見ていた。オフィスに着くなり、カーラから悪い知らせがあった。

「ダヤンの家に戻ったら、彼女の車がありませんでした。ルームメイトが言うには、荷物をまとめて、行き先もいつ戻ってくるかも告げずに出ていったと。二時間ほど通りの向かいに車を駐めて、帰りを待ってみましたが、戻ってきませんでした」カーラは言った。タイタスは彼女を叱らなかった。自分たちはミスをした。いまはそれを修正しなければならない。

ダヤンの名前を書いた紙を掲示板にとめた。

スティーヴも、イライアスはまだ自宅に戻っていないと知らせてきた。

「あの夫婦が育てた少年について妻に質問してくれ。イライアスの兄について尋ね、その少年の写真を持っていないか、居場所を知らないか、訊いてほしい。その子は不法に養子縁組されて自宅教育だったようだから、当時の姿もいまの姿もわからない」タイタスは言った。

「その子が成長して三番目の狼になったと思うんですね?」スティーヴは訊いた。

「辻褄が合う。いくつか穴はあるが、辻褄は合ってる。写真がないか訊いてくれ」

トレイがオフィスのドアをノックした。

「どうぞ」タイタスは言った。

「コールの記録を借りてきました。記録と呼べればですが。彼の副業はほとんど現金払いでした。現金を受けつけなかったのは高齢者相手の仕事です。畑の整地とか芝刈りとか。趣味の隠れ家とか大きな納屋を誰かのために建てた話を聞いたことがないか、ガールフレンドに尋ねましたが、コールは仕事の話はいっさいしなかったそうです。どうやら三振ですね」トレイは言った。

「だが、打席に立つ価値はあった」タイタスは言った。

振り返ってまた掲示板を見た。「わかっていることを確認していこう。殺人犯はコール・マーシャルの友人だ。ダヤン・カーターの友人でもある。地元の人間。聖なる岩教会で虐待され、同居していた義理のおじを殺した少年かもしれない。スピアマンとは、汚れた秘密を共有するほどの仲だった。そしてあの子たちを——なかにはかなり世慣れた子もいたのに——車に乗せることができた。ここにラトレルが登場する。コール、ラトレル、ダヤンは三人とも水産工場で働いていた」

「コールのガールフレンドのところに戻って、彼と親しかった人間を聞き出すべきかもしれませんね。飲み仲間を知ってるはずです」トレイが言った。

「ああ。そうしてくれ。ちなみに、おれはコールがガールフレンドと食事をしているのを見たことがある。ダラス・プロセッサーと妻もいっしょだった。コールとダラスがどのくらい親しかったか、彼女に訊いてみろ」タイタスは言った。

「ダラス？　どうですかね」トレイは言った。「彼は学校でぼくのうしろの席でしたけど、父親のダンプカーを運転することだけが望みで、ネズミみたいにおとなしいやつでした。こんなことするなんて想像できない」

「マスクだ、トレイ。みんなマスクをかぶってる。とにかく彼らがどのくらい親しかったのか訊いてみろ」

「わかりました。例の発砲の件について話せますか？」トレイは尋ねた。

タイタスは振り向いて彼の顔を見た。

「もちろん」

「えー、報告書をすべて読み、ネットに出まわってる大量の動画も見ました。何人かの生徒たちと話して、彼らの動画も見せてもらいました。タイタス、本件をあらゆる方向から検討した結果、たとえトムについて判明したことを考慮しても、あの発砲は違法とは言えません。ラトレルは銃を持ってあなたたちに向かってきた。ぼくはロジャーのファンでもないし、トムはとびきり怪しいけど、彼らは潔白だと思います。あとで報告書のコピーを送ります」トレイは言った。

「確かか？　事務所内のことだからと手心を加えてないな？」タイタスは言った。

「あなたにそんな教育は受けてません」トレイは言った。

タイタスはうなずいた。疑問が消えることはないだろうが、バッジが自分たちを守ってくれるのは事実だ。ラトレルは銃を持っていて、人を殺していた。子供殺しにも参加していた。世にいるジャマル・アディソン的人間は彼の死を嘆くだろうが、たいていの人にとってラトレルは解決ずみの問題にすぎない。定着するのはこっちの物語だろう。詳細など誰が気にする？

誰であれ、物語を支配する者が真実を支配する。

それがレッド・デクレインから学んだもうひとつの教訓だった。

机の電話が鳴った。タイタスはキャシーが外線何番と言うのを待たずに受話器を取った。

「クラウン保安官です」

「保安官、医師のキムです」

タイタスは受話器を左耳に移した。

「ああ、ドクター」

「歯科記録とDNAから、あと四人の被害者の身元がわかりました。七人目の身元はまだ不明。遺族に通知するために四人の情報が必要ですか？」キム医師は言った。

「情報はメールしてください。ドクター、残りの被害者がもといたところは？」タイタスは訊いた。

「いま見ますね。えー、もちろんボルティモアは知ってますね。あとはサウスカロライナ州コロンビア、ノースカロライナ州ヒルズボロ、デラウェア州ウィルミントン、ペンシルヴェニア州フィラデルフィア」キム医師は感情を示さずに地名をてきぱきと伝えた。

「いつごろ捜索願が出されたかわかりますか?」タイタスは尋ね、メモ帳を取り出した。

「ええ。コロンビアの被害者は二〇一三年六月二十一日に捜索願が出されてます。ヒルズボロは二〇一四年七月三十日。ウィルミントンは二〇一五年八月一日。フィラデルフィアは去年の六月十日。ボルティモアの被害者は二〇一〇年。身元不明の被害者はいちばん新しい。顔の再構築をしてみます」

「ありがとう、ドクター」タイタスは言った。

「保安官、ほかにも伝えたいことがあるんです」キム医師が言った。

デイヴィがタイタスのオフィスに飛びこんできた。ノックさえせず、部屋のまんなかでポニーのように荒い息をしている。

「タイタス、来てください。また死体が見つかりました。プレストン・ジェフリーズのトウモロコシ畑で。現場に来てください。ひどい。クソひどいことが!」デイヴィは言った。ことばが爆竹のように続けざまに出てきた。

「ドクター、行かなきゃいけません。残りの情報はメールで」タイタスは言った。

「保安官、本当に――」

「すみません、ドクター、もう行かないと。また死体が見つかったんです」タイタスは電話を切り、椅子からさっと立った。帽子をつかみ、デイヴィを追って部屋の外に出た。

いまや彼はおれたちを弄んでいる、とタイタスは思った。風が吹き抜け、トウモロコシの茎が歯のようにカタカタ鳴っていた。濡れた土と、プレストンが農作物にまいた化学肥料と、死体そのものの悪臭や刺激臭が混じった奇妙なにおいが漂っていた。

「死体にシーツをかけたのは誰だ？」タイタスは訊いた。

「プレストンです。彼が９１１に通報して、これを放置したくはないけど直視するのも耐えられないと」ピップが言った。

白いシーツに染みた血が抽象画を描いていた。タイタスは地面を見た。プレストン、ピップ、スティーヴ、ほかの誰であれ、ここまで死体を見に来た人たちの足跡だらけだった。ぞろぞろ人が集まったせいで、殺人犯の足跡は踏みつけられてしまった可能性が高い。トウモロコシ畑の畝（うね）四つほど向こうに道路がある。高速で通りすぎる車もいたが、タイヤが砂利を踏む音も聞こえた。路肩に寄せて、もっと近くでなりゆきを見物しようというのだ。

タイタスはラテックスの手袋をはめ、シーツをめくった。

「くそ」小声で言った。

イライアス・ヒリントンは受難していた。

　彼は生まれた日のように裸だった。警棒くらいの太さの木の杭が地面に突き刺さっていて、もう一方の端はイライアスの肛門(こうもん)に突っこまれていた。死体がまっすぐ立っているのはそのせいだった。まわりをハエがぶんぶん飛びまわり、半透明の羽でエレクトリック・ブルースを奏でていた。ここ数日は異常に暑かった。コール・マーシャルは顔の残骸にハエがたかるという侮辱を免れたが、イライアス牧師にそんな配慮はなされなかった。

この残酷な場所からは逃れられない。

イライアスの胸にそういう文句が刻まれていた。タイタスが見たかぎり、それは牧師が味わった地獄の始まりにすぎなかった。体と顔には何十もの切り傷。腹には猟刀を用いたと見られる深い刺し傷がいくつかあった。両の掌に釘が打ちこまれ、ペニスは皮を切除されていた。

　タイタスはごくりと唾を飲み、死体に近づいた。ひどいにおいだった。吐いたものと大便の入り混じった異様な悪臭がまわりに漂っていた。タイタスは手を伸ばし、犠牲者の顎をつかんだ。口に何か入っている。鼻を持ち上げながら、ゆっくり顎先を下に引いた。

　ネズミヘビの死骸がイライアスの口からすべり落ちた。

　タイタスはとっさに二歩下がった。

「〝エホバは我が牧者なり、われ乏(とぼ)しきことあらじ〟」デイヴィが言った。

「〝エホバは我をみどりの野にふさせ〟」ピップが言った。

「〝いこいの水濱にともないたまう〟」スティーヴが言った。

そのあと三人は声を合わせ、詩篇第二十三篇の残りを唱えはじめた。

タイタスは加わらなかった。

ここに神はいない。これは悪魔の所業だ。そして、この悪魔は人間なのだ。


タイタスはオフィスに戻った。イライアス・ヒリントン牧師の遺体はリッチモンドに移送され、ピップが遺族への通知を引き受けた。

「昔々、メア＝ベスとは学校でいっしょでした。私から聞くほうがいいでしょう」ピップは言って、島へ向かった。

タイタスはオフィスの鍵をかけて椅子に坐った。時間との闘いだった。三番目の狼は制御不能に陥りながら、その過程で他人の命を奪っている。彼を〝三番目の狼〟と呼んでいる自分を無言で責めた。結局、彼に名前をつけてしまった。知らないうちに神話の地位を固めてやったのだ。

顔を両手でこすった。これで長年イライアスと家族に虐待された少年が犯人であることはほぼ確実になった。単純に計算して、その少年が二〇〇〇年に十二歳だったら、いまは二十九歳か三十歳くらいだ。目を閉じ、頭のなかにある写真を確認していった。毎日見る顔をすべて思い浮かべようとした。混血で三十歳前後の男性。白人で通っているのだろうのか？

か。おれのふだんの交際範囲の外にいる人間か？　だからぼんやりとしか顔が浮かばない

ドアがいきなり乱暴に叩かれた。

「タイタス、開けろ。話がある」スコット・カニンガムがドア越しに大声をあげた。

タイタスは鼻筋をつまんだ。強く。

立ち上がってドアを開けた。スコットが胸を張ってずかずかと部屋に入ってきた。いつも人を見下す空気を身にまとっているが、いまはそれが暴風になっていた。

「なんの用です、スコット？」タイタスは言った。

スコットは勧められてもいないのに椅子に坐り、足を組んだ。

「タイタス、そろそろこの件は長引きすぎて手に負えないと認めらたらどうだ。今度は聖職者まで亡くなったぞ！　観光客が激減していることは言うに及ばず」スコットは言った。

「優先順位がはっきりしていて何よりです」タイタスは言った。

スコットがニヤリとした。タイタスは誰かのカナリアを食べた猫を思い浮かべた。「タイタス、再三言っているが、私は敵ではない。チャロンにとって最善のことを望んでいるだけだ。私の一族はこの郡ができた当初からここに住んでいるからな。しかし現状がきみの能力を超えていることは、お互いわかっていると思う。そこで私は州警察に連絡した。するとは彼らは――」

「何をしたって？」タイタスは言った。高波のように声が大きくなった。すると、保安官である「州警察だよ。こっちに来て捜査を引き継いでくれと頼んだのだ。そこでタイタス、きみのほうから引き継ぎを依頼してくれ。いま保安官をリコールするような手間はかけたくない」スコットは言った。

嬉々として脅し文句を吐いている。しかしその瞬間、タイタスはリコールも監理委員会の動議もどうでもいいと思っていることに気づいた。この殺人犯を捕まえられればそれでいい。もしかしたら……州警察に介入してもらう頃合いかもしれない。この件を完全に引き継ぐのではなく、主導権を握ってもらい、捜査に最大限の人員をつぎこませるのだ。

「謙虚さとは、自分を軽んじることではない。自分のまわりを重んじることだ」とＦＢＩアカデミーの教官のひとりが言っていた。数年後にタイタスは、それがイギリスの作家Ｃ・Ｓ・ルイスの引用だったことを知ったが、内容が真実を突いていることに変わりはない。

ただ、スコット・〝ファッキング〟・カニンガムに見下されて謙虚になるのが嫌なだけだった。それでも、チャロンにとめどなく流れる血を州警察が止めてくれるのなら、彼のウイングチップの靴にひれ伏すべきかもしれない。

「スコット、思うんですが――」タイタスが言いかけたところで、携帯電話の通知音が鳴った。

「タイタス、もうきみがどう思うかは関係ない。監理委員会の委員長として、チャロンのために最善を尽くすのは私の義務だ。いま、きみはその最善ではない」スコットは言った。苦渋の決断だという顔を作ろうとしたようだが、あまりうまくいっていなかった。

ふたたびタイタスの携帯が鳴った。

「この会話を終わらせるために電話に出るかね？」スコットが言った。

さっき声が昂（たかぶ）ったように、今度は怒りが湧き上がったが、タイタスはなんとかこらえて携帯を確認した。

キム医師からのメールだった。件名は〝重要／機密〟。

チャロンの名誉が汚されてはならない、などとスコットがベラベラしゃべっているあいだに、タイタスはメールを読みはじめた。

保安官
DNA配列を統合DNAインデックス・システム（CODIS）にかけましたが、残念ながら当てはまるものはありませんでした。さらに進めて、オンラインの家系調査会社にいくつか連絡をとり、家族性DNAも調べてみると、ひとつ当てはまりました。

　タイタスは残りの文面を読んだ。

　携帯電話を机に置いた。

　身を乗り出し、両手を机にぴたりと置いた。

「了解してくれたな、タイタス？　もしよければ、きみが州警察に電話して依頼するのをここで見届けたい」スコットが言った。

　タイタスは両手の指を合わせて尖塔の形にした。

「スコット」

「お願いだから、これ以上面倒を増やさないでくれ、タイタス」

　スコットはまた長々と熱弁をふるいはじめた。煉瓦が洗濯機のなかでまわっているような音だとタイタスは思った。響きと怒りは不安の表れにすぎない。

「スコット、おれを見ろ」

　スコットは口を閉じ、タイタスの目に燃える炎を見た。その目は獲物に迫っていく捕食者のように獰猛（どうもう）だった。

「スコット。あなたの異父弟について訊く」

　カニンガムの眉間に深いしわが寄った。

「いったいなんの話をしてる、タイタス？　首をつないでおくための作戦か何かか？　うまくいくわけないが」

「もうおれの話じゃない。あなたにアラーナという妹がいるのは知ってるが、異父弟もいたとは知らなかった」タイタスは言った。

「私には異父弟などいない。でたらめだ！」

「いや、いる。母方の弟が。いまのメッセージは監察医からだ。遺体に付着していたDNAをオンラインの家系調査サービスで調べてもらったところ、一件ヒットした。去年あなたは自分のDNAを〈ファミリーツリー・ドットコム〉に送ったが、そのDNAと、監察医が送ったDNAサンプルに共通する主要マーカーが複数見つかった。母方のマーカーだ。さて、もう一度訊く。あなたの弟について教えてくれ。なぜなら、彼はスピアマンによる子供殺しに協力したからだ。コール・マーシャルとイライアス・ヒリントンも殺した。チャロンが本当に大切なら、弟の名前を教えろ」タイタスは言った。

「母親の誕生日祝いに家族でDNAを調べたのだ。うちはメイフラワー号の乗客の家系だといつも母が言ってたから。でも結果はちがった」スコットはぼそぼそと言った。

「スコット、弟の、名前を、教えろ」タイタスは一語一語ゆっくりと言った。

「知るか！　私に異父弟などいない！」スコットは叫んだ。

「DNAはそう言ってないぞ。自分の目で確かめるといい」タイタスは言った。満足げな声だっただろうか？

　たぶん。

タイタスは机の上の携帯をスコットのほうへすべらせ、委員長が唇を動かしながらメールを読んでいくのを眺めた。スコットは両手で頭を抱え、過呼吸になった。

「スコット、落ち着いて。具合が悪くなるぞ。あなたにもこの情報は初耳だったようだな」タイタスはできるだけ皮肉に聞こえないようにした。愉快な気持ちは一瞬で消えていた。誰かの家族の秘密を知るのは初めてではないが、気持ちのいいものではない。たとえそれがスコット・カニンガムのようなろくでなしだとしても。

「あの売女（ばいた）」スコットが言った。声に出したことを本人も気づいていないだろうと思うほど低い声だった。

「誰のことかな？」タイタスは穏やかに尋ねた。誰のことを言っているのかは明白だった。

「もう行く」スコットは立ち上がってドアへ向かった。

「おれはこれから彼女と話す」タイタスは言った。

スコットは凍りついた。「私の母に近づいてはならない、タイタス・クラウン」

タイタスはため息をついた。このところため息ばかりだ。「おれは彼女と話しますよ、スコット。彼女には息子がいた。あなたの異父弟で、殺された子供たちの遺体に彼のＤＮＡが残っていた。彼女と話さなくてもいい理由がない。チャロンのことが大切だと言いました？　いまこそ行動で証明するときだ」

「母は六十八歳なんだ。糖尿病で、実家にひとりで住んでいる。近づいてみろ、迷惑行為で訴えてやる」スコットは気を取り直して大仰な脅しをかけてきた。

「おれは話しに行く、今日。止めようとしたら執行妨害で逮捕する。そのあと判事に、あんたを数日勾留して反省させる命令を出してもらう。脅しをかけることは誰でもできるが、おれの脅しにはバッジと銃がついてくるからそのつもりで」タイタスは言った。

「父が生きていたら――」

「おれに人種差別的な発言をして、あんたと同じやり方で脅そうとするでしょうが、おれはそれも無視する。こんなことは言いたくないが、いまは一九四九年じゃない。たしかにあんたは監理委員会の委員長で、白人で、このへんじゃ金持ちで通ってる。だが、そんなことはどうでもいい。あんたは黒人の少年少女をなぶり殺した男の親戚だ。おれがあんただったら、保安官が母親のところに行くことより、それがどんな結果をもたらすかを心配するね」

「母に近づくな」スコットは言い、足を踏み鳴らして部屋から出ていった。

「人を呪わば穴ふたつ」タイタスはつぶやいた。母親が好んで口にしていた、とりわけ当てはまることの多い格言だった。

23

ブルー・ヒルズ・プランテーションは、二百年以上カニンガム家が所有していた。道の先に風雨にさらされた門柱が立ち、その横木から壊れた鎖で吊り下がった表札に、一八一六年設立とある。ハリケーンにも、洪水にも、南北戦争の終結にも耐えて生き延びたのだ。カニンガム一族は煙草の生産をやめ、水産工場と、のちに旗工場を開いた。水銀に浸ったボールベアリングのようになめらかに。

大昔の夏休み、聖書勉強会の休み時間に、ジョジョ夫人がタイタスのクラスでホリス・カニンガムの邪悪な話をしてくれた。戦争で傷を負い、恨みつらみに満ちていた彼は、北の陸軍がチャロンに迫ってくると、まだ残っていた奴隷数人を納屋に閉じこめて火を放ったのだ。

「奴隷が解放されるのを見るより、焼け死ぬのを見たかったのさ」ジョジョ夫人はカミソリのように鋭い口調で語った。

そのころから彼らはあまり変わっていないと思いながら、タイタスは玉砂利の敷かれたドライブウェイを進んだ。枯れた茶色い花びらをつけたマグノリアの巨木が道の両側に並んでいた。手入れをしていない樹木が左右からドライブウェイを横切るように兄弟たちに腕を伸ばし、太くねじれた枝々がタイタスのSUVの側面をこすった。道は右に曲がって少し左に戻り、母屋のまえの円形の車寄せで終わった。

タイタスはSUVを駐めてエンジンを切った。時間はこの場所にやさしくなかったようだった。三階建ての建物は、あと二回の嵐でボロ屋になるだろう。家のまわりを囲むポーチには外周の四分の三ほどまで手すりがついているが、なくなった支柱が多すぎて、すきっ歯で笑っているように見えた。鎧戸は色褪せ、割れはじめている。アジサイとブーゲンビリアの茂みは玄関前の十二段の階段を呑みこんでしまいそうだった。家の脇に新型のピックアップトラックが駐まっていて、隣のクライスラー・フィフス・アベニューのクラシックカーは、新車同様に輝いていた。

タイタスは車の外に出て、階段をのぼった。百キロ超の体重で木がみしみしと軋んだ。ドアベルを鳴らすと、音が家じゅうにこだました。自分と見た目が似ている人間の何人が、悪夢でこの建物を見ただろう。栄光に包まれたこの家を何人が見て、彼らを所有物と見なす男女と同じ権利や特権を与えられることは一生ないと思い知らされたのだろう。

タイタスが故郷と呼ぶ土地の岩盤には、奴隷制度という汚れが染みこんでいる。ありったけの金でも慈善活動でも洗い流せない血の呪いだ。リッキー・サワーズのような連中がその存在を信じようとせず、どんな有意義なかたちでも償おうとしなかった呪いだ。

見たことのない若い黒人女性がドアを開けた。

「クラウン保安官ですね」彼女は言った。看護師のスクラブを着て、胸の名札には〝ナタリー・ビヴェンズ正看護師〟とあった。

「はい、そうです。できればミセス・カニンガムと話したいのですが、ミズ・ビヴェンズ」

「ミス、です。ミズじゃなくて。すでにスコットから電話があって、あなたを入れるなと言われたのですが……ミセス・ポリーはお話ししたいと言っています」ナタリーは言った。

「ミセス・カニンガムは……意識はしっかりしてますか？　健康上の問題があると息子が言ってましたが」

ナタリーは微笑んだ。「彼女は六十八歳です。体調は万全ではありませんし、最近はほとんど車椅子で移動していますが、頭はしっかり冴えています。いま申し上げたように、あなたと話したいそうです」背を向けて家のなかに戻っていった。タイタスも入ってドアを閉め、彼女についていった。八角形の屋根窓から射しこむ光を羽目板の壁が吸収しているように見えた。何世代ものカニンガム一族が、セピア色の靄がかかったような銀板写真から彼を見おろしていた。ナタリーとタイタスは玄関広間から階段を二段のぼって客間に入り、そこを突っ切って、梁がむき出しの高い天井がある広々としたリビングルームに入った。壁に書棚が並び、ところどころラクーン、ウサギ、キツネの死骸が剝製になって飾られていた。

ポリー・アン・カニンガムは、部屋の中央のリクライニングチェアに坐っていた。その横のふたりがけのソファは、五十年以上前のものにちがいないとタイタスは思った。同じくらい年季の入った車椅子がそばにあった。タイタスは帽子を脱いでサングラスをはずした。

ポリー・アンは落ち着いた態度で彼を見た。青い目はいまも聡明で好奇心にあふれている。長く豊かな白髪が肩から胸に広がっていた。顔には歳月の跡が刻まれているが、むしろ厳粛で円熟した雰囲気を与えていた。淡い青と白の花柄の部屋着姿は、旧約聖書に出てくる預言者を思わせた。女性にもその衣装を着ることが許されていればだが。

「保安官。正直言って、黒人がそのバッジをつける日が来るとは思わなかったわ」ポリー・アンは言った。明瞭で力強いその声は、ＰＴＡの会合や、〈南部連合の娘たち〉か〈南部連合の息子たち〉の資金集めパーティで聞こえてきそうだった。

「ご迷惑ですか?」タイタスは訊いた。

「いいえ、少しも。ただチャロンがそれを許すとは思ってもみなかった。わからないこともあるものね。どうぞかけて」

タイタスはふたりがけのソファに腰をおろした。使いこまれた香りがしたが、不快な刺激ではなく、ただ何千時間も使われて汗と涙を吸い、人の肌に触れてきた素朴で自然なにおいだった。

「ナタリー、車椅子に移してくれる？」ポリー・アンは言った。ナタリーが近寄って彼女の両脇の下に腕を通し、リクライニングチェアから車椅子へほとんど苦労せず移動させた。ポリー・アンは雛鳥(ひなどり)ほどの体重もないにちがいない。

「さあ、きちんとお客様を迎えましょう。クラッチに水を二杯持ってきてと伝えて」ポリー・アンは言った。

「はい」ナタリーが出ていき、部屋にはふたりだけが残った。

「あなたと話したかった理由を息子さんから聞かれたかどうかわかりませんが、少々……厄介な問題なのです。話しづらいかとは思いますが、人の命がかかっていまして――」

「息子について聞きたいのでしょう。手放したほうのことを」ポリー・アンが言った。

タイタスは目をまたたいた。「え……はい、そうです。デリケートな問題であることは承知していますが、お話を聞かなければなりません。最近、そして過去に起きた殺人事件に彼が関与しているかもしれないのです」

カーキ色のズボンに白いボタンダウンシャツ姿の年配の黒人男性が、氷水のピッチャーとグラス二個を盆にのせて運んできた。車椅子の横の小さな円卓に盆を置き、両方のグラスを満たすと、ひとつをポリー・アンに、もうひとつをタイタスに渡した。

「ありがとう、クラッチ」彼女が言った。

「もちろんです。あまりご無理はなさらないように」クラッチは言い、入ってきたときと同じくらい静かに出ていった。

「クラッチはね、スコットがハイスクールに入って、アラーナがガールスカウトにいた当時からここで働いているの。介護施設行きを免れてるのは彼のおかげ。水でよろしかったかしら、保安官？　最近飲めるのは水くらいでね。危険な南部暮らしのせいで、爪先を失ってしまった。スイートティーの飲みすぎよ」ポリー・アンは言った。

タイタスは彼女の足元を見おろした。両足は着圧靴下に包まれ、爪先があったところはジャガイモのように丸まっていた。

タイタスは、自分も血糖値を調べてもらおうと心にとめた。

「スコットはあなたを介護施設に入れたいんですか？」彼は訊いた。

「入れてそこで死なせたいんでしょうね。そうすればこの家と二十五エーカーの土地を売り払えるから」ポリー・アンは言った。

「あなたに施設は必要ないように見えますが」

「必要かどうかの問題ではないの、保安官。要求よ。息子は——こちらに残したほうだけど——施設に入れと要求している。でも、わたしと古株のクラッチが、その計画を阻みつづけているわけ。だけどあなたは、崩壊したわたしの家族のその部分を聞きにきたんじゃないわね」

「ええ、ちがいます。あなたがイライアス・ヒリントンに引き渡した少年が、成長して殺人犯になったと信じる理由があるのです。イライアスは亡くなりました。コール・マーシャルという男と、黒人の少年少女七人も。昨晩はうちの玄関のドアに誰かが子羊を釘で打ちつけました。彼がさらにほかの人や自分を傷つけるまえに捕まえなければなりません」タイタスは言った。

　ポリー・アンは水を飲み、グラスをテーブルに置いた。「わたしはわが子をみんな愛してるの、保安官。でも誰ひとりとして、いわゆる善人にはならなかった。そのうちふたりは甘やかされた傲慢な子で、ドル紙幣だけが愛情表現だと思っている。もうひとりは、まあ、あなたも知ってるとおり。それにわたしはどのくらいかかわっているのかしら。息子の魂に巣食う罪は、どこまでが母親と父親の責任なの？」声が震え、一瞬タイタスは彼女が泣きだすのではないかと思った。しかしポリー・アンは恨みがましく首を振っただけだった。

「保安官、いい決断だと思ったことが人生に長年影を落とす結果になったことはある？」彼女は訊いた。

「ええ、あると思います」タイタスは言った。レッド・デクレインがひざまずき、手錠をかけろと懇願する光景が見えた。

「十九歳のとき、わたしはワシントン・アンド・リー大学でホレス・カニンガムと出会った。知り合ったなかでいちばんハンサムで、賢くて、すてきな男性だったわ。一年後に大学を中退して、彼と結婚した。ホレスはやさしくて穏やかな人だった。裕福だったけれど、家族のほかの人たちみたいにそれをひけらかさなかった。ホレスは卒業し、わたしたちはここブルー・ヒルズに越してきた。彼は水産工場を経営し、わたしは良き伴侶になろうと努力し、人をもてなして上品な世間話もできるようになった。そして毎晩ホレスの隣に横たわり、彼がこちらを向いてキスして抱きしめてくれますようにと祈った。でも、それは一度も実現しなかった」

「ホレスはゲイだった」タイタスは言った。

ポリー・アンは微笑んだ。「あの人はよく言ってたわ、別の種類の愛を愉しんでいるんだと。でもやがて、彼の父親から後継者を作れと要求された。ホレスはするまえも、したあとも泣いていた。その最中には目をつぶり、わたしも目をつぶった。わたしたちは遠く、遠く離れていたと思う。その後スコットとアラーナを授かり、わたしたちは……ある合意に至ったの。これまでどおり夫婦でいるけれど、ひとつだけ例外を設けた。彼は別の種類の愛を自由に見つける……そしてわたしも」

「例の少年は混血でした」タイタスは静かに言った。ポリー・アンがナタリーやクラッチという名前でない誰かと最後に話したのはいつだろう、と彼は思った。彼女の魂にどれほどの後悔が重くのしかかっているのだろう。この告白が彼女にとって罪の赦しになるのだろうか。

「わたしは大学で歴史を専攻した。ホレスの家族の大半は人種差別的な考えの持ち主だったけれど、わたしはちがった。〈ハニー・ドロップ〉や〈クラブ24〉や〈ガードナーズ〉によくかよって、そこでいろいろな……友だちに会った。女としての自分を守っていたのか？　白人女性という特権を利用して、人前でいっしょにいるのを見られてはいけない男たちの腕のなかで愛を見つけていた？　そうね。でも、あそこで会う人たちを心から友だちだと思っていたの。ジョジョ・ウェア、ルースとジミー・パッカー、ジーン・ディクソン、あなたのお父さんのアルバートとも知り合いだった。あまり厳しく批判しないで、保安官。わたしは孤独だった。だから、わたしがいることに疑問を持たず、装飾品ではなくひとりの女として扱ってくれる人たちとすごした夜は、人生でいちばん幸せな時間だった」ポリー・アンは言った。

「父と知り合いだったんですか？」タイタスは首を右に傾けて尋ねた。

ポリー・アンはふっと笑った。「そういうおつき合いじゃないわ、保安官。アルバートはウイスキーとダンスが大好きだった。でもいちばん愛してたのはあなたのお母さん。そこは心配しないで」また水を飲んだ。

「一九八七年の夏、ホレスの体重が減りはじめた。もともと大柄でがっしりしてたから、数キロ痩せてもわたしたちは気にしなかった。でも、そのうちひどく寝汗をかくようになって、ベッドはびしょ濡れになった。一九八八年一月に夫は亡くなり、その三カ月後にわたしは妊娠した」

ポリー・アンはタイタスの背後に目をやって、奥の壁に飾られた一枚の写真を見た。タイタスは部屋に入ったときからその写真に気づいていた。わりと現在に近い写真だ。ホレス・カニンガムの若かりしころ。一瞬、彼女の顔のしわが消え、口元に笑みが浮かんだ。

「夫はとても慎重だったけれど、そうじゃない相手とつき合っていた怖れがあった。わたしのジレンマがわかる？　わたしは夫が埋葬されてだいぶたってから妊娠した寡婦だった」

「だから生まれた子をヒリントン家に渡すことにしたんですか？　どうして？　どういう人たちかわかっていたでしょう？　その子がどう扱われるかわかったはずでは？」タイタスは尋ねた。

ポリー・アンは首を振った。

「ちがうの。ホレスの死後、彼の兄弟たちが割りこんできて、わたしたちの人生を支配しようとしたの。いちばん上の兄レミュエルがすべて計画した。わたしはわが子の顔を見ることさえできなかった。連絡もいっさい禁止。赤ん坊のころ顔を見ていたら、あの子を手元に置こうとしたと思う。でもカニンガム家は、スコットとアラーナといっしょに彼を育てることをぜったいに許さなかったでしょうね。彼は不純と見なされた」ポリー・アンはまた水を飲もうとしたが、グラスを持つ手が震えだした。タイタスは立ち上がり、グラスの底に手を添えて支えた。

「一度あの子を見に行ったの。クラッチが車で島まで連れていってくれた。教会から少し離れたところに車を駐めた。あの子は九歳だったはず。レミュエルが亡くなって初めて、あの島を訪れたの」

　ポリーはしばらく黙っていた。

「あの子はひとりで外にいた。車をおりかけたとき、あの子がワタリガニを罠（わな）からはずして、石でつぶすのが見えた。生きたカニを。石をカニの甲羅に何度も、何度も打ちつけていた。わたしは車のなかに戻って、家に帰った。それから二度と彼には会ってない」ポリー・アンは言った。今度はその頰に涙が流れた。闇のなかに逃げていく夜盗のように。

「考えるわ……何度も考える、もしわたしが彼を手元に置いて育てていたら、変えられたかもしれないって。カニンガム家の脅しに屈しなかったら、彼を助けられたかもしれない。あのかわいそうな子供たちも、マーシャルって人も、イライアスでさえ……彼らの血がわたしの手についている」ポリー・アンは叫んだ。

　ナタリーが部屋に駆け戻ってきたが、タイタスが手で制すと立ち止まり、出ていった。

　タイタスはポリー・アンの手を取った。煙のように実体がなく感じられた。彼女のすすり泣きがおさまった。

「血がついているのは、それを流した者の手です。彼がしたことで自分を責めてはいけません。ですが、力を貸してくだされば、彼が必要な支援を受けられるようにします。息子さんの写真はありませんか？　ヒリントン家が彼をなんと名づけたかご存じですか？」タイタスは言った。

「写真は一枚もないの。恥ずかしい話だけど、あの子の外見もほとんど憶えていない。でも、ゲイブリエルと名づけられたことは知っている」

「大天使にちなんで」タイタスは言った。

タイタスが玄関ポーチの階段をおりようとしたとき、ナタリーがドア口まで出てきた。

「この話はすべて公になるんですよね？　赤ちゃんのことも何もかも」ナタリーは言った。

タイタスは帽子をかぶった。「ええ、そうなります。彼を逮捕したら」

「奥様は長いあいだこの話をしたがっていました。あの赤ちゃんが生まれたとき、スコットはティーンエイジャーでした。あの人はなぜか、父親が死んだのは彼女のせいだと責めています。一応申し上げておきますが、彼はこの件が世間に知られるのを嫌がると思います」

「スコット・カニンガムの好みなど本当にどうでもいいことです。彼女がだいじょうぶならいいのですが」

「奥様はほっとすると思います、正直なところ」

「よかった。もう充分つらい目に遭ってきたのですから」

「思いやりのある保安官なんて見たことないわ」ナタリーは言った。

タイタスはサングラスをかけた。「〝凡ての人、罪を犯したれば神の榮光を受くるに足らず〟（新約聖書ロマ人への書第三章第二十三節）。うちの母ならそう言ったと思います。では失礼」

タイタスはSUVに戻り、トレイに電話した。

「ああ、ボス」トレイは言った。「ジェシカと話しました。ダラスとコールはそれほど親しくなかったそうです。ジェシカはダラスの妻とは幼稚園からの幼馴染です。コールはたしかにデンヴァー・カーライルとよくいっしょにいて、〈ウォータリング・ホール〉でジャスパーや常連たちとも愉しくやっていたと。ダラスにも話を聞きましたが、彼には殺害の夜に鉄壁のアリバイがあります。ハリソンバーグで重機トレーラーにトラクターを積んでたんです。デンヴァーには面会を断られました。ジャスパーは、コールのことはよく知らないと言ってます」

タイタスは拳でハンドルをコツコツ叩いた。こっちも行き止まりか。この道も閉ざされてしまった。

「デンヴァーのところへ戻って、重要参考人として引っ張ってこい。おれもあと三十分ほどで事務所に戻る」タイタスは言った。

「そんなこと本当にできるんですか？　だって、何かの目撃者でもないのに」トレイが言った。

「本人はそれを知らない」タイタスは言った。後味の悪い指示だったが、もう品よくふるまってはいられない。とにかく殺人犯を捕まえなければ。地位と身分のよくない使い方だとしても、しかたがなかった。あとで自分を責めよう。


タイタスが保安官事務所の駐車場に入ると、ジャマル・アディソンが自分のプリウスのボンネットに坐っていた。彼はタイタスがＳＵＶから出るのを見て、ボンネットからすべりおり、近づいてきた。

「アディソン牧師」タイタスは言った。

「保安官、きみがすぐ戻ると聞いたんでね。ちょっといいかな」ジャマルは言った。口調が和らぎ、以前の勢いがなくなっていることにタイタスは気づいた。

「あなたも知ってのとおり、時間がありません。殺人犯を捕まえなければならないので」タイタスは言った。東から冷たい風が吹き、昼の名残の暖かさを奪い去った。

「話したいのはそのことなんだ。秋祭りの取りやめを検討したことはあるか？」ジャマルは言った。

　タイタスは帽子のつばを押し上げた。「ジャマル、おれにそんな権限はありませんよ。決めるのは監理委員会と秋祭り実行委員会だし、彼らが取りやめるとは思えない」

「いつも秋祭りで郡に大金が落ちることはわかっている。しかしリッキー・サワーズたちが、〝血と土〟（民族と土壌を重視する人種差別思想のスローガン）だとか、〝グレイト・リプレイスメント〟（白人と少数派の人口が置き換わることを危惧する白人至上主義の思想）だとか、〝ホワイト・ライヴズ・マター〟（白人の命も大切だとする黒人差別撤廃への反対運動）と叫びながらメイン・ストリートを練り歩く計画らしいのだ。郡で白人が三人殺されたのは、見た目がわれわれのような者たちのせいだと話を飛躍させるのは時間の問題だと思わないか？」

「イライアスのことを聞いたんですね？」タイタスは言った。ほかに誰にもらしたのか、あとでデイヴィを問いつめなければ。

「もう誰でも知っている。だが、私の主張に変更はない。リッキーと仲間たちがスーザン・スミス（一九九四年に息子ふたりを溺死させた殺人犯で、息子たちを黒人に誘拐されたと偽っていた）よろしく、コールとイライアス殺害をわれわれのせいにするのは目に見えている。酒と怒りと恐怖にまみれた人たちが秋祭りで衝突したらどうする。ろくなことにならないぞ、タイタス」ジャマルは言った。

「ジャマル、そっちも行進で対抗するつもりですか？」タイタスは尋ねた。

　ジャマルは目を合わせようとしなかった。若い牧師は足元のアスファルトを見つめた。

「郡のあちこちで人々が何を言ってるか知らないんだな。彼らはすでにわれわれを憎み、今度は責めようとしている。スピアマンは無罪だと信じてるんだ。すべての罪を、ラトレルか、逆上したごろつき黒人のステレオタイプに着せようとしている。しかもいまはキング牧師の時代ではない、タイタス。非暴力抵抗に共感する人は少ないのだ。黒人も白人も、ここの住民の大半はリッキー・サワーズたちにうんざりしてる」

ジャマルは車に乗りこみ、窓をおろして首を突き出した。

「彼らに頼んで行進をやめさせてくれ、タイタス。お願いだ」

24

タイタスはオフィスに戻って、掲示板のまえに立った。一枚の紙を画鋲でとめ、〝ゲイブリエル〟と書いて、その下に犯人の動機と病理と思われることをメモした。本気でプロファイリングをするというより、考えをまとめているだけだった。書きながら低いささやき声で自分に語りかけた。

「彼は宗教と天使に取り憑かれている。とんでもない体力がある。自分のなかの黒人の面を憎んでいる？　だから黒人の子供たちを襲うのか？　犯行はかなり大胆だが、たいていこの手の輩は大胆だ。おそらくまわりの人々に溶けこんでいる。三人組のなかでスピアマンとラトレルをしたがえていた。どうやって彼らと出会った？　ラトレルは殺人に積極的に参加していなかったようだ。純粋な餌だった」

書くのをやめた。ＦＢＩで身をもって学んだのは、プロファイリングは魔法ではないということだった。せいぜい数値化した調査と分析にもとづく一連の高度な推測にすぎない。しかし、数値化に適さない者もいるし、プロファイルと一致しない者もいる。人類の範^はん^

疇に収まらないことさえある。

怪物のなかの怪物ということも。

開いたドアの枠をカーラがノックした。

「どうだった？」タイタスは訊いた。

「水産工場の配送担当マネジャーと話しました。ラトレルとコールがいっしょに配送に行った日は、子供たちが行方不明になった日とまったく一致しません」カーラは言った。

タイタスはうなずいた。

「オーケイ。どのみちその線は見込み薄だった。コールは殺人犯じゃなかった。犯人の正体は知っていたが、知っていることに気づいたのは記者会見のときだった。ずっと考えてるんだが、ラトレルと殺人犯が協力して子供たちをさらっていたというところが、どうもしっくりこない。犯人はラトレルを餌に使ってた。それはわかるが、具体的なやり口がわからない」

「ラトレルと犯人は気の向くままに東海岸のあちこちをドライブしていた、とか」カーラが言った。

「かもしれない。だとしたら、さらに見つけにくくなるな、あの――」タイタスは口を閉じた。殺人犯のことを〝三番目の狼〟と呼ぶところだった。「殺人犯を見つけるのはなおさらむずかしくなる。不規則性がやつの味方だ」

「わたしたちの味方は?」カーラが訊いた。

「決意だ」

次の数時間、タイタスはメールに返信したり、ここ数日放置していた事務を片づけたりした。遅れる正当な理由があったとはいえ、彼が仕える人たちはそんな理由を認めず、ただの言いわけだと思うだろう。

チャロン郡の話題を扱うさまざまなソーシャルメディアのサイトにログインした。それらは塀に囲われた新しい水飲み場のようなもので、みなが集まって噂話をする。発言する人たちは人種差別者や女性差別者であること、あるいは驚くほど無知であることを露呈しがちだ。こうしたコミュニティサイトを神聖視する人もいる。どこからどう見てもそんな場所ではないのだが。

銃撃事件に関する投稿がたくさんあった。心配してチャロンのために祈りと癒しを求める住民の投稿もちらほらあったが、大半はラトレルの死が愉快でたまらず、大喜びしていた。今回の悲劇を、人種差別的な語彙の豊かさをひけらかすチャンスととらえている。秋祭りに関する投稿も多かった。ただ大部分は、パイ早食い競争やカニ籠引き競争を待ちわびる和やかな内容だった。アルバート・クラウンは、まさに後者でもらったトロフィーを三本、家の炉棚に飾っている。

一部の投稿はもっと暴力的な期待を寄せていた。

行進の旗は用意したぞ！

南部はふたたび立ち上がる！

柔なやつらは歴史の事実に耐えられない！

タイタスはログアウトした。

南部ほど過去に翻弄され、未来を怖れている土地はないと思った。監理委員会にメールを送り、秋祭りの三日間は近隣の郡の保安官に応援を頼む予定だと通知した。応援が不要になることを願ったが、願っても祈っても、〈セーフウェイ〉のまえで群衆に火炎瓶（モロトフカクテル）を投げる白人男は止められない。

タイタスはノートパソコンを閉じ、腕時計を確かめた。午後六時を少しすぎていたが、一日じゅう何も食べていなかった。ダーリーンに電話して〈ギルビーズ〉で待ち合わせようかと思ったが、玄関ドアの子羊が頭に浮かび、やめておくことにした。何かテイクアウトしてオフィスに戻ってこよう。

ロビーを歩いていると、トレイとピップがデンヴァー・カーライルを引っ張ってきた。

「おれには権利があるぞ、この野郎！」デンヴァーはわめいた。

「重要参考人になることには同意しなかったようだな」タイタスは言った。

「このミスター・お利口さんは逃げ出して、車に乗りこみ、運転して溝にはまったんです。

つまり、飲酒運転と公務執行妨害。それも郡検事が寛大だったらの話です」ピップが言った。

タイタスは深く息を吸った。デンヴァーは、ウイスキーの樽（たる）で何往復も泳いだようなにおいを発していた。「デンヴァー、酔っ払ってるなら、これで商用運転免許証は失効だ。わかってるな？」タイタスは言った。

「くそったれ。犬畜生どもが。おれには権利がある。おれはアメリカの白人だぞ。そうだ、言ってやった、白人だ。何百年も前に奴隷を所有した先祖がいるからって、おれは自分の人種を恥じたりしない」デンヴァーは言った。

「だが、そいつらの銅像を立てておきたいんだよな。奴隷を所有してたやつらの。そのための行進じゃないのか、え？」タイタスは訊いた。

デンヴァーは首を振った。「おまえらはおれたちの歴史を壊そうとしてる！　おれたちを消そうとしてるんだ」

「要するに、先祖が奴隷所有者でも気にしない、たんにそれについて誰にも文句を言われたくないってことか？　こいつを留置房に入れておけ。検事に電話してくれ」タイタスは言った。ピップがデンヴァーを留置房に連れていった。

「ご参考までに、パトカーのなかでコールについて尋ねました。デンヴァーは酔ってるから証拠には使えないかもしれませんが、もう何カ月もコールとは話してないそうです。あいつはくだらない〈南部連合の息子たち〉のことしか考えていません」トレイが言った。

「酔いが醒めたら、ＤＮＡサンプルを採れるか訊いてみてくれ」タイタスは言った。

「デンヴァーが犯人だと思ってます？」カーラが訊いた。

「誰も除外しないだけだ」

「ええ、それはわかってますけど、わたしはあのろくでなしを昔から知ってます。彼は生まれてからずっとチャロンに住んでいる。例の少年——イライアスの家族が育てた子——は姿を消した。でもデンヴァーはどこにも逃げませんでした」カーラは言った。

「その点はもっともだが、どっちにしろＤＮＡが欲しい。少年に関するおれの見立てはまちがってるかもしれないし」タイタスは言った。

「あなたはめったにまちがえません、ボス」とカーラ。

「今回はまちがっているといいんだが」


机に戻ってデンヴァーの酔いが醒めるのを待っていたとき、携帯電話が鳴った。画面を見ると非通知番号からだった。タイタスはためらった。たぶん車両保険の延長を勧める営業電話だろう。いや、やはり重要かもしれない。画面にタッチして応答した。

「はい？」

「群れが危ないぞ」深い、悪魔のような声が言った。

タイタスは椅子で背筋を伸ばした。

「どうやってこの番号を知った？」

声は低く笑った。タイタスの肌が粟立った。

「いまはインターネットで誰のことでも調べられるだろう。群れが危ないぞ、タイタス」声は言った。

「それをあの子羊で示そうとしたのか……ゲイブリエル？」タイタスは言った。本名を呼ばれて相手がうろたえるのを期待した。

「それはおれの名前じゃない」

「おまえの母親がそう名づけたと言っていた。実の母親が。彼女はおまえを手放したことを後悔してるぞ、ゲイブリエル」タイタスは言った。電話線の向こうから、深く荒い呼吸が聞こえた。

「おまえの母親はどうしてる？　まだ死んでるか？」声は言った。虚勢が消えていた。

「ああ、おれの母親は死んだ。でもおれを愛してたよ、ゲイブリエル。おれを手放したりしなかった。全部そこにつながるのか？　あの子たちを殺したとき、おまえは自分の一部を殺してるつもりだったのか？　母親が受け入れられなかった自分を？」タイタスは言った。

「くだらんプロファイリングなんかやめとけ。おれが言ったことを憶えとけよ。おまえのどっていると、自分が蝕まれた。魂が食いつぶされる。
中継塔を経由して脳内に分泌されているかのようだった。この狂人と話し、彼の思考をた
タイタスは携帯電話を机に放り、顔を両手にうずめた。三番目の狼の狂気が携帯電話の
電話が切れた。
群れがクソ危ないぞ」

また携帯電話が鳴った。

タイタスは胃に穴が広がる気分で電話を取った。

父親からだった。

「ああ、何かあった?」タイタスは言った。

「何もない。落ち着け。電話したのはな、夕食に何も買ってくるなと伝えたかったからだ。

いまチキンのオーブン焼きと野菜サラダ、コーンブレッド、ポテトサラダを作ってる。あ
と、グリルで焼く牡蠣も届く」アルバートは言った。

「ふたりでそんなに食べきれないだろ」

アルバートはくすっと笑った。「いいから帰ってこい、な」

「仕事がどっさり残ってる」

「タイタス・アレクサンダー・クラウン、食事のあとで仕事に戻ればいい。さあ、帰って

くるんだ。家に着くころには食事の用意ができてる」アルバートは言った。

「どうなってる、父さん？　この件が片づかないうちはダーリーンには来てほしくないと言ったろ」

「ダーリーンはいないさ、このうぬぼれ屋。ほら帰ってこい」

タイタスはSUVから出て玄関ドアへと向かった。ファイバーグラスにまだ薄いピンクの色が残っていた。家に入ったとたん、アルバート・クラウンが長い一日を台所ですごしたことがわかる香りに包まれた。

「今日は一日じゅう台所で気合いを入れるつもりか、父さん？」タイタスは言った。

アルバートはピッチャーの紅茶を木のスプーンでかき混ぜていた。「そうすべき日もある」

「それは名高いお手製のラベンダー入りスイートティー？」タイタスは訊いた。

アルバートはニヤリとした。「どれだけ名高いかはわからんが、そうだ」

タイタスはチキンが山盛りのオーブン皿、マカロニチーズでいっぱいのアルミ鍋、ポテトサラダを盛った古いバター入れを見つめた。

「女性の友だちが遊びに来るとか？」

アルバートは笑った。「おい、坐って口を閉じてろ。待ってるあいだにおまえの皿に盛りつける」

「自分でできる」

「好きにしろ」アルバートは言って、また紅茶をかき混ぜはじめた。

「誰が来るのか本当に教えないつもりか？」タイタスはマカロニをスプーンで皿に移しながら言った。

「捜査官だろ。当ててみろ」アルバートはくっくっと笑った。

タイタスはスプーンのマカロニを食べた。老いた男の腕はなまっていなかった。

アルバートは三人分の食器をすでに並べ、ラベンダーのアイスティーを作っている。タイタスはオーブンに目をやった。強化ガラス越しに、クロワッサンであふれそうなオーブン皿が見えた。ただ、彼とマーキスが幼かったころにはクロワッサンとは呼ばなかった。

「ローリーポーリーか。父さん、ローリーポーリーを焼いたのか。つまりマーキスがやってくる？」タイタスは尋ねた。

アルバートはにっこりしてひと言、「食っちまえ」と言った。

タイタスは皿をテーブルに置いた。「なあ、マーキスはもう何年もここに来てないだろう。どうしてあいつが来るなんて――」と言いかけて口をつぐんだ。ドアをノックする音が聞こえた。

「おーい、牡蠣は手に入らなかったよ」マーキスはそう言って家に入り、ビールの六本パックを台所に運んできた。「よう兄貴。いつ見ても怖そうだな。父さん、こいつを冷蔵庫に入れとく?」

「ああ、入れてくれ。スイートティーの準備ができた。ビールはあとでいい」

「その紅茶、多すぎるんじゃないか?　かき混ぜるスプーンと格闘してるみたいだけど」

マーキスは言い、横を通りながら父親の肩をふざけてパンチした。

アルバートはぱっと振り向いて拳を構えた。タイタスはそちらへ一歩踏み出したが、ふたりの顔には笑みが浮かんでいた。

タイタスも笑みがこぼれた。


チキンを平らげ、スイートティーを飲み干し、ビールが全部なくなったあと、三人は台所のテーブルを囲んで椅子の背にもたれた。満腹になり、笑いすぎて頰がひりつくほどだった。

「ちくしょう、食いすぎて眠くなってきた」マーキスが言った。

「どれも美味しかったよ、父さん」タイタスが言った。

「だろ。おれもまだ台所で何かを焦がすことはできる」アルバートが言い、あくびをして指の関節を鳴らした。「寝るとするか」

「親父、まだ八時半だぞ」マーキスが言った。

「ああ、就寝時間をすぎてる」とアルバート。

三人はげらげら笑った。

「いや、この老いぼれ腰の痛み止めをのんだんだ。眠りの精に呼ばれてる」アルバートは少し顔をしかめながらテーブルから立ち上がった。マーキスの肩に手を置き、タイタスを見つめた。

「息子ふたりが家にいるのはいいもんだな」そう言ってマーキスの肩をぎゅっと握り、タイタスにうなずくと、階段に向かった。

「親父はまだ密造酒をしまってるのか？」マーキスが訊いた。

「ああ、昔と同じ場所に」タイタスは言った。

「壜を一本盗んだのが見つかって、ふたりで全部飲まされたの憶えてるか？」

「いまだにラズベリーのにおいが気持ち悪い。壜の底まで飲んだら、ただのヘドロが残ってた」タイタスが言うと、マーキスは広口壜を持ち上げた。

「ポーチに出ようか？　コーン・ウイスキーを家のなかで飲むのもな」彼は言った。

「昔仕事のあとで、父さんとジーンとゲイリー・パリッシュがこの台所のテーブルで酔っ払ったことがあったろ。父さんと母さんが言い争ってるようなところを聞いたのは、あのときだけだったな」タイタスは言った。

マーキスはグラスをふたつ持ってドアへ向かった。炉棚のまえで立ち止まり、両親の結婚式の写真に投げキスをした。

　兄弟は横に並んでローンチェアに坐った。広口壜を順番に飲むうちに、霧のようなほろ酔いの温かさがふたりを包んだ。

「教えてくれ。どうして今夜姿を見せようと思った?」タイタスが言った。

　マーキスは壜からまたひと口飲んだ。「父親の玄関ドアに誰かが釘で子羊を打ちつけたら、ふつう様子を見に来るだろ」

「まあな。けど、ここに来るのはつらいはずだ」タイタスは言った。

「母さんの喉がぜいぜいいってたことを考えなきゃ、だいじょうぶさ」マーキスは言った。

「おれはいつも考えてる」

「どうして兄貴はいつもそうやって自分を苦しめる?」

　タイタスは密造酒を飲んだ。「なんというか、苦しまずにあの晩のことを忘れはじめたら、母さんに失礼だとどこかで考えてしまう。誰かが残さなきゃいけない気がするんだ、母さんの思い出を」

「おれも忘れたいわけじゃない。ただあの夜のことや、その半年前のことを考えたくないだけさ。おれたちの凧作りを手伝ってくれた母さんのことを考えていたい」マーキスは言った。

　タイタスは笑った。「あの凧のせいで、おまえ感電したぜ」

「あんなに怒って怯えた母さんを見たことがなかったよ」マーキスも笑い、酒をもうひと口飲んだ。「最近どう？　人を切り裂いてトウモロコシ畑かなんかに置いていく男を追ってるんだろ。すげえプレッシャーだろうな」

「仕事だから。そういう契約だ」

「おいおい、『羊たちの沈黙』みたいな仕事の契約をしたわけじゃないだろ。ここはチャロンだぜ。せいぜい〈ウォータリング・ホール〉で喧嘩の仲裁に入るくらいで終わるべきだ」マーキスは言った。

「〈ウォータリング・ホール〉と言えば、おまえは正しかったよ。おれのチームのひとりが賄賂をもらってた」タイタスは言った。手を伸ばすと、マーキスが広口壜を渡した。

「そんな噂を聞いてたよ」マーキスは言った。

「噂を聞いたのは、ジャスパーの仕事を手伝ってたからか？」タイタスは訊いた。

マーキスは大きな頭をまわしてタイタスを見た。「知らないほうがいい。でも便宜上、仮の話として、昔ちょっとした仕事を手伝ったことがあるとしよう。もしおれがいい弟だったら、兄貴が保安官に選ばれた日に彼とは縁を切っただろうな。迷惑をかけたくないから」マーキスは言った。

「ならもうちょっと仮定の話を続けよう。もしおまえがやつらを手伝っていたとして、おれの選挙の日に縁を切り、しかもおれが内通者を馘にしたら、おまえは仕返しされるんじゃないか、え？　酒場のテーブルを壊すことなんかよりよっぽど深刻だぞ」タイタスは言った。

「彼らにもおれにちょっかいを出さないくらいの分別はあるさ。もうこの話は終わり。万が一のときには、兄貴は否定すりゃいい。自慢の息子の地位を失ってほしくないからな」マーキスは言いながらウインクした。

「おれは自慢の息子なんかじゃない」タイタスは言い、壜を弟に渡した。

「何言ってんだ。おれは黒い羊だ。しゃれのつもりじゃないぜ。で、そっちはいい息子だ。ヴァージニア大学を首席で卒業し、コロンビアに行き、ＦＢＩで何年だ、十年働いた？　まったく、なんでこっちに戻ってきたのかわからないよ。父さんの腰のためだなんて言うなよ」マーキスは密造酒をぐいとあおった。「ところで、そのベルトはおれのか？」と訊いて壜をタイタスに返した。

　タイタスは腰に目をやった。「おれのが壊れたんだ。おまえのベルトは制服に合う、バックルにナイフが仕掛けてあっても」タイタスは言って、またひと口飲んだ。「さっきも言ったけど、おれは自慢の息子じゃない」

　マーキスは笑った。夜に響いた笑い声に、ヨタカ数羽とフクロウ一羽が返事をした。

「そうか？　まじめすぎてケツで幾何学が解けるくらいなのに？」壜をくれと手を差し出した。

タイタスは密造酒をまた長々と飲んだ。爪先までかっと熱くなった。マーキスに壜を渡した。

「なんで故郷に戻ったのかと訊いただろ。おまえの想像どおり、父さんだけが理由じゃない。父さんのこともあったが、それより自分の問題だった」タイタスは言った。「壜をよこせ」

マーキスは気の利いたコメントも返さず、壜を渡した。タイタスは残りの密造酒を一気に飲み干した。

「この話は誰にもしたことがない。おれが退職したあと、もちろんFBIは事実を闇に葬った。公式見解について疑問を抱く家族はどこにもいなかった」タイタスは椅子の上でぐったりとなった。急速にほろ酔いから泥酔に進んでいたが、これから弟に語る話は強い酒の助けがなければできなかった。

「酒に真実あり(イン・ウイノ・ウエリタス)」タイタスは言った。

「え?」

「なんでもない。おれはFBIで行動科学分析班から国内テロ班に異動した。そのほうが昇進のチャンスが多くて、昇進したかったから。そのころつき合ってた女性と次の段階に進みたいとも思ってた。家を買ってインディアナに根をおろしてもいいなと。まあとにかく、異動して初めての事件は、アルコール・煙草・火器及び爆発物取締局(ATF)と麻薬取締局(DEA)との合同作戦で、麻薬ディーラーの白人至上主義者を追いつめることだった。そいつはロナルド・〝レッド〟・デクレインという名で、インディアナ州北部に武器を蓄えてた。そして、たんに麻薬を取引するレイシストじゃなくて、くそカルトの指導者でもあった。拠点では五十人ほどの熱狂的信者が共同生活を営んでいた。おれたちは囮捜査官をひとり送りこみ、レッドと仲間たち――全員が重罪犯だ――に州境で盗難品の銃を買う取引をさせた」タイタスはことばを切った。

「彼らは充分に法律を犯し、全員が分け前をもらう予定だった。だからおれたちは黒いSUVに乗りこみ、防弾チョッキを着て、レッドと補佐役の五人を逮捕しに行った。犯罪捜査班の同僚がレッド・デクレインの人物像を査定して、殉教者コンプレックスはないと言っていた。つまり、死ぬまで戦うことはないだろうと。同僚たちは部分的には正しかったが、別の部分では……まあ、その部分はクソひどかった」タイタスは言い、広口壜を取ったが、空になっていることに気づいてポーチの床に戻した。

「むごたらしい話をするのはやめておくが、現場は血みどろになった。彼らはおれたちが来ることを知ってた。囮捜査官が足の指を三本切られて、手入れの情報をもらしたんだ。おれたちはしばらく身動きがとれなくなったが、反撃を開始した。おれと、指導教官で友人のトリヴァー・ヤング特別捜査官がまずレッドの敷地に踏みこみ、ATFの捜査官四人もあとに続いた」タイタスはそこで話すのをやめ、まばたきした。

「タイ、気が進まないなら話さなくたっていいんだぞ」マーキスが言った。

「話す必要があるんだ。話せる相手はおまえだけだ」

「本当に？　クソ幽霊を見たみたいな顔してるぜ」

「吐き出させてくれ、キー。そうしないと。全部話さなきゃならない」タイタスは言った。

間ができた。

「おれたちはレッドを追いつめた。彼が逃げようとすると思ってた。レッドは妻と三人の息子といっしょにいた。長男は十四歳。三男は七歳で、『わんぱくデニス』（少年デニスのいたずらに大人たちが翻弄される漫画）を思わせる亜麻色の髪の子だった」タイタスはまた口をつぐみ、唾を飲んだ。

「おれは彼らに、両手を上げて地面に伏せろと言った。そしたらレッドはどうしたと思う？　おれを見てニヤリとしたんだ。真の狂気は人を包むオーラみたいなもんだ。ガスの炎みたいに青くゆらゆら光ってる。その狂気は伝染する。道に迷った人にとっては宗教みたいなものさ。レッドの妻と子供たちの目にその狂気が見て取れた。彼らは聖霊を手にした者たちのように圧倒されていた」タイタスは言って、両手で顔をこすった。

「そこでレッドが叫んだ。〝暴君はつねにかくのごとし（シック・センパー・ティラニス）！〟（ブルータスがカエサルを暗殺した際に言ったとされることば。ヴァージニア州の標語でもある）と。妻と息子三人は自爆ベストのピンを抜いた。閃光（せんこう）に目がくらみ、爆発の熱に眉を焼かれた。おれはドラゴンの口のなかに落ちた気がした。まえにトリヴァーが立ってなかったら、死んでたと思う。彼らは自爆ベストにボールベアリングを仕込んでた。

トリヴァーは朝いちばんの霧みたいに蒸発しちまった。ＡＴＦの捜査官四人は一列に並んでたが、全員粉々に吹き飛ばされた。おれはへそのすぐ下に玉をくらった」タイタスはシャツをめくって腹を見せ、空いているほうの手で傷跡に触った。

「意識が戻ったときには耳がガンガン鳴って、ものも考えられなかった。どうにか立ち上がった。あたりは血だらけで、何度か足をすべらせた。トリヴァーとレッドの家族の破片がおれの顔に食いこんでた。それはいまでもここに残ってる。おれは右耳の聴力を二十パーセント失った。口の右半分の歯もほとんど失った。これは全部――」

舌で歯を触った。

「義歯だ。おれは出血していて、友人とチームの仲間たちは死んだ。レッド・デクレインの妻と息子たちも死んだ。七歳の子さえも。七年だけ生きて自爆したのは、父親が黒や褐色の人間を嫌ってたからだ。全員死んだ。例外はおれと……レッド・デクレインだった。いや、やつはひどい状態だった。足を踏み入れられるほどでかい穴が腿にあいてたが、それでも生きてた」タイタスは言い、シャツをまたおろした。

「おれはレッドのところへ行き、やつを見おろした。あのくそイカれた狂気はまだまわりで光ってた。やつは話しかけてきた。投降したい、医者が必要だと。おれに手錠をかけてもらい、ムショにいる兄弟といっしょにいたいと言った。ああしたい、こうしたい、何もかも自分の欲求ばかりだ。妻や子供たちについても、おれの友だちや、あの悪の巣窟にともに踏みこんだ同僚についても、何も、ひと言も言わなかった。言ったのは自分がどうしたいかだけ」タイタスは言い、手の指を曲げ伸ばしした。

「母さんが死んでから、おれは人々を守るためならなんでもすると自分に誓った。秩序と構造を大切にして生きようと。なぜならこの世界は残酷で、気まぐれで、人のことなど気にしてないし、母さんが愛した教会も、病気を治してくださいと祈った神も、おれたちが毎日そのなかで泳いでる毒薬を解毒できないただの偽薬だから。法執行機関に入ったのはそれが理由だ。この世界と自分の人生になんらかの秩序を与えたかった。そんなおれの足元にカオスの権化、レッド・デクレインがいた。おそらく命を取りとめ、これから三十年くらいは快適に暮らす。もちろん刑務所に入るだろうが、死刑にならなきゃ塀のなかでも成功者だ。五人の女性の夫を奪い、混乱と悲劇を増やしただけの腐れマザーファッカーが、余生を愉しもうとしている。おれはやつを見おろして思った。ルールを守って何かいいことが一度でもあったか？　混乱から秩序を生み出そうとして何か自分の役に立ったか？」

タイタスはことばを切り、深く息を吸った。胸を最大限まで広げて大量に吸った。

「だから、おれはやつを撃った。頭に二発、胸に二発、やつの家族やおれの友だちの残骸にまみれて立ったまま。ちょうど銃をホルスターにしまったときに、別の班が現れた」タイタスは低くうめいた。「ＦＢＩはおれに退職するよう穏やかに勧めた。というか、命令した。そのあと、レッドは四発撃たれたとき武装していたと読める報道発表をした。おれは給付金をすべて失ったが、ムショには行かずにすんだ。半年後、父さんが手術を受けた」

「それ父さんにも話したことないのか？　兄貴の名前は一度も新聞に載らなかった？」マーキスが訊いた。

　タイタスは首を振った。「失業手当が切れて家に戻るころには、おれはかなり回復してた。ＦＢＩはおれの名前を公式記録から消し去り、全力で穏便にすまそうとした。もう〝ウェーコ〟はこりごりだったから（一九九三年、ＦＢＩとＡＴＦがテキサス州ウェーコのカルト教団を包囲したが銃撃戦になり、信者七十六人が死亡した）。この事件の報道は数えるほどしかなかった。インディアナ州に住んでいなければ、耳にすることもなかっただろう。だから保安官になるチャンスが訪れたとき、おれは立候補した」

「なんでだ。レイシストを消した、だから保安官に立候補したって？」マーキスが言った。

「おれは人を殺した。ひどい人間ではあるが、それでも人間だ。そして罰されなかったのは、おれ自身が法律だったからだ。おれたちが子供のころから、そういうやつらがいただろう。ひどいことをするのに法律を盾に罪を逃れるやつらが。おれが保安官に立候補したのは、この郡からそういうことをなくしたかったからだ。たぶん……内側から変えたかったんだと思う。口で言うほど簡単じゃないが、それがおれの贖罪だ」

「神を信じてないわりには、よく宗教的なことばを使うよな。いいか、兄貴には誰にもなんの負い目もない。レイシストを消した？　上等じゃないか。たぶんそれでほかの命をいくつか救ったよ。世の中を正そうなんてしなくていい。それは兄貴の仕事じゃないぜ」

「ある意味、おれの仕事だ、保安官としての。母さんが知ったらどう思うかって、いつも考えてる」タイタスは言った。

「兄貴は保安官になることを選んだ」マーキスは言った。「けど保安官にならない選択肢だってある。母さんを救えなかったからって、何もかもを正す責任を負うわけじゃないだろ。誰にも母さんは救えなかったよ、タイ。懐かしの日曜学校で習ったことをひとつ教えようか。何もかも救わなきゃいけないという兄貴の考え方？　それは高慢だ。驕る心と失敗についての教えは知ってるだろ（旧約聖書箴言第十六章第十八節に〝驕傲は滅亡にさきだち誇る心は倒跌にさきだつ〟とある）。もう一度言うぜ。兄貴には誰にもなんの負い目もない。おれにも、父さんにも、母さんにも、チャロンの誰にも。あと言っとくけど、母さんならきっと〝そのマザーファッカーをあと四発撃ちな〟って言うさ」

タイタスは空の壜を持ち上げ、その表面に揺らめくポーチの灯りを見つめた。「世界の秩序を保とうとすることで、自分が崩壊するのを防いでるとしたら？」

「んな馬鹿な、タイ」マーキスは言った。

彼はごつい手を伸ばしてタイタスの肩に置いた。闇のなかでヨタカたちがふたりに歌った。

25

目覚めたとき、タイタスの口には昨夜の誤った判断の後味が生々しく残っていた。無理やりベッドから抜け出し、汗をかいて酒を抜くために、腕立て伏せを二百回してからシャワーを浴びた。

階下(した)におりると、マーキスはソファで眠っていた。タイタスは起こさずに玄関から外に出て、ＳＵＶで保安官事務所に向かった。フロントガラスの縁にまだ霜がついていた。ひと晩で気温が十度も下がったのだ。どんよりとした空のせいで郡全体が色を失っていた。無声映画の色褪せたフィルムを見ているような気分で、裏道を抜けて主要幹線道路に向かった。殺人鬼がこの地を地獄に変えたいま、そんな光景がチャロンには似つかわしく思えた。

事務所の駐車スペースに車を入れたとき、携帯電話の通知音が鳴ってメールの着信を知らせた。

親愛なるクラウン保安官

監理委員会は警備を強化するあなたの案に異存ありません。しかし、配備した警官の存在が目立ちすぎないようにどうか気を配ってください。秋祭りのにぎわいに悪影響があるといけませんので。

よろしくお願いいたします。

ジュリー・ナローズ
チャロン郡監理委員会副委員長

「ぜんぜんわかってないな」タイタスはひとりつぶやいた。

保安官事務所に入って自室に向かった。

「ああ、タイタス、一時間ほどまえにデンヴァーが保釈金を払って出ていきました。判事の命令でスティーヴとデイヴィが彼を裁判所に連れていき、そこで釈放されました。スティーヴが、それをあなたに忘れず伝えるようにと」カムが言った。

「デンヴァーはＤＮＡサンプルの提出に同意したか？」タイタスは訊いた。

カムは首を振った。「いいえ。あなたが帰ったあとで彼の弁護士が現れて。犯人はデンヴァーだと思うんですね、タイタス？」懇願するような声で尋ねた。

タイタスは苛立ちを表に出さないようにした。「それはわからない、カム。だが、DNAサンプルが手に入れば、彼を容疑者からはずすか、逮捕することができる」カムは郡の住民たちの代表だ、とタイタスは思った。みな確約を欲しがっている。バッジをつけた人間に、怪物は負けたと言ってほしいのだ。魔法のような答えを求めている。現実世界の状況に対処しなければならないときに。

タイタスは部屋に入って机についた。ピップに指摘された責任を、軛のように重く感じた。メールをいくつか読み、ガソリン代の報告書に目を通し、前夜の逮捕記録を確認して、保安官事務所のソーシャルメディアのサイトに、イライアス殺害に関連した情報を求める記事を載せた。日常業務と穢れた犯罪を同時に扱うのは妙な感じだったが、それがこの職業の決定的な特徴だ。

一日がのろのろとすぎていった。トレイはデンヴァーを監視していたが、デンヴァーがしたことと言えば、コンビニの〈トール・キング〉に歩いていってビールをひとケース買い、正体をなくすまで飲んだことだけだった。スティーヴは、第一コリント教会の墓地で若者ふたりが墓石に〝シダレヤナギ男〟とスプレーで落書きしているという通報に駆けつけた。ダヤン・カーターはいまだに行方不明で、誰も居場所を知らないようだった。

おまえの手柄だ、デイヴィ。そのとき電話が鳴った。

タイタスはクイーン郡、レッド・ヒル郡、グロスター郡の保安官に連絡し、二日後の秋祭りでなんらかの協力を頼めないかと訊いていた。クイーン郡からは当然のように突っぱねられたが、レッド・ヒルとグロスターは、それぞれ三人の保安官補を派遣すると約束してくれた。

その人数では人手が足りない。とうてい足りない。しかしそれだけしか協力が得られないのだから、思い悩むのはやめよう。日暮れが近づくと、タイタスは立ち上がって背中の関節を鳴らし、掲示板を見た。

「事件解決に必要なすべては、すでに手のなかにある。吹雪のなかでジグソーパズルをやるようなもんだ。一歩下がって完成像を見なきゃならない」トリヴァー特別捜査官はよく言っていた——レッド・デクレインの妻と子供たちが、彼を無数の細かいピースに砕いて吹き飛ばすまえに。

タイタスは掲示板を凝視した。

解決の鍵はここにあるはずだ。充分うしろまで下がって見ていないだけで。

ポケットの携帯電話が震えた。

「はい?」

「ハイ、ヴァージニア。元気?」ケリーが言った。

「元気だ。このまえの夜は悪かった。みんなピリピリしてた」タイタスは言った。

「いいの。ただ……あのね、あなたが無事でよかった。電話したのは、あなたが出演した部分の編集が終わったから。聞きたい?」ケリーは訊いた。

「聞くべきだろうな。おれの面子をつぶしてないか確認しないと」タイタスは言った。

ケリーは笑った。「わたしにできることはいっぱいあるけど、あなたの面子をつぶすのは専門外よ。ファイルを添付して送ってもいいし、こっちに寄って聞いてもらってもいい」

タイタスは何も言わなかった。

ただファイルを受け取ることもできる。ショートメッセージに貼りつけてもらえば終了だ。

そうすることもできた。

あるいは、彼女の宿に出かけていって、ヘクターと三人ですごすこともできる。昔話をしたっていい。ちょっとした息抜きになるだろう。もちろん、ケリーは事件のことを尋ねるだろうが、彼女が下着姿でアパートメントから締め出されたときのことを話してもいい。別にいちゃつきたいわけではない。ヘクターがいなかったとしても、自分はダーリーンを愛している。相手が誰でも、この誓いを破る気はない。

古い友だちふたりが話すだけだ。ほんの一時間ほどバッジをはずし、贖罪をつかのま忘れて休憩するだけ。それが悪いことなのか?

「あと二時間はここで仕事があるから、十時ごろになる。遅すぎるかな?」タイタスは尋ねた。

「いいえ、ばっちりよ。夕食にラムチョップを買っとこうか?」ケリーが言った。

「ケリー……」

「わかった、わかった。子羊はまだ早すぎるね。またあとで、ヴァージニア」

26

古い家やかつてのプランテーションの多くもそうだが、〈トッドの宿〉も、長く曲がりくねったドライブウェイに砕いた牡蠣殻が敷かれ、両側に豊かに茂ったハナミズキが並んでいる先にあった。チャロンは川と長いドライブウェイでできた郡だ、とタイタスは思う。このドライブウェイには五、六メートルおきに庭園灯が設置され、柔らかな黄色い光を投げかけていた。この世ならざる光が道にこぼれ、セントエルモの火（悪天候時に船のマストの先端などが青く光る現象）のようだった。ようやくタイタスは、スピル川を見おろす二階建ての〈トッドの宿〉に到着した。手前でドライブウェイはふた手に分かれていた。左に進むと、トッドの森のなかにコテージがいくつか立っている。右に行けば川沿いのコテージがある。来るまえにケリーにショートメッセージを送り、十四番コテージにいると聞いていた。木に釘打ちされたしゃれた看板は、一番から十五番コテージは左と告げていた。左にハンドルを切り、一番から十三番コテージのまえを通りすぎた。どの建物も奈落のように真っ暗だった。ルーシー・トッドは空き部屋には玄関灯さえつけていなかった。

タイタスのヘッドライトがケリーのバンの後部に反射し、コテージそのものを照らした。

そのとき、開いたままの入口のドアに気づいた。

タイタスはすばやく動いた。ＳＵＶのギアをパーキングに入れて飛びおり、銃を抜くまでが一連の動作だった。開け放したドアはかならずしも怪しくないが、気温が五度まで下がったこんな夜遅くに開いていれば、軽く見るわけにはいかない。

タクティカル・グリップで銃を構えた。ドアは開いているだけでなく、ドア枠が割れるほど強い力で蹴破られていた。闇のなか心臓が激しく鼓動し、一瞬、サヨナキドリや、尾が白く腹がふくらんだ鳥や、ほかの夜行性の動物たちの穏やかな鳴き声やさえずりが聞こえなくなった。心臓が肋骨に打ち当たるのを感じた。

「ケリー？」タイタスは叫んだ。馬鹿らしい、無事でいてくれ、というふたつの感情が交互に訪れた。ケリーがここにいるなら、おそらく傷つき、呼びかけには答えられない。ここにいないなら、呼びかけなど役に立たず、彼女は危機に直面している。

タイタスはコテージのなかに入った。

ヘクターが両手を喉に当てて壁にもたれかかっていた。指の隙間から血があふれ、口からもゴボゴボと流れていた。タイタスが彼を救おうと近づきかけたとき、悲鳴が聞こえた。

ケリーの悲鳴だった。

リビングを駆け抜けて台所に入った。

「動くな！」胸が痛くなるほど大声で叫んだ。

台所のクローゼットかパントリーのまえに、ひとりの男が立っていた。全身黒ずくめだった。黒いジーンズ、黒いスウェットシャツ、シャツの袖口にテープでとめられた黒い手袋。

男は血まみれの猟刀を握っていた。

革製の狼のマスクをかぶっていた。

クローゼットのドアに猟刀を突き刺したのだろう。穴があいていた。いま男は猟刀を頭上に振り上げたまま動かない。ケリーはクローゼットのなかから悲鳴をあげていた。

「床に伏せろ！」タイタスは叫んだ。

狼のマスクの男は動かなかった。

「そのナイフを捨てないと殺す。ぜったいに」タイタスは言ったが、それでも男は動かなかった。ふたりの意志と意志がぶつかって、どちらも無言で立ち尽くし、一歩も引かなかった。

ふいにタイタスのうしろからヘクターが倒れかかり、そのまま台所の床に顔を打ちつけた。彼の体がタイルにぶつかって血が跳ねた。タイタスは右に押された。狼のマスクの男はすばやく体をひねってタイタスの頭にナイフを投げた。同時にタイタスは身を屈め、狼のマスクに発砲した。銃弾はそれて、裏庭に面した台所のドアガラスを割った。

狼のマスクの男は猛スピードでそのドアへ走り、タイタスの弾で蜘蛛の巣状にひび割れたガラスを突き破って逃げた。タイタスもドアに走って発砲しかけたが、裏庭は真っ暗だった。マスクの男は大きく広がった夜の深淵に幽霊のように消えていた。

ケリーがまだクローゼットで悲鳴をあげていた。

タイタスはまずヘクターのところへ行った。ヘクターが最後にアドレナリンを爆発させたことで、狼のマスクの男には逃げられてしまった。ケリーを救おうとしてうまくいかなかったことが、この世で彼がとった最後の行動になった。ヘクターの皮膚はすでに冷たくなりかけていた。

タイタスはクローゼットに行ってドアを開けた。

ケリーが腕に飛びこんできた。まだ叫びながら、助けて、救い出して、守って、と懇願していた。タイタスはその三つのなかでいちばん重要な願いを叶えてやれなかったことに気づいた。

カーラとデイヴィがコテージの周囲に黄色い立入禁止テープを張っているあいだ、タイタスはSUVのドアを開けたまま座席に坐っていた。トレイがSUVに近づき、開いたドアのそばに立った。

「ケリーの話だと、あなたのポッドキャストのエピソードを編集し終えてここにいたら、ドアが蹴破られたそうです。ヘクターが相手に立ち向かっているあいだにクローゼットに逃げこんだと。車の音はしなかったらしいので、犯人は少し離れた場所に車を駐め、森を抜けてきたと思われます」

「エンジン音を聞かれたくなかったんだ」タイタスは言った。パンケーキのように平たい声だった。

「ええ。彼は本当に狼のマスクをかぶってたんですか？」

「ああ。全身黒で、袖口を手袋にたくしこんでテープでとめてた。身長百八十センチ足らず、体重はおそらく八十五キロから九十キロ。かなり力がある。おれが撃ったあの窓を、クレープ紙を破るみたいに突き抜けていった」タイタスは言った。

「なぜここまで来たと思います？」トレイが尋ねた。

タイタスは帽子のつばをつかんで左右に動かした。

「おれを苦しめようとしてた。ケリーとおれは友人だ」ことばを切った。「昔つき合ってた。きみが知らなかったのは驚きだな。ほかのみんなは知ってる。殺人犯もだ。だから彼はここに来た」

「いやいや、知ってましたよ。でも、どうしてあなたの元ガールフレンドを狙うんです？　ダーリーンじゃなくて？　もちろんダーリーンを狙ってほしいとは思わないけど」トレイは言った。

「みんなケリーの話をしてたから。彼女は新しいゴシップのネタだ」タイタスは言った。「カーラが〈ハンプトン・イン〉にケリーを連れていって、ひと晩付き添います。ケリーは朝いちばんでここを離れたいそうですが、行かせていいですか？」トレイは訊いた。

タイタスはSUVからおり、背筋をぴんと伸ばした。「ああ。協力が必要になったら、いつでも戻ってきてもらえばいい。ヘクターの情報が得られたから、遺族に知らせに行く」

「あの、それはぼくにやらせてもらえませんか？　ここで何が起きたのか、本当はあまり説明したくないでしょう？　遺族もむごたらしい話をくわしく聞く必要はないし」トレイは言った。

「いや、おれがやる。やらなきゃならない」タイタスは言った。

「犯人はあなたを苦しめようとしたって言いましたよね。どうしてあなただけを？」

「やつはおれに集中してる。ろくでもない三人組が崩壊したのはおれのせいだと思ってるんだ。おれは電話でやつを挑発した。ダヤンを通しても挑発した。今日また電話がかかってきたから、やつの生みの母親のことで攻撃し、あいつを本名で呼んだ。イライアスがつけた名前だ」

「今日も電話があった？　いつ話してくれるつもりだったんです？」トレイは尋ねた。

「明日の朝の定例ミーティングで」タイタスは振り返り、コテージと壊れたドアを見た。

「やつはおれの群れが危ないと言った」
タイタスは帽子をかぶった。
「やつの言うとおりだったようだ」

タイタスが家に着いたときには、父親とマーキスは眠っていた。階段をのぼって制服を脱ぎ、ナイトスタンドに銃を置いた。逮捕時の発砲についてすでにトレイに報告を書かせている。チームのメンバーと同じルールが自分にも適用されないなら、ルールなどなんの意味がある？

タイタスはベッドに寝転んで天井を眺めた。

殺人犯はコール・マーシャルの友人だった。それは確かだが、どうやら秘密の友人だったらしい。人前でいっしょにいるところを見られない友人。ダヤンは知っていたが、もういない。怖くなって逃げたか、土のなかで仰向けに転がっているのか。タイタスがあの悪党を捕まえる寸前までいったのも、あれほど相手に接近したのも初めてだった。ケリーを落ち着かせる代わりに彼を追っていたら捕まえていたかもしれない。あのマスクをはいで顔を見ていたかもしれない。二本足の怪物の顔を。だが、ケリーをあのクローゼットから出してやらなかったら、以後鏡に映った自分の姿を直視できただろうか。

タイタスは毛布を体に引き寄せた。彼女を助けていなかったら、鏡のなかの男がどんな顔でこちらを見たかわからなかった。

ナイトスタンドの携帯電話が震える音がした。手に取って時間を確認すると、午前一時すぎだった。

ダーリーンだ。

「はい?」タイタスは言った。

「わたし」ダーリーンが言った。

「ああ、だいじょうぶか?」

「わたしが訊かなきゃね。お友だちのコテージで誰かが殺されたって聞いたわ」ダーリーンは言った。

タイタスは顔をしかめた。彼女のことばに痛みが感じられた。「ああ。押し入ろうとしたやつがいた」

「こっちに来られる?」ダーリーンが尋ねた。

「え……本気なのか? おれはきみを危険な目に遭わせたくない、ダーリーン。この犯人はおれにひどく執着してる」タイタスは言った。

「来てもらう必要があるの。わたしのためにそうしてくれる?」

タイタスはダーリーンの車の横に駐車した。左側には彼女の小型セダン、右側には一九九八年に彼女の一家が越してきて以来、父親が土地の境界線にしてきたツゲ並木があった。関節炎が悪化して並木の刈りこみができなくなり、通りの先のパーカー少年にその仕事を頼んだときが、父親の人生でもっとも悲しい時期だったとダーリーンは言っていた。

タイタスはジープからおり、玄関前の階段へ歩いていった。ドアをノックするまえにダーリーンが出てきた。

「みんな無事か？　誰かに迷惑をかけられてるとか？」タイタスは訊いた。

ダーリーンは首を振った。目が充血していた。「いいえ。父は母とここを去るまで、ショットガンをすぐそばに置いて眠ってたわ」

「去る？　どういう意味だ、去るって？　どこへ行った？」

「ウィリアムズバーグにある〈パターソンズ・ウォーク〉という高齢者施設よ。火曜に花屋を閉店したの。まだ誰にも話してないけど」

「どうして教えてくれなかった？　ご両親の引っ越しを手伝えたのに。ほかにもやれることが――」

ダーリーンがさえぎった。「何を、タイタス？　あなたに何ができた？　スピアマンの事件にかかりきりでしょ。わたしもそうすべきだと思ってる。みんな死ぬほど怖がってるから。それがあなたの責務。それがあなたという人。わかってる。だからわたしは迷惑をかけないようにした」

「タイタス、わたしも出ていくの」

ダーリーンは下唇を嚙み、小指が欠けたほうの手の甲で涙をぬぐった。「タイタス、わたしも出ていくの」

タイタスは階段の手すりに寄りかかった。「どういうことだ、出ていくって？　どこへ？　おれたちはどうなる？　これからどうするんだ？」

ダーリーンは切なそうに微笑んだ。「つき合いだしたころ、あなたがいろんな重荷を背負ってるのがわかった。その重みで広い肩が押しつぶされそうなのが見える気すらした。うそれをあなたが克服するのを手伝えるはずだと自分に言い聞かせた。そして努力した。うんと努力したのよ、タイタス。だってあなたは、わたしが知ってる誰よりも幸せになる資格があるから。だけどあなたは幸せになりたくなかった。どういうわけか、自分が苦しむべきだと思ってる。そして、自分で掘った穴からあなたを助け出す女性は、わたしじゃない」

「ディディ、そんなこと言わないでくれ。おれは……きみを愛してる。どんな問題が起きてても、おれたちは解決できる」タイタスは言った。

「あなたはわたしを愛してないわ、タイタス。愛したいと思ってるだけ。わたしは愛してほしくてたまらなかったけど、だめだった。ずっとあなたにしがみついても、煙をつかもうとするようなものだった。施設に入ると両親が言ったときに気づいたのよ、これまでわたしは……この土地で空まわりしすぎたって。三十七歳なのに一度も飛行機に乗ったことがない。中部大西洋岸から出たこともない。両親のためにここにいるんだと自分に言い聞かせてた。そしてあなたと出会い、ここにいるのはあなたのためだと自分に思いこませた。でも両親がいなくなって、わたしたち……わたしたちがなんなのか、わからなくなった」

タイタスはダーリーンの両手を握った。温もりを感じた。「おれたちは愛し合ってる。愛し合うふたりだ」

ダーリーンは両手を引っこめた。「いつもそう言ってくれるけど、それはあなたがいい人で、そう言わなきゃと思ってるから。でも……つまりね、あなたがコテージにいてお友だちを救えてよかった。そう思ってるけど、なぜ夜の十時にそんなところにいたの?」

タイタスの口がからからに乾いた。

「それは……たんにポッドキャストのインタビューを聞くつもりだった。それだけだ、ダーリーン、誓う。彼女と何かする気はなかった。おれのこと知ってるだろ」

ダーリーンは身を屈め、タイタスの頬にキスをして、掌を彼の心臓の上に当てた。「ええ、たしかにあなたを知ってる。浮気しに行ったんじゃないのはわかってる。ただ、もしわたしを愛してるなら、そもそもコテージには行かなかったでしょ。わたしを愛してたら、事件のあと誰かをよこして様子を見させたはずよね。でも、そんなことまったく思いつかなかったのよね?」ダーリーンは言った。頬に流れる涙がダイヤモンドのように明るく輝いた。

　タイタスは答えられなかった。彼女が正しかったからだ。うなだれ、目を閉じた。

「ダーリーン、おれは――」

　言いかけたことばはさえぎられた。

「明日の朝、アトランタに発つ。いとこがそこでブライダル店をやってるの。元気でね、タイタス」

　ダーリーンは彼の唇にキスをした。

「あなたを笑顔にしてくれる誰かを見つけて」彼女はそう言って背を向け、家のなかに消えた。タイタスはその場に立ち尽くし、ドアに鍵がかかる音を聞いた。玄関ホールの明かりがつき、蠟燭のようにふっと消えた。

チャロン郡

闇が拒まれることはない。

いまは誰もがそう感じている。闇は招かれもしないのに、冬の寒風のように人々の心に入りこむ。日食のように昼間を侵し、恐怖でできた毛布のように夜を覆う。

プレストン・ジェフリーズはレッド・ヒルの医者にかかり、悪夢を見ないようにする何かを、なんでもいいから処方してくれと頼んだ。トウモロコシ畑であのとんでもない白人牧師を見つけて以来、叫ばずに夜の眠りから覚めることがなくなった。睡眠の壁の向こうにもう一度安らぎを見いだすことはあるのだろうかと考えている。

ポール・ガーネットはゴミに注意を払うことを学んだ。ゴミを集積場に持っていくときに、空き壜(あきびん)がカスタネットのように音を立ててしまうのだ。オールド・クロウが五本、ときには六本。昼食時にフラスクからウイスキーを飲むのが習慣になっている。仕事のストレスだと自分には言い聞かせる。工場ですごす時間はストレスだらけだ。昨年から売上も落ちている。新しい社長は、国じゅうの連邦ビルや軍事基地から来るアメリカ国旗の注文をきちんとさばくことができない。もともといまの社長を支持してはいなかったが、これほどひどいとは思わなかった。自分が毎週三度も酒屋に行くのはそのせいだと自分を納得させる。けれども酔いが覚めかけたときに頭に浮かぶのは、皮をはがれたコール・マーシャルの顔だ。

日曜にはささやかな休息が訪れ、チャロン上空を飛び交う影も消える。メソジスト、カトリック、バプテスト、ルター派からエホバの証人に至るまで、神父や牧師や司祭や長老たちは慰めと精神の力について説くが、会衆はそのほとんどを聞き流す。こんな呪いが人々に降りかかることを許す神がどこにいるというのだ。誰も口には出さないが、じつに多くの信徒が魂の危機を迎えている。多くの信徒が信頼を寄せるのは、ガリラヤの大工ではなく、ショットガンや三五七口径の弾薬だ。

殺人鬼はこの郡の子供やティーンエイジャーにとって〝シダレヤナギ男〟になっている。いまやあちこちの焚き火やホームパーティで、彼を召喚する神秘の儀式が執りおこなわれる。もっと幼い子供たちにとっては、生きて歩く最新のブギーマンだ。ただこちらは伝説のブギーマンとちがって、その所業をローカルニュースで見ることができる。ラヴォン・マクドナルドは、万が一〝シダレヤナギ男〟にドアを叩かれたときに備えて、ポケットに果物ナイフを忍ばせている。ラヴォンは兄のラトレルがいなくて寂しい。頼めばどんな漫画のキャラクターでも演じることができた兄。会いたくて気が変になりそうだ。ただ、気が変になるというのがじつはどういうことなのか、よくわからない。彼の父親は泣きやむ様子がない。これが気が変になるということなのかとラヴォンは思う。

ダーリーンは〝南部の反逆者（オール・レブル）ジョー〟の銅像のまえを通り、ルート18に乗る。これでいいの、と自分に言い聞かせる。何がなんでもここから去ると両親に告げ、やんわりと脅すようにして〈パターソンズ・ウォーク〉に入れなければならなかったにしろ。タイタスに言ったことばを悔いてはいないが、もし〝シダレヤナギ男〟が彼の元ガールフレンドを殺そうとしなかったら、彼と別れただろうか。友だちのサンドラには、アトランタに出ていくなんて勇敢ねと言われた。勇気や独立心に動かされているのではないと打ち明けるのは気が引けた。彼女を動かしているのは、純粋で混じり気のない恐怖だ。襲撃のことを聞いた瞬間から、逃げろとしか考えられなかった。

この町から、じわじわと彼女の心を壊していくタイタスから、タイタスと彼に近しい者たちを狙うこの殺人者から、逃げろ。タイタスに守ってもらえないと思ったわけではない。ただ、いずれ自分か元ガールフレンドのどちらかを選ぶときが来るのではないかと思った。または、自分か父親――あるいは弟――のどちらかを。ダーリンには、自分が選ばれるシナリオは思い描けなかった。そう悟ったことが、州間高速95号を車で飛ばしている理由だ。

秋祭り実行委員会のメンバーは、沈みゆくタイタニック号の甲板で演奏を続けた音楽家並みの決意で祭りを計画していた。死、闇、恐怖――そんなものにはおかまいなしに、パイ早食い競争のテントやカニ籠引き競争の舞台を準備している。実行委員長のエリザベス・モアフッドは、最後の企画会議で〝テルモピュライの戦いにおけるスパルタ軍〟のスピーチをし、郡にとっていかに秋祭りが重要かを熱く訴えた（紀元前五世紀、スパルタ軍はペルシャ軍の大部隊と戦い全滅するが、少数精鋭による奮闘ぶりが称えられた）。われわれのなかにひそむ怪物に秋祭りを中止させてなるものか、怪物に勝たせるわけにはいかない、と。

しかし彼女は、出店許可料の名目で集めた金と、毎年恒例のくじ引きに使う委員会の資金のなかから数千ドルを着服したことは言わなかった。駐車場代と移動遊園地の乗り物代を、不足額の穴埋めに使おうとしていることにも触れなかった。まぬけなアラン・カニンガムが逮捕されたときのように、あの黒人保安官野郎に手錠をはめられる気がないことも。

リッキー・サワーズはいつしか、もっとも熱烈な信奉者たちが秋祭りのパレードの日に武器を持参したがるのをやめさせようとしていた。いまや飢えた熊をなだめすかすようなものだった。彼らの目に宿る欲望が怖かった。彼らは衝突を求めている。敵の脳天をかち割り、腱をずたずたにしたがっていた。住民殺しの犯人にそれができないから、パレードの日に厚かましく対抗してきた相手にやってやろうというわけだ。

リッキーは、昔のアニメで踊る魔法の箒を持ったミッキーマウスになった気がした。自分が作り出したものなのに、もう自分の手に負えなくなっている。

メアリ＝ベス・ヒリントンは夫のために泣こうとしたが、洗っていないグラスが流しからバックハンドで飛んでくることはもうないと思うと、すぐに立ち直れた。

ダヤン・カーターは闇を歓迎した。闇に包まれて穏やかな気持ちになった。そこにいれば安全だった。そこでは、自分の皮膚に彼がしたことが見えなかった。

27

秋祭りは大盛況だった。

タイタスはメイン・ストリートとコートハウス・レーンの角の古い薬局のまえに立っていた。祭りのあいだ、メイン・ストリートの角から、並行して走るブリックハウス・ロードまで延びるコートハウス・レーンは歩行者天国になる。ふたつの道のあいだには、郡庁舎、旧植民地時代の監獄、郡財務局がある。庁舎前はベンチや噴水が点在する芝生の広場で、コートハウス・レーンの途中には〝南部の反逆者(オール・レブル)ジョー〟の銅像も立っている。

祭りのほとんどは芝生広場でおこなわれた。移動遊園地の乗り物や美術工芸品売場が設置され、二人三脚レースやパイ早食い競争がおこなわれ、食べ物の屋台、綿あめ製造機もあった。田舎町の祝いの場でしか日の目を見ない軍の装具もずらりと並んでいる。

カニ籠引き競争の舞台は、人混みから離れた広場の端に地上九メートルの高さで設置されていた。出場者は舞台でカニ籠を引き上げる速さを競う。タイタスは、父親の記録はついに塗り替えられるだろうかと考えた。アルバート・クラウンの最速記録は三十年近く破られていない。去年、漁船〈バステッド・ボトル〉で働くジェイミ・チェンバーズという大男が記録に迫りはしたが。

タイタスは群衆が芝生や歩行者天国を移動するのを眺めていた。形の定まらない有機体のように曲がっては伸び、広がっては縮んで、祭りの会場を覆い尽くしている。予想よりはるかに多くの人が来ていた。いまの状況から考えて、禿げかけた男の髪くらい寂しい人出だろうと思いこんでいたのだ。タイタスはめったにまちがわないが、今回はまちがいだった。

子供がキャーキャー叫び、親たちが笑い、若者の大声も聞こえた。春を告げるラッパズイセンの香りのように、息を呑むほどの歓喜の雰囲気が広がっていた。無理やり作り出された雰囲気だとタイタスは思った。どんな困難にも負けず、とにかく愉しもうとチャロンの良き人々が全員で示し合わせたかのようだった。

コートハウス・レーンを少し歩き、移動遊園地の大きなすべり台をおりる子供たちを眺めた。パイ早食い競争に順番に出場する高校生たちも見た。平穏だった若いころから見知った顔もあれば、故郷に戻ってからの二年間で知り合った人もいる。知らない顔の人たちも、みなヴァージニア州の低地の奥にある小さな郡の小さな祭りを大いに愉しんでいるようだった。

つねにこうあるべきだ。

タイタスは腕時計を確かめた。

午後二時。あと十五分でリッキー・サワーズと仲間たちがコートハウス・レーンで行進を始める。タイタスは無線機をつかんだ。

「そろそろ警戒しろ。行進まであと十五分だ。境界線の配備につけ」

「了解（ラジャー）」カーラが言った。

「ロジャー、じゃなくてラジャー。わかりました。ロジャーじゃなくて」デイヴィが早口で言った。

「いいから位置につけ、デイヴィ」タイタスは言った。

「了解。芝生広場の東から入ります」レッド・ヒル郡から来た保安官補のダンフォース・サンプソンが言った。

タイタスは深く息を吸い、できたてのポップコーンとファンネルケーキの甘い砂糖の香りをかいだ。この行進に関する予想がまちがっていることを願った。ジャマルの話がただの憶測であるように。リッキー・サワーズが仲間たちを制止してくれるように。応援の要請など必要なかったと思えるように。だが、必要なときに持っていないより、持っていて必要がないほうがいい。

「願いごとをするときには、川を泳いで渡ることを考えろ。しっかり準備すれば、泳ぎやすいルートを知らせる地図ができる」トリヴァー特別捜査官はかつて言っていた。

あの日、デクレインの拠点で彼らは準備不足だった。タイタスはもう同じまちがいを犯したくなかった。

笑い声に混じってざわめきが起きた。ダンフォースと彼が連れてきた部下四人が、コートハウス・レーンの左側でカーラ、デイヴィ、スティーヴ、ピップに合流していた。右側にいるのは、レッド・ヒルの先のメアリーヴィルから来たコールドウェル・トマス保安官補と部下六人だ。タイタスは今年の初め、州に義務づけられた講習会でコールドウェルに会った。肩幅が広く、饒舌で、さっぱりした丸刈りの彼に好印象を持った。保安官になってからタイタスが得たかぎりなく友だちに近い存在だった。

タイタスはバッジに手をやり、星の輪郭を指でなぞった。

「愛されるかもしれない。憎まれるかもしれない。しかし敬意は払わせなければならない。そのためにはつねに公正でいることだ」とＦＢＩの教官のひとりが言っていた。捜査官になるための心得だったが、保安官にも当てはまる。

「ちゅうもーーーく！」リッキー・サワーズが叫んだ。

タイタスは目をすがめた。

「いったい何事だ？」と小声で言った。

リッキーと仲間の数は三十人ほどだった。全員が歴史的に正しい南部連合の軍服を着ていた。ジャスパーが旗手を務め、巨大な南部連合旗のついた百八十センチほどの旗竿を掲げている。鼓笛の音も聞こえたが、こちらはもちろん歴史的に正しくない。〈南部連合の息子たち〉はコートハウス・レーンを練り歩きはじめた。

「急げ、こっちに来る」タイタスは言った。

肌がぞわぞわしだした。いまは二〇一七年だということも、百年以上前に憲法修正第十四条（南北戦争後の一八六八年に可決され、元奴隷の市民権を認めた）が可決されたことも頭ではわかっていた。人種差別はまだ残っているが、自分は保安官で、規則にしたがわない者は白人だろうと黒人だろうと誰でも逮捕できる。

それでも、だ。

タイタスの体を原初的な嫌悪が貫いた。あの男たち――どんなにがんばっても成功しないのは白人の特権が特権でなかった証拠だと考える灰色の軍服の男たち――を見ているだけで気分が悪くなった。怖くないし不安も感じないが、文字どおり吐き気がする。通りを気取って行進する彼らを見るのは、ステーキにかぶりついたら蛆虫がいたようなものだった。

「芝生にいる人たちを最低二メートルは遠ざけておこう」タイタスは無線機に言った。とはいえ、たいした問題にはならないと思っていた。ほとんどの人はリッキーたちに注意を払わず、輪投げをしたり、ウイスキー漬けのスイカをひと切れ食べたりするのに大忙しだったからだ。行進の参加者に拍手をしたり手を振ったりする人も多少はいたが、彼らにしてもそれほど入れこんでいるわけではない。論争（ポレミクス）に加わるというより、礼儀（ポライトネス）で応援しているだけだった。

「銅像に近づいています」通りの少し先にいるカーラが言った。

「わかった」タイタスは言った。リッキーたちは、銅像のまえをすぎて通りの端まで歩き、Uターンして戻ってくる許可を得ていた。彼らの目的は移民や黒人に抗議すること、ストレートで白人で、ガレージに隠れて安物ビールをひとケース飲んで傷ついたプライドを慰める男以外のあらゆる人を非難することだ。

タイタスの背後で歌声が湧き上がった。歌詞が聞こえ、振り返ると、歌っている人たちが見えた。

「勝利をわーれーらーーーに」（『勝利をわれらに』はゴスペルをアレンジしたフォークソングで、公民権運動が盛んだった一九六〇年代によく歌われた）

大きな集団がメイン・ストリートの角を曲がり、コートハウス・レーンに入ってきた。大勢のチャロン郡民が横に並んで歩いている。黒人、白人、ラテンアメリカ系、ゲイ、ストレート、年寄り、若者。みなリッキー・サワーズのような男たちが怖れる人たちだ。

「緊急事態、緊急事態！　メインの角に応援要請。くり返す、メインの角に応援要請」タイタスは無線に向かって叫んだ。歩道を離れ、少なくとも六十人はいるデモ抗議者の通り道に立った。抗議者たちは対抗して腕を組んだ。

ジャマル・アディソンが列の先頭中央にいた。タイタスはわずかなあいだジャマルと目が合い、そこに見えたものが気に入らなかった。ジャマルは運命に身をまかせた者の目をしていた。想像を絶する苦難に耐えることを期待し、望んでいる男の目。

殉教者の目だった。

タイタスはその目をまえに見たことがあった。

「止まれ！　いますぐ止まれ！　許可がないだろう！　いまは〈南部連合の息子たち〉の行進に割り当てられた――」

「許可なんかクソくらえ！」誰かがわめいた。

「われわれの代わりはいない！　われわれは見捨てられない！」

そうくり返す声が背後から聞こえた。まるで鬨の声だった。振り返らなくても、うしろにいる南部連合の擁護者が叫んでいるのがわかった。

「いますぐやめろ、全員だ！」デイヴィが言った。彼とスティーヴは道路のまんなかにいるタイタスに合流していた。コールドウェルと部下たちがリッキーたちのまえに立ちはだかるのが見えた。列を乱して抗議者たちに突進しようとする何人かの灰色の軍服の男を止めている。

「コールドウェル、彼らを芝生のほうへ誘導してくれ！」タイタスは無線機に叫んだ。

「わかった」コールドウェルが言った。

「ジャマル、やめてください！」タイタスは大声で言った。

ジャマルは彼を見たが、歌声を大きくしただけだった。

「くそニガーども！」南部連合グループの誰かが叫んだ。タイタスはそれを聞くだけでなく心で感じた。野蛮で愚かな怒りに満ち、みずから仕掛けた罠にはまった獣の遠吠えだった。

茶色いビール壜が一本、空（くう）を切った。

それはジャマルの足元近くで粉々に割れ、ガラスの破片が上や横に飛び散った。まるでカミソリの刃のように鋭い蝶の羽だった。

ふざけるな。タイタスは思った。

二十人ほどの抗議者が集団から飛び出し、タイタス、デイヴィ、スティーヴの横を駆け抜けた。コールドウェルの部下たちが立ちはだかって一瞬押しとどめたが、その一瞬は川のように流れ去り、今度はリッキーの仲間数人が突進した。いまや拳が入り乱れ、あらゆる怒りと怖れが動脈瘤（どうみゃくりゅう）のように破裂していた。タイタスは全員で争いを止めろと無線機に叫び、スティーヴとデイヴィに、残りの抗議者を押し戻せと命じた。芝生広場の人たちは逃げまわり、子供たちの泣き声が聞こえた。その長く悲しい声は肌を刺す針のように空気を切り裂いた。

トラックの音が聞こえたのはそのときだった。

うなるエンジン音が怒号と悲鳴と哀れな鬨の声をかき消した。そのエンジンはドラゴンのように到着を知らせ、いましも起きる大変動を予告していた。

抗議者たちが散りはじめた。みな歩道に駆けこむか、郡庁舎前の芝生に向かった。ウィルクス牧師のような老人数名はとっさに動けず、急速に近づくトラックをよけきれなかった。

牧師の体が宙に飛び、両腕がばたばた動くのが見えた。もうひとつの体が加わり、風で舞い上がった一枚の紙のようにねじれて回転した。人々が逃げ去って、トラックの全貌がタイタスの目に入った。赤と白のボックス型トラックだった。ボンネットに〈カニンガム旗工場〉のロゴが印刷されていた。

タイタスは左右を見た。

スティーヴとデイヴィがいない。

視界の隅の動きで、ふたりが丘のほうへ逃げる人々に合流しているのがわかった。コールドウェルと部下たちは〈南部連合の息子たち〉の流れを変えることにおおむね成功していたが、両陣営ともまだ少人数が通りに残っていた。

タイタスの頭は時速数百万キロで回転していた。シナプスが爆竹さながら火花を散らした。トラックの運転手がフロントガラス越しに彼を見つめ、歯をむいていた。

タイタスは銃を抜いた。

通りのまんなかに立った。重さ二トンの危険な鉄の塊に決闘を挑む、西部の早撃ち名人か何かのように。

気づくとカーラが隣にいて銃を抜いていた。

タイタスはフロントガラスに狙いを定めた。

「タイヤを撃て！」彼は叫んだ。

カーラは片膝をついた。

トラックの運転手がアクセルを踏み、エンジンのうなりがすさまじい爆音に変わった。タイタスの背後から、神に、イエスに、耳を貸しそうなあらゆる神々に呼びかける声が聞こえた。

タイタスは引き金を続けざまに五度引いた。カーラがトラックの左の前輪めがけて連射したのが聞こえた。

銃弾は天が授けたハンマーのようにフロントガラスを突き抜け、デンヴァー・カーライルに命中した。トラックは激しく左にそれて歩道に乗り上げ、〈ワイルド・アイリス骨董店〉に正面から突っこんで、バリバリと不快な音を立てて止まった。タイタスはトラックのほうに移動して車体に背中を当て、右手を伸ばして運転席のドアを開けた。うしろにカーラがいた。彼女の銃口からはまだ煙が上がっていた。

デンヴァー・カーライルの体が運転席から落ち、冷たいアスファルトにどさっと仰向けに転がった。タイタスの放った五発のうち四発が顔に当たっていた。デンヴァーの葬儀で棺の蓋が開けられることはないだろう。

デイヴィとスティーヴが走ってきた。ピップも来て、タイタスと死体のあいだに立った。

「だいじょうぶですか？　ひどいな、これまでの人生でこんなの見たことがない。しかしまあ、見事に制圧しましたね」ピップは言った。

タイタスは銃をホルスターに収め、ウィルクス牧師に駆け寄った。配達トラックのうしろを通ると、マフラーからオイルが垂れていた。

「タイタス、だいじょうぶですか？」ピップが大声で言った。

ウィルクス牧師は横向きに倒れていた。右脚がありえない角度でうしろに曲がり、両腕はおかしな方向に折れていた。タイタスは牧師の横に膝をついた。牧師のひげも口も血まみれだった。目は開いていたが、それがいま何を見ているのかは、タイタスのような人間の理解を超えていた。ウィルクス牧師は時を超えた存在になったのだ。

目を閉じてやれればと思ったが、そんな行為は映画のなかでしかうまくいかない。

タイタスは芝生広場のそばに横たわるもうひとりのほうへ走った。女性でウィルクス牧師と同じく体がねじれて傷だらけだが、痛みにうめいていた。しゃがんで見ると、ダーリーンの友だちのサンドラ・ジェイムズだった。

彼は立ち上がってチームのほうを向いた。コールドウェルと部下たち、ダンフォースと部下たちのほうを。

「彼女は生きてる！　救急車を呼べ！　現場を保存しよう。それとデンヴァーにかけるシーツを持ってきてくれ」タイタスは言った。

最初は誰も動かなかった。

「さあ！　早く！　仕事に取りかかれ！」タイタスは叫んだ。

「聞こえたでしょう、さあ動いて！」カーラも言った。

みなが職務を遂行しはじめると、タイタスはもう一度バッジに触れた。あるときには、その星は心臓を守る盾のように感じられる。別のときには、自分を深みに引きずりこむ錨のように。そしてほかのときには、そう、ただの安っぽいブリキの欠片にしか感じられなかった。


救急車が到着してサンドラを搬送していった。葬儀屋が来てデンヴァーとウィルクス牧師を運び去った。タイタスはコールドウェルらの情報にもとづいて、〈南部連合の息子たち〉五人と抗議者三人を逮捕した。

銅像のそばのベンチに、ジャマルがひとりで坐っていた。

「だいじょうぶですか？　救急救命士に診てもらいます？」タイタスは訊いた。

ジャマルは首を振り、取り憑かれた目でタイタスを見上げた。「ウィルクス牧師はいい人だった。私は来なくていいと言ったのに。でも彼は、ここに来るのは神の子としての義務だと」両手で顔を覆った。

ジャマルの声はかすれていた。「彼らは決して変わらない、そうだろう、タイタス？　リッキーやデンヴァーや、行進して歌うああいう連中はこれっぽっちも変わりゃしない。何をやっても彼らの心には響かない。そしてウィルクス牧師は死んでしまった」

タイタスはベンチの彼の隣に坐った。

「わからない。おれにわかるのは、暴力は暴力を生み、あらゆる暴力は苦痛の告白ということだけです。傷つけられた人は往々にしてほかの人を傷つける。リッキーと仲間たちはデンヴァーのことも含めて、すべて準備していた。ところが昨日、デンヴァーは飲酒運転で逮捕された。五年間で三度目。つまり商用運転免許証を没収され、仕事を失う。これは銅像の問題であると同時に、デンヴァーの問題でもあった。彼の人生は手がつけられなくなっていた。何もかも失う気がしたんでしょう。仕事も、人生も。彼らの大半にとってあの銅像は、自分が失ったんじゃないかと怖れるすべての象徴なんです。そしてあなたや、おれや、ウィルクス牧師のような人たちはスケープゴートになりやすい」タイタスは言った。

「このまえアーヴィンから聞いた話を教えようか。〈ウォータリング・ホール〉でデンヴァーがジョークを言ってたそうだ。〝森で死んでる七人の黒人の子をなんと呼ぶ？〟だとさ。あとは推して知るべし。私たちが相手にしてるのはこの種の人間だよ、タイタス。もうわからない。あきらめどきかもしれないな。あんなゴミ銅像なんか、あいつらの好きにさせればいいんだ。ウィルクス牧師はまだ生きてたかもしれない、もし私が――」

「あなたは彼を殺してない。デンヴァー・カーライルが殺したんです。あきらめちゃいけない、ジャマル。いつの日か、あのゴミ銅像は引きずりおろされる。リッキーみたいな連中に、あの像が倒れるところを見せてやらないと」タイタスは言った。

彼はジャマルから離れ、エリザベス・モアフッドのところへ行った。

残りの秋祭りは取りやめだと告げると、彼女は最初抵抗した。

「エリザベス、人がふたり死んでるんです。秋祭りは終わり。終了だ。家へ帰ってください」

「タイタス、それはわかるけど、秋祭りはやらなきゃ。そうだ、一時間だけ中断して今夜のストリートダンスで再開するのはどう？」

タイタスは唖然（あぜん）として相手を見つめた。「エリザベス、まさにこの道で人がふたり亡くなったんですよ。みんなしてウィルクス牧師の血だまりでブギを踊るんですか？」

「もちろん中断してるあいだに道路はきれいにするわ」

「エリザベス、帰ってください。でないと捜査妨害で逮捕する。秋祭りは終わりです」タイタスは言った。ふいに彼女の表情が変わり、やりきれなさで十歳も老けたように見えた。彼女はくるりと背を向け、顔をきっと上げて歩き去った。

タイタスは保安官事務所に戻り、オフィスに入った。ピップが入ってきて、ドアを閉めた。

「あなたはああするしかなかった、タイタス」

「病院の話だと、サンドラには麻痺が残るかもしれない。ウィルクス牧師は亡くなった。うろつきまわって人々を切り刻み、子供を殺すイカれた男もいる。教師と、おれの友人の息子がそいつの子供殺しを手伝ってた。秋祭り実行委員会が祭りを続けようとしたことは話したかな？　みんないったいどうしたんだ、ピップ？　チャロンはどうなってる？」

ピップはタイタスの向かいの椅子に腰かけた。帽子を脱ぎ、手の甲で額をぬぐった。

「祖母がよく話してくれましたが、初期のメノー派の人たちは奴隷制度に反対だった。ほかの人間を所有するという考えが神の計画であるはずがなかったから。奴隷を所有することは赦されざる罪であり、呪われて地獄に堕ちると考えていたようです。子や孫の代まで消えない汚点になると」ピップはそこで息を吸った。

「チャロンにはあまりにも多くのひどい罪がある。たぶんここは呪われてるんです。その呪いでわれわれ全員が穢れた」彼は言った。

「あなたはこの世界を長いあいだ見てきた、ピップ。カインの印やら原罪やらのせいでおれたちが苦しんでるなんて信じていないはずだ」タイタスは言った。

ピップは首を振った。

「チャロンはどうなってると訊かれたから。精いっぱいの答えを返したまでです」

タイタスが家に着くと、アルバートがマーキスとリビングルームに坐っていた。父親は椅子から飛び上がり、両手を広げてタイタスに近づいて、きつく抱きしめた。

「なあ、こんなふうに心配させるのはやめてくれ」アルバートは言った。ＦＢＩ時代、父はどうやって不安に対処していたのだろうか、とタイタスは思った。息子が死にかけたことを知ったら、どんな反応をしていただろう。レッド・デクレイン事件について、どんなふうに裁判官、陪審員、死刑執行人の役を演じただろうか。

タイタスは父親を抱き返した。

「おれはだいじょうぶだ、父さん」

アルバートは体を離して一歩下がった。マーキスが左手でタイタスの肩をぽんと叩いた。

「壁にスペースを空けなきゃな」マーキスは言った。

「え？」タイタスは言った。

マーキスは炉棚の上の鹿の頭を指差した。タイタスが十三歳で撃ち倒したトゥエルブ・ポインターだ。

「そこに飾る頭がもうひとつ増えた」マーキスは笑って言った。

タイタスは話に乗らなかった。

「すまん、心配を隠そうとしただけだよ」

「インターネットでおまえのことが話題になってるとキーが言ってな」アルバートが言った。

「気にするな、父さん。ただの話題、それだけだ」タイタスは言った。

「ああ、でもみんな怒って話してる。とりわけジャスパーがベラベラと」マーキスが言った。

その声の冷たさにタイタスは不安になった。

「いま言ったように、ただの話題だから。心配するな、いいか?」

「うーん」マーキスは言った。

「本気だ、キー。ほっとけ」

マーキスは肩をすくめた。「密造酒は切れたけど、ジェムソンを買ってきた」

「いや、おれはやめとく。もう寝ようかな」タイタスは言った。

マーキスは首を振った。「それやめなよ」

「それって?」

「何もかも自分で背負おうとすること。いいから、おれと父さんと飲もうぜ。母さんに乾杯を捧げよう」マーキスは言った。

タイタスはマーキスを見た。母親のことを口にするだけで、どれほどつらいかがわかった。

肩の荷がごくわずか軽くなった気がした。

「わかった」彼は言った。

アルバートはグラス二杯で降参した。タイタスとマーキスは一時間後に壜を空けた。タイタスは台所のテーブルにつき、リビングで眠るマーキスの寝息を聞いていた。緑色の空き壜をつかんで、ゴミ箱に運んだ。急に鎖を解かれた凶悪な犬のように、自由に暴れられる気がした。

タイタスはその感覚が大嫌いだった。心の片隅――ケリー以外にはほとんど他人と共有したことのない片隅――でその感覚を求めすぎているのがわかるからだ。

流しでグラスに水をついだ。窓から夜を眺めた。レッド・デクレインはもう夢の国だけで彼を待っているのではなかった。

タイタスは水を飲み干し、グラスをゆすいで水切りかごに置いた。水を顔にかけた。

疲れていた。こんなに疲れた記憶がないほど、ひと晩眠るくらいでは回復しないほど、骨の髄まで疲れていた。一カ月は昏睡したかった。それでも夢遊病者になれば仕事は続けられる。

無線が鳴った。

ため息をついたと思う。とにかく疲労困憊（ひろうこんぱい）していた。

「タイタスだ」

「ああ、タイタス、いまカルヴィン・マクドナルドから911に通報があったの。ラヴォンが学校に行ったきり帰ってこないんですって。秋祭りに出かけたと両親は思ってたけれど、あの……デンヴァーの件を聞いて、保安官事務所まで彼を捜しに来たの。タイタス、いま夜の九時よ。今朝お母さんがラヴォンを学校に送り出してから、あの子を見た人はいない」キャシーが言った。

肩にまた重荷がどさっと落ちてきて、衝撃で背骨が折れそうだった。胃の底にぽっかりと穴があいた。

今日、弟がひとりきりで歩いてるのを見たぞ。

28

タイタスの目は紙やすりのように乾いていた。

もう二十時間近く起きていた。疲労の限界をはるかに超えたところで、濃厚なエナジードリンクの小壜（こびん）を開け、コーヒーをがぶ飲みして体に燃料を投入したが、それでもほとんど朦朧（もうろう）としていた。

全所員を動員してラヴォンの捜索に当たった。州警察にも通知し、あらゆるソーシャルメディアのサイトでも発表した。アンバー警報（未成年者の誘拐事件で、メディアや道路の電光掲示板、携帯電話などに発する緊急警報）も出した。みずからチャロン郡のあらゆる裏道を車で走り、パイニー島にまで出かけた。

手がかりなし。

昨夜はカルヴィンとドロシーに会いに行った。両人とも顔はやつれ果て、頬はこけて、以前の彼らが亡霊になったような姿だった。タイタスは、ふたりがソファに並んで坐らなかったことに気づいた。カルヴィンはリクライニングチェアに、ドロシーは部屋の隅のソファに坐った。互いに近くにいすぎるのが耐えられないかのように。悲劇をきっかけに絆(きずな)を強める人たちもいる。古傷が開いてもう一度泣かされる人たちも。

「息子を見つけてくれ、タイタス。頼む、うちの子を見つけ出してくれ」カルヴィンの声は悲しみに沈んでいた。タイタスの旧友は弱さの見本になり、修復不可能なほど崩れる寸前だった。ドロシーは別世界にいるかのようだった——長男が死んでおらず、末っ子が行方不明になっていない世界に。

タイタスは彼らに何も約束せず立ち去った。別の子の母親とは約束したが、いまのところなんの成果も出ていない。悲嘆に暮れるカルヴィンとドロシーに余計な期待を抱かせたくなかった。ラヴォンが無傷で見つかればすばらしい。ほぼ奇跡だ。しかし見つからなければ、彼の残骸しか見つからなかったら、希望を抱かせた約束は夫婦を残酷に打ち砕くだろう。そんなことをしてはいけない。

「タイタス、いますか？」カーラの声が無線機から聞こえた。

「タイタスだ、どうぞ」

「州警察が水難救助隊を連れてきました。あなたを待ちましょうか、それとも先に始めますか？」彼女は訊いた。

タイタスは目を閉じた。まぶたが音を立てた気がした。「いや、待たなくていい。進めてくれ」

「わかりました」

川底をさらい、砂利採取場の池を捜索してくれと州警察に要請したものの、何か見つかるとは思っていなかった。いわゆる適切な配慮というやつで、今回は時間の無駄に決まっていた。ラヴォンは池にも川にも溝にもいない。もし彼が生きているなら、三番目の狼といっしょにいる。死の天使と。タイタスがへまをしたせいで。

殺人犯、三番目の狼、シダレヤナギ男には、毎回出し抜かれていた。運がいいのか、計画がすぐれているのか、相手はいつもこちらの一歩先を行っている。タイタスは彼をじかに見たし、壁に飾ってある鹿のように照準にもとらえた。相手はただの人間だ。イカれて邪悪ではあるが、その人間が神話になりつつある気がした。故郷に取り憑いた数多(あまた)の民話と悲劇に名を連ねる、田舎町の伝説に。

犯人は苦難の時をもたらしたが、いまやその時は永遠に終わらないように思えた。

タイタスの携帯電話がポケットで振動した。「はい」

「保安官、ドクター・キムです」

「ハロー、ドクター」

「デンヴァー・カーライルの解剖が終わったことを知らせたかったんです。それと今日、七つの遺体の毒物検査の結果が返ってきます」

タイタスは答えなかった。

「保安官？」キム医師は言った。

「ああ、聞いてます。えー、お電話ありがとう。一応お知らせしておくと、州警察に応援に来てもらってます。カーライルの銃撃について調査してもらいます。あと……」

タイタスはひと呼吸置いた。

「州警察にスピアマン事件を引き継いでもらうつもりです。われわれは今後も後方から支援しますが、彼らに主導権を握ってもらう。連絡先はギアリー刑事になると思う」タイタスは言った。

目のまえで〝失敗〟の文字がネオンサインのように光っている気がしたが、プライドの問題にすぎないのはわかっていた。すぐれたリーダーは、事態が自分の能力を超えたときや、自分とチームを疲弊させたときには、ちゃんと気づく。タイタスはみなを疲弊させ、限界までやらせた。ひとり残らず優秀だが、今回の事件は彼らと自分の能力を超えていた。苦い薬だが、噛みしめ、砕き、飲みこむのだ。事件解決をあきらめたくないとはいえ、自分の気持ちは重要ではない。ラヴォンを見つけ、殺人者を見つけること。重要なのはそれだ。

かつて祖父は言っていた。正しいことをするのが簡単だったためしはないが、それはいつでもする価値があると。今回も簡単ではなかったが、価値ある決断になるはずだと信じるしかない。

キム医師は一分近く何も言わなかった。

「不安はあるけど、あなたの決断は理解できます、保安官」彼女は言った。

「待ってくれ。不安って？」タイタスは尋ねた。

いっとき、キム医師は黙った。「タイタス、犠牲者は黒人の少年少女七人よ」

彼女はそれ以上説明せず、タイタスもそれを求めなかった。

「あの子たちを見捨てるわけじゃない。おれはどこへも行かない。ただ州警察のほうが人員も設備も整っているし、うちの部下たちはもう限界でした」タイタスは言ったそばから自己嫌悪に陥った。

「彼らを見捨てたと責めてるんじゃありません、保安官。あなたがそういう人じゃないのはわかってる。でも……犯罪捜査局(BCI)があなたほど事件解決に尽力してくれるか、わからないの」キム医師は言った。

タイタスは耳だけでなく、心で彼女の懸念を聞いた。保安官としてだけでなく、ふだんは権力を持ち敬意を払われていても、その地位を脅かし奪おうとする者たちから絶えず攻撃されている有色人種の仲間として。

「州警察にあの子たちの捜査は断念させません」タイタスは言った。

キム医師はため息をついた。「あなたを信じます。ようやく州警察がT字の金属の正体を明らかにしてくれるかもしれないし。あれ以外、遺体の内部と表面から採取した物質はすべて数値化して一覧を作ることができたんです」

「Ｔ字」タイタスはくり返した。

「ええ、憶えてますよね、円柱の縦棒と細い横棒がＴの字みたいになっている」キム医師は言った。

タイタスは皮膚が燃え上がったように感じた。腹に墓穴のような空洞ができた気がした。椅子に坐り直した。

「ドクター・キム、そのＴ字のものの画像を送ってもらえますか？」

「この事件は州警察に引き渡すんだと思ってた」キム医師は言った。

「まだです。画像を送ってください」

これはパズルのピースだ。このひもを引けば事件の全貌が明らかになる。この考えは正しいという自信があったが、画像を見て確認したかった。

「送りました」

数秒後、携帯電話が震えた。

タイタスは画像を見つめた。錆びて腐食したそれの先にあるものが見えた。その正体だけでなく、それが自分にとって、チャロン郡にとって、何を意味するかがわかった。

シダレヤナギの木の根のあいだに、あの哀れな傷だらけの死体を初めて見て以来、屍衣のようにあの子たちを覆っていた闇。そこに光を当て、闇を吹き飛ばす鍵がついに見つかった。

　タイタスは〈カニンガム旗工場（CFF）〉の一般入口のまえに駐車して、ＳＵＶから飛びおりた。腕時計を見た。午前九時。もうすぐ早朝シフトの最初の休憩時間だ。別にかまわない。作業場にいる従業員に用はない。工場長に用がある。ケイレブ・カニンガムは一日の終わりに愛車のハマーに向かうとき以外、作業場に姿を見せない。チャロンの住民なら誰でも知っていることだ。

　タイタスは本部に入り、受付カウンターのまえに立った。恰幅（かっぷく）のいい年配白人女性が机につき、うしろにガラス張りのオフィスがある。その向こうは暗く迷路のように入り組んだＣＦＦの内部構造だ。黒い鉄やスチール製の縫製と刺繍の機械が延々と連なっている。工業用アイロンとベルトコンベアは、人の指と手に飢えた獣のようにシューッ、ゴーッと吠える。アメリカ国旗、ヴァージニア州旗、軍のさまざまな支部の旗が縫われ、刺繍され、アイロンをかけられ、たたまれて、ここから国じゅうに配送されるのだ。

　もちろん東海岸の上から下まで。

　受付係は携帯電話をいじっていた。タイタスに気づいていない。

「すみません、ケイレブと話したいんですが」タイタスは言った。

　女性は顔を上げ、タイタスを見て目を細めた。「お約束はされていますか？」

　タイタスはバッジを叩いた。「これが約束です。彼と話したい。いますぐ」

女性は口を開け、急に閉じた。机の電話の受話器を取って、いくつかボタンを押した。ほどなくガラス窓の向こうのオフィスでケイレブが受話器を取るのが見えた。彼は顔を上げ、タイタスを見て何やら受話器に話すと、電話を切った。

「なかへどうぞ」受付係は言った。

タイタスは跳ね上げ式のカウンターを通り抜けてオフィスに向かった。重い木製のドアを開け、ガラスで仕切られた個室に入った。ケイレブは立ち上がりもせず、握手の手も伸ばさなかった。タイタスの足の裏に工場内の機械の単調な振動が伝わってきた。

「タイタス、どうしたね？」ケイレブは言った。おまえのためにはぜったいに何もしたくない、という口調だった。

「ケイレブ、過去数年間のデンヴァー・カーライルのトラック運行記録と、トラックの車両を教えてください」

「は？　なぜうちのトラック運行記録が必要なんだ？」

「警察業務です」タイタスは言った。

ケイレブは眉をひそめた。「運行記録は社外秘だ。所有権はＣＦＦにある。裁判所命令も何もないのに、はいそうですかと見せるわけにはいかん。それにな、デンヴァーが壊したあのトラックを誰が賠償するかについて、まだ弁護士と協議中なのだ。郡を訴えることもありうる。それを考えれば、きみとはことばを交わすのも憚（はばか）られる」

タイタスは、郡を訴えるという考えにあきれて天を仰ぐこともできないくらい疲れていた。ケイレブの雇った運転手が平和な抗議者たちを轢いたのだから、むしろ訴えられる側だろう。

「タンクの所有地のヤナギのそばで子供たちが発見された話を知っていますか？」

「まあ、知ってるが、私は――」

タイタスは相手をさえぎった。「被害者のひとりはトラックのコンテナの鍵を喉に無理やり押しこまれていた。いいですか、殺人犯はあんたたちが積荷を盗られないように使っている鍵を十五歳の少年に飲みこませたんです。おれも最初はわからなかったが、昨日デンヴァーがジャマル・アディソンと信徒たちを轢き殺そうとしたときに、その鍵がトラックについているのを見た。だからクソ裁判所命令をもらってる時間はない。デンヴァーの運行記録を出しなさい。いますぐ」

「わ……私は、あの」

「ケイレブ、聞こえなかったのか？　ひとりの少年の命がかかってる。さっさと運行記録を持ってこい」タイタスは言った。工場の機械に負けないほどの大声だった。ケイレブの抵抗は、烈風のようなタイタスの命令であえなく吹き飛ばされた。

彼は机の電話を取った。

「グロリア、デンヴァー・カーライルの運行記録を出してくれ。期間は――」

「過去五年」タイタスは言った。

「過去五年だ。ああ、文書ファイルで送ってくれればいい」ケイレブは言った。「去年、過去の運行記録をすべてスキャンして電子化したのだ」

タイタスは彼を睨みつづけた。

机のノートパソコンの通知音が鳴った。ケイレブはキーボードを叩き、画面をタイタスのほうに向けた。「これだ」

タイタスは机のまえの成形プラスチックの椅子に腰をおろし、運行記録に目を通しはじめた。デンヴァーはＣＦＦにいたほとんどの期間、８７３番トラックを運転していたようだった。タイタスは運行記録に集中し、マウスをクリックしながらどんどん先のページへ進んでいった。口のなかに苦い味が広がった。日付が順に並んでいない。メモ帳は必要なかった。日付と場所は憶えている。クリックして記録を読みつづけ、期待を持ちつづけた。

「探してるものが見つからないのか？」ケイレブが訊いた。

タイタスはしゃべらなかった。クリックしつづける。

「待て。夏のあいだのこの日付。いくつかデンヴァーのイニシャルじゃないのがある」タイタスは静かに言った。

「なんだって？」ケイレブが尋ねた。

タイタスはカーソルを動かし、検索窓に〝二〇一五年八月一日〟と打ちこんだ。

「ＲＧＬというのは誰のイニシャルだ？」タイタスは訊いた。

「うーん、ちょっと見せてくれ」ケイレブが言った。

タイタスはパソコンの画面を彼に向けた。

「ああ、これか。夏によくあるんだが、本当に忙しい時期には、配達の運転手を追加で雇うことがある。うちの保有車両のほかにレンタカーのトラックも走らせるんだ。エアコンがよく効くからと、デンヴァーはレンタカーの運転を申し出た。だから臨時雇いの運転手が彼のいつものトラックを使った。昔は夏になると、文字どおり目がまわる忙しさだったのだ」ケイレブは言った。

「このイニシャルは、ケイレブ？」

「そうだった。えー、うちはすでに商用運転免許証を持ってる人間を積極的に雇う。これはロイス・ラザールだ、ほら、スクールバスの運転手の？　彼はすでに商用運転免許証を持ってる。じつに頼りになるやつだよ」ケイレブは言った。

タイタスの口がからからに乾いた。

画面に映る鋭く角張った筆跡をじっくり見た。イニシャルのそれぞれの文字の端には不穏な書き癖があった。子供のころ、わざと指先を傷つけるのに使ったカミソリの刃のようにギザギザだった。

ロイス・ラザール。

Ｌａｚａｒｅ。文字を入れ替えると別のことばになる。

Ａｚｒａｅｌ（アザレル）。

死の天使。

「ロイス・ラザールに捜索指令（ＢＯＬＯ）を出せ。武装していて危険だ。彼がラヴォン・マクドナルドといっしょにいると信じるだけの理由がある。くり返す、ロイス・ラザールを見つけたら即刻逮捕しろ。接近するときには細心の注意を」タイタスは無線機に言った。

「彼が犯人だと思うんですか？」カーラの声がスピーカーから聞こえた。

「いや、思うんじゃなくてわかったんだ」タイタスは言った。「カム、学校の車庫に電話して、ラザールの出勤予定と、いま欠勤かどうかを訊いてくれ。おれは彼の自宅に向かってる。あと五分もあれば着く。もし今日ラザールが出勤してたら、まだスクールバスを運転中かどうか、誰か確かめてくれ」

「わたしはいま郡の反対側です。十五分で合流します」カーラが言った。

「いまパイニーです。おれもそっちに向かいます。二十分くらいかな」スティーヴが言った。

「いや、みんなで来るな。彼が自宅にいなかった場合、郡の外に逃すわけにはいかない」

タイタスは言った。ルート18を猛スピードで飛ばしていた。ゼファー・ロードに入り、アクセルを床まで踏んだ。ロイスの住所は、ＳＵＶに積んだパソコンで車両管理局（ＤＭＶ）のデータベースにアクセスして調べてあった。トール・チーフ・レーンの突き当たりだ。右足でブレーキを強く踏み、同時に同じ足でアクセルも踏みながら急激に左折してトール・チーフ・レーンに入った。ＳＵＶはドリフトでうしろのタイヤから出た煙に包まれた。

ロイスの住まいはトール・チーフ・レーンの２２７４。タイタスは運転しながら郵便受けの番地を見ていった。

「２２６８、６９、７０」心のなかで数えた。

急ブレーキをかけた。

トール・チーフ・レーンのいちばん先、２２７４の郵便受けのそばで赤いトラックがアイドリングしていた。タイタスはＳＵＶから飛びおりた。

「何してる？　ここから離れろ」タイタスは叫んだ。

トム・サドラーがトラックからおりてきた。

「無線の傍受であなたの話を聞いた。運転中だったから手伝いに来たんです」トムは言った。

「おまえはもうおれの部下じゃない」タイタスは言った。

トムはトラックのドアを勢いよく閉めた。「ひとりで踏みこむわけにはいかないでしょう。もし彼が犯人なら後方支援が必要だ。市民としておれを雇えばいい。自前の武器を持ってきましたから。準備はできてる」

「言い合ってる暇はない。カーラがこっちに向かってる。さあどけ」タイタスは言った。

「おれはいまここにいるんです！　手伝える。タイタス、お願いだ、やらなきゃいけない。手伝わせてください」トムは懇願した。

タイタスはロイスの家に続く長いドライブウェイに目をやった。カーブしながら茶色い枯れ草の野原をふた手に分けて、白い二階建ての農家に続いている。

「防弾チョッキは着てるか?」タイタスは言った。

トムはシャツの裾をめくって、ケブラーの黒い防弾チョッキを見せた。

「やつがここにいるなら、おそらくラヴォン・マクドナルドもいっしょだ。生きて捕まえたいが、おとなしくしないようなら、ためらわずに撃て」タイタスは言った。

「了解」トムは言った。

「苦難の時を終わらせる」タイタスは小声で言った。

「え?」

「なんでもない。行こう」

29

タイタスとトムは、ロイスのドライブウェイの突き当たりに車を並べて駐めた。タイタスが左、トムが右だった。トムのトラックの隣には旧式のフォード・エコノラインのバンがあった。タイタスはロイスの車の車種を知らなかったが、地味な白い無地のバンは彼の手口に合っていると思った。日常の景色に溶けこむ。きわめて平凡で人目を引かない。壁のどれも同じ煉瓦のひとつにすぎない。

タイタスは銃を抜いた。トムも続いた。

その農家はよく手入れされていた。メッシュ素材で囲ったポーチのペンキは塗りたてで、家の左手の野原には、しゃれた風向計が立っていた。家のアルミの壁は、ロイスが高圧洗浄をかけたばかりのように汚れひとつなかった。

証拠隠滅を図ったのか、それとも家をきれいにしているだけか。

タイタスは網戸を開けてポーチに上がった。テラス用の家具がいくつか置かれ、隅には粘土製の暖炉があった。玄関に行ってドアを叩いた。白い鉄格子で六分割されたガラス窓のついたドアだった。返事がないので、ガラス越しになかを見た。留守のようだった。

もう一度叩いた。

反応なし。

「どうします?」トムが言った。

「ここで誰かが苦しんでいるはずだ」タイタスは言ったが、舌に感じる苦い嘘の味が嫌だった。もしロイスがここにおらず、ラヴォンもいなければ、何を見つけたとしても法廷では使えない。ロースクールの一年生にも見抜かれる嘘だ。

しかしここが現場だとタイタスの直感が告げていた。ここが殺戮の場で、ロイスが殺戮者だ。

タイタスはドアノブを握った。

鍵はかかっていなかった。

「よし、行こう」タイタスは言った。

家は甘ったるい香りに満ちていた。まるで誰かがアロマ入りの蠟燭を燃やしすぎたかのように。ふたりはがらんとしたリビングルームを進んだ。大きめのソファとふたりがけのソファがあり、使っていなさそうな暖炉の上には小さな壁かけの薄型テレビがあった。タイタスは壁に一枚も写真が飾られていないことに気づいた。家族も友だちも、子孫に伝えるために撮った瞬間の写真も、何もない。小さな応接間を通り抜けた先にだだっ広い台所があった。左手のドアが閉まっている。

　タイタスは指二本でそのドアを指したが、声は出さなかった。トムがうなずいた。タイタスはドアに近寄った。壁にぴたっと身を寄せて左手を伸ばし、ドアノブをつかんだ。トムはドアの右側に移動し、タイタスと同じように壁に張りついた。タイタスは指で三つまで数えると、ノブをまわしてドアを押し開けた。

　なかに入り、低く屈んで銃を左右に向けながら進んだ。そこは小さな寝室で、中央にシングルベッドがあり、リビングと同じくらい質素だった。

　そのベッドにダヤン・カーターが両手両足をつながれていた。全裸で身動きひとつしない。タイタスは彼女に近づいてその首に指を当てた。脈はあったが弱かった。

「主なるイエスよ」トムがささやいた。

　ダヤンの裸体は切り傷だらけだった。その長い傷や短い傷が聖書の文言に似た語句を形作っているが、タイタスが読んだどんな聖書にもそんなことばは載っていなかった。ロイスは彼女を切り刻み、傷を焼灼したようだった。

「やつはできるだけ長く彼女を生かしておきたかった」タイタスはつぶやいた。もしそれがロイスの計画なら、半分しかうまくいっていなかった。傷の多くは化膿（かのう）している。ロイスが大量の芳香剤を使っている理由がわかった。

「ここで分かれます？　おれが二階に行って、あなたがこの階を調べるとか？」トムは小声で言った。

「いや、台所のあの両開きのドアが見えるか？　たぶんあれは地下貯蔵室につながってる。ダヤンのために911に電話してくれ。おれは地下を見てくる」タイタスは言った。

「ついていきながらでも通報はできます」トムは言った。

「オーケイ、いいだろう。移動しよう」

タイタスは台所に向かった。うしろでトムが住所を告げて救急車を要請し、カムに全所員を向かわせるよう指示しているのが聞こえた。台所の広さはタイタスの家にあるものの二倍だった。残りの部屋は質素の見本のようなのに、台所には贅沢な機器がたくさんあった。エスプレッソ・マシン、レトロなステンレス製の冷蔵庫、巨大なステンレス製のブレンダー、消防車の赤のミキサー。パン六枚用の大きなトースターや、テディベアをかたどった派手なセラミック製のクッキー壜もある。大理石の床は黒白の市松模様で、中央にはリンゴ飴のように赤い大きな楕円形のスチールテーブルが置いてあった。両開きのドアはその楕円の細い先だ。左手には裏庭につながる網戸。右手の大きなガスオーブンの隣に、布のカーテンがかかった背の高い食品庫があった。

タイタスは止まった。

「まず食品庫を調べよう」低い声で言った。

「人が隠れられるほど奥行きはなさそうですけど」トムがささやいた。

「どっちにしても調べよう」

トムが顔をタイタスに向けて何か言いかけた。

タイタスが次に気づいたときには、トムに右側に突き飛ばされていた。

台所に爆音が響き、トム・サドラーの頭のほとんどが吹き飛ぶのが見えた。タイタスは胸からテーブルに倒れこんだ。テーブルが床をすべり、タイタスはバランスを崩したが、反射的に両手を床について体を支えた。

破壊された網戸からロイス・ラザールが飛びこんできた。上半身裸で、いつもの野球帽も豊かな茶色の髪もなく、二連式ショットガンを抱えていた。タイタスはくるりとまわって床に坐る恰好になった。拳銃を持ち上げようとしたとき、ロイスがショットガンの銃床をクロケットの木槌のように振りおろし、タイタスの左の拳に打ちつけて拳銃を床に叩き落とした。

耳の残響が大きすぎて、床に銃が落ちた音は聞こえなかった。タイタスは飛び上がってロイスに体当たりし、腰まわりにタックルしてうしろのカウンターにぶつけた。ロイスはショットガンを落とし、タイタスの背中に殴打の雨を降らせた。一打一打がコンクリートブロックを背骨にぶつけられたような衝撃だった。タイタスは相手の腰に両手をまわし、体を宙に持ち上げた。

横を向いてロイスを床に叩きつけようとしたとき、右の脇腹にそれまでの人生でいちばん痛いパンチをくらった。とたんに息ができなくなった。タイタスはロイスを床に落とし、両手で胸を押しのけて、自分とのあいだに空間を作った。うしろによろけ、トムの血で足をすべらせて、また尻もちをついた。右の脇腹が温かく濡れていた。

ロイスが猟刀を手に近づいてきた。

こいつは猟刀を蒐集（しゅうしゅう）しているにちがいない。タイタスは脈絡なく考えながら、尻の下に何か固くて曲がらないものがあるのを感じた。

ロイスに飛びかかられそうになったとき、彼は右腿の下から銃を抜いた。発砲すると、ロイスは本能的に手を突き出した。

銃弾はロイスの手を貫き、頬をかすめて左耳の大部分を削り取った。ロイスは吠えて裏口に飛びこんだ。タイタスは横に転がってまた撃ったが、弾は大きくそれてカウンターのエスプレッソ・マシンに当たった。

ロイスは外に逃げていった。

タイタスは左半身を下にして倒れたまま銃を持っていたが、あまりにも重かった。シャツは自分とトムの血でぐしょ濡れだった。網戸の残骸から太陽の光がひと筋射しこみ、頬をなでた。日光は温かかった。冷たすぎる大理石の床とは大ちがいだった。

床が冷たいんじゃない、おまえはショック状態に陥ってる、とタイタスは思った。ぞっとする考えだったが、その感情と必死に闘った。ほんのしばらく、一分間でも目を閉じることができれば自分を立て直し、取り戻して、ロイス・ラザールの頭に弾を撃ちこんでやる。

だが、ショック状態はどうなる？　失血は？

「オーケイ、だいじょうぶ。ほんのちょっと休むだけだ」タイタスはつぶやいた。

目を閉じた。

闇もそれほど悪くはなかった。ある意味、心が慰められた。この場所から長いこと逃れようとしてきた。心のなかにあるその存在を切り捨てたくてたまらなかったから、そこが本来いるべき場所で、自分はそうなる運命だという可能性を一度も考えたことがなかった。影に包まれた、果てしない夜の一部だ。

「ぐずぐず言うのはやめなさい」

その声が聞こえても、タイタスには現実だと思えなかった。目を閉じたまま流されるほうがいい。目を開けて、いまの声は全部自分の想像で、やっぱり彼女はいないと気づき、また心を引き裂かれるよりましだ。

「ほら、わたしの声が聞こえるでしょ。起きなさい、タイタス。起きなきゃだめ。彼はラヴォンを連れていった。ひどいことをするつもりよ。起き上がって、息子よ。彼はまだ遠くまで行ってない。あなたの同僚も近くまで来てるけど、起きなきゃだめ」

「もう疲れたよ、母さん」タイタスは言った。

「わかってる、ベイビー。でも起きなきゃいけない。起きなさい、さい!」

タイタスのまぶたがパッと開いた。

日光がまだ頬をやさしくなでていた。台所には自分とトムしかいない。タイタスは回転して腹這いになった。手を伸ばして冷蔵庫の把手をつかんだ。うめきながら立ち上がり、冷蔵庫にもたれた。脇腹に触ってみた。かなり出血している。シャツを脱ぎ、ゆっくり手をまわして胴部をなるべくきつく縛った。深く息を吸おうとしたが、痛すぎて途中でやめた。

床を見ると自分の銃があった。屈むとまた気を失いそうだったので、できるだけ慎重にしゃがみ、銃を拾い上げた。冷蔵庫から一歩離れた。ステンレスの表面に自分の血まみれの手形がついていた。

よろめきながら裏口へと歩いた。無理やり息を吸い、痛みに絶叫し、それでも進みつづけた。

芝生に血がついていた。彼の血ではなかった。タイタスはトゥエルブ・ポインターを仕留めたあの遠い昔の日のように、血痕をたどった。アザレアが六株並んだ茂みのまえで血は消えていた。タイタスは左を見、右を見た。

左は刈られて間もない茶色の野原。右はスイカズラが青々と群生する草原だった。足元を見ると、血痕はそこで終わっていた。その部分の芝は残りの芝生と比べて元気がない。それを言えば、いま立っているまわりのアザレアの茂みも。

ある友だちのために仕事をしたことがあるんだよ。あの家の増築を手伝ってやった。

タイタスは手を伸ばし、目のまえの茂みに触った。葉をなで、枝に触れてみた。プラスチックだった。

タイタスは枝をつかんで引っ張った。

偽の茂みがついた跳ね上げ式の戸が開いた。ＣＦＦのカウンターのように蝶番を用いた戸だった。茂みを払って下をのぞくと、蛍光灯に照らされた空間が見えた。壁に金属の梯子が取りつけられていた。

コール・マーシャルが建造を手伝った地下壕（ちかごう）のまんなかに、ロイス・ラザールが立っていた。体のまえでラヴォンを押さえつけ、怪我していないほうの手で持ったナイフを彼の喉元に当てて。

「見つかるだろうと思ってた。銃を捨てて、こっちへおりてこいよ。冥界の奥底に（タルタロス）」ロイスは言い、地下壕の底からタイタスにニヤリと笑った。胸に、顔に、剃（そ）り上げた頭に血の筋ができ、目は異様な光を放っていた。刹那（せつな）タイタスは、本当に天使のように見えると思った。恩寵からはるか彼方（かなた）に堕ちた天使に。

30

タイタスは震える手で銃を地面に放った。自分がアドレナリンとエンドルフィンで動いていることはわかった。高くつく燃料だ。下におりてラヴォンを救わなければならない。わが身に何が起きようと、ラヴォンは救わなければ。ラトレルのときには失敗した。弟の救出に失敗するわけにはいかない。

梯子に足をかけ、一歩一歩、地下壕におりていった。

なかは思ったより広かった。ゆうに六×十二メートルはある。必要最低限の装飾しかなかった地上の農家と対照的に、地下壕はやたらと派手だった。天井の外周に沿って赤と青のロープ状LEDライトが張ってある。部屋にはビーンバッグチェアが六つ散らばり、それぞれの隣にラバライト（電球の熱で内部のオイルや浮遊物が幻想的に動くカラフルなライト）がのった小さな折りたたみテーブルが置いてあった。ひとつの壁に聖アンデレ十字架（キリストの使徒でX字の十字架で処刑された聖アンデレにちなんだ斜め十字）が立てかけてある。部屋の中央にはアンティークの死体防腐処理台が鎮座していた。

そして、天使がいた。どこを見ても天使。カラヴァッジョ、レンブラント、ベーコンふうの額入りの絵画の天使。大量印刷される日本とアメリカの安物の漫画の天使。防腐処理台の足元には、墓地から盗んだらしい灰色の御影石の天使像があった。

熾天使セラフィムと大天使たちは、タイタスが想像しうるもっとも倒錯した自由意志の表明をすべて見てきた証人だ。

「その台が気に入ったか？　客が来るときにはいつも布で覆ってある。ここから出られる客って意味だがな」ロイスが言った。猟刀の力を借りなくても、がっしりした前腕でラヴォンを拘束しているが、その刃は少年の首のすぐそばに突きつけられていた。

「ラヴォン、だいじょうぶだからな。約束する」タイタスは言った。

ロイスは舌打ちした。「できない約束はするもんじゃないぜ、保安官」

タイタスはその発言を無視した。

「髪を伸ばしたくないからかつらをかぶってるんだろ、ゲイブリエル？　髪が縮れてるから。自分の黒人の部分を憎めとヒリントン家の連中に言われたのか？」タイタスは言った。

ロイスは顔をしかめた。「あいつらに教わったのは、人間が狂気の神に仕えてるってことだ。神はおれたちを解き放って、互いに好きなこと、むごたらしいことをさせる。神と天使たちはただそれを見て笑う。くそコロシアムに詰めかけた古代ローマ人みたいに。そこでいちばんひどい目に遭うのは誰だ？　ニガーだよ。あいつらは人類の靴についたクソだ。ニガーどもが生きる世界はな、あいつらをぶちのめしてクソみたいな目に遭わせるようにできてる。だからあのガキどもに手を貸してやった。アメリカであいつらにどんな人生がある？　〝天にましますわれらの父〟の名のもと、殺人や死の上に築かれたこの国で？おれたち全員を見捨てただらしない父だぞ。天上から天使がおりてきておれたちを止めたことはない。たったの一度もな。姿を見せてくれと祈ったのに。聖なる火を見たかった、一度でいいから、一度でいいから！」ロイスは叫んだ。

「だから七人の黒人の子を殺したんだな、ゲイブリエル？　おまえをヘンリー・ヒリントンから救ってくれなかった神に腹が立ったから？」タイタスは言った。猟刀を握るロイスの手をちらっと見た。ラヴォンの体はさっきより右、ロイスの肘の内側に近づいていた。すぐに行動を起こさないとラヴォンは失神する。

ロイスはニヤリとした。「たった七人だと思ってるのか？」

タイタスは話しつづけた。

「おまえが黒人の子供たちを殺したのは、自分のなかの黒人の部分を殺そうとしたからだと思う。だから〈南部連合の息子たち〉に参加し、トラッカーキャップをかぶり、ハンク・ウィリアムズ・ジュニアのカントリー音楽を聞いてる。だが、そんなことをしてもおまえの黒人の部分はぜったいに消せないぞ、ゲイブリエル」

ロイスはラヴォンをいっそう強く締めつけた。

「その名前を呼ぶな。そんなのはおれの名前じゃない」ロイスは言った。

　タイタスはなだめるように両手を広げてまえに出し、声を落とした。「おれはおまえが彼らに何をされたのか知ってる――イライアスとヘンリー、ヒリントン一家、あの教会に。おまえが怖れ、怒り、絶望してたことも知ってる。おれにもその気持ちがわかる。どうしても叶えてほしいことがあって祈ったのに、神に放っておかれた気がするんだろう。それがどんな気持ちかわかる。小さいころ、おれは母親の命を救ってくださいと神に祈った。ときにはひと晩じゅう。おまえが神に救いを求めたのと同じように」

「結果がどうなったかわかるだろ？　神はおれを救えたのかもしれないのに、救わなかった。何が地獄かって？　火の池（新約聖書ヨハネの黙示録第二十章第十四節。〝かくて死も陰府（よみ）も火の池に投げ入れられたり、此の火の池は第二の死なり〟）なんかじゃない。神に無視されることだ。おれは地獄にいたのに、神は一度たりとも地獄に手を伸ばしておれを引っ張り上げてくれなかった。おれは子供だったのに！　おれは子供だった」ロイスの目は大きく見開かれ、エメラルドのように光っていた。

「いまがそのときかもしれない。いま神はおまえに手を伸ばしてるのかもしれない。手伝わせてくれ……ロイス。ラヴォンを解放して、おれに助けさせてくれ」タイタスは言って、手を伸ばした。

　ロイスは半秒、目を閉じた。

　その目が開いたとき、タイタスは彼のなかに棲（す）む悪魔を見た。

「こうしようぜ。この子の喉がかっ切られませんようにと祈ったらどうだ？　で、大天使ミカエルがおれを剣で倒しに来るかどうか見てみよう」

ロイスは猟刀の柄を握りしめた。


タイタスは覚悟を固めた。

ラヴォンの小さな褐色の手が動いているのに気づいた。何か小さい銀色のものを胸ポケットから出している。

タイタスはちらっと視線を上げてロイスを見た。

ロイスはニヤリとし、ラヴォンの首に猟刀を這わせた。

ラヴォンが果物ナイフをロイスの前腕に思いきり刺すと同時に、タイタスはまえに飛び出した。ロイスは巨体に似つかわしくない甲高い悲鳴をあげた。ラヴォンが両膝をついてロイスのまえから離れたところに、タイタスは突進した。

右手で猟刀をつかみ、ロイスの鼻と頬の柔らかいところを左手で突いた。ロイスが右腕を棍棒(こんぼう)のように振って、前腕でタイタスの側頭部を殴りつけた。セメントが詰まった袋で殴られた感覚だった。

ロイスはタイタスの掌をこじ開けて猟刀を奪い返し、振り上げて切りつけた。タイタスは頬がモーセのまえの紅海のようにぱっくり割れるのを感じた(旧約聖書出エジプト記第十四章)。続いて腹を刺されそうになって飛びのいた。タイタスがまた右手で猟刀をつかみ、今度はひねり上げると、猟刀がロイスの手から離れた感じがした。

猟刀はカランと床に落ち、タイタスはロイスを右手で殴った。ロイスは人間というより先祖返りした生物のような声で吠え、左手でタイタスの喉をつかんだ。そしてわめきながらタイタスを壁にぶつけると、額入りの天使の絵画二枚が床に落ちて割れた。

タイタスは意識が遠のいてきた。ロイスの手は熊の罠のようにぎりぎりと喉を締めつける。ロイスの目に左の親指を突っこんだが、喉を締める力が増しただけだった。目のまえに小さな黒点が踊りだした。ロイスは狼のように歯をむいた。

タイタスはベルトのバックルに触れた。

カチリと留め金がはずれた。

裏のレバーに触れた。

長方形の真鍮のバックルから、カミソリのように鋭い十センチの金属が飛び出した。

タイタスはロイスの顎の下にその刃を深々と突き刺し、強く左に引いた。裂け目から血が噴き出した。ロイスはタイタスから手を放し、喉元をつかんで、防腐処理台にぶつかり、床に崩れ落ちた。首の傷から血が赤ワインの川のようにどくどくと流れつづけた。

タイタスは壁に背をつけたまま沈み、地下壕の床の絨毯に仰向けに倒れた。顎を上げて大きく息を吸おうとしたが、肺に空気が入ってこなかった。

ラヴォンがゆっくりと近づいてきた。

「彼は死んだの？」ラヴォンが訊いた。

「ああ」タイタスは言った。

「よかった。ぼくをスクールバスからおろしてくれなかったんだ。ぼくは秋祭りに行きたくないから家に帰りたかったのに。兄さんのひどい悪口を言われた」

「あいつの……あいつの話は聞かなくていい。兄さんはきみを愛してた」タイタスは言った。体が浮いているような感覚だった。

「なあ、きみに頼みがある……おれのポケットを探ってくれ。携帯を出して。911にかけて、おれたちの居場所を伝えるんだ。でないと居場所がわからないし、おれは手当が必要だから」タイタスは言った。

ラヴォンは彼に近づいて携帯電話を取り出した。911にかけた。「はい、住所は……」口をつぐんだ。

「トール・チーフ・レーン、2274。裏庭の、地下壕のなか」タイタスは言った。

ラヴォンはそのことばをくり返した。

「すぐ着くって」ラヴォンは言った。

タイタスは目を閉じた。

「よかった」

ラヴォンはタイタスの隣に腰をおろした。

「あなたはよくなる」

それが質問なのか意見なのか、タイタスにはわからなかった。

「兄さんがいなくて寂しい。兄さんは病気だったとママは言ってる。でも寂しいんだ」ラヴォンは言った。

「兄さんもきみと会えなくて寂しいさ」タイタスは言った。

あとはただ果てしない夜が続いた。

タイタスは綿花を噛みつづけていたように感じた。目を開けると、病院のベッドの両脇にアルバートとマーキスが坐っていた。タイタスが目を覚ましたことに気づいたアルバートは、驚くほど敏捷に椅子から跳ね上がった。息子の左手を取ってきつく握りしめた。体に鎮痛剤を注ぎこまれたタイタスにも握られたのがわかるほど強い力で。

「息子、おれの息子。戻ってきてくれた。戻ってくるのはわかってた」アルバートは言った。長年の労働でしわだらけの頬に涙が流れ、灰色のひげにたまっていた。

「どのくらい……気を失ってた?」タイタスは言った。

「二日間だ」マーキスは言った。ベッドの右側に立ち、大きな両手で手すりを握っていた。

アルバートはタイタスの額をなで、「愛してる」と言った。

「おれも愛してるよ、父さん」タイタスはかすれ声で言った。

「水を持ってこよう。おまえがもし目を覚ますことがあったら……目を覚ましたら、水を飲ませてもいいと医者に言われたんだ」アルバートは言った。

「ああ、喉が渇いて死にそうだ」しわがれた声だった。

「すぐに戻る」アルバートは言い、足を引きずって病室から出ていった。先ほどのすばやさが嘘のようだった。

「おれの声はどうなってる?」アルバートが充分遠ざかったあとで、タイタスはマーキスに訊いた。

「あのマザーファッカーに咽頭をやられたんだ。肝臓もかなり打撃をくらって胆囊(たんのう)がだめになったけど、胆囊がなくても生きていけると医者は言ってた」マーキスは言った。「一時は予断を許さない状況だったけど、おれと父さんは医者に言ったんだ、兄貴は意地でも死にやしないって。だって死んじまったら、スーパーで葡萄を盗み食いするやつを誰が止めてくれる?」マーキスは言い、右手でタイタスの右手をそっと握った。

タイタスは横を向いた。左側の窓からは病院の中庭の平穏な花壇が見えた。ヤブランとシロガネヨシがあちこちに生えた地面に、大きな石英(クォーツ)の塊が同心円を描くように配され、まんなかに小さな木のベンチがあった。

「あのな、やつに刺されたとき、何秒間か気を失ったんだ。床で自分の血とトムの血にまみれて横たわり、これはショック状態だと思ってた。そしたら……」タイタスはごくりと唾を飲んだ。有刺鉄線が喉をおりていくような感覚だった。

「そしたら?」マーキスは訊いた。

タイタスは唇をなめた。

「彼女の声が聞こえた気がした」タイタスは言った。

「誰?」

「彼女。母さんだ。本能的に〝闘うか逃げるか(ファイト・オア・フライト)〟になってアドレナリンがあふれ出し、脳が壊れた電気回路みたいに火を噴いてたんだと思うけど、すごくリアルに感じた、キー。現実じゃないのはわかってた。目を開けても母さんはいないとわかってたが、その声がおれを床から起こした。おれのいちばん激しい感情が引き出されて、ギアを入れてくれたんじゃないかな」タイタスは言った。

「いちばん激しい感情って、悲しみか?」マーキスが訊いた。

「いや。罪悪感だ」

「タイ、もうやめろよ。母さんのことで兄貴が罪悪感を抱く必要なんて何もない。まえも言ったろ、兄貴にできたことも、おれと父さんにできたことも何ひとつなかったって。おれたちにはどうしようもなかった」マーキスは言った。

「わかってるが、いまでもなんだか……」

「いいか、おれにはアドレナリンとか〝闘うか逃げるか〟はわからないけど……オーケイ、兄貴は脳の働きで起き上がって、あの野郎をぶっ倒したと言ったな。きっとそうなんだろう。けど……母さんだったってことにしたら？　母さんが息子を助けに戻ってきたのさ。そんなの兄貴が信じないのはわかってるが、母さんの声が聞けてよかったんじゃないか？おれはもう一度母さんの声が聞けるなら、なんでも差し出すぜ」マーキスは言った。

タイタスは呼吸が乱れるのを感じた。

次の瞬間、泣いていた。腹の底から泣き、体じゅうに響く大きな泣き声が延々と続き、そんな彼にマーキスが両腕をまわし、引き寄せてきつく抱きしめた。

「母さんがいなくて寂しい、キー。おれは母さんを救えなかった。救えなかったんだ。母さんに会いたくてたまらない」タイタスは泣いた。

「ラヴォンを救ったじゃないか。ケリーも救った。チャロン郡を救った。今度は自分を救う番だぜ、兄さん」マーキスは言った。

ふたりはそうして前後に揺れながら、長いこと抱き合っていた。

31

黄昏の空はチャロン郡を覆うマゼンタの夢のようだった。

十二月の冷たい風がクラウン家の角でうなり声をあげた。アルバートは台所のテーブルから夕食の皿を片づけ、流しに置いた。マーキスはビールを飲み干し、壜をゴミ箱に放った。

タイタスが階下におりてきた。黒い革ジャンに黒いTシャツ、青いジーンズ姿だった。茶色のダッフルバッグを肩にかけていた。バッグを置いて、台所に入った。

「外まで送ってくれるか？」タイタスは言った。ひと月半たっても声はまだもとに戻っていなかった。医者たちには手術が必要だと言われたが、断った。誰かに体を切られるのはもうたくさんだった。退院したあと、ケリーに電話をかけて様子を尋ねた。タイタスの声を聞いてケリーはわっと泣きだした。

「ああ、ヴァージニア、あいつに何をされたの？」彼女は涙をこらえながら言った。

互いに連絡をとり合おうと約束したが、タイタスは本気にしていなかった。彼に会って声を聞けば、ケリーの人生でもっとも恐怖に怯えたあの夜が思い出されるだけだ。彼女をさらに苦しめることだけはしたくなかった。

「なんで明日の朝まで待てんのだ」アルバートは言った。

「父さん、十五時間も運転しなきゃいけないいんだ。いま出れば、朝九時にはバトン・ルージュに着く。そのまま大学に行って落ち着けるだろ」タイタスは言った。

「兄貴が先生になるなんてまだ信じられない」

「教授だ」タイタスは訂正した。

マーキスがひらひらと手を振った。「なんでもいいけど、兄貴が机でレポートを採点して評価シールを貼ってる姿がどうしても想像できない」

「犯罪学を教えるんだから、法執行を完全にあきらめたわけじゃない」

「どうかな。退屈するんじゃないか」マーキスは言った。

アルバートが振り返り、布巾で手をふいた。

「もし〈ウォータリング・ホール〉が焼け落ちてなかったら、出かけていって別れの一杯をやりたいところだが」アルバートは言った。

「永遠の別れじゃないんだから、父さん。どのみち〈ウォータリング・ホール〉はひどい酒場だった。誰かがみじめさから救ってやったようなものさ」タイタスは言って、マーキスと目を合わせた。弟はウインクしなかったが、したも同然の顔つきだった。

「〈ウォータリング・ホール〉は焼け落ち、旗工場は閉鎖。カニンガム家は水産工場を売却して郡から出ていき、今度はおまえが辞職した。チャロンがばらばらになっていくみたいだ」アルバートは言った。

タイタスは星形バッジを譲り渡したときのカーラの顔を思い出した。

「こんな……こんなことしていいんですか？」カーラは訊いた。

「もうしたよ。監理委員会に辞職を申し出たとき、きみをおれの代理にしたと伝えた。これからきみはおれの残りの任期を務め、次の選挙ではロジャーと戦うことになるだろう。もし出馬したいなら、だが」タイタスは言った。

カーラは手のなかのバッジを見つめた。

「あなたがずっといてくれたらいいのに」彼女は言った。

「おれに訊いたのを憶えてるか？　ロイスみたいなやつらを追うときの思考について、そんなことが頭のなかにあってどうして平気なんですかって」タイタスは言った。

「ええ」

「何を見るのか怖れずにもう一度夢を見られるようになりたいんだ。一応おれの考えを言っとくと、きみは保安官に立候補すべきだし、選挙で勝てると思う。ジャマル・アディソンと話し合って票を集めてもらうんだ。きみはいい保安官になるぞ、カーラ。おれよりずっと」タイタスは言った。

カーラは彼を抱きしめた。

「ときにはまえの年の収穫を燃やして土壌を新しくすることが必要なのさ、父さん」いまタイタスは言った。

「わかったよ、〝農事暦〟兄貴」マーキスは言った。

タイタスは首を振った。「ほらふたりとも、見送ってくれ」

三人は秋の夕暮れの冷気のなかに出た。太陽はほとんど地平線の彼方に沈んでいた。彼らは立ち止まり、長いあいだ空を見つめていた。

「じゃあ、出発する」タイタスは言った。

アルバートはタイタスを力強く抱きしめた。「着いたら電話をくれ。途中で休憩するときにも。とにかく……電話だぞ」タイタスを離し、一歩下がった。

「そっちに遊びに行くから、いっしょにニュー・オーリンズまでドライブしよう」マーキスは言い、タイタスに両腕をまわした。

「来なかったらがっかりするぞ」タイタスは弟の耳に言った。

兄弟は互いの背中を軽く叩き、抱擁を解いた。

タイタスはジープに乗ってエンジンをかけた。

車の窓を下げた。

「ふたりとも悪さはするなよ。あっちに着いたら電話する」タイタスは言った。

「もう行けよ、またみんなで泣きだすまえに。二度目になる」マーキスは言った。

タイタスは笑った。「ふたりとも愛してる」

「おれも」マーキスは言った。

「愛してる、息子」アルバートも言った。


タイタスはルート18を走り、〈セーフウェイ〉と薬局のまえを通りすぎた。チャロンの道路に人気（ひとけ）はなく、迷いこんだ一匹のフクロネズミが転がるようにセンターラインを越えているだけだった。左折してコートハウス・レーンに入った。このままゼファーまで行ってルート19に乗れば、チャロン郡の外に出る。レッド・ヒル郡とメアリーヴィル郡を抜けて、ニューポート・ニューズのすぐ外で州間高速に入る。

郡庁舎と〝南部の反逆者（オール・レブル）ジョー〟の銅像を通りすぎた。

タイタスは急ブレーキをかけた。

ジープをバックさせて郡庁舎のまえに戻った。建物正面の斜めの駐車スペースにバックで入れた。

車をおりて左右を見た。人っこひとりいない。空はマゼンタから星ひとつない真っ暗闇に変わっていた。

ジープのトランクを開け、スーツケースを脇にどけた。スペアタイヤのカバーをめくり、ジャッキとラグレンチを動かし、運転中の緊急事態に備えて去年父親がくれた発炎筒と反射式の三角表示板も脇に寄せた。

発炎筒といっしょにもらった黄色い牽引ベルトをつかんだ。

〝南部の反逆者ジョー〟のところまで歩き、テールライトの赤い光に照らされた台座の碑文を読んだ――〝われらの生き方を守るために闘い、尽きせぬ勇気と熱意を示した父と息子と兄弟へ。一九一五年、チャロン郡〟。

「黙りやがれ」タイタスは低くつぶやいた。

牽引ベルトの端を銅像の腰に巻きつけ、もう一方の端をジープの牽引フックに引っかけた。

ジープに乗り、ギアをローに入れた。

動かせないと最初は思った。タイヤがアスファルトで空転し、煙が出た。エンジンが凶暴な金切り声をあげたが、ついに記念像が降伏する気配がした。アポマトックスの地で南部連合が敗れたように。

銅像が倒れ、ジョーの片腕が吹っ飛んで道で跳ね、蛍の群れのような火花が散った。

タイタスは車から飛びおり、牽引ベルトをフックからはずした。またジープに飛び乗ると、道を切り裂くように走った。

彼は郡の境界まで笑いつづけていた。

謝辞

小説の執筆が容易になることは決してないが、まわりにすばらしい人たちがいれば、むずかしくもならない。ここでささやかながら、そうした人々に謝意を表したい。

わがエージェントのジョシュ・ゲツラーは、私を信じ、私に自分を信じさせてくれた最初の人だ。これまでにしてくれたあらゆることに感謝したい。

課題を与えながら私を作家、芸術家として成長させてくれた、わが編集者のクリスティン・コプラッシュにもお礼を述べる。あなたの信頼できる手が、私のことばと私たちが創る世界を導いている。

ニッキ・ドルソン、チャド・ウィリアムソン、ボビー・マシューズ、ジョーダン・ハーパー、ロブ・ハート、ロブ・スミス、ジョナサン・ジャンズ、エリック・プルイット、ジェイムズ・クィーリー、マーク・バーギンにも、本作の初期の草稿を読んでくれたことに感謝する。率直な意見と支援、そして何より友情をありがとう。この世界には闇があるが、あなたたちはみな光だ。

そして最後に。

ありがとう、キム。彼女には理由がわかっている。いつもわかる人なのだ。

訳者あとがき

コスビーの文章は力強く独創的、アクションは苛烈で熱気にあふれている……設定に惹かれて手に取れば、物語に惹かれて最後まで読むことになる。

——ニューヨーク・タイムズ紙

一作ごとに進化してきた四つの長篇（なかでも『すべての罪は血を流す』がベスト）から判断すると、アメリカの犯罪小説は未来を手にしたと言っていい。その名はS・A・コスビー。

——デニス・ルヘイン

S・A・コスビーの現時点での最新作 *All the Sinners Bleed* の邦訳をお届けする。いまコスビーは、まちがいなく犯罪小説のジャンルを牽引する旬の作家である。最初に注目されたのは、二〇一八年にTOUGH（オンライン雑誌）に発表した *The Grass Beneath My Feet* という短篇だった。それが世界的なミステリー文学賞であるアンソニー賞（短篇部門）を獲得し、その後は、冒頭のルへインのことばにもあるとおり、着実にレベルの高い作品を上梓しつづけている。

長篇デビュー作の*My Darkest Prayer*（未邦訳）は、葬儀社で働く主人公が殺人事件の調査を依頼されて社会の暗部に分け入る正統派のハードボイルドだ。コスビーは作家以外にもさまざまな職業を経験しているが、そのひとつが葬儀社なので、まず主人公の設定に用いて勝負したのだろう。

続く『黒き荒野の果て』（原題：*Blacktop Wasteland*）は、強盗の〝走り屋〟稼業から足を洗った男がふたたび犯罪に巻きこまれていく話で、犯罪小説作家コスビーの名を一気に高め、アンソニー賞、マカヴィティ賞、バリー賞というミステリー主要三賞をはじめとして、数々の受賞を果たした。昔からよく使われてきた筋なのにまったく古さを感じさせず、物語の疾走感と眼前に映像が浮かぶようなカーチェイスが魅力的な作品だった。

そして三作目が、本邦でも『このミステリーがすごい！　２０２４年版』（宝島社）海外編で一位に選ばれた『頰に哀しみを刻め』（原題：*Razorblade Tears*）である。ゲイのカップルが殺され、その父親ふたりが復讐のために犯人捜しに乗り出して、息子の性的指向を受け入れられなかった自分とも向き合っていく。国際的には前作と同じ三賞を二年連続で獲得し、アメリカ探偵作家クラブ賞（エドガー賞）長篇賞の候補にもなった。わずか三つの長篇でここまで到達したのは、言うまでもなく異例のスピードである。

一作目は探偵小説、二作目はアクション満載のノワール、三作目は復讐を誓う父親たちの犯罪小説というふうに、コスビーはアイデンティティや過去との訣別、贖罪、寛容さなど、一作ごとに大きなテーマを決め、圧倒的な筆力でエンターテインメントを超える文学の領域にまで高めてきた。先日、たまたま雑誌の企画でインタビューをする機会があったのだが、作者本人は、取り上げるテーマについて何か答えを示したいわけではなく、それをきっかけに人々に議論を始めてもらいたかったと語っていた。

そんな作家の待望の四作目が本書、『すべての罪は血を流す』である。すでにさまざまな書評で高く評価され、エドガー賞の最終候補にあげられているほか、オバマ元大統領の夏の推薦本リストにも入って話題になっている。

主人公はヴァージニア州の郡保安官タイタス。彼の就任一周年の記念日に、それまで軽犯罪ぐらいしか起きていなかった町のハイスクールで、ショッキングな銃撃事件が発生する。人望の厚かった教師が殺され、犯人は倒されるが、捜査線上に、犯行の表には出てこなかった別の人物が浮かび上がる。狼のマスクをかぶったその男が首謀者なのか？　大混乱に陥った町と保安官事務所の舵取りに苦心するタイタスを嘲笑うように、男からの挑発行為がくり返され、凄惨な殺人事件が続く……。

保安官が連続殺人犯を追うという大筋は、コスビーのほかの作品と同じく比較的シンプルで、オーソドックスな警察小説のように見える。読み慣れた読者は、ああまたかと思われるかもしれないが、それがまったく〝似たような〟物語にならないところがコスビーなのだ。読ませる力は抜群で、とくに犯人と対峙する終盤の追いこみでは手に汗握るアクションが展開する。保安官事務所のひと癖もふた癖もある部下たちや、タイタスの弟や父親、新旧のガールフレンド、ＦＢＩ捜査官だったころの教官など、登場人物の描写もぴたりとはまって、あざやかな人間模様が見られる。たとえば、タイタスが幼なじみの親友のところに相手の身内の不幸を伝えに行く場面や、保安官補に管理休暇を命じる場面のリアリティ。こうした細部をここまで丁寧に書くのは、コスビーならではだ（ルヘインを想起させる）。

しかし、本書の最大の特徴（テーマと言ってもいい）は、アメリカ南部で働く黒人の保安官という設定だろう。これまでコスビーは〝悪〟寄りの人物を主人公にすることが多かったのだが、今回は〝善〟の側の物語にした。先のインタビューでは、悪人より善人を主人公にするほうがむずかしい、悪人はルールに縛られないが、善人はルールにしたがって生きなければならないから、ということを言っていた。今回はあえて困難な設定に挑戦したということだ。

タイタスにのしかかるのは連続殺人事件の重大さだけではない。南部の人種差別問題もある。コスビーの作品の舞台は一貫して故郷のヴァージニア州で、どの作品にも人種差別の影が落ちている。その地では、奴隷制が公式に廃止されてから百五十年以上たついまも差別意識が残っているだけでなく、白人至上主義も勢力を伸ばしている。法執行の責任者が黒人であれば、真正面から人種問題と向き合わざるをえない。本書のタイタスは、保安官であり黒人であるという二重の制約を受けながら、むずかしい捜査にたずさわるのだ。

彼はクローゼットの服を色のアルファベット順に並べたり、机に置くものの角度を決めていたりするような、異様に几帳面な人間だ。職務では、どんなに厳しい状況下でもルールをきちんと守り、あくまで公正、公平に行動しようとする。どうして彼がここまで〝正しい〟ことにこだわるのか？　ひとつの大きな理由はFBI時代のある経験なのだが、正しさにこだわらなければ身動きがとれなくなる南部の黒人保安官の現実もあるのだろう。そうした社会でタイタスがどう犯人と闘っていくのかが本書の大きな読みどころであり、またそれだけに、最後の展開がとりわけ印象に残る。従来の警察小説とは似て非なる重厚なアメリカ南部の物語を愉しんでいただけるとうれしい。

本文中に何度か出てくる〝南部連合〟について少し補足しておく。南部連合、またはアメリカ連合国（Confederate States of America）は、一八六一年から五年間存在した南部諸州（最終的にはヴァージニア州を含む十一州）の政治連合だ。独自の内閣や大統領、憲法を設けて一八六一年から合衆国と戦ったが（いわゆる南北戦争）、一八六五年にリー将軍がアポマトックスで投降したことにより解体した。ヴァージニア州リッチモンドは一時期その首都だった。

南部連合は、大規模プランテーションを経営する綿花産業の要請などから奴隷制を擁護し、独自憲法にも奴隷制維持を明記していた。本書にも出てくる〈南部連合の娘たち（United Daughters of the Confederacy）〉は実在する組織で、リッチモンドに本部があり、失われた大義と白人至上主義を信奉することから秘密結社クー・クラックス・クランとの結びつきも指摘されている。そんな団体が建てた銅像を毎日見せられて、黒人の住民たちがどう感じるかは想像するに余りある。

インタビューでコスビーは、次の作品は〝家族〟の話になると語っていた。アメリカの犯罪小説の未来と期待されるコスビーが次に何を描くのか、どんな技で読む者の感情を揺さぶるのか、いまから読むのが待ち遠しい。

最後に、アメリカ南部の信仰を反映して、本書には聖書にまつわる逸話や引用が数多く出てくる。本文中の聖書の引用は、『舊新約聖書　文語訳』（日本聖書協会）にもとづくが、その際、旧仮名遣いは新仮名遣いに改め、会話内では読みやすさを考慮して適宜読点を補った。

二〇二四年四月

訳者紹介　加賀山卓朗

愛媛県生まれ。翻訳家。主な訳書にコスビー『頰に哀しみを刻め』『黒き荒野の果て』、バーニー『7月のダークライド』『11月に去りし者』(以上、ハーパー BOOKS)、ル・カレ『スパイはいまも謀略の地に』、ルヘイン『あなたを愛してから』(以上、早川書房)などがある。

すべての罪(つみ)は血(ち)を流(なが)す

2024年5月20日発行　第1刷

著　者　S・A・コスビー

訳　者　加賀山卓朗(かがやまたくろう)

発行人　鈴木幸辰

発行所　株式会社ハーパーコリンズ・ジャパン

東京都千代田区大手町1-5-1

04-2951-2000(注文)

0570-008091(読者サービス係)

印刷・製本　中央精版印刷株式会社

定価はカバーに表示してあります。

造本には十分注意しておりますが、乱丁(ページ順序の間違い)・落丁(本文の一部抜け落ち)がありました場合は、お取り替えいたします。ご面倒ですが、購入された書店名を明記の上、小社読者サービス係宛ご送付ください。送料小社負担にてお取り替えいたします。ただし、古書店で購入されたものはお取り替えできません。

この書籍の本文は環境対応型の植物油インクを使用して印刷しています。

Printed in Japan

ISBN978-4-596-82396-0